紅樓夢

兒女詩情

原著 曹雪芹 高鶚
編撰 侯桂新

圖說經典 Classic

02

A Dream [illegible] Mansions

好讀出版

導讀

千古文章紅樓夢

主編 侯桂新

《紅樓夢》一書，膾炙人口的章節甚多，著名的第二十三回「西廂記妙詞通戲語，牡丹亭艷曲警芳心」裏，有一段對於賈寶玉和林黛玉在陽春三月於桃花叢中共讀《西廂記》的細膩描寫，即是全書最經典的場景之一。書中寫道：

寶玉道：「好妹妹，若論你，我是不怕的。你看了，好歹別告訴人去。真真這是好文章！你看了，連飯也不想吃呢。」一面說，一面遞了過去。黛玉把花具且都放下，接書來瞧，從頭看去，越看越愛看，不過一頓飯工夫，將十六齣劇已看完。自覺詞藻警人，餘香滿口。雖看完了書，卻只管出神，心內還默默的記誦。

這種盡情陶醉渾然忘我的閱讀體驗，相信很多人在讀《紅樓夢》本身時已經享受過。說《紅樓夢》對千萬讀者具有令人無從抗拒的魅力乃至魔力，一點都不誇張。早在此書問世不久，「開談不說《紅樓夢》，讀盡詩書也枉然」

的美譽即在民間廣爲流傳，直至今日，兩百五十年來，閱讀《紅樓夢》的熱潮從未消退。可以說，一個沒有讀過《紅樓夢》，沒有曾經在某一個時期和賈寶玉、林黛玉、薛寶釵、史湘雲、晴雯、香菱……心心相印、同甘共苦過的現代中國人，不能算是接受過中國古典文學的啓蒙。

在家喻户曉的中國四大古典小說名著裏，《水滸傳》、《三國演義》、《西遊記》都各有各的精彩，並因此在讀者群中擄獲著各自的擁躉；但毋庸置疑，無論就藝術性、思想性，還是作品在社會上產生的廣泛影響來看，《紅樓夢》都首屈一指。它常被譽爲中國古典小說的高峰，和莎士比亞《哈姆雷特》、但丁《神曲》、歌德《浮士德》、雨果《悲慘世界》等並立於世界文學之林。在全球範圍內，如果非要找出一部中文作品去競逐世界文學經典名著，這個名額非《紅樓夢》莫屬。

魯迅嘗言：「偉大也要有人懂。」儘管《紅樓夢》的超凡出眾早經公認，但要說出它到底好在哪裏，在哪些方面卓爾不群、獨一無二，卻是見仁見智，人言人殊。僅以其主題而言，被學者總結出來的據說就有三十多個。主題的豐富多義性常常是偉大作品的共性，因爲它決定了作品是永遠「說不完」的。不同的讀者可以讀出不同的《紅樓夢》，正如「有一千個讀者就有一千個哈姆雷特」，這話改用來形容《紅樓夢》或賈寶玉也不爲過。

在我看來，這部巨著最震撼人心之處，莫過於淋漓盡致地抒寫了青春的飛揚以及它的毀滅或喪失。這是一部不折不扣的「青春之歌」，字裏行間蕩漾著濃郁的詩情畫意和熱烈的少年情懷，然而書的結局卻是悲劇性的。而且，寶、黛、釵的愛情和人生悲劇與其說是肇因於封建禮教或經濟決定論的壓抑，不如說具有一種超越時代、地域和階級的必然性和永恆性。作爲全書的第一主人公，被賈府上下視若珍寶的賈寶玉尚且無法就人生道路和婚姻實現自由選擇，這凸顯出個人和社會規範之間永遠無法擺脫的衝突。對此，賈寶玉宣稱「女兒是水作的骨肉，男人是泥作的骨肉。我見了女兒，我便清爽；見了男子，便覺濁臭逼人」（第二回），從根本上否定在社會上占統治地位的男權文化，而把希望寄託於女性、確切地說是「正在混沌世界、天眞爛熳之時」的「女孩兒」即少女的身上。然而他悲哀地發現——

> 女孩兒未出嫁，是顆無價之寶珠；出了嫁，不知怎麼就變出許多的不好的毛病來，雖是顆珠子，卻沒有光彩寶色，是顆死珠了；再老了，更變得不是珠子，竟是魚眼睛了！分明一個人，怎麼變出三樣來？（第五十九回）

隨著人的成長以及社會化程度不斷加深，賈寶玉理想中的女性形象變得

越來越不純潔、不可愛。人不能不長大，不能不社會化，也就不能不滑入這種「一生三變」的悲劇性存在境況——這才是永恆的悲劇。對此，我們無能爲力。試看看我們身邊，曾經令《紅樓夢》作者痛心疾首、惆悵萬分的「成長變異」，難道不是每天都在上演、活生生的現實？因此，《紅樓夢》千年萬年之後，仍永遠不會過時。

然而，曹雪芹畢竟爲我們留下了一部《紅樓夢》，儘管殘缺，仍無與倫比，因爲我們借此得知，曾經有過一個大觀園，一個少男少女的理想家園，一個能夠安放青春夢幻的世外桃源。在洞悉了無比高潔純眞的少男少女情懷必將「無可奈何花落去」的殘酷現實後，曹雪芹以其卓越的想像力和生花妙筆，將青春的激情和美好凝固成永恆。

作爲一部長篇白話小說，《紅樓夢》的語言異常生動，尤其是人物對話，千載之下，如見其人，如聞其聲。由於《紅樓夢》涉及的中國傳統文化包羅萬象，加之時代的演變，今天的讀者要完全把它讀通，也並非易事。有鑑於此，爲了讓這部經典作品變得「好讀」，我們爲原文配上注釋、評點和插圖。注釋用於疏通文義，排除字面理解障礙；評點主要用來引導讀者從文學性的角度更好地欣賞作品；插圖則使閱讀形象化，可以拓展想像空間。本書注釋和評點吸收了眾多前輩學者的研究成果，插圖方面，更得到眾多優秀畫家慷慨授權，大力襄助，在此深表感謝！

最近幾十年來，單是《紅樓夢》原文各地就出版了上百個版本，然而像我們這樣融原典、注釋、評論、相關照片和名家繪圖於一爐的，似乎尚無先例。我們期待此典藏本能夠眞正成爲値得讀者珍藏的版本，讓他們一卷在手，盡覽《紅樓》精華！

本書對原典的選擇，前八十回以完整性最佳、較接近曹雪芹原著的抄本庚辰本《脂硯齋重評石頭記》爲底本，其中所缺第六十四回、第六十七回，以及後四十回，則以程偉元、高鶚所刻程甲本爲底本；以其他抄本和刻本爲參校本。底本不通處，酌情採用校本文字。關於前八十回與後四十回的兩分問題，個人以爲，只要一個人有著正常的文學鑑賞力並且忠實於自己的閱讀感受，不難發現其中確實存在著兩個作者、兩副筆墨，高鶚續寫的後四十回，與曹雪芹留下的前八十回，總體看來，是形似而神不似，相去甚遠。點出這一分別，留待讀者進入文本時細細體味。

最後，本書在編輯過程中得到王暢女士的幫助，她並撰寫了部分圖片說明，謹表謝意。

如何閱讀本書

列出各回回目
便於索引翻閱

精緻彩圖：

名家繪圖、相關照片等精緻彩圖，使讀者融入小說情境

詳細注釋：

解釋艱難字詞，隨文直書於奇數頁最左側，並於文中以※記號標號，以供對照

名家評點：

選收不同名家之評點，隨文橫書於頁面的下方欄位，並於文中以◎記號標號，以供對照

詳細圖說：

說明性和評點性的圖說，提供讓讀者理解

閱讀性高的原典：

將一百二十回原典分為六大分冊，版面美觀流暢、閱讀性強

目錄

第二十一回 賢襲人嬌嗔箴寶玉　俏平兒軟語救賈璉

話說史湘雲跑了出來，怕林黛玉趕上，寶玉在後忙說：「仔細絆跌了！那裏就趕上了？」林黛玉趕到門前，被寶玉叉手在門框上攔住，笑勸道：「饒他這一遭罷。」林黛玉搬著手說道：「我若饒過雲兒，再不活著！」湘雲見寶玉攔住門，料黛玉不能出來，便立住腳笑道：「好姐姐，饒我這一遭！」恰值寶釵來在湘雲身後，也笑道：「我勸你兩個看寶兄弟分上，都丟開手罷！」◎[1]黛玉道：「我不依。你們是一氣的，都戲弄我不成！」寶玉勸道：「誰敢戲弄你？你不打趣他，他焉敢說你！」四人正難分解，有人來請吃飯，方往前邊來。那天早又掌燈時分，王夫人、李紈、鳳姐、迎、探、惜等都往賈母這邊來，大家閑話了一回，各自歸寢。

寶玉送他二人到房，那天已二更多時，襲人來催

增評補圖石頭記
第二十一回
賢襲人嬌嗔箴寶玉

✣《增評補圖石頭記》第二十一回繪畫。（fotoe提供）

✣黛玉和湘雲正鬧著，寶玉和寶釵來分解。（朱士芳繪）

了幾次，方回自己房中來睡。次日天明時，便披衣靸鞋往黛玉房中來。◎2進去看時，不見紫鵑、翠縷二人，只見他姐妹兩個尚臥在衾內。那黛玉嚴嚴密密裹著一幅杏子紅綾被，安穩合目而睡。那史湘雲卻一把青絲拖於枕畔，被只齊胸，一彎雪白的膀子擱於被外，又帶著兩個金鐲子。◎3寶玉見了嘆道：「睡覺還是不老實！回來風吹了，又嚷肩窩疼了。」一面說，一面輕輕的替他蓋上。黛玉早已醒了，覺得有人，就猜著定是寶玉，因翻身一看，果中其料。因說道：「這早晚就跑過來作什麼？」寶玉笑道：「這天還早麼？你起來瞧瞧。」黛玉道：「你先出去，讓我們起來。」寶玉聽了，轉身出至外邊。

評點

◎1.好極，妙極！玉、顰、雲三人已難解難分，插入寶釵云「我勸你兩個看寶玉兄弟分上」，話只一句，便將四人一齊籠住，不知孰遠孰近，孰親孰疏，眞好文字！（脂硯齋）

◎2.天色才明，寶玉即披衣往黛玉房中，描出寶玉夜間雖睡在自己房中，卻一心只在黛玉處。（王希廉）

◎3.寫黛玉之睡態，儼然就是嬌弱女子，可憐。湘雲之態，則儼然是個嬌態女兒，可愛。眞是人人俱盡，個個活跳。吾不知作者胸中埋伏多少裙釵。（脂硯齋）

黛玉起來叫醒湘雲，二人都穿了衣服。寶玉復又進來，坐在鏡臺旁邊，只見紫鵑、雪雁進來伏侍梳洗。湘雲洗了面，翠縷便拿殘水要潑，寶玉道：「站著，我趁勢洗了就完了，省得又過去費事。」說著便走過來，彎腰洗了兩把。紫鵑遞過香皀去，寶玉道：「這盆裏的就不少，不用搓了。」再洗了兩把，便要手巾。翠縷道：「還是這個毛病兒，多早晚才改。」寶玉也不理，忙忙的要過青鹽擦了牙，漱了口，完畢。見湘雲已梳完了頭，便走過來笑道：「好妹妹，替我梳上頭罷。」湘雲道：「這

✣ 湘雲眠石。沒有心機的人才能枕花入眠。（《紅樓夢煙標精華》杜春耕編著，北京圖書館出版社提供）

可不能了。」寶玉笑道：「好妹妹，你先時怎麼替我梳了呢？」湘雲道：「如今我忘了，怎麼梳呢？」寶玉道：「橫豎我不出門，又不帶冠子勒子，不過打幾根散辮子就完了。」說著，又千妹妹萬妹妹的央告。湘雲只得扶過他的頭來，一一梳篦。在家不戴冠，並不總角，只將四圍短髮編成小辮，往頂心髮上歸了總，編一根大辮，紅縧結住。自髮頂至辮梢，一路四顆珍珠，下面有金墜腳。湘雲一面編著，一面說道：「這珠子只三顆了，這一顆不是的。我記得是一樣的，怎麼少了一顆？」寶玉道：「丟了一顆。」湘雲道：「必定是外頭去掉下來，不防被人揀了去，倒便宜他。」黛玉一旁盥手，冷笑道：「也不知是眞丟了，也不知是給了人鑲什麼戴去了！」寶玉不答。因鏡臺兩邊俱是妝奩等物，順手拿起來賞頑，不覺又順手拈了胭脂，意欲要往口邊送，因又怕史湘雲說。◎4正猶豫間，湘雲果在身後看見，一手掠著辮子，便伸手來「拍」的一下，從手中將胭脂打落，說道：「這不長進的毛病兒，多早晚才改過！」

一語未了，只見襲人進來，看見這般光景，知是梳洗過了，只得回來自己梳洗。忽見寶釵走來，因問：「寶兄弟那去了？」襲人含笑道：「寶兄弟那裏還有在家裏的工夫！」寶釵聽說，心中明白。又聽襲人嘆道：「姐妹們和氣，也有個分寸禮節，也沒個黑家白日鬧的！憑人怎麼勸，都是耳旁風。」寶釵聽了，心中暗忖道：「倒別看錯了這個丫頭，聽他說話，倒有些識見。」寶釵便在炕上坐了，◎5慢慢的閑言中套問他年紀、家鄉等語。留神窺察，其言語志量，深可敬愛。

評點

◎4.好極！的是寶玉也。（脂硯齋）

◎5.好！逐回細看，寶卿待人接物，不疏不親，不遠不近。可厭之人，亦未見冷淡之態，形諸聲色；可喜之人，亦未見醴密之情，形諸聲色。今日「便在炕上坐了」，蓋深取襲卿矣。二人文字，此回爲始。（脂硯齋）

一時，寶玉來了，寶釵方出去。◎6寶玉便問襲人道：「怎麼寶姐姐和你說的這麼熱鬧，見我進來就跑了？」問一聲不答，再問時，襲人方道：「你問我麼？我那裏知道你們的原故。」寶玉聽了這話，見他臉上氣色非往日可比，便笑道：「怎麼動了眞氣？」襲人冷笑道：「我那裏敢動氣！只是從今以後別進這屋子了。橫豎有人伏侍你，再別來支使我。我仍舊還伏侍老太太去。」一面說，一面便在炕上合眼倒下。寶玉見了這般景況，深爲駭異，禁不住趕來勸慰。那襲人只管合了眼不理。寶玉沒了主意，因見麝月進來，便問道：「你姐姐怎麼了？」麝月道：「我知道麼？問你自己便明白了。」寶玉聽說，呆了一回，自覺無趣，便起身嘆道：「不理我罷，我也睡去。」說著便起身下炕，到自己床上歪下。襲人聽他半日無動靜，微微的打鼾，料他睡著，便起身拿一領斗蓬來，替他剛壓上，只聽「忽」的一聲，寶玉便掀過去，也仍合目裝睡。襲人明知其意，便點頭冷笑道：「你也不用生氣，從此後我只當啞子，再不說你一聲兒，如何？」寶玉禁不住起身問道：「我又怎麼了？你又勸我。你勸我也罷了，才剛又沒見你勸我，一進來你就不理我，賭氣睡了。我還摸不著是爲什麼，這會子你又說我惱了。我何嘗聽見你勸我什麼話了。」襲人道：「你心裏還不明白？還等我說呢！」◎7

✣ 蕙香。原名芸香，襲人改為蕙香，寶玉復改為四兒。（《紅樓夢煙標精華》杜春耕編著，北京圖書館出版社提供）

正鬧著，賈母遣人來叫他吃飯，方往前邊來。胡亂吃了半碗，仍回自己房中。只見襲人睡在外頭炕上，麝月在旁邊抹骨牌。寶玉素知麝月與襲人親厚，一併連麝月也不理，揭起軟簾自往裏間來。麝月只得跟進來。寶玉便推他出去，說：「不敢驚動你們。」麝月只得笑著出來，喚兩個小丫頭進來。寶玉拿一本書，歪著看了半天，因要茶，抬頭只見兩個小丫頭在地下站著，一個大些兒的生得十分水秀，寶玉便問：「你叫什麼名字？」那丫頭便說：「叫蕙香。」寶玉便問：「是誰起的？」蕙香道：「我原叫芸香的，是花大姐姐改了蕙香。」寶玉道：「正經該叫『晦氣』罷了，什麼蕙香呢！」又問：「你姐妹幾個？」蕙香道：「四個。」寶玉道：「你第幾？」蕙香道：「第四。」寶玉道：「明兒就叫『四兒』，不必什麼『蕙香』『蘭氣』的。那一個配比這些花，沒的玷辱了好名好姓。」一面說，一面命他倒了茶來吃。襲人和麝月在外間聽了抿嘴而笑。

✣ 芸香，芸香科芸香屬植物。別名：豆草。多年生常綠灌木，有香味，夏天開藍色花瓣。（徐曄春提供）

這一日，寶玉也不大出房，也不和姐妹、丫頭等廝鬧，自己悶悶的，只不過拿著書解悶，或弄筆墨；也不使喚眾人，只叫四兒答應。誰知四兒是個聰敏乖巧不過◎8的丫頭，見寶玉用他，他變盡方法籠絡寶玉。至晚飯後，寶玉因吃了兩杯酒，眼餳耳熱之際，若往日則有襲人等大家喜笑有興，今日卻冷清清的一人對燈，好沒興趣。待要

評點

◎6.此一回將寶玉、襲人、釵、顰、雲等行止大概一描，已啓後大觀園中文字也……釵與玉遠中近，顰與玉近中遠，是要緊兩大股，不可粗心看過。（脂硯齋）

◎7.《石頭記》每用囫圇語處，無不精絕奇絕，且總不覺相犯。（畸笏叟）

◎8.又是一個有害無益者。作者一生爲此所誤，批者一生亦爲此所誤，於開卷凡見如此人，世人故爲喜，余反抱恨，蓋四字誤人甚矣。（脂硯齋）

趕了他們去，又怕他們得了意，以後越發來勸；若拿出作上的規矩來鎮唬，似乎無情太甚。說不得橫心只當他們死了，橫豎自然也要過的。便權當他們死了，毫無牽掛，反能怡然自悅。因命四兒剪燈烹茶，自己看了一回《南華經》。正看至《外篇．胠篋》※1一則，其文曰：

> 故絕聖棄知，大盜乃止；擿玉毀珠，小盜不起；焚符破璽，而民樸鄙；掊斗折衡，而民不爭；殫殘天下之聖法，而民始可與論議。擢亂六律，鑠絕竽瑟，塞瞽曠之耳，而天下始人含其聰矣；滅文章，散五采，膠離朱之目，而天下始人含其明矣；毀絕鉤繩而棄規矩，攦工倕之指，而天下始人有其巧矣。※2

看至此，意趣洋洋，趁著酒興，不禁提筆續曰：

> 焚花散麝，而閨閣始人含其勸矣；戕寶釵之仙姿，灰黛玉之靈竅，喪滅情意，而閨閣之美惡始相類矣。彼含其勸，則無參商之虞矣；戕其仙姿，無戀愛之心矣；灰其靈竅，無才思之情矣。彼釵、玉、花、麝者，皆張其羅而穴其隧※3，所以迷眩纏陷天下者也。◎9

續畢，擲筆就寢。頭剛著枕便忽睡去，一夜竟不知所之，直至天明方醒。◎10翻身看時，只見襲人和衣睡在衾上。寶玉將昨日的事已付與度外，便推他說道：「起來好生睡，看凍著了！」

原來襲人見他無曉夜和姐妹們廝鬧，若直勸他，料不能改，故用柔情以警之，料他不過半日片刻仍復好了。不想寶玉一日夜竟不回轉，自己反不得主意，直一夜沒好生睡得。今忽見寶玉如此，料他心意回轉，便越性不睬他。寶玉見他不應，便伸手替他解衣，剛解開了鈕子，被襲人將手推開，又自扣了。寶玉無法，只得拉他的手笑道：「你到底怎麼了？」連問幾聲，襲人睜眼說道：「我也不怎麼著。你睡醒了，你自過那邊房裏去梳洗，再遲了就趕不上了。」寶玉道：「我過那裏去？」襲人冷笑道：「你問我，我知道？你愛往那裏去，就往那裏去。從今咱們兩個丢開手，省得雞聲鵝鬥，叫別人笑。橫豎那邊膩了過來，這邊又有個什麼『四兒』『五兒』伏侍你。我們這起東西，可是白『玷辱了好名好姓』的。」寶玉笑道：「你今兒還記著呢！」襲人道：「一百年還記著呢！比不得你，拿著我的話當耳旁風，夜裏說了，早起就忘了。」◎11寶玉見他嬌嗔滿面，情不可禁，便向枕邊拿起一根玉簪來，一跌兩段，說道：「我再不聽你說，就同這個一樣！」襲人忙的拾了簪子，說道：「大清早起，這是何苦來！

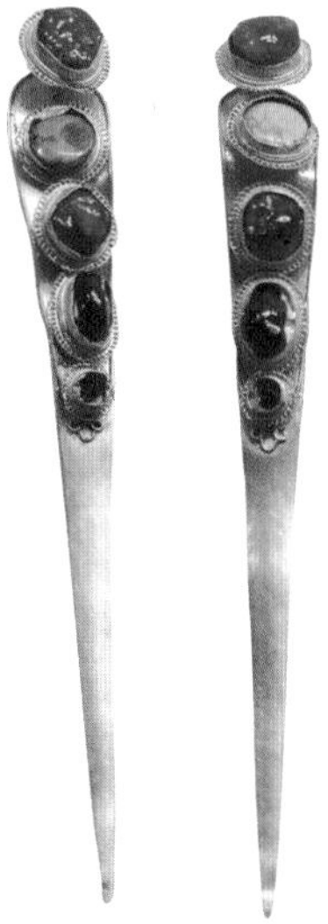

✣ 明朝正德十二年製造的鑲嵌綠松石花形金簪。是舊時用來綰髮的頭飾。（胡毓軍提供）

註

※1：《南華經》即《莊子》。胠：從旁邊開啓。篋：收藏物品的小箱子。

※2：「擿」同「擲」，扔掉。掊斗折衡：把斗擊破，把秤折斷。六律：指音律。鑠：銷熔鍛鍊。瞽曠：春秋時代晉國的樂師，相傳他對於審音辨律有極高的天分。瞽：瞎眼的人。離朱：人名，黃帝時人，傳說中視力最強的人。攦：折斷。工倕：相傳是堯之時的巧匠。

※3：穴：動詞，挖洞。隧：地道，引申爲陷阱。

評點

◎9.爲續《莊子因》數句，眞是打破胭脂陣，坐透紅粉關，另開生面之文，無可評處。（脂硯齋）

◎10.此猶是襲人餘功也。想每日每夜，寶玉自是心忙身忙口忙之極，今則怡然自適。雖此一刻，於身心無所補益，能有一時之閑閑自若，亦豈非襲卿之所使然耶？（脂硯齋）

◎11.這方是正文，直勾起「花解語」一回文字。（脂硯齋）

聽不聽什麼要緊，也值得這種樣子。」寶玉道：「你那裏知道我心裏急。」襲人笑道：「你也知道著急麼，可知我心裏怎麼樣？快起來洗臉去罷。」說著，二人方起來梳洗。

寶玉往上房去後，誰知黛玉走來，見寶玉不在房中，因翻弄案上書看，可巧翻出昨兒的《莊子》來。看至所續之處，不覺又氣又笑，不禁也提筆續書一絕云：

無端弄筆是何人？作踐南華《莊子因》※4。
不悔自己無見識，卻將醜語怪他人！◎12

寫畢，也往上房來見賈母，後往王夫人處來。

＊　＊　＊

誰知鳳姐之女大姐兒病了，正亂著請大夫來診脈。大夫便說：「替夫人、奶奶們道喜，姐兒發熱是見喜※5了，並非別病。」王夫人、鳳姐聽了，忙遣人問：「可好不好？」醫生回道：「病雖險，卻順，倒還不妨。預備桑蟲、豬尾要緊。」鳳姐聽了，登時忙將起來。一面打掃房屋供奉痘疹娘娘，一面傳與家人忌煎炒等物，一面命平兒打點鋪蓋、衣服與賈璉隔房，一面又拿大紅尺頭與奶子、丫頭親近人等裁衣。◎13外面又打掃淨室，款留兩個醫生，輪流斟酌診脈下藥，十二日不放家去。賈璉只得搬出外書房來齋戒，鳳姐與平兒都隨著王夫人日日供奉娘娘。

那個賈璉，只離了鳳姐便要尋事，獨寢了兩夜，便十分難熬，便暫將小廝們內有清俊的選來出火。不想榮國府內有一個極不成器破爛酒頭廚子，名喚多官，人見他懦弱

✣ 溫柔和順的賢襲人，空自花容月貌，獲得了王夫人的賞識，也因此成為後文晴雯之死的最大嫌疑人。（張羽琳繪）

無能，都喚他作「多渾蟲」。◎14因他自小父母替他在外娶了一個媳婦，今年方二十來往年紀，生得有幾分人才，見者無不羨愛。他生性輕浮，最喜拈花惹草，多渾蟲又不理論，只是有酒有肉有錢，便諸事不管了，所以榮寧二府之人都得入手。因這個媳婦美貌異常，輕浮無比，衆人都呼他作「多姑娘兒」。如今賈璉在外熬煎，往日也曾見過這媳婦，失過魂魄，只是內懼嬌妻，外懼孌寵※6，不曾下得手。那多姑娘兒也曾有意於賈璉，只恨沒空。今聞賈璉挪在外書房來，他便沒事也要走兩趟去招惹。惹的賈璉似飢鼠一般，少不得和心腹的小廝們計議，合同遮掩謀求，多以金帛相許。小廝們焉有不允之理，況都和這媳婦是好友，一說便成。是夜二鼓人定，多渾蟲醉昏在炕，賈璉便溜了來相會。進門一見其態，早已魄飛魂散，也不用情談款敘，便寬衣動作起來。誰知這媳婦有天生的奇趣，一經男子挨身，便覺遍身筋骨癱軟，使男子如臥綿上；更兼淫態浪言，壓倒娼妓，諸男子至此，豈有惜命者哉！◎15那賈璉恨不得連身子化在他身上。那媳婦故作浪語，在下說道：「你家女兒出花兒，供著娘娘，你也該忌兩日，倒爲我髒了身子，快離了我這裏罷！」◎16賈璉一面大動，一面喘吁吁答道：「你就是娘娘，我那裏管什麼娘娘！」那媳婦越浪，賈璉越醜態畢露。一時事畢，兩個又海誓山盟，難分難捨，此後遂成相契。◎17

註

※4：清代林雲銘所寫的一部闡釋《莊子》的書。

※5：舊時以小兒出天花爲險疾，忌諱直說，又因天花出後就可以平安，故稱「見喜」。

※6：男寵。

評點

◎12.罵得痛快，非顰兒不可。眞好顰兒，眞好顰兒！好詩！若云知音者，顰兒也。（脂硯齋）

◎13.幾個「一面」，寫得如見其景。（脂硯齋）

◎14.更好！今之渾蟲更多也。（脂硯齋）

◎15.涼水灌頂之句。（脂硯齋）

◎16.淫婦勾人，慣加反語，看官著眼。（脂硯齋）

◎17.一部書中，只有此一段醜極太露之文，寫於賈璉身上，恰極當極！（脂硯齋）此段係書中情之瘕疵，爲寫阿鳳生日潑醋回及「天風流」寶玉悄看晴雯回作引，伏線千里外之筆也。（畸笏叟）

一日，大姐毒盡斑回。十二日後送了娘娘，合家祭天祀祖，還願焚香，慶賀放賞已畢。賈璉仍復搬進臥室，見了鳳姐，正是俗語云「新婚不如遠別」，更有無限恩愛，自不必煩絮。

次日早起，鳳姐往上屋去後，平兒收拾賈璉在外的衣服鋪蓋，不承望枕套中抖出一綹青絲來。平兒會意，忙拽在袖內，◎18便走至這邊房內來，拿出頭髮來，向賈璉笑道：「這是什麼？」賈璉看見，著了忙，搶上來要奪。平兒便跑，被賈璉一把揪住，按在炕上，掰手要奪，口內笑道：「小蹄子，你不趁早拿出來，我把你膀子撅折了。」◎19平兒笑道：「你就是沒良心的。我好意瞞著他來問，你倒賭狠！你只賭狠等他回來我告訴他，看你怎麼著。」賈璉聽說，忙陪笑道：「好人，賞我罷！我再不賭狠了。」

一語未了，只聽鳳姐聲音進來。賈璉聽見，鬆了手，平兒剛起身，鳳姐已走進來，命平兒快開匣子，替太太找樣子。平兒忙答應了找時，鳳姐見了賈璉，忽然想起來，便問平兒：「拿出去的東西都收進來了麼？」平兒道：「收進來了。」鳳姐道：「可少什麼沒有？」平兒道：「我也怕丟下一兩件，細細的查了查，也不少。」鳳姐道：「不少就好，只是別多出來罷？」平兒笑道：「不丟萬幸，誰還添出來呢？」鳳姐冷笑道：「這半個月難保乾淨，或者有相厚的丟下的東西：戒指、汗巾、香袋兒，再至於頭髮、指甲、都是東西。」◎20一席話，說的賈璉臉都黃了。賈璉在鳳姐身後，只望著平兒殺雞抹脖使眼色兒。平兒只裝著看不見，因笑道：「怎麼我的心就和奶奶的心一樣！

我就怕有這些個，留神搜了一搜，竟一點破綻也沒有。奶奶不信時，那些東西我還沒收呢，奶奶親自翻尋一遍去。」◎21鳳姐笑道：「傻丫頭，◎22他便有這些東西，那裏就叫咱們翻著了！」說著，尋了樣子又上去了。

平兒指著鼻子、晃著頭笑道：「這件事怎麼回謝我呢？」喜的個賈璉身癢難撓，跑上來摟著，「心肝腸肉」亂叫亂謝。平兒仍拿了頭髮笑道：「這是我一生的把柄了。好就好，不好就抖露出這事來。」賈璉笑道：「你只好生收著罷，千萬別叫他知道。」口裏說著，瞅他不防，便搶了過來，◎23笑道：「你拿著終是禍患，不如我燒了他完事了。」一面說著，一面便塞於靴掖內。平兒咬牙道：「沒良心的東西，過了河就拆橋，明兒還想我替你撒謊！」賈璉見他嬌俏動情，便摟著求歡，被平兒奪手跑了，急的賈璉彎著腰恨道：「死促狹※7小淫婦！一定浪上人的火來，他又跑了。」◎24平兒在窗外笑道：「我浪我的，誰叫你動火了？◎25難道圖你受用一回，叫他知道了，又不待見我。」◎26賈璉道：「你不用怕他，等我性子上來，把這醋罐打個稀爛，他才認得我呢！他防我像防賊的，只許他同男人說話，不許我和女人說話，我和女人略近些，他就疑惑；他不論小叔子、侄兒，大的小的，說說笑笑，就不怕我吃醋了。以後我也不許他見人！」◎27平兒道：「他醋你使得，你醋他使不得。他原行的正走的正；你行動便有個壞心，連我也不放心，別說他了。」賈

註

※7：刁鑽機靈，愛捉弄人。

評點

◎18.好極！不料平兒大有襲卿之身分，可謂何地無材，蓋遭際有別耳。（脂硯齋）
◎19.無情太甚！（脂硯齋）
◎20.好阿鳳，令人膽寒。（脂硯齋）
◎21.好平兒！遍天下懼內者來感謝。（脂硯齋）
◎22.可嘆可笑，竟不知誰傻。（脂硯齋）
◎23.畢肖。璉兄不分玉石，但負我平姐。奈何，奈何！（脂硯齋）
◎24.醜態如見，淫聲如聞，今古淫書未有之章法。（脂硯齋）
◎25.妙極之談。直是理學工夫，所謂不可正照風月鑑也。（脂硯齋）
◎26.鳳姐醋妒，於平兒前猶如是，況他人乎！（脂硯齋）
◎27.無理之甚，卻是妙極趣談，天下懼內者背後之談皆如此。（脂硯齋）

✣ 賈璉和多姑娘偷情，在枕套中藏下一綹青絲，被平兒發現。鳳姐回家後，平兒為賈璉掩飾。（朱士芳繪）

璉道：「你兩個一口賊氣。都是你們行的是，我凡行動都存壞心。多早晚都死在我手裏！」

一句未了，鳳姐走進院來，因見平兒在窗外，就問道：「要說話兩個人不在屋裏說，怎麼跑出一個來了，隔著窗子，是什麼意思？」賈璉在窗內接道：「你可問他，倒像屋裏有老虎吃他呢。」平兒道：「屋裏一個人沒有，我在他跟前作什麼？」鳳姐兒笑道：「正是沒人才好呢。」平兒聽說，便說道：「這話是說我呢？」鳳姐笑道：◎28「不說你說誰？」平兒道：「別叫我說出好話來了。」說著，也不打簾子讓鳳姐，自己先摔簾子進來，往那邊去了。鳳姐自掀簾子進來，說道：「平兒瘋魔了。這蹄子認眞要降伏我，仔細你的皮要緊！」賈璉聽了，已絕倒※8炕上，拍手笑道：「我竟不知平兒這麼利害，從此倒伏他了。」鳳姐道：「都是你慣的他，我只和你說！」賈璉聽說忙道：「你兩個不卯※9，又拿我來作人※10。我躲開你們。」鳳姐道：「我看你躲到那裏去。」賈璉道：「我就來。」鳳姐道：「我有話和你商量。」不知商量何事，且聽下回分解。正是：

淑女從來多抱怨，嬌妻自古便含酸。◎29

註

※8：大笑而傾倒。

※9：不投合。卯：卯眼，兩物接合時用來安裝榫頭的孔。

※10：作踐人，拿人出氣。

評點

◎28.「笑」字妙！平兒反正色，鳳姐反陪笑，奇極意外之文。（脂硯齋）

◎29.按此回之文固妙，然未見後之三十回猶不見此之妙。此回「嬌嗔箴寶玉」、「軟語救賈璉」，後文則「薛寶釵借詞含諷諫，王熙鳳知命強英雄」。今只從二婢說起，後則直指其主。（脂硯齋）

第二十二回

聽曲文寶玉悟禪機　製燈謎賈政悲讖語

話說賈璉聽鳳姐兒說有話商量，因止步問是何話。鳳姐道：「二十一日是薛妹妹的生日，你到底怎麼樣呢？」賈璉道：「我知道怎麼樣！你連多少大生日都料理過了，這會子倒沒了主意？」鳳姐道：「大生日料理，不過是有一定的則例在那裏。如今他這生日，大又不是，小又不是，所以和你商量。」賈璉聽了，低頭想了半日道：「你今兒糊塗了。現有比例，那林妹妹就是例。往年怎麼給林妹妹過的，如今也照依給薛妹妹過是了。」鳳姐聽了，冷笑道：「我難道連這個也不知道？我原也這麼想定了。但昨兒聽見老太太說，問起大家的年紀生日來，聽見薛大妹妹今年十五歲，雖不是整生日，也算得將笄※1之年。老太太說要替他作生日。想來若果眞替他作，自然比往年與林妹妹作的不同了。」賈璉道：「既如此，就比林

✣《增評補圖石頭記》第二十二回繪畫。（fotoe提供）

妹妹的多增些。」鳳姐道：「我也這麼想著，所以討你的口氣。我若私自添了東西，你又怪我不告訴明白你了。」賈璉笑道：「罷，罷！這空頭情我不領。你不盤察我就夠了，我還怪你！」說著一逕去了，不在話下。◎1

且說史湘雲住了兩日，便要回去。賈母因說：「等過了你寶姐姐的生日，看了戲再回去。」史湘雲聽了，只得住下。又一面遣人回去，將自己舊日作的兩色針線活計取來，爲寶釵生辰之儀。誰想賈母自見寶釵來了，喜他穩重和平，正值他才過第一個生辰，便自己蠲資二十兩，喚了鳳姐來，交與他置酒戲。◎2鳳姐湊趣笑道：「一個老祖宗給孩子們作生日，不拘怎樣，誰還敢爭，又辦什麼酒戲。既高興要熱鬧，就說不得自己花上幾兩，巴巴的找出這霉爛的二十兩銀子來作東道，這意思還叫我賠上。果然拿不出來也罷了，金的、銀的、圓的、扁的，壓塌了箱子底，◎3只是勒掯我們。舉眼看看，誰不是兒女？難道將來只有寶兄弟頂了你老人家上五臺山※2不成？那些梯己只留於他，我們如今雖不配使，也別苦了我們。這個夠酒的？夠戲的？」說的滿屋裏都笑起來。賈母亦笑道：「你們聽聽這嘴！我也算會說的，怎麼說不過這猴兒。你婆婆也不敢強嘴，你和我綁綁的。」鳳姐笑道：「我婆婆也是一樣的疼寶玉，我也沒處去訴冤，倒說我強嘴。」說著，又引賈母笑了一回，賈母十分喜悅。

註

※1：簪子。古代女子十五歲開始戴笄，表示成年。故稱女子到了成年爲「及笄」或「將笄之年」。

※2：頂：即頂靈，出殯時主喪的孝子在靈前頭頂銘旌領路。上五臺山：比喻死後登仙成佛，山西五臺山是我國古代佛教聖地之一。

評點

◎1.一段題綱寫得如見如聞，且不失前篇懼內之旨。最奇者黛玉乃賈母溺愛之人也，不聞爲作生辰，卻去特意與寶釵，實非人想得著之文也。此書通部皆用此法，瞞過多少見者，余故云「不寫而寫」是也。（脂硯齋）

◎2.前看鳳姐問作生日數語甚泛泛，至此見賈母蠲資，方知作者寫阿鳳心機無絲毫漏筆。己卯冬夜。（脂硯齋）

◎3.小科諢解頤，卻爲借當伏線。（脂硯齋）

到晚間，眾人都在賈母前，定昏之餘，大家娘兒、姐妹等說笑時，賈母因問寶釵愛聽何戲，愛吃何物等語。寶釵深知賈母年老人，喜熱鬧戲文，愛吃甜爛之食，便總依賈母往日素喜者說了出來。賈母更加歡悅。次日便先送過衣服玩物禮去，王夫人、鳳姐、黛玉等諸人皆有，隨分不一，不須多記。

至二十一日，就賈母內院中搭了家常小巧戲臺，定了一班新出小戲，崑、弋兩腔※3皆有。就在賈母上房排了幾席家宴酒席，並無一個外客，只有薛姨媽、史湘雲、寶釵是客，餘者皆是自己人。◎4這日早起，寶玉因不見黛玉，便到他房中來尋，只見黛玉歪在炕上。寶玉笑道：「起來吃飯去，就開戲了。你愛看那一齣？我好點。」黛玉冷笑道：「你既這樣說，你特叫一班戲來，揀我愛的唱給我看。這會子犯不上跐著人借光兒問我。」寶玉笑道：「這有什麼難的。明兒就這樣行，也叫他們借咱們的光兒。」一面說，一面拉起他來，攜手出去。

吃了飯，點戲時，賈母一定先叫寶釵點。寶釵推讓一遍，無法，只得點了一折《西遊記》。◎5賈母自是歡喜，然後便命鳳姐點。鳳姐亦知賈母喜熱鬧，更喜謔笑科諢※4，便點了一齣《劉二當衣》※5。賈母果真更又喜歡，然後便命黛玉點。黛玉因讓薛姨媽、王夫人等。賈母道：「今日原是我

✣ 賈母為寶釵作生日，寶釵迎合賈母的喜好，點的都是熱鬧戲文。（朱士芳繪）

特帶著你們取笑，咱們只管咱們的，別理他們。我巴巴的唱戲、擺酒，爲他們不成？他們在這裏白聽白吃，已經便宜了，還讓他們點呢！」說著，大家都笑了。黛玉方點了一齣。◎6然後寶玉、史湘雲、迎、探、惜、李紈等俱各點了，接齣扮演。

至上酒席時，賈母又命寶釵點。寶釵點了一齣《魯智深醉鬧五臺山》※6。寶玉道：「只好點這些戲。」寶釵道：「你白聽了這幾年的戲，那裏知道這齣戲的好處，排場又好，詞藻更妙。」寶玉道：「我從來怕這些熱鬧。」寶釵笑道：「要說這一齣熱鬧，你還算不知戲呢。◎7你過來，我告訴你，這一齣戲熱鬧不熱鬧，——是一套北《點絳唇》，鏗鏘頓挫，韻律不用說是好的了；只那詞藻中有一支《寄生草》※7，填的極妙，你何曾知道。」寶玉見說的這般好，便湊近來央告：「好姐姐，念與我聽！」寶釵便念道：

漫搵英雄淚，相離處士家。謝慈悲剃度在蓮臺下。沒緣法轉眼分離乍。赤條條，來去無牽掛。那裏討煙蓑雨笠捲單行？一任俺芒鞋破缽隨緣化！※8

註

※3：戲曲聲腔，分別起源於江蘇崑山縣和江西弋陽縣。
※4：插科打諢，指穿插在戲曲中引人發笑的滑稽動作和對話。科：古典戲曲劇本中角色表演的動作舉止，如笑科、飲酒科等。諢：逗趣臺詞。
※5：即《劉二叩當》或《叩當》，寫開當鋪的劉二見利忘義，扣下親戚的當物以抵押前賬。
※6：《水滸傳》中魯智深打死惡霸鄭屠後，在五臺山出家避難，因不守佛門清規，破戒醉酒還大鬧寺院，被師父智眞長老打發離山的故事。
※7：曲牌名。
※8：搵：揩拭。處士：不作官的隱居之士。剃度：削髮後接受戒條，出家爲僧的儀式。捲單：即離寺，「單」指僧人執照。

評點

◎4.將黛玉亦算爲自己人，奇甚！（脂硯齋）
◎5.是順賈母之心也。（脂硯齋）
◎6.不題何戲，妙！蓋黛玉不喜看戲也。正是與後文「妙曲警芳心」留地步，正見此時不過草草隨眾而已，非心之所願也。（脂硯齋）
◎7.是極！寶釵可謂博學矣，不似黛玉只一《牡丹亭》便心身不自主矣。眞有學問如此，寶釵是也。（脂硯齋）

寶玉聽了，喜的拍膝畫圈，稱賞不已，又讚寶釵無書不知。林黛玉道：「安靜看戲罷！還沒唱《山門》，你倒《妝瘋》※9了。」◎8說的湘雲也笑了。於是大家看戲。

至晚散時，賈母深愛那作小旦的與一個作小丑的，因命人帶進來，細看時益發可憐見。因問年紀，那小旦才十一歲，小丑才九歲，大家嘆息一回。賈母令人另拿些肉果與他兩個，又另外賞錢兩串。鳳姐笑道：「這個孩子扮上活像一個人，你們再看不出來。」寶釵心裏也知道，便只一笑不肯說。寶玉也猜著了，亦不敢說。史湘雲接著笑道：「倒像林妹妹的模樣兒。」◎9寶玉聽了，忙把湘雲瞅了一眼，使個眼色。衆人卻都聽了這話，留神細看，都笑起來了，說果然不錯。一時散了。

晚間，湘雲更衣時，便命翠縷把衣包打開收拾，都包了起來。翠縷道：「忙什麼，等去的日子再包不遲。」湘雲道：「明兒一早就走。在這裏作什麼？——看人家的鼻子眼睛，什麼意思！」◎10寶玉聽了這話，忙趕近前拉他說道：「好妹妹，你錯怪了我。林妹妹是個多心的人。別人分明知道，不肯說出來，也皆因怕他惱。誰知你不防頭就說了出來，他豈不惱你。我是怕你得罪了他，所以才使眼色。你這會子惱我，不但辜負了我，而且反倒委曲了我。若是別人，那怕他得罪了十個人，與我何干呢！」湘雲摔手道：「你那花言巧語別哄我。我也原不如你林妹妹，別人說他，拿他取笑都使得，只我說了就有不是。我原不配說他。他是小姐主子，我是奴才丫頭，得罪了他，使不得！」寶玉急的說道：「我倒是爲你，反爲出不是來了。我要有外心，

立刻就化成灰，叫萬人踐踹！」◎11湘雲道：「大正月裏，少信嘴胡說。這些沒要緊的惡誓、散話、歪話，說給那些小性兒、行動愛惱的人、會轄治你的人聽去！別叫我啐你。」說著，一逕至賈母裏間，忿忿的躺著去了。

寶玉沒趣，只得又來尋黛玉。剛到門檻前，黛玉便推出來，將門關上。寶玉又不解何意，在窗外只是呑聲叫「好妹妹」。黛玉總不理他。寶玉悶悶的垂頭自審。襲人早知端的，當此時斷不能勸。◎12那寶玉只是呆呆的站在那裏。黛玉只當他回去了，便起來開門，只見寶玉還站在那裏。黛玉反不好意思，不好再關，只得抽身上床躺著。寶玉隨進來問道：「凡事都有個原故，說出來，人也不委曲。好好的就惱了，終究是什麼原故起的？」黛玉冷笑道：「問的我倒好，我也不知爲什麼原故。我原是給你們取笑的，——拿我比戲子取笑。」寶玉道：「我並沒有比你，我並沒有笑，爲什麼惱我呢？」黛玉道：「你還要比？你還要笑？你不比不笑，比人比了笑了的還利害呢！」寶玉聽說，無可分辨，不則一聲。◎13

黛玉又道：「這一節還恕得。再你爲什麼又和雲兒使眼色？這安的是什麼心？莫不是他和我頑，他就自輕自賤了？他原是公侯的小姐，我原是貧民的丫頭，他和我頑，設若我回了口，豈不他自惹人輕賤呢？是這主意不是？這卻也是你的好心，只是那一個偏又不領情，一般也惱了。你又拿我作情，倒說我小性兒，行動肯惱。你又怕他得罪了

註

※9：北曲折子戲，唐代尉遲敬德假裝瘋病不肯掛帥出征。

評點

◎8.趣極！今古利口莫過於優伶。此一詼諧，優伶亦不得如此急速得趣，可謂才人百技也。一段醋意可知。（脂硯齋）

◎9.湘雲、探春二卿，正「事無不可對人言」芳性。（畸笏叟）

◎10.此是眞惱，非顰兒之惱可比，然錯怪寶玉矣。亦不可不惱。（脂硯齋）

◎11.千古未聞之誓，懇切盡情。寶玉此刻之心爲如何？（脂硯齋）

◎12.寶玉在此時一勸必崩了，襲人見機，甚妙。（脂硯齋）

◎13.此書如此等文章多多，不能枚舉，機括神思自從天分而有。其毛錐寫人口氣傳神攝魄處，怎不令人拍案稱奇叫絕！（畸笏叟）

我，我惱他。我惱他，與你何干？他得罪了我，又與你何干？」◎14

寶玉見說，方才與湘雲私談，他也聽見了。細想自己原爲他二人，怕生隙惱，方在中調和，不想並未調和成功，反已落了兩處的貶謗。正合著前日所看《南華經》上，有「巧者勞而智者憂，無能者無所求，飽食而遨遊，泛若不繫之舟」；又曰「山木自寇，源泉自盜」等語。◎15因此越想越無趣。再細想來，目下不過這兩個人，尚未應酬妥協，將來猶欲爲何？想到其間，也無庸分辯回答，自己轉身回房來。林黛玉見他去了，便知回思無趣，賭氣去了，一言也不曾發，不禁自己越發添了氣，便說道：「這一去，一輩子也別來，也別說話！」

寶玉不理，回房躺在床上，只是瞪瞪的。襲人深知原委，不敢就說，只得以他事來解釋，因笑道：「今兒看了戲，又勾出幾天戲來。寶姑娘一定要還席的。」寶玉冷笑道：「他還不還，管誰什麼相干？」◎16襲人見這話不是往日口吻，因又笑道：「這是怎麼說？好好的大正月裏，娘兒們、姐妹們都喜喜歡歡的，你又怎麼這個形景了？」寶玉冷笑道：「他們娘兒們、姐妹們歡喜不歡喜，也與我無干。」◎17襲人笑道：「他們既隨和，你也隨和，豈不大家彼此有趣。」寶玉道：「什麼是『大家彼此』！他們有『大家彼此』，我是『赤條條來去無牽掛』。」談及此句，不覺淚下。襲人見此光景，不敢再說。寶玉細想這一句趣味，不禁大哭起來，翻身起來至案前，遂提筆立占一偈

✣ 賈寶玉不喜仕途經濟、制藝八股，倒於詩詞「小道」上頗有靈氣，似乎慧根在此。（張羽琳繪）

云：

你證我證，心證意證。是無有證，斯可云證。無可云證，是立足境。

寫畢，自雖解悟，又恐人看此不解，◎18因此亦塡一支《寄生草》，也寫在偈後。自己又念一遍，自覺無掛礙，中心自得，便上床睡了。

誰想黛玉見寶玉此番果斷而去，故以尋襲人爲由，來視動靜。襲人笑回道：「已經睡了。」黛玉聽說，便要回去。襲人笑道：「姑娘請站住，有一個字帖兒，瞧瞧是什麼話。」說著，便將方才那曲子與偈語悄悄拿來，遞與黛玉看。黛玉看了，知是寶玉一時感忿而作，不覺可笑可嘆，便向襲人道：「作的是頑意兒，無甚關係。」說畢，便攜了回房去，與湘雲同看。◎19次日又與寶釵看。寶釵看其詞曰：

無我原非你，從他不解伊。肆行無礙憑來去。茫茫著甚悲愁喜？紛紛說甚親疏密？從前碌碌卻因何？到如今，回頭試想眞無趣！

看畢，又看那偈語，又笑道：「這個人悟了。都是我的不是，都是我昨兒一支曲子惹出來的。這些道書禪機最能移性。明兒認眞說起這些瘋話來，存了這個意思，都是從我這一支曲子上來，我成了個罪魁了。」說著，便撕了個粉碎，遞與丫頭們說：「快燒了罷！」黛玉笑道：「不該撕，等我問他。你們跟我來，包管叫他收了這個痴心邪話。」

評點

◎14.神工乎，鬼工乎？文思至此盡矣。（畸笏叟）
◎15.黛玉一生是聰明所誤，寶玉是多事所誤。多事者，情之事也，非世事也。多情曰多事，亦宗《莊》筆而來，蓋余亦偏矣，可笑。阿鳳是機心所誤，寶釵是博知所誤，湘雲是自愛所誤，襲人是好勝所誤，皆不能跳出莊叟言外，悲亦甚矣。（脂硯齋）
◎16.大奇大神之文。此「相干」之語仍是近文與顰兒之語之「相干」也。上文未說，終存於心，卻於寶釵身上發洩。素厚者唯顰、雲，今爲彼等尚存此心，況於素不契者，有不直言者乎？情理筆墨，無不盡矣。（脂硯齋）
◎17.先及寶釵，後及眾人，皆一顰之禍流毒於眾人。寶玉之心，僅有一顰乎。（脂硯齋）
◎18.自悟則自了，又何用人亦解哉？此正是猶未正覺大悟也。（脂硯齋）
◎19.卻不同湘雲分崩，有趣！（脂硯齋）

三人果然都往寶玉屋裏來。一進來，黛玉便笑道：「寶玉，我問你：至貴者是『寶』，至堅者是『玉』。爾有何貴？爾有何堅？」◎[20]寶玉竟不能答。三人拍手笑道：「這樣鈍愚，還參禪呢！」黛玉又道：「你那偈末云，『無可云證，是立足境』，固然好了，只是據我看來，還未盡善。我再續兩句在後。」因念云：「無立足境，是方乾淨。」◎[21]寶釵道：「實在這方悟徹。當日南宗六祖惠能※[10]，初尋師至韶州。聞五祖弘忍在黃梅，他便充役火頭僧。五祖欲求法嗣※[11]，令徒弟諸僧各出一偈。上座神秀說道：『身是菩提樹，心如明鏡臺；時時勤拂拭，莫使有塵埃。』彼時惠能在廚房碓米，聽了這偈，說道：『美則美矣，了則未了。』因自念一偈曰：『菩提本非樹，明鏡亦非臺，本來無一物，何處染塵埃？』五祖便將衣缽※[12]傳他。◎[22]今兒這偈語，亦同此意了。只是方才這句機鋒，尚未完全了結，這便丟開手不成？」黛玉笑道：「彼時不能答，就算輸了，這會子答上了也不爲出奇。只是以後再不許談禪了。連我們兩個所知所能的，你還不知不能呢，還去參禪呢！」寶玉自己以爲覺悟，不想忽被黛玉一問，便不能答；寶釵又比出「語錄」※[13]來，此皆素不見他們能者。自己想了一想：「原來他們比我的知覺在先，尚未解悟，我如今何必自尋苦

菩提樹，佛教聖樹。桑科榕屬植物，常綠喬木。別名：思維樹、畢波羅樹。（徐暐春提供）

惱。」想畢，便笑道：「誰又參禪，不過一時頑話罷了。」說著，四人仍復如舊。

*　　*　　*

忽然人報，娘娘差人送出一個燈謎兒，命你們大家去猜，猜著了每人也作一個進去。四人聽說忙出去，至賈母上房。只見一個小太監，拿了一盞四角平頭白紗燈，專爲燈謎而製，上面已有一個，衆人都爭看亂猜。小太監又下諭道：「衆小姐猜著了，不要說出來，每人只暗暗的寫在紙上，一齊封進宮去，娘娘自驗是否。」寶釵等聽了，近前一看，是一首七言絕句，並無甚新奇，口中少不得稱讚，只說難猜，故意尋思，其實一見就猜著了。寶玉、黛玉、湘雲、探春四個人也都解了，各自暗暗的寫了。一併將賈環、賈蘭等傳來，一齊各揣機心都猜了，寫在紙上。然後各人拈一物作成一謎，恭楷寫了，掛在燈上。

太監去了，至晚出來傳諭：「前娘娘所製，俱已猜著，惟二小姐與三爺猜的不是。小姐們作的也都猜了，不知是否。」說著，也將寫的拿出來。也有猜著的，也有猜不著的，都胡亂說猜著了。太監又將頒賜之物送與猜著之人，每人一個宮製詩筒，一柄茶筅，獨迎春、賈環二人未得。迎春自爲頑笑小事，並不介意，賈環便覺得沒趣。且又聽太監說：「三爺說的這個不通，娘娘也沒猜，叫我帶回問三爺是個什麼。」衆人聽了，

註

※10：自五祖弘忍死後，禪宗在中國分爲南北兩宗，北宗以神秀爲六祖，南宗以惠能爲六祖。
※11：佛門宗派傳法的繼承人。
※12：原指佛家師徒間相傳的法器，後泛稱師徒相傳技藝爲傳承衣缽。衣：袈裟。缽：食器。
※13：古代一種語體文，指言語的實錄。起源於唐代，指僧徒用口語記載其師父的傳授。

評點

◎20.拍案叫絕！大和尚來答此機鋒，想亦不能答也。非顰兒，第二人無此靈心慧性也。（脂硯齋）
◎21.拍案叫絕！此又深一層也。亦如諺云：「去年貧，只立錐；今年貧，錐也無。」其理一也。（脂硯齋）
◎22.出語錄。總寫寶卿博學宏覽，勝諸才人；顰兒卻聰慧靈智，非學力所致--皆絕世絕倫之人也。寶玉寧不愧殺！（脂硯齋）

都來看他作的什麼，寫道是：

　　大哥有角只八個，二哥有角只兩根。大哥只在床上坐，二哥愛在房上蹲。◎23

衆人看了，大發一笑。賈環只得告訴太監說：「一個枕頭，一個獸頭※14。」太監記了，領茶而去。

賈母見元春這般有興，自己越發喜樂，便命速作一架小巧精緻圍屏燈來，設於當屋，命他姐妹各自暗暗的作了，寫出來粘於屏上，然後預備下香茶、細果以及各色玩物，爲猜著之賀。賈政朝罷，見賈母高興，況在節間，晚上也來承歡取樂。設了酒果，備了玩物，上房懸了彩燈，請賈母賞燈取樂。上面賈母、賈政、寶玉一席，下面王夫人、寶釵、黛玉、湘雲又一席，迎、探、惜三個又一席。地下婆娘、丫鬟站滿。李宮裁、王熙鳳二人在裏間又一席。賈政因不見賈蘭，便問：「怎麼不見蘭哥？」地下婆娘忙進裏間問李氏，李氏起身笑著回道：「他說方才老爺並沒去叫他，他不肯來。」婆娘回覆了賈政。衆人都笑說：「天生的牛心古怪。」賈政忙遣賈環與兩個婆娘將賈蘭喚來。賈母命他在身旁坐了，抓果品與他吃。大家說笑取樂。

往常間，只有寶玉長談闊論，今日賈政在這裏，便惟有唯唯而已。餘者湘雲雖係

✣ 元春。雖然身不在賈府，她的遭際卻直接影響到整個家族。（《紅樓夢煙標精華》杜春耕編著，北京圖書館出版社提供）

閨閣弱女，卻素喜談論，今日賈政在席，也自緘口禁言。黛玉本性懶與人共，原不肯多話。◎24寶釵原不妄言輕動，便此時亦是坦然自若。◎25故此一席雖是家常取樂，反見拘束不樂。賈母亦知因賈政一人在此所致，酒過三巡，便攆賈政去歇息。賈政亦知賈母之意，攆了自己去後，好讓他們姐妹兄弟取樂，因陪笑道：「今日原聽見老太太這裏大設春燈雅謎，故也備了彩禮酒席，特來入會。何疼孫子、孫女之心，便不略賜以兒子半點？」賈母笑道：「你在這裏，他們都不敢說笑，沒的倒叫我悶。你要猜謎時，我便說一個你猜，猜不著是要罰的。」賈政忙笑道：「自然要罰。若猜著了，也是要領賞的。」賈母道：「這個自然。」說著便念道：

猴子身輕站樹梢。◎26——打一果名

賈政已知是荔枝，便故意亂猜別的，罰了許多東西，然後方猜著，也得了賈母的東西。然後也念一個與賈母猜，念道：

身自端方，體自堅硬。
雖不能言，有言必應。——打一用物。

說畢，便悄悄的說與寶玉。寶玉意會，又悄悄的告訴了賈母。賈母想了想，果然不差，便說：「是硯臺。」賈政笑道：「到底是老太太，一猜就是。」回頭說：「快把賀彩送上來。」地下婦女答應一聲，大盤小盒一齊捧上。賈母逐件看去，都是燈節下所

註

※14：古代建築之屋簷角上擺設的兩角怪獸。

評點

◎23.可發一笑，真環哥之謎。諸卿勿笑，難為了作者摹擬。（脂硯齋）
◎24.黛玉如此。與人多話則不肯，何得與寶玉話更多哉？（脂硯齋）
◎25.瞧他寫寶釵，真是又曾經嚴父慈母之明訓，又是世府千金，自己又天性從禮合節，前三人之長並歸一身。前三人尚有捏作之態，故唯寶釵一人作坦然自若，亦不見逾規越矩也。（脂硯齋）
◎26.所謂「樹倒猢猻散」是也。（脂硯齋）

用所頑新巧之物，甚喜，遂命：「給你老爺斟酒。」寶玉執壺，迎春送酒，賈母因說：「你瞧瞧那屏上，都是他姐妹們作的，再猜一猜我聽。」

賈政答應，起身走至屏前，只見頭一個寫道是：

能使妖魔膽盡摧，身如束帛氣如雷。
一聲震得人方恐，回首相看已化灰。◎27

賈政道：「這是炮竹嘎。」寶玉答道：「是。」賈政又看道：

天運人功理不窮，有功無運也難逢。
因何鎮日紛紛亂？只為陰陽※15數不同。◎28

賈政道：「是算盤。」迎春笑道：「是。」又往下看，是：

階下兒童仰面時，清明妝點最堪宜。
游絲一斷渾無力，莫向東風怨別離。◎29

賈政道：「這是風箏。」探春笑道：「是。」又看，道是：

前身色相總無成，不聽菱歌聽佛經。
莫道此生沉黑海，性中自有大光明※16。◎30

賈政道：「這是佛前海燈嘎。」惜春笑答道：「是海燈。」

賈政心內沉思道：「娘娘所作爆竹，此乃一響而散之物。迎春所作算盤，是打動

✣ 製燈謎賈政悲讖語。賈母只圖歡樂，賈政則似乎一直隱含著憂慮。（《紅樓夢煙標精華》杜春耕編著，北京圖書館出版社提供）

亂如麻；探春所作風箏，乃飄飄浮蕩之物；惜春所作海燈，一發清淨孤獨。今乃上元佳節，如何皆作此不祥之物爲戲耶？」心內愈思愈悶，因在賈母之前，不敢形於色，只得仍勉強往下看去。只見後面寫著七言律詩一首，卻是寶釵所作，隨念道：

朝罷誰攜兩袖煙？琴邊衾裏總無緣。
曉籌不用雞人報，五夜無煩侍女添。
焦首朝朝還暮暮，煎心日日復年年。
光陰荏苒須當惜，風雨陰晴任變遷。※17

賈政看完，心內自忖道：「此物還倒有限。只是小小之人作此詞句，更覺不祥，皆非永遠福壽之輩。」想到此處，愈覺煩悶，大有悲戚之狀，因而將適才的精神減去十分之八九，只是垂頭沉思。

賈母見賈政如此光景，想到或是他身體勞乏亦未可定，又兼之恐拘束了眾姐妹不得高興頑耍，即對賈政云：「你竟不必猜了，去安歇罷，讓我們再坐一會，也好散了。」賈政一聞此言，連忙答應幾

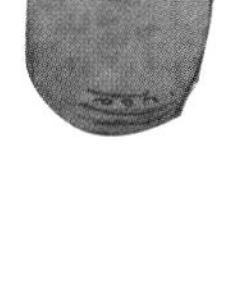

註

※15：指上下排算盤珠子，兼指男女、夫妻。此回元春、迎春、探春、惜春、寶釵等所作謎語，謎底都暗示了各人的不幸結局。
※16：代指佛。
※17：謎底是更香，古時爲夜間打更所造的線香，每燃完一支爲一更，故稱更香。雞人：古代宮中頭戴紅布頭巾專職司晨報曉的衛士。

評點

◎27.此元春之謎。才得僥倖，奈壽不長，可悲哉！（脂硯齋）
◎28.此迎春一生遭際，惜不得其夫何！（脂硯齋）
◎29.此探春遠適之讖也。使此人不遠去，將來事敗，諸子孫不致流散也，悲哉傷哉！（脂硯齋）
◎30.此惜春爲尼之讖也。公府千金至緇衣乞食，寧不悲夫！（脂硯齋）

✣ 賈政觀看衆人所作燈謎，謎底都是不祥之物，
感覺煩悶。（朱士芳繪）

個「是」字，又勉強勸了賈母一回酒，方才退出去了。回至房中只是思索，翻來覆去，竟難成寐，不由傷悲感慨，不在話下。

且說賈母見賈政去了，便道：「你們可自在樂一樂罷。」一言未了，早見寶玉跑至圍屛燈前，指手畫腳，滿口批評，這個這一句不好，那一個破的不恰當，如同開了鎖的猴子一般。寶釵便道：「還像適才坐著，大家說說笑笑，豈不斯文些兒！」鳳姐自裏間忙出來插口道：「你這個人，就該老爺每日令你寸步不離方好。適才我忘了，爲什麼不當著老爺，攛掇叫你也作詩謎兒。若果如此，怕不得這會子正出汗呢。」說的寶玉急了，扯著鳳姐兒，扭股兒糖似的只是廝纏。賈母又與李宮裁並衆姐妹說笑了一會，也覺有些困倦起來。聽了聽已是漏下四鼓了，命將食物撤去，賞散與衆人，隨起身道：「我們安歇罷。明日還是節下，該當早起。明日晚間再頑罷。」且聽下回分解。

✣ 賈母是賈府權勢富貴的象徵（左為王熙鳳，右為賈寶玉）。（國光劇團豫劇隊提供，林榮錄攝影）

第二十三回

西廂記妙詞通戲語　牡丹亭艷曲警芳心

話說賈元春自那日幸大觀園回宮去後，便命將那日所有的題咏，命探春依次抄錄妥協，自己編次，敘其優劣，又命在大觀園勒石，爲千古風流雅事。因此，賈政命人各處選拔精工名匠，在大觀園磨石鐫字。賈珍率領賈蓉、賈萍等監工。因賈薔又管理著文官等十二個女戲並行頭等事，不大得便，因此賈珍又將賈菖、賈菱喚來監工。一日，湯蠟釘朱※1，動起手來。這也不在話下。

且說那個玉皇廟並達摩庵兩處，一班的十二個小沙彌並十二個小道士，如今挪出大觀園來，賈政正想發到各廟去分住。不想後街上住的賈芹之母周氏，正盤算著也要到賈政這邊謀一個大小事務與兒子管管，也好弄些銀錢使用，可巧聽見這件事出來，便坐轎子來求鳳姐。鳳姐因見他素日不大拿班作勢的，便依

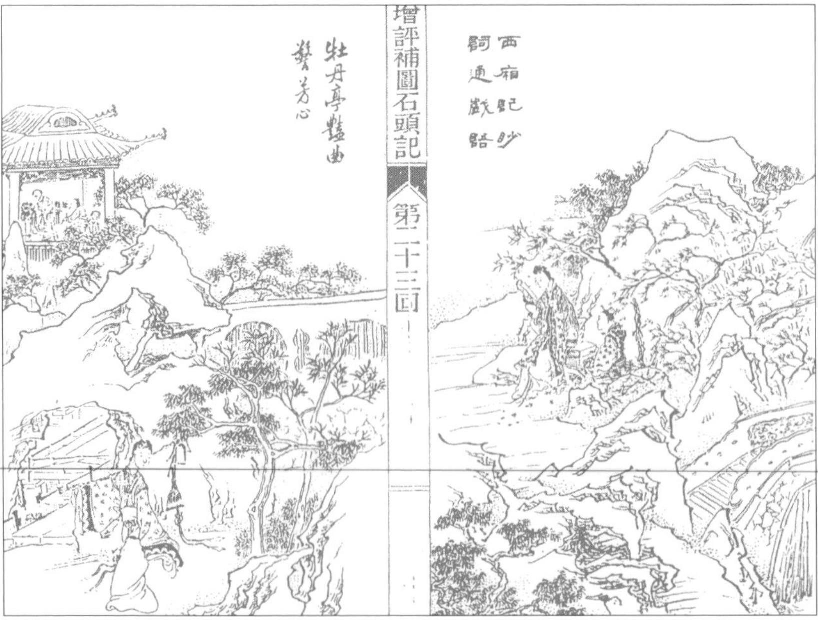
增評補圖石頭記
第二十三回
西廂記妙詞通戲語
牡丹亭艷曲警芳心

❖《增評補圖石頭記》第二十三回繪畫。（fotoe提供）

✣ 側柏。側柏柏科植物。常綠喬木。柏樹常用來象徵堅貞，娘娘吩咐大觀園東北角子上須多多種植松柏等樹。（徐曄春提供）

允了，想了幾句話便回王夫人說：「這些小和尚道士萬不可打發到別處去，一時娘娘出來就要承應。倘或散了，若再用時，可又費事。依我的主意，不如將他們竟送到咱們家廟裏鐵檻寺去，月間不過派一個人拿幾兩銀子去買柴米就完了。說聲用，走去叫來，一點兒不費事呢。」王夫人聽了，便商之於賈政。賈政聽了笑道：「倒是提醒了我，就是這樣。」即時喚賈璉來。

當下賈璉正同鳳姐吃飯，一聞呼喚，不知何事，放下飯便走。鳳姐一把拉住，笑道：「你且站住，聽我說話。若是別的事我不管，若是爲小和尚們的事，好歹依我這麼著。」如此這般教了一套話。賈璉笑道：「我不知道，你有本事你說去。」鳳姐聽了，把頭一梗，把筷子一放，腮上似笑不笑的瞅著賈璉道：「你當眞的，還是頑話？」賈璉笑道：「西廊下※2五嫂子的兒子芸兒來求了我兩三遭，要個事情管管。我依了，叫他等著。好容易出來這件事，你又奪了去。」鳳姐兒笑道：「你放

註

※1：刻碑時的兩道工程。湯蠟：也叫燙蠟，指將熔化的白蠟塗在已寫好文字的石碑面上，保護文字。釘朱：湯蠟後石工按朱書鐫刻。

※2：古代大建築群四周以廂房圍繞，迴廊兩側的街巷稱東西廊下。

心。園子東北角子上，娘娘說了，還叫多多的種松柏樹，樓底下還叫種些花草。等這件事出來，我管保叫芸兒管這件工程。」賈璉道：「果這樣也罷了。只是昨兒晚上，我不過是要改個樣兒，你就扭手扭腳的。」◎1鳳姐兒聽了，嗤的一聲笑了，向賈璉啐了一口，低下頭便吃飯。

賈璉已經笑著去了，到了前面見了賈政，果然是小和尚一事。賈璉便依了鳳姐的主意，說道：「如今看來，芹兒倒大大的出息了，這件事竟交與他去管辦。橫豎照在裏頭的規例，每月叫芹兒支領就是了。」賈政原不大理論這些事，聽賈璉如此說，便如此依了。賈璉回到房中告訴鳳姐，鳳姐即命人去告訴了周氏。賈芹便來見賈璉夫妻兩個，感謝不盡。鳳姐又作情央賈璉先支三個月的費用，叫他寫了領字，賈璉批票畫了押，登時發了對牌出去。銀庫上按數發出三個月的供給來，白花花二三百兩。賈芹隨手拈了一塊，撂與掌秤的人，叫他們吃茶罷。於是命小廝拿了回家，與母親商議。登時僱了大腳驢，自己騎上；又僱了幾輛車，至榮國府角門前，喚出二十四個人來，坐上車，一逕往城外鐵檻寺去了。當下無話。

* * *

如今且說賈元春，因在宮中自編大觀園題咏之後，忽想起那大觀園中景致，自己幸過之後，賈政必定敬謹封鎖，不敢使人進去騷擾，豈不寥落。況家中現有幾個能詩會賦的姐妹，何不命他們進去居住，也不使佳人落魄，花柳無顏。卻又想到寶玉自幼在姐妹叢中長大，不比別的兄弟，若不命他進去，只怕他冷清了，一時不大暢快，未免賈母、王夫人愁慮，須得也命他進園居住方妙。◎2想畢，遂命太監夏守忠到榮國府來下一道諭，命寶釵等只管在園中居住，不可禁約封錮，命寶玉仍隨進去讀書。

賈政、王夫人接了這諭，待夏守忠去後，便來回明賈母，遣人進去各處收拾打掃，安設簾幔床帳。別人聽了還自猶可，惟寶玉聽了這諭，喜的無可不可。正和賈母盤算，要這個，弄那個，忽見丫鬟來說：「老爺叫寶玉。」寶玉聽了，好似打了個焦雷，登時掃去興頭，臉上轉了顏色，便拉著賈母扭的好似扭股兒糖，殺死不敢去。賈母只得安慰他道：「好寶貝，你只管去，有我呢，他不敢委曲了你。況且你又作了那篇好文章。想是娘娘叫你進去住，他吩咐你幾句，不過不教你在裏頭淘氣。他說什麼，你只好生答應著就是了。」一面安慰，一面喚了兩個老嬤嬤來，吩咐「好生帶了寶玉去，別叫他老子唬著他。」老嬤嬤答應了。

寶玉只得前去，一步挪不了三寸，蹭到這邊來。可巧賈政在王夫人房中商議事情，金釧兒、彩雲、彩霞、繡鸞、繡鳳等眾丫鬟都在廊檐底下站著呢。一見寶玉走來，都抿著嘴笑。金釧一把拉住寶玉，悄悄的笑道：「我這嘴上是才擦的香浸胭脂，你這會子可吃不吃了？」彩雲一把推開金釧，笑道：「人家正心裏不自在，你還奚落他。趁這會子喜歡，快進去罷。」寶玉只得挨進門去。原來賈政和王夫人都在裏間呢，趙姨娘打起簾子，寶玉躬身進去。只見賈政和王夫人對面坐在炕上說話，地下一溜椅子，迎春、探

評點

◎1.寫鳳姐風月之文如此，總不脫漏。（脂硯齋）

◎2.大觀園原係十二釵棲止之所，然工程浩大，故借元春之名而起，再用元春之命以安諸艷，不見一絲扭撚。（脂硯齋）

春、惜春、賈環四個人都坐在那裏。一見他進來，惟有探春、惜春和賈環站了起來。

賈政一舉目，見寶玉站在跟前，神彩飄逸，秀色奪人；看看賈環，人物委瑣，舉止荒疏；忽又想起賈珠來，再看看王夫人只有這一個親生的兒子，素愛如珍，自己的鬍鬚將已蒼白；因這幾件上，把素日嫌惡寶玉之心不覺減了八九。◎3半晌說道：「娘娘吩咐說，你日日外頭嬉遊，漸次疏懶，如今叫禁管，同你姐妹在園裏讀書寫字。你可好生用心習學，再若不守分安常，你可仔細！」寶玉連連答應了幾個「是」。王夫人便拉他在身旁坐下。他姐弟三人依舊坐下。

王夫人摸挲著寶玉的脖項說道：「前兒的丸藥都吃完了？」寶玉答道：「還有一丸。」王夫人道：「明兒再取十丸去，天天臨睡的時候，叫襲人伏侍你吃了再睡。」寶

依元春之諭衆人方進園居住，從此之後大觀園之內女兒成群，熱鬧非凡。（朱士芳繪）

✣ 瀟湘館外翠竹掩映，生機盎然，此時的大觀園一片和諧。（趙塑攝於北京大觀園）

玉道：「只從太太吩咐了，襲人天天晚上想著，打發我吃。」賈政問道：「襲人是何人？」王夫人道：「是個丫頭。」賈政道：「丫頭不管叫個什麼罷了，是誰這樣刁鑽，起這樣的名字？」王夫人見賈政不自在了，便替寶玉掩飾道：「是老太太起的。」賈政道：「老太太如何知道這樣的話，一定是寶玉。」寶玉見瞞不過，只得起身回道：「因素日讀書，曾記古人有一句詩云：『花氣襲人知晝暖』。因這個丫頭姓花，便隨口起了這個名字。」王夫人忙又道：「你回去改了罷。老爺也不用爲這小事動氣。」賈政道：「究竟也無礙，又何用改。只是可見寶玉不務正，專在這些濃詞艷賦上作工夫。」說畢，斷喝一聲：「作孽的畜生，還不出去！」王夫人也忙道：「去罷，只怕老太太等你吃飯呢。」寶玉答應了，慢慢的退出去，向金釧兒笑著伸伸舌頭，帶著兩個老嬤嬤一溜煙去了。

剛至穿堂門前，只見襲人倚門立在那裏，一見寶玉平安回來，堆下笑來問道：「叫你作什麼？」寶玉告訴他：「沒有什麼，不過怕我進園去淘氣，吩咐吩咐。」一面說，

評點

◎3.爲天下年老父母一哭！（脂硯齋）

一面回至賈母跟前，回明原委。只見林黛玉正在那裏，寶玉便問他：「你住那一處好？」林黛玉正心裏盤算這事，忽見寶玉問他，便笑道：「我心裏想著瀟湘館好，愛那幾竿竹子隱著一道曲欄，比別處更覺幽靜。」寶玉聽了拍手笑道：「正和我的主意一樣，我也要叫你住這裏呢。我就住怡紅院，咱們兩個又近，又都清幽。」◎4

二人正計較著，就有賈政遣人來回賈母說：「二月二十二日子好，哥兒、姐兒們好搬進去。這幾日內遣人進去分派收拾。」薛寶釵住了蘅蕪苑，林黛玉住了瀟湘館，賈迎春住了綴錦樓，探春住了秋爽齋，惜春住了蓼風軒，李氏住了稻香村，寶玉住了怡紅院。每一處添兩個老嬤嬤，四個丫頭，除各人奶娘親隨丫鬟不算外，另有專管收拾打掃的。至二十二日，一齊進去，登時園內花招繡帶，柳拂香風，◎5不似前番那等寂寞了。

✣「衆姐妹進住大觀園，西廂記妙詞通戲語」，《紅樓夢》的主要故事多發生在大觀園中。描繪《紅樓夢》第二十三回中的場景。清代孫溫繪《全本紅樓夢》圖冊第八冊之一。（清．孫溫繪）

✣ 綴錦樓，迎春在大觀園裏的住處。（趙塑攝於北京大觀園）

閑言少敘。且說寶玉自進園來，心滿意足，再無別項可生貪求之心。每日只和姐妹、丫頭們一處，或讀書，或寫字，或彈琴下棋，作畫吟詩，以至描鸞刺鳳，鬥草簪花，低吟悄唱，拆字猜枚，無所不至，倒也十分快樂。他曾有幾首即事詩，雖不算好，卻倒是眞情眞景，略記幾首云：

春夜即事

霞綃雲幄任鋪陳，隔巷蟆更※3聽未眞。
枕上輕寒窗外雨，眼前春色夢中人。
盈盈燭淚因誰泣？點點花愁爲我嗔。
自是小鬟嬌懶慣，擁衾不耐笑言頻。

夏夜即事

倦繡佳人幽夢長，金籠鸚鵡喚茶湯。
窗明麝月開宮鏡，室靄檀雲品御香。
琥珀杯傾荷露滑，玻璃檻納柳風涼。
水亭處處齊紈動，簾捲朱樓罷晚妝。

註

※3：蛤蟆更。蟆更大作時，時已六更，天將破曉。

評點

◎4.擇鄰出於玉兄，所謂眞知己。（脂硯齋）
◎5.八字寫得滿園之內處處有人，無一處不到。（脂硯齋）

秋夜即事

絳芸軒裏絕喧嘩，桂魄※4流光浸茜紗。苔鎖石紋容睡鶴，井飄桐露濕棲鴉。抱衾婢至舒金鳳，倚檻人歸落翠花※5。靜夜不眠因酒渴，沉煙重撥索烹茶。

冬夜即事

梅魂竹夢已三更，錦罽鸘衾睡未成。松影一庭惟見鶴，梨花※6滿地不聞鶯。女兒翠袖詩懷冷，公子金貂酒力輕。卻喜侍兒知試茗，掃將新雪及時烹。◎6

因這幾首詩，當時有一等勢利人，見是榮國府十二三歲的公子作的，抄錄出來各處稱頌；再有一等輕浮子弟，愛上那風騷妖艷之句，也寫在扇頭壁上，不時吟哦賞讚。因此竟有人來尋詩覓字，倩畫求題的。寶玉亦發得了意，鎮日家作這些外務。

誰想靜中生煩惱。忽一日不自在起來，這也不好，那也不好，出來進去只是悶悶的。園中那些人多半是女孩兒，正在混沌世界、天真爛熳之時，坐臥不避，嬉笑無心，那裏知寶玉此時的心事。那寶玉心內不自在，便懶在園內，只在外頭鬼混，卻又痴痴

✣《楊貴妃華清池出浴圖》。作者康濤，清中葉畫家。楊貴妃，中國歷史上四大美女之一，傳說曾「羞花」。（fotoe提供）

的。茗煙見他這樣，因想與他開心，左思右想，皆是寶玉頑煩了的，不能開心，惟有這件，寶玉不曾看見過。◎7想畢，便走去到書坊內，把那古今小說並那飛燕、合德、武則天、楊貴妃的外傳與那傳奇角本買了許多來，引寶玉看。寶玉何曾見過這些書，一看見了便如得了珍寶。茗煙又囑咐他：「不可拿進園去，若叫人知道了，我就吃不了兜著走呢。」寶玉那裏捨得不拿進去，踟躕再三，單把那文理細密的揀了幾套進去，放在床頂上，無人時自己密看。那粗俗過露的，都藏在外面書房裏。

那一日，正當三月中浣※7，早飯後，寶玉攜了一套《會眞記》※8，走到沁芳閘橋邊桃花底下一塊石上坐著，展開《會眞記》，從頭細頑。正看到「落紅成陣」，只見一陣風過，把樹頭上桃花吹下一大半來，◎8落得滿身滿書滿地皆是。寶玉要抖將下來，恐怕腳步踐踏了，◎9只得兜了那花瓣，來至池邊，抖在池內。那花瓣浮在水面，飄飄蕩蕩，竟流出沁芳閘去了。

回來只見地下還有許多，寶玉正踟躕間，只聽背後有人說道：「你在這裏作什麼？」寶玉一回頭，卻是林黛玉來了，肩上擔著花鋤，鋤上掛著花囊，手內拿著花帚。

註

※4：月亮，傳說月中有桂樹，故稱月為「桂魄」。
※5：金鳳：刺繡著金鳳圖案的被褥。翠花：有翡翠珠玉裝飾的簪花。
※6：雪。
※7：中旬。唐代規定官吏中旬的休假日，用來沐浴、洗滌。一個月分為上浣、中浣、下浣，後借作上旬、中旬、下旬的別稱。
※8：唐代元稹所作的傳奇《鶯鶯傳》，因其中有「會眞」詩三十韻，故又稱《會眞記》。金、元兩朝人把其故事演為諸宮調和雜劇，名為《西廂記》。此指元代王實甫雜劇《西廂記》。

評點

◎6.四詩作盡安福尊榮之貴介公子也。（脂硯齋）
◎7.書房伴讀累累如是，余至今痛恨。（脂硯齋）
◎8.好一陣湊趣風。（脂硯齋）
◎9.「情不情」。（脂硯齋）

寶玉笑道：「好，好，來把這個花掃起來，撂在那水裏。我才撂了好些在那裏呢。」黛玉道：「撂在水裏不好。你看這裏的水乾淨，只一流出去，有人家的地方髒的臭的混倒，仍舊把花糟蹋了。那畸角上我有一個花塚，◎[10]如今把他掃了，裝在這絹袋裏，拿土埋上，日久不過隨土化了，豈不乾淨。」◎[11]

寶玉聽了，喜不自禁，笑道：「待我放下書，幫你來收拾。」◎[12]黛玉道：「什麼書？」寶玉見問，慌得藏之不迭，便說道：「不過是《中庸》、《大學》。」黛玉笑道：「你又在我跟前弄鬼。趁早兒給我瞧瞧，好多著呢。」寶玉道：「好妹妹，若論你，我是不怕的。你看了，好歹別告訴人去。眞眞這是好書！你要看了，連飯也不想吃呢。」一面說，一面遞了過去。黛玉把花具且都放下，接書來瞧，從頭看去，越看越愛看，不過一頓飯工夫，將十六齣俱已看完，自覺詞藻警人，餘香滿口。雖看完了書，卻只管出神，心內還默默的記誦。

寶玉笑道：「妹妹，你說好不好？」黛玉笑道：「果然有趣。」寶玉笑道：「我就是個『多愁多病身』，你就是那『傾國傾城貌』。」◎[13]黛玉聽了，不覺帶腮連耳通紅，登時直豎起兩道似蹙非蹙的眉，瞪了兩只似睜非睜的眼，微腮帶怒，薄面含嗔，指寶玉道：

✣《西廂記》要太保剪紙作品，描繪張生與崔鶯鶯的相識和相愛：初遇、傳簡、赴約、佳期、餞行、賴婚（由上至下，由右至左）。（孔蘭平翻拍）

✣香塚。黛玉把花葬於花塚，是為了保全花的潔淨。（趙塑攝於北京大觀園）

「你這該死的胡說！好好的把這淫詞艷曲弄了來，還學了這些混話來欺負我。我告訴舅舅、舅母去。」說到「欺負」兩個字上，早又把眼睛圈兒紅了，轉身就走。寶玉著了急，向前攔住說道：「好妹妹，千萬饒我這一遭！原是我說錯了。若有心欺負你，明兒我掉在池子裏，教個癩頭黿吞了去，變個大忘八，等你明兒作了一品夫人、病老歸西的時候，我往你墳上替你馱一輩子的碑去。」◎14說的黛玉嗤的一聲笑了。揉著眼睛，一面笑道：「一般也唬得這個調兒，還只管胡說。『呸！原來是苗而不秀，是個銀樣鑞槍頭※9。』」寶玉聽了，笑道：「你這個呢？我也告訴去。」黛玉笑道：「你說你會過目成誦，難道我就不能一目十行麼？」◎15

寶玉一面收書，一面笑道：「正經快把花埋了罷，別提那個了。」二人便收拾落花，正才掩埋妥協，只見襲人走來，說道：「那裏沒找到，摸在這裏來。那邊大老爺身上不好，姑娘們都過去請安，老太太叫打發你去呢。快回去換衣裳去罷！」寶玉聽了，忙拿了書，別了黛玉，同襲人回房換衣不提。

這裏黛玉見寶玉去了，又聽見眾姐妹也不在房，自己悶悶的。正

註

※9：苗而不秀：莊稼長苗卻不吐花，比喻才質秀美卻早夭。後也用以比喻虛有其表。「銀樣鑞槍頭」與此義近。

評點

◎10.好名色！新奇！葬花亭裏埋花人。（脂硯齋）
◎11.寫黛玉又勝寶玉十倍癡情。（脂硯齋）
◎12.顧了這頭，忘卻那頭。（脂硯齋）
◎13.看官說寶玉忘情有之，若認作有心取笑，則看不得《石頭記》。（脂硯齋）
◎14.雖是混話一串，卻成了最新最奇的妙文。（脂硯齋）
◎15.兒女情態，毫無淫念，韻雅之至！（脂硯齋）

欲回房，剛走到梨香院牆角邊，只聽牆內笛韻悠揚，歌聲婉轉。黛玉便知是那十二個女孩子演習戲文呢。只是黛玉素習不大喜看戲文，便不留心，只管往前走。偶然兩句吹到耳內，明明白白，一字不落，唱道是：「原來奼紫嫣紅開遍，似這般都付與斷井頹垣。」◎16林黛玉聽了，倒也十分感慨纏綿，便止住步側耳細聽，又聽唱道是：「良辰美景奈何天，賞心樂事誰家院？」聽了這兩句，不覺點頭自嘆，心下自思道：「原來戲上也有好文章。◎17可惜世人只知看戲，未必能領略這其中的趣味。」◎18想畢，又後悔不該胡想，耽誤了聽曲子。又側耳時，只聽唱道：「則爲你如花美眷，似水流年……」林黛玉聽了這兩句，不覺心動神搖。又聽道：「你在幽閨自憐」等句，亦發如醉如痴，站立不住，便一蹲身坐在一塊山子石上，細嚼「如花美眷，似水流年」八個字的滋味。忽又想起前日見古人詩中有「水流花謝兩無情」之句，再又有詞中有「流水落花春去也，天上人間」之句，又兼方才所見《西廂記》中「花落水流紅，閑愁萬種」之句，都一時想起來，湊聚在一處。仔細忖度，不覺心痛神痴，眼中落淚。正沒個開交，忽覺背上擊了一下，及回頭看時，原來是……且聽下回分解。正是：

妝晨繡夜心無矣，對月臨風恨有之。

評點

◎16.情小姐，故以情小姐詞曲警之，恰極當極！（脂硯齋）
◎17.非不及釵，係不曾於雜學上用意也。（脂硯齋）
◎18.將進門便是知音。（脂硯齋）

✣ 桃花時節，在大觀園共讀《西廂記》，寶玉和黛玉體驗了兩情相悅的心動時刻，這也是他們一生最美的時光。（朱士芳繪）

第二十四回

醉金剛輕財尚義俠　痴女兒遺帕惹相思◎1

話說林黛玉正自情思縈逗、纏綿固結之時，忽有人從背後擊了一掌，說道：「你作什麼一個人在這裏？」林黛玉倒唬了一跳，回頭看時不是別人，卻是香菱。林黛玉道：「你這傻丫頭，唬我這麼一跳好的。你這會子打那裏來？」香菱嘻嘻的笑道：「我來尋我們的姑娘的，找他總找不著。你們紫鵑也找你呢？說璉二奶奶送了什麼茶葉來給你的。走罷，回家去坐著。」一面說著，一面拉著黛玉的手回瀟湘館來了。果然鳳姐兒送了兩小瓶上用新茶來。林黛玉和香菱坐了。況他們有甚正事談講，不過說些這一個繡的好，那一個刺的精，又下一回棋，看兩句書，◎2香菱便走了。不在話下。

＊　＊　＊

如今且說寶玉因被襲人找回房去，果見鴛鴦歪

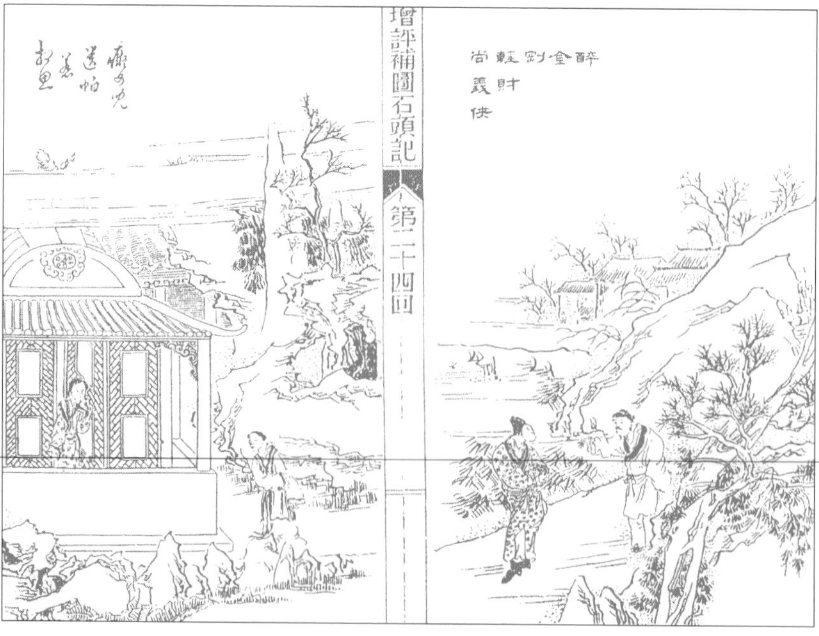

增評補圖石頭記
第二十四回
醉金剛輕財尚義俠

✣《增評補圖石頭記》第二十四回繪畫。（fotoe提供）

在床上看襲人的針線呢，見寶玉來了，便說道：「你往那裏去了？老太太等著你呢，叫你過那邊請大老爺的安去。還不快換了衣服走呢。」襲人便進房去取衣服。寶玉坐在床沿上，褪了鞋等靴子穿的工夫，回頭見鴛鴦穿著水紅綾子襖兒，青緞子背心，束著白縐綢汗巾兒，臉向那邊低著頭看針線，脖子上戴著花領子。寶玉便把臉湊在他脖項上，聞那香油氣，禁不住用手摩挲，其白膩不在襲人之下，便猴上身去涎皮笑道：「好姐姐，把你嘴上的胭脂賞我吃了罷。」一面說著，一面扭股糖似的黏在身上。鴛鴦便叫道：「襲人，你出來瞧瞧。你跟他一輩子，也不勸勸，還是這麼著。」◎3 襲人抱了衣服出來，向寶玉道：「左勸也不改，右勸也不改，你到底是怎麼樣？你再這麼著，這個地方可就難住了。」一邊說，一邊催他穿了衣服，同了鴛鴦往前面來見賈母。

見過賈母，出至外面，人馬俱已齊備。剛欲上馬，只見賈璉請安回來了，正下馬，二人對面，彼此問了兩句話。只見旁邊轉出一個人來，「請寶叔安」。寶玉看時，只見這人容長臉，長挑身材，年紀只好十八九歲，生得著實斯文清秀，倒也十分面善，只是想不起是那一房的，叫什麼名字。賈璉笑道：「你怎麼發呆，連他也不認得？他是後廊上住的五嫂子

清代紅木雕花大床。寶玉請安前先坐在床沿上褪了鞋預備換衣服。（杜宗軍提供）

評點

◎1.「醉金剛」一回文字，伏芸哥仗義探庵。（脂硯齋）

◎2.棋不論盤，書不論章，皆是嬌憨女兒神理，寫得不即不離，似有似無，妙極！（脂硯齋）

◎3.鴛鴦絕無憐愛寶玉之意，與眾不同，其結果亦與眾不同。（王希廉）

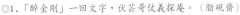

的兒子芸兒。」寶玉笑道：「是了，是了，我怎麼就忘了。」因問他母親好，這會子什麼勾當。賈芸指賈璉道：「找二叔說句話。」寶玉笑道：「你倒比先越發出挑了，倒像是我的兒子。」賈璉笑道：「好不害臊！人家比你大四五歲呢，就替你作兒子了？」寶玉笑道：「你今年十幾歲了？」賈芸道：「十八歲了。」

原來這賈芸最伶俐乖覺，聽寶玉這樣說，便笑道：「俗語說的，『搖車裏的爺爺，拄拐的孫孫』。雖然歲數大，山高高不過太陽。只從我父親沒了，這幾年也無人照管教導。如若寶叔不嫌侄兒蠢笨，認作兒子，就是我的造化了。」◎4賈璉笑道：「你聽見了？認了兒子不是好開交的呢。」說著就進去了。寶玉笑道：「明兒你閑了，只管來找我，別和他們鬼鬼祟祟的。這會子我不得閑兒。明兒你到書房裏來，和你說天話兒，我帶你園裏頑耍去。」說著扳鞍上馬，衆小廝圍隨往賈赦這邊來。

見了賈赦，不過是偶感些風寒，先述了賈母問的話，然後自己請了安。賈赦先站起來回了賈母話，次後便喚人來：「帶哥兒進去太太屋裏坐著。」寶玉退出，來至後面，進入上房。邢夫人見了他來，先倒站了起來，請過賈母安，寶玉方請安。邢夫人拉他上炕坐了，方問別人好，又命人倒茶來。一鍾茶未吃完，只見那賈琮來問寶玉好。邢夫人道：「那裏找活猴兒去！你那奶媽子死絕了？也不收拾收拾你，弄的黑眉烏嘴的，那裏像大家子念書的孩子！」

正說著，只見賈環、賈蘭小叔侄兩個也來了，請過安，邢夫人便叫他兩個椅子上坐了。賈環見寶玉同邢夫人坐在一個坐褥上，邢夫人又百般摩挲撫弄他，早已心中不自在了，◎5坐不多時，便和賈蘭使眼色兒要走。賈蘭只得依他，一同起身告辭。寶玉見他們要走，自己也就起身，要一同回去。邢夫人笑道：「你且坐著，我還和你說話呢。」寶玉只得坐了。邢夫人向他兩個道：「你們回去，各人替我問你們各人母親好。你們姑娘、姐姐、妹妹都在這裏呢，鬧的我頭暈，今兒不留你們吃飯了。」◎6賈環等答應著，便出來回家去了。

寶玉笑道：「可是姐姐們都過來了，怎麼不見？」邢夫人道：「他們坐了一會子，都往後頭不知那屋裏去了。」寶玉道：「大娘方才說有話說，不知是什麼話？」邢夫人笑道：「那裏有什麼話，不過是叫你等著，同你姐妹們吃了飯去。還有一個好頑的東西給你帶回去頑。」娘兒兩個說話，不覺早又晚飯時節。調開桌椅，羅列杯盤，母女姐妹們吃畢了飯。寶玉辭了賈赦，同姐妹們一同回家，見過賈母、王夫人等，各自回房安息。不在話下。◎7

* * *

且說賈芸進去見了賈璉，因打聽可有什麼事情。賈璉告訴他：「前兒倒有一件事情出來，偏生你嬸娘再三求了我，◎8給了賈芹了。他許了我說，明兒園裏還有幾處要栽花木的地方，等這個工程出來，一定給你就是了。」賈芸聽了，半晌說道：「既是這樣，我就等著罷。叔叔也不必先在嬸子跟前提我今兒來打聽的話，到跟前再說也不

評點

◎4.賈芸身上有一種寶玉所欠缺的社會活動能量，這是另一種聰明伶俐。比較貧困的家庭出身所賦予人的禮物。賈芸沒有寶玉的書卷氣和脂粉氣，所以他「必有一番作爲」。賈芸比寶玉陽剛，比寶玉接觸社會，比寶玉更像一個男人。書齋和社會、象牙之塔和滾滾紅塵確實有不同的要求和境界。人類其實兩者都需要。賈寶玉和賈芸的「父子」關係意味深長。（梁歸智）
◎5.千里伏線。（脂硯齋）
◎6.明顯薄情之至。（脂硯齋）
◎7.一段爲五鬼魘魔法作引。（脂硯齋）
◎8.反說體面話，懼內人累累如是。（脂硯齋）

遲。」賈璉道：「提他作什麼，我那裏有這些工夫說閑話兒呢。明兒一個五更，還要到興邑去走一趟，需得當日趕回來才好。你先去等著，後日起更以後你來討信兒，來早了我不得閑。」說著便回後面換衣服去了。

賈芸出了榮國府回家，一路思量，想出一個主意來，便一逕往他母舅卜世仁家來。◎9原來卜世仁現開香料舖，方才從舖子裏來，忽見賈芸進來，彼此見過了，因問他這早晚什麼事跑了來。賈芸笑道：「有件事求舅舅幫襯幫襯。我有一件事，用些冰片、麝香使用，好歹舅舅每樣賒四兩給我，八月裏按數送了銀子來。」卜世仁冷笑道：「再休提賒欠一事。前兒也是我們舖子裏一個伙計，替他的親戚賒了幾兩銀子的貨，至今總未還上。因此我們大家賠上，立了合同，再不許替親友賒欠。誰要賒欠，就要罰他二十兩銀子的東道。況且如今這個貨也短，你就拿現銀子到我們這不三不四的舖子裏來買，也還沒有這些，◎10只好倒扁兒※1去。這是一。二則你那裏有正經事，不過賒了去又是胡鬧。你只說舅舅見你一遭兒就派你一遭兒不是。你小人兒家很不知好歹，也到底立個主見，賺幾個錢，弄得穿是穿吃是吃的，我看著也喜歡。」

賈芸笑道：「舅舅說的倒乾淨。我父親沒的時候，我年紀又小，不知事。後來聽見我母親說，都還虧舅舅們在我們家出主意，料理的喪事。難道舅舅就不知道的，還有一畝地、兩間房子，如今在我手裏花了不成？巧媳婦作不出沒米的粥來，叫我怎麼樣呢？還虧是我呢，要是別個，死皮賴臉三日兩頭兒來纏著舅舅，◎11要三升米二升豆子的，

✣ 龍腦香，俗稱冰片。冰片又別名艾片、梅片。從樹脂中析出的天然結晶性化合物。味辛、苦，性涼。（許旭芒提供）

舅舅也就沒有法呢。」

卜世仁道：「我的兒，舅舅要有，還不是該的。我天天和你舅母說，只愁你沒算計兒。你但凡立的起來，到你大房裏，就是他們爺兒們見不著，便下個氣，和他們的管家或者管事的人們嬉和嬉和※2，也弄個事兒管管。前日我出城去，撞見了你們三房裏的老四，騎著大叫驢，帶著五輛車，有四五十和尚、道士，◎12往家廟去了。他那不虧能幹，這事就到他了！」賈芸聽他韶刀的不堪，便起身告辭。◎13卜世仁道：「怎麼急的這樣，吃了飯再去罷。」一句未完，只見他娘子說道：「你又糊塗了。說著沒有米，這裏買了半斤麵來下給你吃，這會子還裝胖呢。留下外甥挨餓不成？」卜世仁說：「再買半斤來添上就是了。」他娘子便叫女孩兒：「銀姐，往對門王奶奶家去問，有錢借二三十個，明兒就送過來。」夫妻兩個說話，那賈芸早說了幾個「不用費事」，去的無影無蹤了。

不言卜家夫婦，且說賈芸賭氣離了母舅家門，一逕回歸舊路，心下正自煩惱，一邊想，一邊低頭只管走，不想一頭就碰在一個醉漢身上，把賈芸唬了一跳。聽那醉漢罵道：「臊你娘的！瞎了眼睛了，碰起我來了。」賈芸忙要躲身，早被那醉漢一把抓住，對面一看，不是別人，卻是緊鄰倪二。原來這倪二是個潑皮，專放重利債，在賭博場吃閑錢，專管打降吃酒。如今正從欠錢人家索了利錢，吃醉回來，不想被賈芸碰了一頭，

註

※1：無貨可賣，須到他處去周轉貨物。

※2：討好巴結。

評點

◎9.既云「不是人」，如何肯共事？想芸哥此來空了。（脂硯齋）

◎10.推脱之辭。（脂硯齋）

◎11.芸哥亦善談，井井有理。（脂硯齋）

◎12.妙極！寫小人口角，羡慕之言加一倍，畢肖。卻又是背面傅粉法。（脂硯齋）

◎13.有志氣，有果斷。（脂硯齋）

正沒好氣，掄拳就要打。◎14只聽那人叫道：「老二住手！是我沖撞了你。」倪二聽見是熟人的語音，將醉眼睜開看時，見是賈芸，忙把手鬆了，趔趄著笑道：「原來是賈二爺，◎15我該死，我該死。這會子往那裏去？」賈芸道：「告訴不得你，平白的又討了個沒趣兒。」倪二道：「不妨不妨，有什麼不平的事，告訴我，我替你出氣。◎16這三街六巷，憑他是誰，有人得罪了我醉金剛倪二的街坊，管叫他人離家散！」

賈芸道：「老二，你且別氣，聽我告訴你這原故。」說著，便把卜世仁一段事告訴了倪二。倪二聽了大怒道：「要不是令舅，我便罵不出好話來，◎17眞眞氣死我倪二。也罷，你也不用愁煩，我這裏現有幾兩銀子，你若用什麼，只管拿去買辦。但只一件，你我作了這些年的街坊，我在外頭有名放賬的，你卻從沒有和我張過口。也不知你厭惡我是個潑皮，◎18怕低了你的身分；也不知是你怕我難纏，利錢重？若說怕利錢重，這銀子我是不要利錢的，也不用寫文約；若說怕低了你的身分，◎19我就不敢借給你了，各自走開。」一面說，一面果然從搭包裏掏出一卷銀子來。

賈芸心下自思：「素日倪二雖然是潑皮無賴，卻因人而使，頗頗的有義俠之名。◎20若今日不領他這情，怕他臊了，倒恐生事。不如借了他的，改日加倍還他也倒罷了。」想畢，笑道：

✣ 醉金剛倪二很講究義氣，急人所難，借銀子給賈芸，不收利錢。（朱士芳繪）

「老二，你果然是個好漢，我何曾不想著你，和你張口。但只是我見你所相與交結的，都是些有膽量的有作爲的人，似我們這等無能爲的你倒不理。我若和你張口，你豈肯借給我。今日既蒙高情，我怎敢不領？回家按例寫了文約過來便是了。」倪二大笑道：「好會說話的人。我卻聽不上這話。既說『相與交結』四個字，如何放賬給他，使他的利錢！既把銀子借與他，圖他的利錢，便不是相與交結了。閑話也不必講。既肯青目，這是十五兩三錢有零的銀子，便拿去治買東西。你要寫什麼文契，趁早把銀子還我，讓我放給那些有指望的人使去。」◎21賈芸聽了，一面接了銀子，一面笑道：「我便不寫罷了，有何著急的。」倪二笑道：「這不是話。天氣黑了，也不讓茶讓酒，我還到那邊有點事情去，你竟請回去。我還求你帶個信兒與舍下，叫他們早些關門睡罷，我不回家去了。倘或有要緊事兒，叫我們女兒明兒一早到馬販子王短腿家來找我。」一面說，一面趔趄著腳兒去了，不在話下。◎22

且說賈芸偶然碰了這件事，心中也十分罕希，想那倪二倒果然有些意思，只是還怕他一時醉中慷慨，到明日加倍的要起來，便怎處，心內猶豫不決。◎23忽又想道：「不妨，等那件事成了，也可加倍還他。」想畢，一直走到個錢鋪裏，將那銀子稱了稱，十五兩三錢四分二厘。賈芸見倪二不撒謊，心下越發歡喜，收了銀子，來至家門，先到隔壁將倪二的信捎了與他娘子知道，方回家來。見他母親

評點

◎14.對《水滸》楊志賣大刀遇沒毛大蟲一回看，覺好看多矣。（脂硯齋）
◎15.如此稱呼，可知芸哥素日行止是「金盆雖破分兩在」也。（脂硯齋）
◎16.寫得酷肖，總是漸次逼出，不見一絲勉強。（脂硯齋）
◎17.仗義人豈有不知禮者乎？何嘗是破落户？冤殺金剛了。（脂硯齋）
◎18.知己知彼之話。（脂硯齋）
◎19.知己知彼之話。（脂硯齋）
◎20.士農工商四民之末的市井俗人，則向來與傳統的義俠人物無緣。將「俠」字寫在專放高利貸的倪二身上，實在驚世駭俗。其「深意」則在於使人們更新傳統的商人與義俠的陳腐觀念。（郭樹文）
◎21.爽快人，爽快語。（脂硯齋）
◎22.專放重利債而能輕財尚義俠，這寫了他有物質基礎，也寫了他的精神情態。這使倪二以充分感人的力量，活現在人們眼前。（郭樹文）
◎23.芸哥實怕倪二，並非以小人之心度君子也。（脂硯齋）

自在炕上拈線，見他進來，便問那去了一日。賈芸恐他母親生氣，便不說起卜世仁的事來，◎24只說在西府裏等璉二叔的，問他母親吃了飯不曾。他母親已吃過了，說留的飯在那裏。小丫頭子拿過來與他吃。那天，已是掌燈時候，賈芸吃了飯收拾歇息，一夜無話。

次日一早起來洗了臉，便出南門，大香鋪裏買了冰麝，便往榮國府來。打聽賈璉出了門，賈芸便往後面來，到賈璉院門前，只見幾個小廝拿著大高笤帚在那裏掃院子呢。忽見周瑞家的從門裏出來叫小廝們：「先別掃，奶奶出來了。」賈芸忙上前笑問：「二嬸嬸那去？」周瑞家的道：「老太太叫，想必是裁什麼尺頭。」

正說著，只見一群人簇著鳳姐出來了。賈芸深知鳳姐是喜奉承、尚排場的，◎25忙把手逼著※3，恭恭敬敬搶上來請安。鳳姐連正眼也不看，仍往前走著，只問他母親好，「怎麼不來我們這裏逛逛？」賈芸道：「只是身上不大好，倒時常記掛著嬸子，要來瞧瞧，又不能來。」鳳姐笑道：「可是會撒謊，不是我提起他來，你就不說他想我了。」賈芸笑道：「侄兒不怕雷打了，就敢在長輩前撒謊？昨兒晚上還提起嬸子來，說嬸子身子生的單弱，事情又多，虧嬸子好大精神，竟料理的周周全全。要是差一點兒的，早累的不知怎麼樣呢。」

鳳姐聽了滿臉是笑，不由的便止了步，問道：「怎麼好好的你娘兒們在背地裏嚼起我來？」賈芸道：「有個原故，只因我有朋友，家裏有幾個錢，現開香鋪。只因他身

✣ 為電視劇《紅樓夢》演員專門設計的傳統服裝。（攝於北京西山曹雪芹紀念館）

上捐著個通判，前兒選了雲南不知那一處，連家眷一齊去，把這香舖也不在這裏開了。便把賬物攢了一攢，該給人的給人，該賤發的賤發了，像這細貴的貨，都分著送與親朋。他就一共送了我些冰片、麝香。我就和我母親商量，◎26若要轉買，不但賣不出原價來，而且誰家拿這些銀子買這個作什麼，便是很有錢的大家子，也不過使個幾分幾錢就挺折腰※4了；若說送人，也沒個人配使這些，倒叫他一文不值半文轉賣了。因此我就想起嬸子來。往年間我還見嬸子大包的銀子買這些東西呢。別說今年貴妃宮中，就是這個端陽節下，不用說這些香料自然是比往常加上十倍去的。因此想來想去，只孝順嬸娘一個人才合式，方不算糟蹋這東西。」一邊說，一邊將一個錦匣舉起來。

鳳姐正是要辦端陽的節禮、採買香料藥餌的時節，忽見賈芸如此一來，聽這一篇話，心下又是得意又是喜歡，便命豐兒：「接過芸哥兒的來，◎27送了家去，交給平兒。」因又說道：「看著你這樣知好歹，怪道你叔叔常提你，說你說話兒也明白，心裏有見識。」◎28賈芸聽這話入了港，便打進一步來，故意問道：「原來叔叔也曾提我的？」鳳姐見問，才要告訴他與他管事情的那話，便忙又止住，心下想道：◎29「我如今要告訴他那話，倒叫他看著我見不得東西似的，爲得了這點子香，就混許他管事了。今兒先別提這事。」想畢，便把派他監種花木工程的事都隱瞞的一字不提，隨口說了兩句沒要緊的話，便往賈母那裏去了。賈芸也不好提的，只得回來。

註

※3：指兩臂下垂著，雙手緊貼身體，表示敬畏。
※4：到頂。

評點

◎24.孝子可敬。此人後來榮府事敗，必有一番作爲。（脂硯齋）
◎25.那一個不喜奉承。（脂硯齋）
◎26.像得緊，何嘗撒謊？（脂硯齋）
◎27.像個嬸子口氣，好看殺！（脂硯齋）
◎28.看官須記，鳳姐所喜是奉承之言，打動了心，不是見物而歡喜，若說是見物而喜，便不是阿鳳矣。（脂硯齋）
◎29.的是阿鳳行事、心機、筆意。（脂硯齋）

因昨日見了寶玉，叫他到外書房等著，賈芸吃了飯便又進來，到賈母那邊儀門外綺霰齋書房裏來。只見焙茗、鋤藥兩個小廝下象棋，爲奪「車」正拌嘴；還有引泉、掃花、挑雲、伴鶴四五個，在房檐上掏小雀兒頑。賈芸進入院內，把腳一跺，說道：「猴頭們淘氣，我來了。」衆小廝看見賈芸進來，都才散了。賈芸進入房內，便坐在椅子上問：「寶二爺沒下來？」焙茗道：「今兒總沒下來。二爺說什麼，我替你哨探哨探去。」說著便出去了。

這裏賈芸便看字畫古玩，有一頓飯工夫還不見來，再看看別的小廝，都頑去了。正是煩悶，只聽門前嬌聲嫩語的叫了一聲「哥哥」。賈芸往外瞧時，看是一個十六七歲的丫頭，生的倒也細巧乾淨。那丫頭見了賈芸，便抽身躲了過去。恰值焙茗走來，見那丫頭在門前，便說道：「好，好，正抓不著個信兒。」賈芸見了焙茗，也就趕了出來，問怎麼樣。焙茗道：「等了這一日，也沒個人兒出來。這就是寶二爺房裏的。好姑娘，你進去帶個信兒，就說廊上的二爺來了。」

那丫頭聽說，方知是本家的爺們，便不似先前那等回避，下死眼把賈芸釘了兩眼。聽那賈芸說道：「什麼是廊上廊下的，你只說是芸兒就是了。」半晌，那丫頭冷笑了一笑：◎30「依我說，二爺竟請回家去罷，有什麼話明兒再來。今兒晚上得空兒我回了他。」焙茗道：「這是怎麼說？」那丫頭道：「他今兒也沒睡中覺，◎31自然吃的晚飯早。晚上他又不下來。難道只是要的二爺在這裏等著捱餓不成？不如

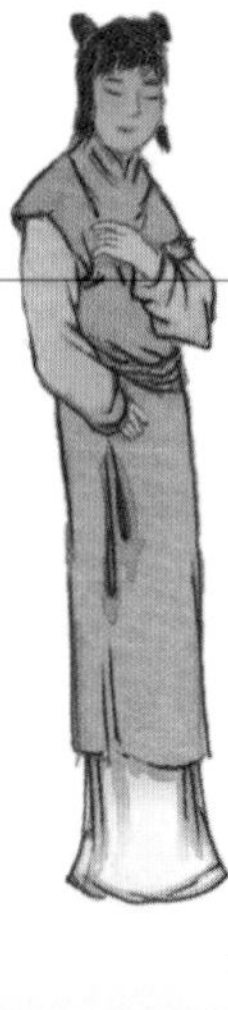

家去，明兒來是正經。便是回來有人帶信，那都是不中用的。他不過是口裏應著，他倒給帶呢！」賈芸聽這丫頭說話簡便俏麗，待要問他的名字，因是寶玉房裏的，又不便問，只得說道：「這話倒是，我明兒再來。」說著便往外走。焙茗道：「我倒茶去，二爺吃了茶再去。」賈芸一面走，一面回頭說：「不吃茶，我還有事呢。」口裏說話，眼睛瞧那丫頭還站在那裏呢。

那賈芸一逕回家。至次日來至大門前，可巧遇見鳳姐往那邊去請安，才上了車，見賈芸來，便命人喚住，隔窗子笑道：「芸兒，你竟有膽子在我的跟前弄鬼。◎32怪道你送東西給我，原來你有事求我。昨兒你叔叔才告訴我說你求他。」賈芸笑道：「求叔叔這事，嬸子休提，我昨兒正後悔呢。早知這樣，我竟一起頭兒求嬸子，這會子也早完了。誰承望叔叔竟不能的。」鳳姐笑道：「怪道你那裏沒成兒※5，昨兒又來尋我。」賈芸道：「嬸子辜負了我的孝心，我並沒有這個意思。若有這個意思，昨兒還不求嬸子。如今嬸子既知道了，我倒要把叔叔丟下，少不得求嬸子好歹疼我一點兒！」

鳳姐冷笑道：「你們要揀遠路兒走，叫我也難說。早告訴我一聲兒，有什麼不成的，多大點子事，耽誤到這會子。那園子裏還要種花，我只想不出一個人來，你早來不早完了。」賈芸笑道：「既是這樣，嬸娘明兒就派我罷。」鳳姐半晌說道：「這個我看著不大好。等明年正月裏的煙火燈燭那個大宗兒下來，再派你罷。」賈芸道：「好嬸

註

※5：不成，沒指望。

評點

◎30.神情是深知房中事的。（脂硯齋）
◎31.一連兩個「他」字，怡紅院中使得，否則有假矣。（脂硯齋）
◎32.也作的不像撒謊，用心機人，可怕是此等處。（脂硯齋）

子，先把這個派了我罷。果然這個辦得好，再派我那個。」鳳姐笑道：「你倒會拉長線兒。罷了，要不是你叔叔說，我不管你的事。◎33我也不過吃了飯就過來，你到午錯的時候來領銀子，後日就進去種樹。」說畢，命人駕起香車，一逕去了。

賈芸喜不自禁，來至綺霰齋打聽寶玉，誰知寶玉一早便往北靜王府裏去了。賈芸便呆呆的坐到晌午，打聽鳳姐回來，便寫個領票來領對牌。至院外，命人通報了，彩明走了出來，單要了領票進去，批了銀數年月，一併連對牌交與了賈芸。賈芸接了，看那批上銀數批了二百兩，心中喜不自禁，翻身走到銀庫上，交與收牌票的，領了銀子。回家告訴母親，自是母子俱各歡喜。次日一個五鼓，賈芸先找了倪二，將前銀按數還他。那倪二見賈芸有了銀子，他便按數收回，不在話下。這裏賈芸又拿了五十兩，出西門找到花兒匠方椿家裏去買樹，不在話下。

*　　*　　*

如今且說寶玉，自那日見了賈芸，曾說明日著他進來說話兒。如此說了之後，他原是富貴公子的口角，那裏還把這個放在心上，因而便忘懷了。◎34這日晚上，從北靜王府裏回來，見過賈母、王夫人等，回至園內，換了衣服，正要洗澡。襲人因被薛寶釵煩了去打結子；秋紋、碧痕兩個去催水；檀雲又因他母親的生日接了出去；麝月又現在家中養病；雖還有幾個作粗活聽喚的丫頭，估著叫不著他們，都出去尋伙覓伴的頑去了。不想這一刻的工夫，◎35只剩了寶玉在房內。偏生的寶玉要吃茶，一連叫了兩三聲，方見兩三個老嬤嬤走進來。寶玉見了他們，連忙搖手兒說：「罷，罷！不用你們了。」老婆子們只得退出。

寶玉見沒丫頭們，只得自己下來，拿了碗向茶壺去倒茶。只聽背後說道：「二爺仔細燙了手！讓我們來倒。」一面說，一面走上來，早接了碗過去。寶玉倒唬了一跳，問：「你在那裏的？忽然來了，唬我一跳。」那丫頭一面遞茶，一面回說：「我在後院子裏，才從裏間的後門進來，難道二爺就沒聽見腳步響？」寶玉一面吃茶，一面◎36仔細打諒那丫頭：穿著幾件半新不舊的衣裳，倒是一頭黑鬒鬒※6的好頭髮，挽著個鬢，容長臉面，細巧身材，卻十分俏麗乾淨。

寶玉看了，便笑問道：「你也是我這屋裏的人麼？」那丫頭道：「是的。」寶玉道：「既是這屋裏的，我怎麼不認得？」那丫頭聽說，便冷笑了一聲道：「認不得的也多，豈只我一個？從來我又不遞茶遞水，拿東拿西，眼見的事一點兒不作，那裏認得呢！」寶玉道：「你爲什麼不作那眼見的事？」那丫頭道：「這話我也難說。只是有一句話回二爺：昨兒有個什麼芸兒來找二爺。我想二爺不得空兒，便叫焙茗回他，叫他今日早起來，不想二爺又往北府裏去了。」

剛說到這句話，只見秋紋、碧痕嘻嘻哈哈的說笑著進來，兩個人共提著一桶水，一手撩著衣裳，趔趔趄趄，潑潑撒撒的。那丫頭便忙迎出去接。那秋紋、碧痕正對著抱

註

※6：形容頭髮濃密烏黑。

評點

◎33.總不認受冰麝賄。（脂硯齋）
◎34.若是一個女孩子，可保不忘的。（脂硯齋）
◎35.妙！必用「一刻」二字，方是寶玉的房中，見得時時原有人的；又有今一刻無人，所謂湊巧其一也。（脂硯齋）
◎36.六個「一面」，是神情，並不覺厭。（脂硯齋）

怨，「你濕了我的裙子」，那個又說「你踹了我的鞋」。忽見走出一個人來接水，二人看時，不是別人，原來是小紅。二人便都詫異，將水放下，忙進房來東瞧西望，並沒個別人，只有寶玉，便心中大不自在。只得預備下洗澡之物，待寶玉脫了衣裳，二人便帶上門出來，走到那邊房內便找小紅，問他：「方才在屋裏說什麼？」小紅道：「我何曾在屋裏的？只因我的手帕子不見了，往後頭找手帕子去。不想二爺要茶吃，叫姐姐們一個沒有，是我進去了，才倒了茶，姐姐們便來了。」

秋紋聽了，兜臉啐了一口，罵道：「沒臉的下流東西！正經叫你去催水去，你說有事故，倒叫我們去，你可等著作這個巧宗兒。◎37一里一里的，這不上來了。難道我們倒跟不上你了？你也拿鏡子照照，配遞茶遞水不配！」碧痕道：「明兒我說給他們，凡要茶要水送東送西的事，咱們都別動，只叫他去便是了。」秋紋道：「這麼說，還不如我們散了，單讓他在這屋裏呢。」二人你一句我一句正鬧著，只見有個老嬤嬤進來傳鳳姐的話說：「明日有人帶花兒匠來種樹，叫你們嚴禁些，衣服裙子別混晒混晾的。那土山上一溜都攔著幃幙呢，可別混跑。」秋紋便問：◎38「明兒不知是誰帶進匠人來監工？」那婆子道：「說什麼後廊上的芸哥兒。」秋紋、碧痕聽了，都不知道，只管混問別的話。那小紅聽見了，心內卻明白，就知是昨兒外書房所見的那人了。

✣ 碧痕正在替怡紅院提水。（《紅樓夢煙標精華》杜春耕編著，北京圖書館出版社提供）

✣小紅在怡紅院的地位並不高，受到秋紋、碧痕的奚落。（朱士芳繪）

原來這小紅本姓林，小名紅玉，只因「玉」字犯了林黛玉、寶玉，便都把這個字隱起來，便都叫他「小紅」。原是榮國府中世代的舊僕，他父母現在收管各處房田事務。這紅玉年方十六歲，因分人在大觀園的時節，把他便分在怡紅院中，倒也清幽雅靜。不想後來命人進來居住，偏生這一所兒又被寶玉占了。這紅玉雖然是個不諳事的丫頭，卻因他原有三分容貌，心內著實妄想痴心的向上攀高，每每的要在寶玉面前現弄現弄。只是寶玉身邊一干人，都是伶牙俐爪的，那裏插得下手去。不想今兒才有些消息，又遭秋紋等一場惡意，心內早灰了一半。正悶悶的，忽然聽見老嬤嬤說起賈芸來，不覺心中一動，便悶悶的回至房中，睡在床上暗暗盤算，翻來掉去，正沒個抓尋。忽聽窗外低低的叫道：「紅玉，你的手帕子我拾在這裏呢。」紅玉聽了忙走出來看，不是別人，正是賈芸。紅玉不覺的粉面含羞，問道：「二爺在那裏拾著的？」賈芸笑道：「你過來，我告訴你。」一面說，一面就上來拉他。那紅玉急回身一跑，卻被門檻絆倒。要知端的，下回分解。◎39

評點

◎37.難說小紅無心，白描。（脂硯齋）
◎38.用秋紋問，是暗透之法。（脂硯齋）
◎39.《紅樓夢》寫夢章法總不雷同。此夢更寫的新奇，不見後文，不知是夢。（脂硯齋）

第二十五回

魘魔法姐弟逢五鬼　紅樓夢通靈遇雙真※1

話說紅玉心神恍惚，情思纏綿，忽朦朧睡去，遇見賈芸要拉他，卻回身一跑，被門檻絆了一跤，唬醒過來，方知是夢。因此翻來覆去，一夜無眠。至次日天明，方才起來，就有幾個丫頭子來會他去打掃房子地面，提洗臉水。這紅玉也不梳洗，向鏡中胡亂挽了一挽頭髮，洗了洗手，腰內束了一條汗巾子，便來打掃房屋。誰知寶玉昨兒見了紅玉，也就留了心。若要直點名喚他來使用，一則怕襲人等寒心；◎1二則又不知紅玉是何等行為，若好還罷了，若不好起來，那時倒不好退送的。因此心下悶悶的，早起來也不梳洗，只坐著出神。一時下了窗子，隔著紗屜子，向外看的眞切，只見好幾個丫頭在那裏掃地，都擦脂抹粉，簪花插柳的，◎2獨不見昨兒那一個。寶玉便靸了鞋晃出了房門，只裝著看花兒，這裏瞧瞧，那裏望

增評補圖石頭記
第二十五回
通靈玉蒙蔽遇雙真

✣《增評補圖石頭記》第二十五回繪畫。（fotoe提供）

望。一抬頭，只見西南角上遊廊底下欄杆上似有一個人倚在那裏，卻恨面前有一株海棠花遮著，看不眞切。◎3只得又轉了一步，仔細一看可不是昨兒那個丫頭在那裏出神。待要迎上去，又不好去的。正想著，忽見碧痕來催他洗臉，只得進去了。不在話下。

卻說紅玉正自出神，忽見襲人招手叫他，只得走來。襲人笑道：「我們這裏的噴壺還沒有收拾了來呢，你到林姑娘那裏去，把他們的借來使使。」紅玉答應了，便走出來往瀟湘館去。正走上翠煙橋，抬頭一望，只見山坡上高處都是攔著幃幙，方想起今兒有匠役在裏頭種樹。因轉身一望，只見那邊遠遠一簇人在那裏掘土，賈芸正坐在那山子石上。紅玉待要過去，又不敢過去，只得悶悶的向瀟湘館取了噴壺回來，無精打彩自向房內倒著。衆人只說他一時身上不爽快，都不理論。◎4

＊　＊　＊

展眼過了一日，原來次日就是王子騰夫人的壽誕。那裏原打發人來請賈母、王夫人的，王夫人見賈母不自在，也便不去了。倒是薛姨媽同鳳姐兒並賈家幾個姐妹、寶釵、寶玉一齊都去了，至晚方回。

可巧王夫人見賈環下了學，便命他來抄個《金剛咒》唪誦唪誦※2。那賈環正在王夫人炕上坐著，命人點上燈，拿腔作勢的抄寫。◎5一時又叫彩雲倒杯茶來，一時又說

註

※1：魘魔法：一種致人於死的妖術。五鬼：舊時命理家所稱的惡煞之一，術士可以邪道役使五鬼。眞：仙人。

※2：《金剛咒》：《金剛經》其後所附咒語，用來消災祈福。唪誦：大聲念經。

評點

◎1.是寶玉心中想，不是襲人拈酸。（脂硯齋）

◎2.八字寫盡蠢鬟，是爲襯紅玉，亦如用豪貴人家濃妝艷飾插金戴銀的襯寶釵、黛玉也。（脂硯齋）

◎3.余所謂此書之妙皆從詩詞句中翻出者，皆係此等筆墨也。試問觀者，此非「隔花人遠天涯近」乎？（脂硯齋）

◎4.文字到此一頓，狡猾之甚。（脂硯齋）

◎5.小人乍得意者齊來一頑。（脂硯齋）

玉釧兒來剪剪蠟花，一時又說金釧兒擋了燈影。眾丫鬟們素日厭惡他，都不答理。只有彩霞還和他合的來，◎6倒了一鍾茶來遞與他。因見王夫人和人說話，他便悄悄的向賈環說道：「你安些分罷，何苦討這個厭那個厭的！」賈環道：「我也知道了，你別哄我。如今你和寶玉好，把我不答理，我也看出來了。」彩霞咬著嘴唇，向賈環頭上戳了一指頭，說道：「沒良心的！才是狗咬呂洞賓，不識好人心！」◎7

兩人正說著，只見鳳姐來了，拜見過王夫人。王夫人便一長一短的問他，今兒是那位堂客，戲文好歹，酒席如何等語。說了不多幾句話，寶玉也來了，進門見了王夫人，不過規規矩矩說了幾句，便命人除去抹額，脫了袍服，拉了靴子，便一頭滾在王夫人懷裏。王夫人便用手滿身滿臉摩挲撫弄他，寶玉也搬著王夫人的脖子說長道短的。王夫人道：「我的兒，你又吃多了酒，臉上滾熱。你還只是揉搓，一會鬧上酒來。還不在那裏靜靜的倒一會子呢。」說著，便叫人拿個枕頭來。寶玉聽說便下來，在王夫人身後倒下，又叫彩霞來替他拍著。寶玉便和彩霞說笑，只見彩霞淡淡的，不大答理，兩眼睛只向賈環處看。寶玉便拉他的手笑道：「好姐姐，你也理我理兒呢。」一面說，一面拉他的手，彩霞奪手不肯：「再鬧，我就嚷了。」

二人正鬧著，原來賈環聽的見，素日原恨寶玉，如今又見他和彩霞鬧，心中越發

✣ 河南洛陽，呂祖廟中八仙壁畫上的呂洞賓。俗語「狗咬呂洞賓」為不識好壞的意思。（fotoe提供）

按不下這口毒氣。雖不敢明言，卻每每暗中算計，◎8只是不得下手，今兒相離甚近，便要用熱油燙瞎他的眼睛。因而故意裝作失手，把那一盞油汪汪的蠟燈向寶玉臉上只一推。只聽寶玉「噯喲」了一聲，滿屋裏眾人都唬了一跳。連忙將地下的戳燈挪過來，又將裏外間屋的燈拿了三四盞看時，只見寶玉滿臉滿頭都是油。王夫人又急又氣，一面命人來替寶玉擦洗，一面又罵賈環。鳳姐三步兩步的上炕去替寶玉收拾著，◎9一面笑道：「老三還是這麼慌腳雞似的，我說你上不得高臺盤。趙姨娘時常也該教導教導他。」才是一句話提醒了王夫人，王夫人不罵賈環，便叫過趙姨娘來罵道：「養出這樣黑心不知道理下流種子來，也不管管！幾番幾次我都不理論，你們得了意了，越發上來了！」

那趙姨娘素日雖然也常懷嫉妒之心，不忿鳳姐、寶玉兩個，也不敢露出來；如今賈環又生了事，受這場惡氣，不但吞聲承受，而且還要走去替寶玉收拾。只見寶玉左邊臉上燙了一溜燎泡出來，幸而眼睛竟沒動。王夫人看了，又是心疼，又怕明日賈母問怎麼回答，急的又把趙姨娘數落一頓。然後又安慰了寶玉一回，又命取敗毒消腫藥來敷上。寶玉道：「有些疼，還不妨事。明兒老太太問，就說是我自己燙的罷了。」鳳姐笑道：「便說自己燙的，也要罵人爲什麼不小心看著，叫你燙了。橫豎有一場氣生的，到明兒憑你怎麼說去罷。」◎10王夫人命人好生送了寶玉回房去後，襲人等見了，都慌的了不得。

評點

◎6.暗中又伏一風月之隙。（脂硯齋）

◎7.風月之情，皆係彼此業障所牽。雖云「惺惺惜惺惺」，但亦從業障而來。蠢婦配才郎，世間固不少，然俏女慕村夫者尤多，所謂業障牽魔，不在才貌之論。（脂硯齋）

◎8.已伏金釧回矣。（脂硯齋）

◎9.阿鳳活現紙上。（脂硯齋）

◎10.壞極！總是調唆口吻，趙氏寧不覺乎？（脂硯齋）

林黛玉見寶玉出了一天門，就覺悶悶的，沒個可說話的人。至晚正打發人來問了兩三遍回來不曾，這遍方才回來，又偏生燙了。林黛玉便趕著來瞧，只見寶玉正拿鏡子照呢，左邊臉上滿滿的敷了一臉藥。林黛玉只當燙的十分利害，忙上來問怎麼燙了，要瞧瞧。寶玉見他來了，忙把臉遮著，搖手叫他出去，不肯叫他看。——知道他的癖性喜潔，見不得這些東西。◎[11]林黛玉自己也知道自己也有這件癖性，◎[12]知道寶玉的心內怕他嫌髒，◎[13]因笑道：「我瞧瞧燙了那裏了，有什麼遮著藏著的！」一面說，一面就湊上來，強搬著脖子瞧了一瞧，問他疼的怎麼樣。寶玉道：「也不很疼，養一兩日就好了。」林黛玉坐了一回，悶悶的回房去了。一宿無話。次日，寶玉見了賈母，雖然自己承認是自己燙的，不與別人相干，免不得賈母又把跟從的人罵一頓。

過了一日，就有寶玉寄名的乾娘馬道婆進榮國府來請安。見了寶玉，唬一大跳，問起原由，說是燙的，便點頭嘆息一回，向寶玉臉上用指頭畫了幾畫，口內嘟嘟囔囔的又持誦了一回，說道：「管保你好了，這不過是一時飛災。」又向賈母道：「祖宗老菩薩

❖賈環用蠟油燈燙傷寶玉的臉，趙姨娘受到王夫人的責罵。（朱士芳繪）

那裏知道，那經典佛法上說的利害，大凡那王公卿相人家的子弟，只一生長下來，暗裏便有許多促狹鬼跟著他，得空便擰他一下，掐他一下，或吃飯時打下他的飯碗來，或走著推他一跤，所以往往的那些大家子孫多有長不大的。」賈母聽如此說，便趕著問道：「這有什麼佛法解釋沒有呢？」馬道婆道：「這個容易，只是替他多作些因果善事也就罷了。再那經上還說，西方有位大光明普照菩薩，專管照耀陰暗邪祟，若有那善男子、善女子虔心供奉者，可以永佑兒孫康寧安靜，再無驚恐邪祟撞客※3之災。」賈母道：「倒不知怎麼個供奉這位菩薩？」馬道婆道：「也不值些什麼，不過除香燭供養之外，一天多添幾斤香油，點上個大海燈。這海燈就是菩薩現身法像，晝夜不敢熄的。」賈母道：「一天一夜也得多少油？明白告訴我，我也好作這件功德的。」馬道婆聽如此說，便笑道：「這也不拘，隨施主菩薩們隨心願捨罷了。像我們廟裏，就有好幾處的王妃誥命供奉：南安郡王府裏的太妃，他許的多，願心大，一天是四十八斤油，一斤燈草，◎14那海燈也只比缸略小些；錦田侯的誥命次一等，一天不過二十四斤油；再還有幾家也有五斤的，三斤的，一斤的，都不拘數。那小家子窮人家捨不起這些，就是四兩半斤，也少不得替他點。」賈母聽了，點頭思忖。◎15馬道婆又道：「還有一件，若是爲父母尊親長上的，多捨些不妨；像老祖宗如今爲寶玉，若捨多了倒不好，還怕哥兒禁不起，倒折了福。也不當家※4花花的。要捨，大則七斤，小則五斤，也就是了。」賈母說：「既

註

※3：撞客：古時以爲突然神智昏迷、胡言亂語，是鬼邪作祟。
※4：當不起、罪過。

評點

◎11.寫寶玉文字，此等方是正經筆墨。（脂硯齋）
◎12.寫林黛玉文字，此等方是正經筆墨。故二人文字雖多，如此等暗伏淡寫處亦不少，觀者實實看不出。（脂硯齋）
◎13.將二人一併，眞眞寫他二人之心玲瓏七竅。（脂硯齋）
◎14.賊婆先用大鋪排試之。（脂硯齋）
◎15.「點頭思忖」是量事之大小，非吝嗇也。日費香油四十八斤，每月油二百五十餘斤，合錢三百餘串。爲一小兒，如何服眾？太君細心若是。（脂硯齋）

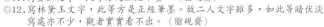

是這樣說，你就一日五斤合準了，每月打躉來關了去※5。」馬道婆念了一聲「阿彌陀佛慈悲大菩薩」。賈母又命人來吩咐：「以後大凡寶玉出門的日子，拿幾串錢交給他的小子們帶著，遇見僧道窮苦人好捨。」

說畢，那馬道婆又坐了一回，便又往各院各房問安，閑逛了一回。一時來至趙姨娘房內，二人見過，趙姨娘命小丫頭倒了茶來與他吃。馬道婆因見炕上堆著些零碎綢緞灣角，趙姨娘正粘鞋呢。馬道婆道：「可是我正沒有鞋面子了。趙奶奶，你有零碎緞子，不拘什麼顏色，弄一雙鞋面給我。」趙姨娘聽說，便嘆口氣說道：「你瞧瞧那裏頭，還有那一塊是成樣的？成了樣的東西，也不能到我手裏來！有的沒的都在這裏，你不嫌，就挑兩塊子去。」馬道婆見說，果真便挑了兩塊袖將起來。

趙姨娘問道：「前日我送了五百錢去，在藥王※6跟前上供，你可收了沒有？」馬道婆道：「早已替你上了供了。」趙姨娘嘆口氣道：「阿彌陀佛！我手裏但凡從容些，也時常的上個供，只是心有餘力量不足。」馬道婆道：「你只管放心，將來熬的環哥兒大了，得個一官半職，那時你要作多大的功德不能？」趙姨娘聽了，鼻子裏笑了一聲，道：「罷，罷，再別說起。如今就是個樣兒，我們娘兒們跟的上這屋裡那一個兒！也不是有了寶玉，竟是得了活龍。他還是小孩子家，長的得人意兒，大人偏疼他些也還罷了；我只不伏這個主兒。」◎16一面說，一面伸出兩個指頭兒來。◎17馬道婆會意，便問道：「可是璉二奶奶？」趙姨娘唬的忙搖手兒，走到門前，掀簾子向外看看無人，◎18

方進來向馬道婆悄悄的說道：「了不得，了不得！提起這個主兒，這一分家私要不都叫他搬送到娘家去，我就不是個人！」◎19

馬道婆見他如此說，便探他口氣說道：◎20「我還用你說，難道都看不出來。也虧你們心裏也不理論，只憑他去。倒也妙。」趙姨娘道：「我的娘，不憑他去，難道誰還敢把他怎麼樣？」馬道婆聽說，鼻子裏一笑，半晌說道：「不是我說句造孽的話，你們沒有本事！——也難怪別人。明不敢怎麼樣，暗裏也就算計了，◎21還等到這如今！」趙姨娘聞聽這話裏有道理，心內暗暗的歡喜，便問道：「怎麼暗裏算計？我倒有這意思，只是沒這樣的能幹人。你若教給我這法子，我大大的謝你。」馬道婆聽說這話打攏了一處，便又故意說道：「阿彌陀佛！你快休問我，我那裏知道這些事。罪過，罪過！」◎22趙姨娘道：「你又來了，你是最肯濟困扶危的人，難道就眼睜睜的看人家來擺布死了我們娘兒兩個不成？難道還怕我不謝你？」馬道婆聽說如此，便笑道：「若說我不忍叫你娘兒們受人委曲還猶可，若說謝我的這兩個字，可是你錯打算盤了。就便是我希圖你謝，靠你有些什麼東西能打動我？」◎23趙姨娘聽這話口氣鬆動了，便說道：「你這麼個明白人，怎麼糊塗起來了。你若果然法子靈驗，把他兩個絕了，明日這家私不怕不

註

※5：湊總數拿走。躉：整數。關：領取。

※6：藥王菩薩。

評點

◎16.活現趙嫗。（脂硯齋）
◎17.活現阿鳳。（脂硯齋）
◎18.是心膽俱怕破。（脂硯齋）
◎19.這是妒心正題目。（脂硯齋）
◎20.有隙即入，所謂賊婆，是極！（脂硯齋）
◎21.賊婆操必勝之券，趙嫗已墮術中，故敢直出明言。可畏可怕！（脂硯齋）
◎22.遠一步卻是近一步。賊婆，賊婆！（脂硯齋）
◎23.探謝禮大小是如此說法，可怕可畏！（脂硯齋）

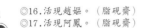

是我環兒的。那時你要什麼不得？」◎24馬道婆聽說，低了頭，半晌說道：「那時候事情妥了，又無憑據，你還理我呢！」趙姨娘道：「這又何難！如今我雖手裏沒什麼，也零碎攢了幾兩梯己，還有幾件衣服、簪子，你先拿些去。下剩的，我寫個欠銀子文契給你，你要什麼保人也有，到那時我照數給你。」馬道婆道：「果然這樣？」趙姨娘道：「這如何還撒得謊！」說著，便叫過一個心腹婆子來，耳根底下嘁嘁喳喳說了幾句話。那婆子出去了，一時回來，果然寫了個五百兩的欠契來。趙姨娘便印了手模，◎25走到櫥櫃裏將梯己拿了出來，與馬道婆看看，道：「這個你先拿了去作香燭供奉使費，可好不好？」馬道婆看看白花花的一堆銀子，又有欠契，並不顧青紅皂白，◎26滿口裏應著，伸手先去抓了銀子掖起來，然後收了欠契。又向褲腰裏掏了半晌，掏出十個紙鉸的青臉白髮的鬼來，並兩個紙人，遞與趙姨娘，又悄悄的教他道：「把他兩個的

✣ 趙姨娘和馬道婆設計陷害寶玉和鳳姐。（朱士芳繪）

年庚八字寫在這兩個紙人身上，一併五個鬼都掖在他們各人的床上就完了。我只在家裏作法，自有效驗。千萬小心，不要害怕！」◎27正才說著，只見王夫人的丫鬟進來找道：「奶奶可在這裏，太太等你呢。」二人方散了，不在話下。

*　*　*

卻說黛玉因見寶玉近日燙了臉，總不出門，倒時常在一處說說話兒。這日飯後看了兩篇書，自覺無趣，便同紫鵑、雪雁作了一回針線，更覺煩悶。便倚著房門出了一回神，信步出來，看階下新迸出的稚筍，不覺出了院門。一望園中，四顧無人，惟見花光柳影，鳥語溪聲。◎28林黛玉信步便往怡紅院中來，只見幾個丫頭舀水，都在迴廊上圍著看畫眉洗澡呢。聽見房內有笑聲，林黛玉便入房中看時，原來是李宮裁、鳳姐、寶釵都在這裏呢，一見他進來都笑道：「這不又來了一個！」林黛玉笑道：「今兒齊全，誰下帖子請來的。」鳳姐道：「前兒我打發了丫頭送了兩瓶茶葉去，你往那去了？」林黛玉笑道：「哦，可是倒忘了，多謝多謝！」鳳姐兒又道：「你嘗了可還好不好？」沒有說完，寶玉便道：「論理可倒罷了，只是我說不大甚好，也不知別人嘗著怎麼樣。」寶釵道：「味倒輕，只是顏色不大好些。」鳳姐道：「那是暹羅※7進貢來的。我嘗著也沒什麼趣兒，還不如我每日吃的呢。」黛玉道：「我吃著好，不知你們的脾胃是怎樣？」寶玉道：「你果然愛好，把我這個也拿了去吃罷。」鳳姐道：「你要愛吃，我

註

※7：古國名，在現今泰國。

評點

◎24.鼓動著趙姨娘不甘雌伏的根本力量是她替賈政生了一個兒子。在賈政這一支系之下，如果沒有了當權的鳳姐和嫡出的寶玉，那麼這一份富貴的享用與承繼，便只有趙姨娘和她的親兒子賈環了。（王昆侖）

◎25.痴婦，痴婦！（脂硯齋）

◎26.有道婆作乾娘者來看此句。「並不顧」三字怕殺人。千萬件惡事皆從三字生出來。可怕可畏可警，可長存戒之。（脂硯齋）

◎27.寶玉乃賊婆之寄名乾兒，一樣下此毒手，況阿鳳乎？三姑六婆之害如此，即賈母之神明，在所不免。（脂硯齋）

◎28.純用畫家筆寫。（脂硯齋）

那裏還有呢。」林黛玉道：「果真的，我就打發丫頭取去了。」鳳姐道：「不用取去，我打發人送來就是了。我明兒還有一件事求你，一同打發人送來。」

林黛玉聽了笑道：「你們聽聽，這是吃了他們家一點子茶葉，就來使喚人了。」鳳姐笑道：「倒求你，你倒說這些閑話，吃茶吃水的。你既吃了我們家的茶※8，怎麼還不給我們家作媳婦？」◎29眾人聽了一齊都笑起來。黛玉紅了臉，一聲兒不言語，便回過頭去了。李宮裁笑向寶釵道：「真真我們二嬸子的詼諧是好的。」林黛玉道：「什麼詼諧，不過是貧嘴賤舌討人厭惡罷了！」說著便啐了一口。鳳姐笑道：「你別作夢！給我們家作了媳婦，少什麼？」便指寶玉道：「你瞧，人物兒門第配不上，根基配不上？家私配不上？那一點還玷辱了誰呢？」

林黛玉抬身就走。寶釵便叫：「顰兒急了，還不回來坐著！走了倒沒意思。」說著便站起來拉住。剛至房門前，只見趙姨娘和周姨娘兩個人進來瞧寶玉。李宮裁、寶釵、寶玉等都讓他兩個坐。獨鳳姐只和黛玉說笑，正眼也不看他們。寶釵方欲說話時，只見王夫人房內的丫頭來說：「舅太太來了，請奶奶、姑娘們出去呢。」李宮裁聽了，連忙叫著鳳姐等走了。趙、周兩個忙辭了寶玉出去。寶玉道：「我也不能出去，你們好歹別叫舅母進來。」又道：「林妹妹，你先略站一站，我說一句話。」鳳姐聽了，回頭向黛

✣ 馬道婆。她和趙姨娘臭味相投。（《紅樓夢煙標精華》杜春耕編著，北京圖書館出版社提供）

玉笑道：「有人叫你說話呢。」說著便把林黛玉往裏一推，和李紈一同去了。

這裏寶玉拉著黛玉的袖子，只是嘻嘻的笑，心裏有話，只是口裏說不出來。此時，林黛玉只是禁不住把臉紅漲了，掙著要走。寶玉忽然「噯喲」了一聲，說：「好頭疼！」林黛玉道：「該，阿彌陀佛！」◎30只見寶玉大叫一聲：「我要死！」將身一縱，離地跳有三四尺高，口內亂嚷亂叫，說起胡話來了。林黛玉並丫頭們都唬慌了，忙去報知王夫人、賈母等。此時，王子騰的夫人也在這裏，都一齊來時，寶玉越發拿刀弄杖，尋死覓活的，鬧得天翻地覆。賈母、王夫人見了，唬的抖衣亂顫，且「兒」一聲「肉」一聲放聲慟哭。於是驚動衆人，連賈赦、邢夫人、賈珍、賈政、賈璉、賈蓉、賈芸、賈萍、薛姨媽、薛蟠並周瑞家的一干家中上上下下裏裏外外衆媳婦丫頭等，都來園內看視，登時園內亂麻一般。正沒個主見，只見鳳姐手持一把明晃晃鋼刀砍進園來，見雞殺雞，見狗殺狗，見人就要殺人。衆人越發慌了。周瑞媳婦忙帶著幾個有力量的膽壯的婆娘上去抱住，奪下刀來，抬回房去。平兒、豐兒等哭的淚天淚地。賈政等心中也有些煩難，顧了這裏，丟不下那裏。

別人慌張自不必講，獨有薛蟠更比諸人忙到十分去：◎31又恐薛姨媽被人擠倒，又恐薛寶釵被人瞧見，又恐香菱被人臊皮，——知道賈珍等是在女人身上作功夫的，因此忙的不堪。忽一眼瞥見了林黛玉風流婉轉，已酥倒在那裏。◎32

註

※8：女子受聘稱「吃茶」。

評點

◎29.二玉事，在賈府上下諸人，即看書人、批書人，皆信定一段好夫妻，書中常常每每道及，豈其不然？嘆嘆！（脂硯齋）

◎30.黛玉念佛，是吃茶之語在心故也。然摹寫神妙，一絲不漏如此。（脂硯齋）

◎31.寫呆兄忙是愈覺忙中之愈忙，且避正文之絮煩。好筆仗，寫得出。（脂硯齋）

◎32.此似唐突顰兒，卻是寫情字萬不能禁止者，又可知顰兒之豐神若仙子也。（脂硯齋）

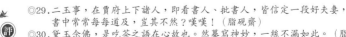

當下衆人七言八語，有的說請端公※9送崇的，有的說請巫婆跳神的，有的又薦玉皇閣的張眞人，種種喧騰不一。也曾百般醫治祈禱，問卜求神，總無效驗。堪堪日落。王子騰的夫人告辭去後，次日王子騰也來瞧問。◎33接著小史侯家、邢夫人兄弟輩並各親戚眷屬都來瞧看，也有送符水的，也有薦僧道的，總不見效。他叔嫂二人愈發糊塗，不省人事，睡在床上，渾身火炭一般，口內無般不說。到夜間，那些婆娘、媳婦、丫頭們都不敢上前。因此把他二人都抬到王夫人的上房內，夜間派了賈芸帶著小廝們挨次輪班看守。賈母、王夫人、邢夫人、薛姨媽等寸地不離，只圍著乾哭。

此時賈赦、賈政又恐哭壞了賈母，日夜熬油費火，鬧的人口不安，也都沒了主意。賈赦還各處去尋僧覓道。賈政見都不靈效，著實懊惱，因阻賈赦道：「兒女之數，皆由天命，非人力可強者。他二人之病出於不意，百般醫治不效，想天意該當如此，也只好由他們去罷。」◎34賈赦也不理此話，仍是百般忙亂，那裏見些效驗。看看三日光陰，那鳳姐和寶玉躺在床上，越發連氣都將沒了。合家人口無不驚慌，都說沒了指望，忙著將他二人的後世的衣履都治備下了。賈母、王夫人、賈璉、平兒、襲人這幾個人更比諸人哭的忘餐廢寢，覓死尋活。趙姨娘、賈環等自是稱願。◎35

到了第四日早晨，賈母等正圍著寶玉哭時，只見寶玉睜開眼說道：◎36「從今以

通靈玉蒙蔽遇雙真。賈政請和尚、道士二人進府為寶玉看病。（《紅樓夢煙標精華》杜春耕編著，北京圖書館出版社提供）

後，我可不在你家了！快收拾了，打發我走罷。」賈母聽了這話，如同摘去心肝一般。趙姨娘在旁勸道：「老太太也不必過於悲痛了，哥兒已是不中用了，不如把哥兒的衣服穿好，讓他早些回去，也免些苦；只管捨不得他，這口氣不斷，他在那世裏也受罪不安生。」◎37這些話沒說完，被賈母照臉啐了一口唾沫，罵道：「爛了舌頭的混賬老婆，誰叫你來多嘴多舌的！你怎麼知道他在那世裏受罪不安生？怎麼見得不中用了？你願他死了，有什麼好處？你別作夢！他死了，我只和你們要命。素日都不是你們調唆著逼他寫字念書，◎38把膽子唬破了，見了他老子不像個避貓鼠兒？都不是你們這起淫婦調唆的！這會子逼死了，你們遂了心，我饒那一個！」一面罵，一面哭。賈政在旁聽見這些話，心裏越發難過，便喝退趙姨娘，自己上來委婉解勸。一時又有人來回說：「兩口棺槨都作齊了，請老爺出去看。」◎39賈母聽了，如火上澆油一般，便罵：「是誰作了棺槨？」一疊聲只叫把作棺材的拉來打死。

正鬧的天翻地覆，沒個開交，只聞得隱隱的木魚聲響，念了一句：「南無解冤孽菩薩。有那人口不利，家宅顛傾，或逢凶險，或中邪祟者，我們善能醫治。」賈母、王夫人等聽見這些話，那裏還耐得住，便命人去快請進來。賈政雖不自在，奈賈母之言如何違拗；又想如此深宅，何得聽的這樣眞切，心中亦希罕，便命人請了進來。衆人舉目看時，原來是一個癩頭和尚與一個跛足道人。見那和尚是怎的模樣：

註

※9：巫師。

評點

◎33.寫外戚，亦避正文之繁。（脂硯齋）
◎34.念書人自應如是語。（脂硯齋）
◎35.補明趙嫗進怡紅爲作法也。（脂硯齋）
◎36.「語不驚人死不休」，此之謂也。（脂硯齋）
◎37.大遂心人必有是語。（脂硯齋）
◎38.奇語，所謂溺愛者不明，然天生必有是一段文字的。（脂硯齋）
◎39.偏寫一頭不了又一頭之文，眞步步緊之文。（脂硯齋）

鼻如懸膽兩眉長，目似明星蓄寶光，破衲芒鞋無住跡，腌臢更有滿頭瘡。

看那道人又是怎生模樣：

一足高來一足低，渾身帶水又拖泥。相逢若問家何處，卻在蓬萊弱水西。

賈政問道：「你道友二人在那廟焚修？」那僧笑道：「長官不須多言。因聞得府上人口不利，故特來醫治。」賈政道：「倒有兩個人中邪，不知二位有何符水？」那道人笑道：「你家現有希世奇珍，如何還問我們有符水？」賈政聽這話有意思，心中便動了，因說道：「小兒落草時雖帶了一塊寶玉下來，上面說能除邪祟，誰知竟不靈驗。」那僧笑道：「長官你那裏知道那物的妙用。只因他如今被聲色貨利所迷，◎[40]故不靈驗了。你今且取他出來，待我們持頌持頌，只怕就好了。」

賈政聽說，便向寶玉項上取下那玉來遞與他二人。那和尚接了過來，擎在掌上，長嘆一聲道：「青埂峰一別，展眼已過十三載矣！人世光陰，如此迅速，塵緣滿日，若似彈指！可羨你當時的那段好處：

天不拘兮地不羈，心頭無喜亦無悲；◎[41]卻因鍛煉通靈後，便向人間覓是非。

可嘆你今日這番經歷：

粉漬脂痕污寶光，綺櫳晝夜困鴛鴦※[10]。沉酣一夢終須醒，冤孽償清好散場！

念畢，又摩弄一回，說了些瘋話，遞與賈政道：「此物已靈，不可褻瀆，懸於臥室上

✣ 跛道人。他總是在關鍵時刻出現，然後又消失地無影無蹤。（《紅樓夢煙標精華》杜春耕編著，北京圖書館出版社提供）

✣芒。莖幹可編製芒鞋，小說中和尚多有此裝束。（李克樹提供）

檻。將他二人安在一室之內，除親身妻母外，不可使陰人※11沖犯。三十三日之後，包管身安病退，復舊如初。」說著回頭便走了。◎42賈政趕著還說話，讓他二人坐了吃茶，要送謝禮，他二人早已出去了。賈母等還只管著人去趕，那裏有個蹤影。少不得依言將他二人就安在王夫人臥室之內，將玉懸在門上。王夫人親身守著，不許別個人進來。

至晚間，他二人竟漸漸醒來，說腹中飢餓。賈母、王夫人如得了珍寶一般，旋熬了米湯來與他二人吃了，精神漸長，邪祟稍退，一家子才把心放下來。◎43李宮裁並賈府三艷、薛寶釵、林黛玉、平兒、襲人等在外間聽信息。聞得吃了米湯，省了人事，別人未開口，林黛玉先就念了一聲「阿彌陀佛」。◎44薛寶釵便回頭看了他半日，「嗤」的一聲笑。眾人都不會意，賈惜春問道：「寶姐姐，好好的笑什麼？」寶釵笑道：「我笑如來佛※12比人還忙：又要講經說法，又要普渡眾生，這如今寶玉、鳳姐姐病了，又燒香還願，賜福消災；今才好些，又要管林姑娘的姻緣了。你說忙的可笑不可笑？」林黛玉不覺的紅了臉，啐了一口道：「你們這起人不是好人，不知怎麼死！再不跟著好人學，只跟著鳳姐貧嘴爛舌的學。」一面說，一面摔簾子出去了。不知端詳，且聽下回分解。

註

※10：綺櫳：華麗的房屋。櫳：房屋的窗戶，代指房屋。鴛鴦：借指男女。

※11：女人。

※12：佛的另一種稱號。意思是像過去諸佛那樣的來去。

評點

◎40.石皆能迷，可知其害不小。觀者著眼，方可讀《石頭記》。（脂硯齋）

◎41.所謂越不聰明越快活。（脂硯齋）

◎42.通靈玉除邪，全部百回只此一見，何得再言？僧道蹤跡虛實，幻筆幻想，寫幻人於幻文也。（畸笏叟）

◎43.通靈玉聽癩和尚二偈即刻靈應，抵卻前回若干《莊子》及語錄、機鋒、偈子。正所謂物各有主也。嘆不得見玉兄「懸崖撒手」文字爲恨。（脂硯齋）

◎44.針對得病時那一聲。（脂硯齋）

第二十六回　蜂腰橋設言傳心事　瀟湘館春困發幽情

話說寶玉養過了三十三天之後，不但身體強壯，亦且連臉上瘡痕平服，仍回大觀園內去。這也不在話下。

* * *

且說近日寶玉病的時節，賈芸帶著家下小廝坐更看守，晝夜在這裏，那紅玉同眾丫鬟也在這裏守著寶玉，彼此相見多日，都漸漸混熟了。那紅玉見賈芸手裏拿的手帕子，倒像是自己從前掉的，待要問他，又不好問的。不料那和尚、道士來過，用不著一切男人，賈芸仍種樹去了。這件事待要放下，心內又放不下；待要問去，又怕人猜疑，正是猶豫不決、神魂不定之際，忽聽窗外問道：「姐姐在屋裏沒有？」◎1紅玉聞聽，在窗眼內望外一看，原來是本院的個小丫頭名叫佳蕙的，因答說：「在家裏，你進來罷。」佳

✣《增評補圖石頭記》第二十六回繪畫。（fotoe提供）

蕙聽了跑進來，就坐在床上，笑道：「我好造化！才剛在院子裏洗東西，寶玉叫往林姑娘那裏送茶葉，花大姐姐交給我送去。可巧老太太那裏給林姑娘送錢來，正分給他們的丫頭們呢。◎2見我去了，林姑娘就抓了兩把給我，也不知多少。你替我收著。」便把手帕子打開，把錢倒了出來，紅玉替他一五一十的數了收起。

佳蕙道：「你這一程子心裏到底覺怎麼樣？依我說，你竟家去住兩日，請一個大夫來瞧瞧，吃兩劑藥就好了。」紅玉道：「那裏的話，好好的，家去作什麼！」佳蕙道：「我想起來了，林姑娘生的弱，時常他吃藥，你就和他要些來吃，也是一樣。」◎3紅玉道：「胡說！藥也是混吃的。」佳蕙道：「你這也不是個長法兒，又懶吃懶喝的，終久怎麼樣？」◎4紅玉道：「怕什麼，還不如早些兒死了倒乾淨！」◎5佳蕙道：「好好的，怎麼說這些話？」紅玉道：「你那裏知道我心裏的事！」

佳蕙點頭想了一會，道：「可也怨不得，這個地方難站。就像昨兒老太太因寶玉病了這些日子，說跟著伏侍的這些人都辛苦了，如今身上好了，各處還完了願，叫把跟著的人都按著等兒賞他們。我算年紀小，上不去，我也不抱怨，像你怎麼也不算在裏頭？我心裏就不服。襲人那怕他得十分兒，也不惱他，原該的。說良心話，誰還敢比他呢？◎6別說他素日殷勤小心，便是不殷勤小心，也拚不得。可氣晴雯、綺霞他們這幾個，都算在上等裏去，仗著老子娘的臉面，衆人倒捧著他去。你說可氣不可氣？」紅玉道：「也不犯著氣他們。俗語說的好，『千里搭長棚，沒有個不散的筵席』，誰守

評點

◎1.你看他偏不寫正文，偏有許多閑文，卻是補遺。（脂硯齋）
◎2.瀟湘常事出自別院婢口中，反覺新鮮。（脂硯齋）
◎3.閑言中敘出黛玉之弱。草蛇灰線。（脂硯齋）
◎4.從旁人眼中口中出，妙極！（脂硯齋）
◎5.此句令人氣噎，總在無可奈何上來。（脂硯齋）
◎6.確論公論，方見襲卿身分。（脂硯齋）

誰一輩子呢？不過三年五載，各人幹各人的去了。那時誰還管誰呢？」這兩句話不覺感動了佳蕙的心腸，由不得眼睛紅了，又不好意思好端端的哭，只得勉強笑道：「你這話說的卻是。昨兒寶玉還說，明兒怎麼樣收拾房子，怎麼樣作衣裳，倒像有幾百年的熬煎。」◎7

紅玉聽了，冷笑了兩聲，方要說話，只見一個未留頭的小丫頭子走進來，手裏拿著些花樣子並兩張紙，說道：「這是兩個樣子，叫你描出來呢。」說著向紅玉擲下，回身就跑了。紅玉向外問道：「倒是誰的？也等不得說完就跑，誰蒸下饅頭等著你，怕冷了不成！」那小丫頭在窗外只說的一聲：「是綺大姐姐的。」抬起腳來咕咚咕咚又跑了。紅玉便賭氣把那樣子擲在一邊，抽屜內找筆，找了半天，都是禿了的，因說道：「前兒一枝新筆，放在那裏了？怎麼一時想不起來。」◎8一面說著，一面出神，想了一會方笑道：「是了，前兒晚上鶯兒拿了去了。」便向佳蕙道：「你替我取了來。」佳蕙道：「花大姐姐還等著我替他抬箱子呢，你自己取去罷。」紅玉道：「他等著你，你還坐著閑打牙兒？我不叫你取去，他也不等著你了。壞透了的小蹄子！」說著，自己便出房來，出了怡紅院，一逕往寶釵院內來。

✣ 佳蕙問候小紅，為她沒被算進上等丫頭裏抱不平。（朱士芳繪）

剛至沁芳亭畔，只見寶玉的奶娘李嬤嬤從那邊走來。紅玉立住笑問道：「李奶奶，你老人家那去了？怎打這裏來？」李嬤嬤站住，將手一拍道：「你說說，好好的又看上了那個種樹的什麼雲哥兒雨哥兒的，這會子逼著我叫了他來。明兒叫上房裏聽見，可又是不好。」紅玉笑道：「你老人家當眞的就依了他去叫了？」◎9李嬤嬤道：「可怎麼樣呢？」紅玉笑道：「那一個要是知道好歹，就回不進來才是。」◎10李嬤嬤道：「他又不痴，爲什麼不進來？」紅玉道：「既是進來，你老人家該同他一齊來，回來叫他一個人亂碰，可是不好呢。」◎11李嬤嬤道：「我有那樣工夫和他走？不過告訴了他，回來打發個小丫頭子或是老婆子，帶進他來就完了。」說著，拄著拐杖一逕去了。紅玉聽說，便站著出神，且不去取筆。◎12

一時，只見一個小丫頭子跑來，見紅玉站在那裏，便問道：「林姐姐，你在這裏作什麼呢？」紅玉抬頭見是小丫頭子墜兒。◎13紅玉道：「那去？」墜兒道：「叫我帶進芸二爺來。」說著一逕跑了。這裏紅玉剛走至蜂腰橋門前，只見那邊墜兒引著賈芸來了。◎14那賈芸一面走，一面拿眼把紅玉一溜；那紅玉只裝作和墜兒說話，也把眼去一溜賈芸：四目恰相對時，紅玉不覺臉紅了，一扭身往衡蕪苑去了。不在話下。

評點

◎7.紅玉一腔委曲怨憤，係身在怡紅不能遂志，看官勿錯認爲芸兒害相思也。（脂硯齋）

◎8.既在矮簷下，怎敢不低頭？（脂硯齋）

◎9.是遂心語。（脂硯齋）

◎10.是私心語，神妙！（脂硯齋）

◎11.總是私心語，要直問又不敢，只用這等語慢慢的套出。有神理。（脂硯齋）

◎12.總是不言神情，另出花樣。（脂硯齋）

◎13.墜兒者，贅兒也。人生天地間已是贅疣，況又生許多冤情孽債。嘆嘆！（脂硯齋）

◎14.妙！不說紅玉不走，亦不說走，只說「剛走至」三字，可知紅玉有私心矣。若說出必定不走必定走，則文字死板，且亦棱角過露，非寫女兒之筆也。（脂硯齋）

這裏賈芸隨著墜兒，逶迤來至怡紅院中。墜兒先進去回明了，然後方領賈芸進去。賈芸看時，只見院內略略有幾點山石，種著芭蕉，那邊有兩隻仙鶴在松樹下剔翎※1。一溜迴廊上吊著各色籠子、各色仙禽異鳥。上面小小五間抱廈，一色雕鏤新鮮花樣隔扇，上面懸著一個匾額，四個大字，題道是「怡紅快綠」。賈芸想道：「怪道叫『怡紅院』，原來匾上是恁樣四個字。」正想著，只聽裏面隔著紗窗子笑說道：「快進來罷。我怎麼就忘了你兩三個月！」賈芸聽得是寶玉的聲音，連忙進入房內。抬頭一看，只見金碧輝煌，文章烱灼，卻看不見寶玉在那裏。一回頭，只見左邊立著一架大穿衣鏡，從鏡後轉出兩個一般大的十五六歲的丫頭來說：「請二爺裏頭屋裏坐。」賈芸連正眼也不敢看，連忙答應了。又進一道碧紗櫥，只見小小一張塡漆床上，懸著大紅銷金撒花帳子。寶玉穿著家常衣服，靸著鞋，倚在床上拿著本書，看◎15見他進來，將書擲下，早堆著笑立起身來。賈芸忙上前請了安。寶玉讓坐，便在下面一張椅子

✣小紅和墜兒在竊竊私語。（崔君沛繪）

上坐了。寶玉笑道：「只從那個月見了你，我叫你往書房裏來，誰知接接連連許多事情，就把你忘了。」賈芸笑道：「總是我沒福，偏偏又遇著叔叔身上欠安。叔叔如今可大安了？」寶玉道：「大好了。我倒聽見說你辛苦了好幾天。」賈芸道：「辛苦也是該當的。叔叔大安了，也是我們一家子的造化。」◎16

說著，只見有個丫鬟端了茶來與他。那賈芸口裏和寶玉說著話，眼睛卻溜瞅那丫鬟：◎17細挑身材，容長臉面，穿著銀紅襖兒，青緞背心，白綾細折裙。——不是別個，卻是襲人。那賈芸自從寶玉病了幾天，他在裏頭混了兩日，卻把那有名人口認記了一半。◎18他也知道襲人在寶玉房中比別個不同，今見他端了茶來，寶玉又在旁邊坐著，便忙站起來笑道：「姐姐怎麼替我倒起茶來？我來到叔叔這裏，又不是客，讓我自己倒罷。」◎19寶玉道：「你只管坐著罷。丫頭們跟前也是這樣。」賈芸笑道：「雖如此說，叔叔房裏姐姐們，我怎麼敢放肆呢？」一面說，一面坐下吃茶。

那寶玉便和他說些沒要緊的散話。◎20又說道誰家的戲子好，誰家的花園好；又告訴他誰家的丫頭標緻，誰家的酒席豐盛，又是誰家有奇貨，又是誰家有異物。◎21那賈芸口裏只得順著他說，說了一會，見寶玉有些懶懶的了，便起身告辭。寶玉也不甚留，只說：「你明兒閑了，只管來。」仍命小丫頭子墜兒送他出去。

出了怡紅院，賈芸見四顧無人，便把腳慢慢停著些走，口裏一長一短和墜兒說話，

註

※1：鳥兒用嘴梳啄羽毛。

評點

◎15.這是等芸哥看，故作款式。若果眞看書，在隔紗窗子說話時已經放下了。玉兄若見此批，必云老貨，他處處不放鬆我，可恨可恨！（脂硯齋）
◎16.不倫不理，迎合字樣，口氣逼肖，可笑可嘆！（脂硯齋）
◎17.前寫不敢正眼，今又如此寫，是用茶來，有心人故留此神，於接茶時站起，方不突然。（脂硯齋）
◎18.一路總是寫賈芸是個有心人，一絲不亂。（脂硯齋）
◎19.總寫賈芸乖覺，一絲不亂。（脂硯齋）
◎20.妙極是極！況寶玉又有何正經可說的！（脂硯齋）
◎21.幾個「誰家」，自北靜王、公侯、駙馬諸大家包括盡矣，寫盡紈袴口角。（脂硯齋）

先問他「幾歲了？名字叫什麼？你父母在那一行上？在寶叔房內幾年了？◎22一個月多少錢？共總寶叔房內有幾個女孩子？」那墜兒見問，便一樁樁的都告訴他了。賈芸又道：「剛才那個與你說話的，他可是叫小紅？」墜兒笑道：「他倒叫小紅。你問他作什麼？」賈芸道：「方才他問你什麼手帕子，我倒揀了一塊。」墜兒聽了笑道：「他問了我好幾遍，可有看見他的帕子。我有那麼大工夫管這些事！今兒他又問我，他說我替他找著了，他還謝我呢。◎23才在蘅蕪苑門口說的，二爺也聽見了，不是我撒謊。好二爺，你既揀了，給我罷。我看他拿什麼謝我。」

原來上月賈芸進來種樹之時，便揀了一塊羅帕，便知是所在園內的人失落的，但不知是那一個人的，故不敢造次。今聽見紅玉問墜兒，便知是紅玉的，心內不勝喜幸。又見墜兒追索，心中早得了主意，便向袖內將自己的一塊取了出來，向墜兒笑道：「我給是給你，你若得了他的謝禮，可不許瞞著我。」墜兒滿口裏答應了，接了手帕子，送出賈芸，回來找紅玉，不在話下。

✣「蜂腰橋設言傳心事」。大觀園裏像小紅一般伶俐的丫頭不多。描繪《紅樓夢》第二十六回中的場景。清代孫溫繪《全本紅樓夢》圖冊第八冊之五。（清・孫溫繪）

✣賈蘭帶著弓在追逐小鹿。（《紅樓夢煙標精華》杜春耕編著，北京圖書館出版社提供）

＊　＊　＊

如今且說寶玉打發了賈芸去後，意思懶懶的歪在床上，似有朦朧之態。襲人便走上來，坐在床沿上推他，說道：「怎麼又要睡覺？悶的很，你出去逛逛不是？」寶玉見說，便拉他的手笑道：「我要去，只是捨不得你。」襲人笑道：「快起來罷！」◎24一面說，一面拉了寶玉起來。寶玉道：「可往那去呢？怪膩膩煩煩的。」襲人道：「你出去了就好了。只管這麼葳蕤，越發心裏煩膩。」

寶玉無精打彩的，只得依他。晃出了房門，在迴廊上調弄了一回雀兒，出至院外，順著沁芳溪看了一回金魚。只見那邊山坡上兩隻小鹿箭也似的跑來，寶玉不解其意。正自納悶，只見賈蘭在後面拿著一張小弓兒追了下來，一見寶玉在前面，便站住了，笑道：「二叔叔在家裏呢，我只當出門去了。」寶玉道：「你又淘氣了。好好的射他作什麼？」賈蘭笑道：「這會子不念書，閑著作什麼？所以演習演習騎射。」◎25寶玉道：「把牙栽了，那時才不演呢。」

評點

◎22.漸漸入港。（脂硯齋）
◎23.「傳」字正文，此處方露。（脂硯齋）
◎24.不答上文，妙極！（脂硯齋）
◎25.奇文奇語，默思之方意會爲玉兄之毫無一正事，只知安富尊榮而寫。（脂硯齋）

說著，順著腳一逕來至一個院門前，只見鳳尾森森，龍吟細細※2，◎26舉目望門上一看，只見匾上寫著「瀟湘館」三字。◎27寶玉信步走入，只見湘簾垂地，悄無人聲。走至窗前，覺得一縷幽香從碧紗窗中暗暗透出，寶玉便將臉貼在紗窗上，往裏看時，耳內忽聽得細細的長嘆了一聲道：「『每日家情思睡昏昏※3。』」◎28寶玉聽了，不覺心內癢將起來，再看時，只見黛玉在床上伸懶腰。寶玉在窗外笑道：「為甚麼『每日家情思睡昏昏』？」一面說，一面掀簾子進來了。◎29

林黛玉自覺忘情，不覺紅了臉，拿袖子遮了臉，翻身向裏裝睡著了。寶玉才走上來要搬他的身子，只見黛玉的奶娘並兩個婆子卻跟了進來說：「妹妹睡覺呢，等醒了再請來。」剛說著，黛玉便翻身坐了起來，笑道：「誰睡覺呢？」◎30那兩三個婆子見黛玉起來，便笑道：「我們只當姑娘睡著了。」說著，便叫紫鵑說：「姑娘醒了，進來伺候。」一面說，一面都去了。

黛玉坐在床上，一面抬手整理鬢髮，一面笑向寶玉道：「人家睡覺，你進來作什麼？」寶玉見他星眼微餳，香腮帶赤，不覺神魂早蕩，一歪身坐在椅子上，笑道：「你才說什麼？」黛玉道：「我沒說什麼。」寶玉笑道：「給你個榧子吃！我都聽見了。」

二人正說話，只見紫鵑進來。寶玉笑道：「紫鵑，把你們的好茶倒碗我吃。」紫鵑

✣ 瀟湘館前有成片鳳尾竹，故言「鳳尾森森」。圖片為廣西桂林市陽朔葡萄鎮石頭城村頭的鳳尾竹。（桂鴻提供）

✣鳳尾森森，龍吟細細。（趙塑攝於北京大觀園）

道：「那裏是好的呢？要好的，只是等襲人來。」黛玉道：「別理他，你先給我舀水去罷。」紫鵑笑道：「他是客，自然先倒了茶來再舀水去。」說著倒茶去了。寶玉笑道：「好丫頭，『若共你多情小姐同鴛帳，怎捨得疊被鋪床※4？』」◎31林黛玉登時撂下臉來，說道：「二哥哥，你說什麼？」寶玉笑道：「我何嘗說什麼。」黛玉便哭道：「如今新興的，外頭聽了村話來，也說給我聽；看了混賬書，也來拿我取笑兒。我成了爺們解悶的。」一面哭著，一面下床來往外就走。寶玉不知要怎樣，心下慌了，忙趕上來，「好妹妹，我一時該死，你別告訴去！我再要敢，嘴上就長個疔，爛了舌頭。」

正說著，只見襲人走來說道：「快回去穿衣服，老爺叫你呢。」寶玉聽了，不覺打了個雷的一般，也顧不得別的，疾忙回來穿衣服。出園來，只見焙茗在二門前等著，寶玉便問道：「你可知道叫我是爲什麼？」焙茗道：「爺快出來罷，橫豎是見去的，到那裏就知道了。」一面說，一面催著寶玉。

註

※2：鳳尾森森：比喻竹林茂盛的樣子。龍吟：形容笛聲，此處比喻風吹竹林發出的聲響。

※3：《西廂記》雜劇中崔鶯鶯的唱詞，唱出鶯鶯思念張生的感情。家：語尾助詞，無義。

※4：《西廂記》雜劇中張生的唱詞。

評點

◎26.與後文「落葉蕭蕭，寒煙漠漠」一對，可傷可嘆！（脂硯齋）

◎27.無一絲心機，反似初至者，故接有忘形忘情話來。（脂硯齋）

◎28.用情忘情，神化之文。（脂硯齋）

◎29.二玉這回文字，作者亦在無意上寫來，所謂「信手拈來無不是」也。（脂硯齋）

◎30.妙極！可知黛玉是怕寶玉去也。（脂硯齋）

◎31.眞正無意忘情衝口而出之語。（脂硯齋）

轉過大廳，寶玉心裏還自狐疑，只聽牆角邊一陣呵呵大笑，回頭只見薛蟠拍著手笑了出來，笑道：◎32「要不說姨夫叫你，你那裏出來的這麼快。」焙茗也笑道：「爺別怪我。」忙跪下了。寶玉怔了半天，方解過來，是薛蟠哄他出來。薛蟠連忙打恭作揖陪不是，又求「不要難爲了小子，都是我逼他去的。」寶玉也無法了，只好笑，問道：「你哄我也罷了，怎麼說我父親呢？我告訴姨娘去，評評這個理，可使得麼？」薛蟠忙道：「好兄弟，我原爲求你快些出來，就忘了忌諱這句話。改日你也哄我，說我的父親就完了。」◎33寶玉道：「噯，噯，越發該死了！」又向焙茗道：「反叛肏的，還跪著作什麼！」焙茗連忙叩頭起來。薛蟠道：「要不是我也不敢驚動，只因明兒五月初三日是我的生日，誰知古董行的程日興，他不知那裏尋了來的這麼粗、這麼長粉脆的鮮藕，◎34這麼大的大西瓜，這麼長一尾新鮮的鱘魚，這麼大的一個暹羅國進貢的靈柏香熏的暹豬。你說，他這四樣禮可難得不難得？

寶玉來到瀟湘館，聽見黛玉長嘆：「每日家情思睡昏昏。」（朱士芳繪）

那魚、豬不過貴而難得，這藕和瓜虧他怎麼種出來的。我連忙孝敬了母親，趕著給你們老太太、姨父、姨母送了些去。如今留了些，我要自己吃，恐怕折福，左思右想，除我之外，惟有你還配吃，◎35所以特請你來。可巧唱曲兒的一個小么兒又才來了，我同你樂一天何如？」

✣ 詹光、程日興、單聘仁。榮國府的幾名清客相公，全書未見他們對賈府有過寸功。（《紅樓夢煙標精華》杜春耕編著，北京圖書館出版社提供）

一面說，一面來至他書房裏。只見詹光、程日興、胡斯來、單聘仁等並唱曲兒的都在這裏，見他進來，請安的，問好的，都彼此見過了。吃了茶，薛蟠即命人擺酒來。說猶未了，眾小廝七手八腳擺了半天，方才停當歸坐。寶玉果見瓜藕新異，因笑道：「我的壽禮還未送來，倒先擾了。」薛蟠道：「可是呢，明兒你送我什麼？」寶玉道：「我可有什麼可送的？若論銀錢吃的穿的東西，究竟還不是我的，惟有我寫一張字，畫一張畫，才算是我的。」

薛蟠笑道：「你提畫兒，我才想起來了。昨兒我看人家一張春宮※5，◎36畫的著實好。上面還有許多的字，也沒細看，只看落的款，是『庚黃』◎37畫的。眞眞好的了不

註

※5：指淫穢的圖畫，也叫春畫。

評點

◎32.如此戲弄，非呆兄無人。欲釋二玉，非此戲弄不能立解，勿得泛泛看過。不知作者胸中有多少邱壑。（脂硯齋）
◎33.寫粗豪無心人畢肖。（脂硯齋）
◎34.如見如聞。（脂硯齋）
◎35.此語令人哭不得笑不得，亦眞心語也。（脂硯齋）
◎36.阿呆兄所見之畫也！（脂硯齋）
◎37.奇文，奇文！（脂硯齋）

得！」寶玉聽說，心下猜疑道：「古今字畫也都見過些，那裏有個『庚黃』？」想了半天，不覺笑將起來，命人取過筆來，在手心裏寫了兩個字，又問薛蟠道：「你看眞了是『庚黃』？」薛蟠道：「怎麼看不眞！」◎38寶玉將手一撒，與他看道：「別是這兩字罷？其實與『庚黃』相去不遠。」衆人都看時，原來是「唐寅」兩個字，都笑道：「想必是這兩字，大爺一時眼花了也未可知」。薛蟠只覺沒意思，◎39笑道：「誰知他『糖銀』『果銀』的！」

正說著，小廝來回「馮大爺來了」。寶玉便知是神武將軍馮唐之子馮紫英來了。薛蟠等一齊都叫「快請」。說猶未了，只見馮紫英一路說笑，已進來了。◎40衆人忙起席讓坐。馮紫英笑道：「好呀！也不出門了，在家裏高樂罷。」寶玉、薛蟠都笑道：「一向少會，老世伯身上康健？」紫英答道：「家父倒也托庇康健。近來家母偶著了些風寒，不好了兩天。」◎41薛蟠見他面上有些青傷，便笑道：「這臉上又和誰揮拳的？掛了幌子了。」馮紫英笑道：「從那一遭把仇都尉的兒子打傷了，我就記了再不慪氣，如何又揮拳？這個臉上，是前日打圍※6，在鐵網山教兔鶻捎一翅膀。」寶玉道：「幾時的話？」紫英道：「三月二十八日去的，前兒也就回來了。」寶玉道：「怪道前兒初三四兒，我在沈世兄家赴席不見你呢。我要問，不知怎麼就忘了。單你去了，還是老世伯也去了？」紫英道：「可不是家父去，我沒法兒，去罷了。難道我閑瘋了，咱們幾個

人吃酒聽唱的不樂，尋那個苦惱去？這一次，大不幸之中又大幸。」

薛蟠眾人見他吃完了茶，都說道：「且入席，有話慢慢的說。」馮紫英聽說，便立起身來說道：「論理，我該陪飲幾杯才是，只是今兒有一件大大要緊的事，回去還要見家父面回，實不敢領。」薛蟠、寶玉眾人那裏肯依，死拉著不放。馮紫英笑道：「這又奇了。你我這些年，那回兒有這個道理的？果然不能遵命。若必定叫我領，拿大杯來，我領兩杯就是了。」眾人聽說，只得罷了。薛蟠執壺，寶玉把盞，斟了兩大海※7。那馮紫英站著，一氣而盡。◎42寶玉道：「你到底把這個『不幸之幸』說完了再走。」馮紫英笑道：「今兒說的也不盡興。我為這個，還要特治一東，請你們去細談一談；二則還有所懇之處。」說著執手就走，薛蟠道：「越發說的人熱刺刺的丟不下。多早晚才請我們，告訴了，也免的人猶疑。」◎43馮紫英道：「多則十日，少則八天。」一面說，一面出門上馬去了。眾人回來，依席又飲了一回方散。

寶玉回至園中，襲人正記掛著他去見賈政，不知是禍是福，只見寶玉醉醺醺的回來，問其原故，寶玉一一向他說了。襲人道：「人家牽腸掛肚的等著，你且高樂去，也到底打發人來

註

※6：圍獵禽獸。
※7：指大酒杯。

評點

◎38.閑事順筆，將罵死不學之紈袴。（畸笏叟）
◎39.實心人。（脂硯齋）
◎40.一派英氣如在紙上，特為金閨潤色也。（脂硯齋）
◎41.寫倪二、紫英、湘蓮、玉菡俠文，皆各得傳眞寫照之筆。惜「衛若蘭射圃」文字無稿。嘆嘆！（畸笏叟）
◎42.爽快人如此，令人羨煞！（脂硯齋）
◎43.實心人如此，絲毫行跡俱無，令人痛快煞！（脂硯齋）

給個信兒。」寶玉道：「我何嘗不要送信兒，只因馮世兄來了，就混忘了。」

正說著，只見寶釵走進來笑道：「偏了我們新鮮東西了。」寶玉笑道：「姐姐家的東西，自然先偏了我們了。」寶釵搖頭笑道：「昨兒哥哥倒特特的請我吃，我不吃，叫他留著請人送人罷。我知道我的命小福薄，不配吃那個。」說著，丫鬟倒了茶來，吃茶說閑話兒，不在話下。

卻說那林黛玉聽見賈政叫了寶玉去了，一日不回來，心中也替他憂慮。至晚飯後，聞聽寶玉來了，心裏要找他問問是怎麼樣了。◎[44]一步步行來，見寶釵進寶玉的院內去了，◎[45]自己也便隨後走了來。剛到了沁芳橋，只見各色水禽都在池中浴水，也認不出名色來。但見一個個文彩炫耀，好看異常，因而站住看了一會。再往怡紅院來，只見院門關著，黛玉便以手扣門。

誰知晴雯和碧痕正拌了嘴，沒好氣，忽見寶釵來了，那晴雯正把氣移在寶釵身上，◎[46]正在院內抱怨說：「有事沒事跑了來坐著，叫我們三更半夜的不得睡覺！」忽聽又有人叫門，晴雯越發動了氣，也並不問是誰，便說道：「都睡下了，明兒再來罷！」林黛玉素知丫頭們的情性，他們彼此頑耍慣了，恐怕院內的丫頭沒聽真是他的聲音，只當是別的丫頭們來了，所以不開門。因而又高聲說道：「是我，還不開麼？」晴雯偏生還沒聽出來，便使性子說道：「憑你是誰，二爺吩咐的，一概不許放人進來呢！」◎[47]林黛玉聽了，不覺氣怔在門外，待要高聲問他，逗起氣來，自己又回思一番：「雖說是舅

母家如同自己家一樣，到底是客邊※8。◎48如今父母雙亡，無依無靠，現在他家依栖。如今認眞淘氣※9，也覺沒趣。」一面想，一面又滾下淚珠來。正是回去不是，站著不是。正沒主意。只聽裏面一陣笑語之聲，細聽一聽，竟是寶玉、寶釵二人。林黛玉心中益發動了氣，左思右想，忽然想起早起的事來：「必竟是寶玉惱我要告他的原故。但只我何嘗告你了！你也不打聽打聽，就惱我到這步田地。你今兒不叫我進來，難道明兒就不見面了！」越想越傷感起來，也不顧蒼苔露冷，花徑風寒，獨立牆角邊花陰之下，悲悲戚戚嗚咽起來。◎49

原來這林黛玉秉絕代姿容，具希世俊美，不期這一哭，那附近柳枝花朵上的宿鳥栖鴉一聞此聲，俱忒楞楞飛起遠避，不忍再聽。眞是：

花魂默默無情緒，鳥夢痴痴何處驚！◎50

因有一首詩道：

顰兒才貌世應希，獨抱幽芳出繡閨；
嗚咽一聲猶未了，落花滿地鳥驚飛。

那林黛玉正自啼哭，忽聽「吱嘍」一聲，院門開處，不知是那一個出來。要知端的，且聽下回分解。

註

※8：以客人身分寄居在別人家中。
※9：嘔氣，亦指孩童頑皮。

評點

◎44.這席東道是和事酒不是？（脂硯齋）
◎45.《石頭記》最好看處是此等章法。（脂硯齋）
◎46.晴雯遷怒是常事耳，寫釵、顰二卿身上，與踢襲人之文，令人與何處設想著筆？（畸笏叟）
◎47.晴雯移氣於寶釵，復得罪夫黛玉，仗著模樣兒，目中無人，釵黛尚然，況等而下之乎？不諧於眾，有自來也。（劉履芬）
◎48.寄食者著眼，況顰兒何等人乎？（脂硯齋）
◎49.可憐殺！可疼殺！余亦淚下。（脂硯齋）
◎50.沉魚落雁，閉月羞花，原來是哭了出來的。一笑。（脂硯齋）

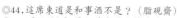

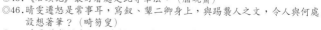

第二十七回 滴翠亭楊妃戲彩蝶　埋香塚飛燕泣殘紅

話說林黛玉正自悲泣，忽聽院門響處，只見寶釵出來了，寶玉、襲人一群人送了出來。待要上去問著寶玉，又恐當著衆人問，羞了寶玉不便，因而閃過一旁，讓寶釵去了，寶玉等進去關了門，方轉過來，猶望著門洒了幾點淚。自覺無味，便轉身回來，無精打彩的卸了殘妝。

紫鵑、雪雁素日知道林黛玉的情性：無事悶坐，不是愁眉，便是長嘆，且好端端的不知爲了什麼，常常的便自淚道不乾的。先時還有人解勸，怕他思父母，想家鄉，受了委曲，只得用話來寬慰解勸。誰知後來一年一月的竟常常的如此，把這個樣兒看慣，也都不理論了。所以也沒人理，由他去悶坐，◎1只管睡覺去了。那林黛玉倚著床欄杆，兩手抱著膝，眼睛含著淚，好似木雕泥塑的一般，直坐到二更多天，方才睡了。一宿無話。

✣《增評補圖石頭記》第二十七回繪畫。（fotoe提供）

* * *

至次日乃是四月二十六日，原來這日未時交芒種節。尚古風俗：凡交芒種節的這日，都要設擺各色禮物，祭餞花神，言芒種一過，便是夏日了，衆花皆卸，花神退位，須要餞行。然閨中更興這件風俗，所以大觀園中之人都早起來了。那些女孩子們或用花瓣、柳枝編成轎馬的，或用綾錦紗羅疊成干旄※1旌幢的，都用彩線繫了。每一棵樹，每一枝花上，都繫了這些物事。滿園裏繡帶飄颻，花枝招展，◎2更兼這些人打扮得桃羞杏讓，燕妒鶯慚，一時也道不盡。

且說寶釵、迎春、探春、惜春、李紈、鳳姐等並巧姐、大姐、香菱與衆丫鬟們在園內頑耍，獨不見林黛玉。迎春因說道：「林妹妹怎麼不見？好個懶丫頭！這會子還睡覺不成？」寶釵道：「你們等著，我去鬧了他來。」說著便丟下了衆人，一直往瀟湘館來。正走著，只見文官等十二個女孩子也來了，◎3上來問了好，說了一回閑話。寶釵回身指道：「他們都在那裏呢，你們找他們去罷。我叫林姑娘去就來。」說著便逶迤往瀟湘館來。忽然抬頭見寶玉進去了，寶釵便站住低頭想了想：寶玉和林黛玉是從小兒一處長大，他兄妹間多有不避嫌疑之處，嘲笑喜怒無常；◎4況且黛玉素習猜忌，好弄小性兒的。此刻自己也跟了進去，一則寶玉不便，二則黛玉嫌疑。罷了，倒是回來的妙。想畢，抽身回來。

註

※1：干旄：古時用旄牛尾繫在旗竿頂的儀仗。

評點

◎1.所謂「久病床前少孝子」是也。（脂硯齋）
◎2.數句大觀園景倍勝省親一回，在一園人俱得閑閑尋樂上看，彼時只有元春一人閑耳。（脂硯齋）
◎3.一人不漏。（脂硯齋）
◎4.道盡二玉連日事。（脂硯齋）

剛要尋別的姐妹去，忽見面前一雙玉色蝴蝶，大如團扇，一上一下迎風翩躚，十分有趣。寶釵意欲撲了來頑耍，遂向袖中取出扇子來，向草地下來撲。◎5只見那一雙蝴蝶忽起忽落，來來往往，穿花度柳，將欲過河去了。倒引的寶釵躡手躡腳的，一直跟到池中滴翠亭上，香汗淋漓，嬌喘細細。寶釵◎6也無心撲了，剛欲回來，只聽亭子裏邊嘁嘁喳喳有人說話。◎7原來這亭子四面俱是遊廊曲橋，蓋造在池中水上，四面雕鏤槅子糊著紙。

寶釵在亭外聽見說話，便煞住腳往裏細聽，◎8只聽說道：「你瞧瞧這手帕子，果然是你丟的那塊，你就拿著；要不是，就還芸二爺去。」又有一人說話：「可不是我那塊！拿來給我罷。」又聽道：「你拿了什麼謝我呢？難道白尋了來不成？」又答道：「我既許了謝你，自然不哄你。」又聽說道：「我尋了來給你，自然謝我；但只是揀的人，你就不拿什麼謝他？」又回道：「你別胡說！他是個爺們家，揀了我的東西，自然該還的。我拿什麼謝他呢？」又聽說道：「你不謝他，我怎麼回他呢？況且他再三再四的和我說了，若沒謝的，不許我給你呢。」半晌，又聽答道：「也罷，拿我這個給他，就算謝他的罷。——你要告訴別人呢？須說個誓來。」又聽說道：「我

✣ 滴翠亭，因寶釵撲蝶而留名後世。（趙塑攝於北京大觀園）

要告訴一個人，就長一個疔，日後不得好死！」又聽說道：「噯呀！咱們只顧說話，看有人來悄悄在外頭聽見。◎9不如把這槅子都推開了，便是有人見咱們在這裏，他們只當我們說頑話呢。若走到跟前，咱們也看得見，就別說了。」

《撲蝶圖》。此圖描繪了一名女子手執團扇捕捉蝴蝶的情形。費以耕，清代畫家。（fotoe提供）

評點

◎5.可是一味知書識禮女夫子行止？寫寶釵無不相宜。（脂硯齋）
◎6.若玉兄在，必有許多張羅。（脂硯齋）
◎7.無閑紙閑筆之文如此。（脂硯齋）
◎8.這樁風流案，又一體寫法，甚當。（脂硯齋）
◎9.這是自難自法，好極好極！慣用險筆如此。（畸笏叟）

寶釵在外面聽見這話，心中吃驚，◎10想道：「怪道從古至今那些奸淫狗盜的人，心機都不錯。這一開了，見我在這裏，他們豈不臊了。況才說話的語音，大似寶玉房裏的紅兒的言語。他素昔眼空心大，是個頭等刁鑽古怪東西。今兒我聽了他的短兒，一時人急造反，狗急跳牆，不但生事，而且我還沒趣。如今便趕著躲了，料也躲不及，少不得要使個『金蟬脫殼』的法子。」猶未想完，只聽「咯吱」一聲，寶釵便故意放重了腳步，◎11笑著叫道：「顰兒，我看你往那裏藏！」一面說，一面故意往前趕。◎12那亭內的紅玉、墜兒剛一推窗，只聽寶釵如此說著往前趕，兩個人都唬怔了。寶釵反向他二人笑道：「你們把林姑娘藏在那裏了？」◎13墜兒道：「何曾見林姑娘了？」寶釵道：「我才在河那邊看著林姑娘在這裏蹲著弄水兒的。我要悄悄的唬他一跳，還沒有走到跟前，他倒看見我了，朝東一繞就不見了。別是藏在這裏頭了。」一面說，一面故意進去尋了一尋，抽身就走，口內說道：「一定又是鑽在那山子洞裏去。遇見蛇，咬一口也罷了。」一面說一面走，心中

✣ 滴翠亭撲蝶，流露寶釵天性中也有活潑的一面；為了避嫌，巧用「金蟬脫殼」之計，則顯示了她的機變和心機深沉。（朱士芳繪）

又好笑：◎14這件事算遮過去了，不知他二人是怎麼樣。

誰知紅玉聽了寶釵的話，便信以爲眞，讓寶釵去遠，便拉墜兒道：「了不得了！林姑娘蹲在這裏，一定聽了話去了！」墜兒聽說，也半日不言語。紅玉又道：「這可怎麼樣呢？」墜兒道：「便是聽了，管誰筋疼，各人幹各人的就完了。」◎15紅玉道：「若是寶姑娘聽見還倒罷了。林姑娘嘴裏又愛刻薄人，心裏又細，他一聽見了，倘或走露了風聲，怎麼樣呢？」二人正說著，只見文官、香菱、司棋、待書等上亭子來了。二人只得掩住這話，且和他們頑笑。

只見鳳姐兒站在山坡上招手叫，紅玉連忙棄了衆人，跑至鳳姐跟前，堆著笑問：「奶奶使喚作什麼事？」鳳姐打諒了一打諒，見他生的乾淨俏麗，說話知趣，因笑道：「我的丫頭今兒沒跟進我來。我這會子想起一件事來，要使喚個人出去，不知你能幹不能幹，說的齊全不齊全？」紅玉道：「奶奶有什麼話，只管吩咐我說去。若說的不齊全，誤了奶奶的事，憑奶奶責罰就是了。」◎16鳳姐笑道：「你是那位小姐房裏的？我使你出去，他回來找你，我好替你說的。」紅玉道：「我是寶二爺房裏的。」鳳姐聽了笑道：「嗳喲！你原來是寶玉房裏的，怪道呢。也罷了，等他問，我替你說。你到我家，告訴你平姐姐：外頭屋裏桌子上汝窯盤子架兒底下放著一卷銀子，那是一百二十兩，給繡匠的工價，等張材家的來要，當面稱給他瞧了，再給他拿去。再裏頭屋裡床頭間有一個小荷包拿了來。」

評點

◎10.四字寫寶釵守身如此。（脂硯齋）
◎11.閨中弱女機變，如此之便，如此之急。（脂硯齋）
◎12.寶釵見寶玉進瀟湘館抽身走回，聽小紅同墜兒私語便假裝尋人，善於避嫌，是寶釵一生得力處。（王希廉）
◎13.像極！好煞，妙煞！焉得不拍案叫絕！（脂硯齋）
◎14.眞弄嬰兒，輕便如此，即余至此亦要發笑。（脂硯齋）
◎15.勉強話。（脂硯齋）
◎16.操必勝之券。紅兒機括志量，自知能應阿鳳使令意。（脂硯齋）

紅玉聽說，撤身去了。回來只見鳳姐不在這山坡子上了。因見司棋從山洞裏出來，站著繫裙子，◎[17]便趕上來問道：「姐姐，不知道二奶奶往那裏去了？」司棋道：「沒理論。」紅玉聽了，抽身又往四下裏一看，只見那邊探春、寶釵在池邊看魚。紅玉上來陪笑問道：「姑娘們可知道二奶奶那去了？」探春道：「往你大奶奶院裏找去。」紅玉聽了，才往稻香村來，頂頭只見晴雯、綺霰、碧痕、紫綃、麝月、待書、入畫、鶯兒等一群人來了。晴雯一見了紅玉，便說道：「你只是瘋罷！院子裏花兒也不澆，雀兒也不餵，茶爐子也不熾，就在外頭逛。」紅玉道：「昨兒二爺說了，今兒不用澆花，過一日澆一回罷。我餵雀兒的時候，姐姐還睡覺呢。」碧痕道：「茶爐子呢？」紅玉道：「今兒不該我熾的班兒，有茶沒茶別問我。」綺霰道：「你聽聽他的嘴！你們別說了，讓他逛去罷。」紅玉道：「你們再問問我逛了沒有。二奶奶使喚我說話取東西的。」◎[18]說著將荷包舉給他們看，方沒言語了，◎[19]大家分路走開。晴雯冷笑道：「怪道呢！原來爬上高枝兒去了，把我們不放在眼裏。不知說了一句話半句話，名兒姓兒知道了不曾呢，就把他興的這樣！這一遭兒半遭兒的算不得什麼，過了後兒還得聽呵！有本事從今兒出了這園子，長長遠遠的在高枝兒上才算得。」◎[20]一面說著去了。

這裏紅玉聽說，不便分證，只得忍著氣來找鳳姐兒，到了李氏房中，果見鳳姐兒在

❖ 宋代汝窯玉壺春瓶，河南洛陽博物館藏。賈府的日用品不少出自各大名窯，一般家庭是沒有這樣條件的。（聶鳴提供）

清代紅青地平金荷包。河南博物院藏。（聶鳴提供）

這裏和李氏說話兒呢。紅玉上來回道：「平姐姐說，奶奶剛出來了，他就把銀子收了起來，才張材家的來討，當面稱了給他拿去了。」說著將荷包遞了上去，又道：「平姐姐教我回奶奶：才旺兒進來討奶奶的示下，好往那家子去。平姐姐就把那話按著奶奶的主意打發他去了。」鳳姐笑道：「他怎麼按我的主意打發去了？」紅玉道：「平姐姐說：我們奶奶問這裏奶奶好。原是我們二爺不在家，雖然遲了兩天，只管請奶奶放心。等五奶奶好些，我們奶奶還會了五奶奶來瞧奶奶呢。五奶奶前兒打發了人來說，舅奶奶帶了信來了，問奶奶好，還要和這裏的姑奶奶尋兩丸延年神驗萬全丹。若有了，奶奶打發人來，只管送在我們奶奶這裏。明兒有人去，就順路給那邊舅奶奶帶去的。」

話未說完，李氏道：「噯喲喲！這話我就不懂了。什麼『奶奶』『爺爺』的一大堆。」鳳姐笑道：「怨不得你不懂，這是四五門子的話呢。」說著又向紅玉笑道：「好孩子，難為你說的齊全。別像他們扭扭捏捏的蚊子似的。◎21嫂子你不知道，如今除了我隨手使的幾個丫頭老婆之外，我就怕和他們說話。他們必定把一句話拉長了作兩三截

評點

◎17.小點綴。一笑。（脂硯齋）
◎18.非小紅誇耀，係爾等逼出來的，離怡紅意已定矣。（脂硯齋）
◎19.眾女兒何苦自討之。（脂硯齋）
◎20.雖是醋語，卻過下無痕。（脂硯齋）
◎21.寫死假斯文。（脂硯齋）

兒，咬文咬字，拿著腔兒，哼哼唧唧，急的我冒火，他們那裡知道。先時我們平兒也是這麼著，我就問著他：難道必定裝蚊子哼哼就是美人了？◎22說了幾遭才好些兒了。」李宮裁笑道：「都像你潑皮破落戶才好。」鳳姐又道：「這一個丫頭就好。方才兩遭，說話雖不多，聽那口聲就簡斷。」◎23說著又向紅玉笑道：「你明兒伏侍我去罷。我認你作女兒，我一調理你就出息了。」◎24

紅玉聽了，撲哧一笑。鳳姐道：「你怎麼笑？你說我年輕，比你能大幾歲，就作你的媽了？你還作春夢呢！你打聽打聽，這些人頭比你大的大的，趕著我叫媽，我還不理。今兒抬舉了你呢！」紅玉笑道：「我不是笑這個，我笑奶奶認錯了輩數了。我媽是奶奶的女兒，這會子又認我作女兒。」鳳姐道：「誰是你媽？」李宮裁笑道：「你原來不認得他？他是林之孝之女。」◎25鳳姐聽了，十分詫異，說道：「哦！原來是他的丫頭！」又笑道：「林之孝兩口子都是錐子扎不出一聲兒來的。我成日家說，他們倒是配就了的一對夫妻，一個天聾，一個地啞。◎26那裏承望養出這麼個伶俐丫頭來！你十幾歲了？」紅玉道：「十七了。」又問名字，紅玉道：「原叫紅玉的，因爲重了寶二爺，如今叫紅兒了。」

鳳姐聽說將眉一皺，把頭一回，說道：「討人嫌的很！得了玉的益似的，你也玉，我也玉。」因說道：「既這麼著肯跟，我還

和他媽說，『賴大家的如今事多，也不知這府裏誰是誰，你替我好好的挑兩個丫頭我使』，他一般答應著。他饒不挑，倒把這女孩子送了別處去。難道跟我必定不好？」李氏笑道：「你可是又多心了。他進來在先，你說話在後，怎麼怨的他媽！」鳳姐道：「既這麼著，明兒我和寶玉說，叫他再要人，叫這丫頭跟我去。可不知本人願意不願意？」紅玉笑道：「願意不願意，我們也不敢說。◎27只是跟著奶奶，我們也學些眉眼高低、◎28出入上下，大小的事也得見識見識。」◎29剛說著，只見王夫人的丫頭來請，鳳姐便辭了李宮裁去了。紅玉回怡紅院去，不在話下。

* * *

如今且說林黛玉因夜間失寐，次日起來遲了，聞得衆姐妹都在園中作餞花會，恐人笑他痴懶，連忙梳洗了出來。剛到了院中，只見寶玉進門來了，笑道：「好妹妹，你昨兒可告我了不曾？教我懸了一夜心。」林黛玉便回頭叫紫鵑道：「把屋子收拾了，撂下一扇紗屜；看那大燕子回來，把簾子放下來，拿獅子※2倚住；燒了香就把爐罩上。」一面說一面又往外走。寶玉見他這樣，還認作是昨日中晌的事，那知晚間的這段公案，還打恭作揖的。林黛玉正眼也不看，各自出了院門，一直找別的姐妹去了。寶玉心中納悶，自己猜疑：看起這個光景來，不像是爲昨日的事；但只昨日我回來的晚了，又沒有見他，再沒有沖撞了他的去處了。一面想，一面由不得隨後面追了來。

註

※2：指一種壓住布簾的石獅子。

評點

◎22.貶殺，罵殺。（脂硯齋）
◎23.紅玉此刻心內想可惜晴雯等不在傍。（脂硯齋）
◎24.不假。（脂硯齋）
◎25.管家之女，而晴卿輩擠之，招禍之媒也。（脂硯齋）
◎26.用的是阿鳳口角。（脂硯齋）
◎27.好答！可知兩處俱是主兒。（脂硯齋）
◎28.千願意萬願意之言。（脂硯齋）
◎29.且係本心本意，「獄神廟」回內方見。（脂硯齋）

只見寶釵、探春正在那邊看鶴舞，◎30見黛玉去了，三個一同站著說話兒。又見寶玉來了，探春便笑道：「寶哥哥，身上好？整整三天沒見你了。」寶玉笑道：「妹妹身上好？我前兒還在大嫂子跟前問你呢。」探春道：「寶哥哥，往這裏來，我和你說話。」寶玉聽說，便跟了他，離了釵、玉兩個，到一棵石榴樹下。探春因說道：「這幾天老爺可曾叫你？」◎31寶玉道：「沒有叫。」探春說：「昨兒我恍惚聽見說老爺叫你出去的。」寶玉笑道：「那想是別人聽錯了，並沒叫的。」探春又笑道：「這幾個月，我又攢下有十來吊錢了。你還拿了去，明兒出門逛去的時候，或是好字畫，好輕巧頑意兒，給我帶些來。」◎32寶玉道：「我這麼城裏城外、大廊小廟的逛，也沒見個新奇精緻東西，左不過是金玉銅磁沒處撂的古董，再就是綢緞、吃食、衣服了。」探春道：「誰要這些！怎麼像你上回買的那柳枝兒編的小籃子，整竹子根摳的香盒兒，膠泥垛的風爐兒，這就好了。我喜歡什麼似的，誰知他們都愛上了，都當寶貝似的搶了去了。」寶玉笑道：「原來要這個。這不值什麼，拿五百錢出去給小子們，管拉一車來。」◎33探春道：「小廝們知道什麼！你揀那樸而不俗、直而不拙者，◎34這些東西，你多多的替我帶了來。我還像上回的鞋作一雙你穿，比那一雙還加工夫，如何呢？」

寶玉笑道：「你提起鞋來，我想起個故事：那一回我穿著，可巧遇見了老爺，老爺就不受用，問是誰作的。我那裏敢提『三妹妹』三個字，我就回說是前兒我生日，是舅母給的。老爺聽了是舅母給的，才不好說什麼，半日還說：『何苦來！虛耗人力，作踐綾羅，作這樣的東西。』我回來告訴了襲人，襲人說這還罷了，趙姨娘氣的抱怨的了不得：『正經兄弟，鞋搭拉襪搭拉的◎35沒人看的見，且作這些東西！』」探春聽說，登時沉下臉來，道：「這話糊塗到什麼田地！怎麼我是該作鞋的人麼？環兒難道沒有分例的，沒有人的？一般的衣裳是衣裳，鞋襪是鞋襪，丫頭、老婆一屋子，怎麼抱怨這些話！給誰聽呢？我不過是閑著沒事兒，作一雙半雙，愛給那個哥哥兄弟，隨我的心。誰敢管我不成！這也是白氣。」寶玉聽了，點頭笑道：「你不知道，他心裏自然又有個想頭了。」探春聽說，益發動了氣，將頭一扭，說道：「連你也糊塗了！他那想頭自然是有的，不過是那陰微鄙賤的見識。他只管這麼想，我只管認得老爺、太太兩個人，別人我一概不管。就是姐妹兄弟跟前，誰和我好，我就和誰好，什麼偏的庶的，我也不知道。論理我不該說他，但忒昏憒的不像了！還有笑話呢：就是上回我給你那錢，替我帶那頑的東西。過了兩天，他見了我，也是說沒錢使，怎麼難，我也不理論。誰知後來丫頭們出去了，他就抱怨起來，說我攢的錢爲什麼給你使，倒不給環兒使呢。我聽見這話，又好笑又好氣，我就出來往太太跟前去了。」◎36正說著，只見寶釵那邊笑道：「說完了，來罷。顯見的是哥哥妹妹了，丟下別人，且說梯己去。我們聽一句兒就使不得了！」說著，探春、寶玉二人方笑著來了。

評點

◎30.二玉文字豈是容易寫的，故有此截。（脂硯齋）
◎31.老爺叫寶玉再無喜事，故園中合宅皆知。（脂硯齋）
◎32.若無此一岔，二玉和合則成嚼蠟文字。《石頭記》得力處正此。（畸笏叟）
◎33.不知物力艱難，公子口氣也。（脂硯齋）
◎34.是論物？是論人？看官著眼。（脂硯齋）
◎35.何至如此，寫妒婦信口逗。（脂硯齋）
◎36.這一節特爲「興利除弊」一回伏線。（脂硯齋）

寶玉因不見了林黛玉，◎37便知他躲了別處去了，想了一想，索性遲兩日，等他的氣消一消再去也罷了。因低頭看見許多鳳仙、石榴等各色落花，錦重重的落了一地，◎38因嘆道：「這是他心裏生了氣，也不收拾這花兒來了。待我送了去，明兒再問著他。」◎39說著，只見寶釵約著他們往外頭去。寶玉道：「我就來。」說畢，等他二人去遠了，便把那花兜了起來，登山渡水，過樹穿花，一直奔了那日同林黛玉葬桃花的去處來。將已到了花塚，猶未轉過山坡，只聽山坡那邊有嗚咽之聲，一行數落著，哭的好不傷感。寶玉心中想道：「這不知是那房裏的丫頭，受了委曲，跑到這個地方來哭。」一面想，一面煞住腳步，聽他哭道是：◎40

　　花謝花飛花滿天，紅消香斷有誰憐？游絲軟繫飄春榭，落絮輕沾撲繡簾。閨中女兒惜春暮，愁緒滿懷無釋處，手把花鋤出繡閨，忍踏落花來復去。柳絲榆莢自芳菲，不管桃飄與李飛。桃李明年能再發，明年閨中知有誰？三月香巢已壘成，樑間燕子太無情。明年花發雖可啄，卻不道人去樑空巢也傾！一年三百六十

✣ 黛玉傷花，其實是自傷。從此，黛玉葬花成為一幅永遠的淒美圖畫。（朱士芳繪）

日，風刀霜劍嚴相逼。明媚鮮妍能幾時，一朝飄泊難尋覓。花開易見落難尋，階前悶殺葬花人。獨倚花鋤淚暗洒，洒上空枝見血痕。杜鵑無語正黃昏，荷鋤歸去掩重門。青燈照壁人初睡，冷雨敲窗被未溫。怪奴底※3事倍傷神，半為憐春半惱春：憐春忽至惱忽去，至又無言去未聞。昨宵庭外悲歌發，知是花魂與鳥魂？花魂鳥魂總難留，鳥自無言花自羞。願奴脅下生雙翼，隨花飛到天盡頭。天盡頭，何處有香丘？未若錦囊收艷骨，一抔淨土※4掩風流。質本潔來還潔去，強於污淖陷渠溝。爾今死去儂※5收葬，未卜儂身何日喪？儂今葬花人笑痴，他年葬儂知是誰？試看春殘花漸落，便是紅顏老死時。一朝春盡紅顏老，花落人亡兩不知。◎41

寶玉聽了，不覺痴倒。要知端詳，且聽下回分解。

註

※3：底：何，什麼。
※4：代指墳墓，此指花塚。
※5：我。

✣ 埋香塚飛燕泣殘紅。此圖出人意表，把寶玉和黛玉畫成隔水相望。（《紅樓夢煙標精華》杜春耕編著，北京圖書館出版社提供）

評點

◎37.兄妹話雖久長，心事總未少歇，接得好。（脂硯齋）
◎38.不因見落花，寶玉如何突至埋香塚？不至埋香塚，如何寫《葬花吟》？《石頭記》無閑文閑字正此。（畸笏叟）
◎39.至埋香塚方不牽強，好情理。（脂硯齋）
◎40.「開生面」、「立新場」，是書不止《紅樓夢》一回，惟是回更生更新。且讀去非阿顰無是佳吟，非石兄斷無是章法行文，愧殺古今小說家也。（畸笏叟）
◎41.埋香塚葬花乃諸艷歸源，《葬花吟》又係諸艷一偈也。（脂硯齋）

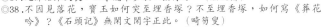

第二十八回

蔣玉菡情贈茜香羅　薛寶釵羞籠紅麝串

話說林黛玉只因昨夜晴雯不開門一事，錯疑在寶玉身上。至次日又可巧遇見餞花之期，正是一腔無明※1正未發泄，又勾起傷春愁思，因把些殘花落瓣去掩埋，由不得感花傷己，哭了幾聲，便隨口念了幾句。不想寶玉在山坡上聽見，先不過點頭感嘆；次後聽到「儂今葬花人笑痴，他年葬儂知是誰」，「一朝春盡紅顏老，花落人亡兩不知」等句，不覺慟倒山坡之上，懷裏兜的落花撒了一地。試想林黛玉的花顏月貌，將來亦到無可尋覓之時，寧不心碎腸斷！既黛玉終歸無可尋覓之時，推之於他人，如寶釵、香菱、襲人等，亦可到無可尋覓之時矣。寶釵等終歸無可尋覓之時，則自己又安在哉？且自身尚不知何在何往，則斯處、斯園、斯花、斯柳，又不知當屬誰姓矣！——因此一而二，二而三，反復推求了去，◎1眞不知此

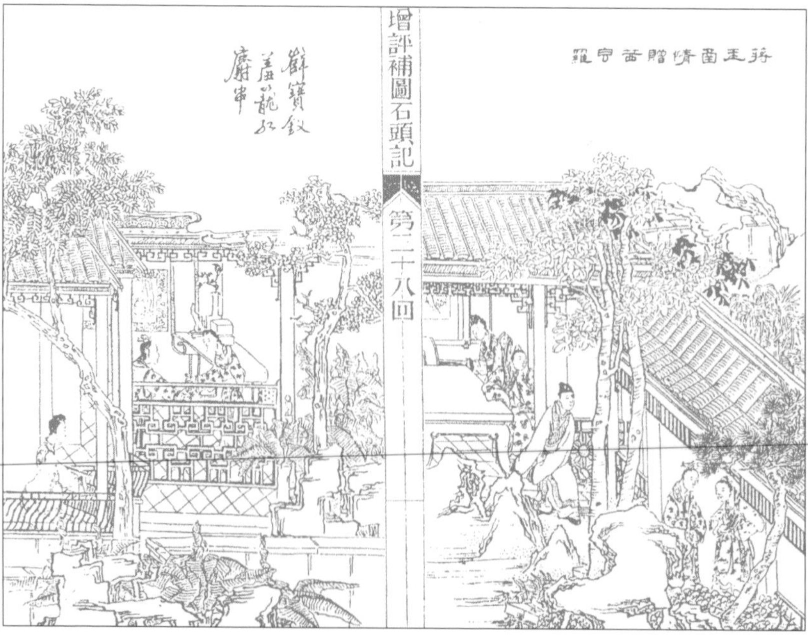

✣《增評補圖石頭記》第二十八回繪畫。（fotoe提供）

時此際欲為何等蠢物，杳無所知，逃大造，出塵網※2，使可解釋這段悲傷。◎2正是：

花影不離身左右，鳥聲只在耳東西。

那黛玉正自傷感，忽聽山坡上也有悲聲，心下想道：「人人都笑我有些痴病，難道還有一個痴子不成？」想著，抬頭一看，見是寶玉。林黛玉看見，便道：「啐！我道是誰，原來是這個狠心短命的……」剛說到「短命」二字，又把口掩住，◎3長嘆了一聲，自己抽身便走了。

這裏寶玉悲慟了一回，忽然抬頭不見了黛玉，便知黛玉看見他躲開了，自己也覺無味，抖抖土起來，下山尋歸舊路，◎4往怡紅院來。可巧看見林黛玉在前頭走，連忙趕上去，說道：「你且站住。我知你不理我，我只說一句話，從今後撂開手。」◎5林黛玉回頭看見是寶玉，待要不理他，聽他說：「只說一句話，從此撂開手」，這話裏有文章，少不得站住說道：「有一句話，請說來。」寶玉笑道：「兩句話，說了你聽不聽？」黛玉聽說，回頭就走。寶玉在身後面嘆道：「既有今日，何必當初！」◎6林黛玉聽見這話，由不得站住，回頭道：「當初怎麼樣？今日怎麼樣？」寶玉嘆道：「當初姑娘來了，那不是我陪著頑笑？憑我心愛的，姑娘要，就拿去；我愛吃的，聽見姑娘也愛吃，連忙乾乾淨淨收著等姑娘吃。一桌子吃飯，一床上睡覺。丫頭們想不到的，我怕姑娘生氣，我替丫頭們想到了。我心裏想著：姐妹們從小兒長大，親也罷，熱也罷，

註

※1：佛教用語，原意為原始愚痴、沒有智慧，後成為怒火的代稱，亦稱「無明火」。

※2：大造：指宇宙。塵網：比喻人在世間被名利聲色束縛，如陷網中不得自由。

評點

◎1.百轉千回矣。（脂硯齋）

◎2.不言煉句煉字、辭藻工拙，只想景、想情、想事、想理，反復推求，悲傷感慨，乃玉兄一生之天性。真顰兒之知己，玉兄外實無一人。（脂硯齋）

◎3.「情情」，不忍道出「的」字來。（脂硯齋）

◎4.折得好，誓不寫開門見山文字。（脂硯齋）

◎5.非此三字難留蓮步，玉兄之機變如此。（脂硯齋）

◎6.自言自語，真是一句話。（脂硯齋）

和氣到了兒，才見得比人好。◎7如今誰承望姑娘人大心大，不把我放在眼睛裏，倒把外四路的※3什麼寶姐姐、鳳姐姐的放在心坎兒上，倒把我三日不理四日不見的。◎8我又沒個親兄弟、親姐妹。——雖然有兩個，你難道不知道是和我隔母的？我也和你似的獨出，只怕同我的心一樣。誰知我是白操了這個心，弄的我有冤無處訴！」說著，不覺滴下眼淚來。◎9

黛玉耳內聽了這話，眼內見了這形景，心內不覺灰了大半，也不覺滴下淚來，低頭不語。寶玉見他這般形景，遂又說道：「我也知道我如今不好了，但只憑著怎麼不好，萬不敢在妹妹跟前有錯處。便有一二分錯處，你倒是或教導我，戒我下次，或罵我兩句，打我兩下，我都不灰心。誰知你總不理我，叫我摸不著頭腦，少魂失魄，不知怎麼樣才是。就便死了，也是個屈死鬼，任憑高僧高道懺悔也不能超生，還得你申明了原故，我才得托生呢！」

黛玉聽了這話，不覺將昨晚的事都忘在九霄雲外了，便說道：「你既這麼說，昨兒爲什麼我去了，你不叫丫頭開門？」寶玉詫異道：「這話從那裏說起？我要是這麼樣，立刻就死了！」林黛玉啐道：「大清早起死呀活的，也不忌諱！你說有呢就有，沒有就沒有，起什麼誓呢。」寶玉道：「實在沒有見你去。就是寶姐姐坐了一坐，就出來了。」林黛玉想了一想，笑道：「是了。想必是你的丫頭們懶待動，喪聲歪氣的也是有的。」寶玉道：「想必是這個原故。等我回去問了是誰，教訓教訓他們就好了。」◎10黛

玉道：「你的那些姑娘們◎11也該教訓教訓，只是我論理不該說。今兒得罪了我的事小，倘或明兒寶姑娘來，◎12什麼貝姑娘來，也得罪了，事情豈不大了！」◎13說著抿著嘴笑。寶玉聽了，又是咬牙，又是笑。二人正說話，只見丫頭來請吃飯，遂都往前頭來了。

王夫人見了林黛玉，因問道：「大姑娘，你吃那鮑太醫的藥可好些？」林黛玉道：「也不過這麼著，老太太還叫我吃王大夫的藥呢。」寶玉道：「太太不知道，林妹妹是內症，先天生的弱，所以禁不住一點風寒，不過吃兩劑煎藥就好了，散了風寒，還是吃丸藥的好。」王夫人道：「前兒大夫說了個丸藥的名字，我也忘了。」寶玉道：「我知道那些丸藥，不過叫他吃什麼人參養榮丸。」王夫人道：「不是。」寶玉又道：「八珍益母丸？左歸？右歸？再不，就是麥味地黃丸。」王夫人道：「都不是。我只記得有個『金剛』兩個字的。」寶玉扎手※4笑道：◎14「從來沒聽見有個什麼『金剛丸』。若有了『金剛丸』，自然有『菩薩散』了！」◎15說的滿屋裏人都笑了。寶釵抿嘴笑道：「想是天王補心丹。」◎16王夫人笑道：「是這個名兒。如今我也糊塗了。」寶玉道：「太太倒不糊塗，都是叫『金剛』『菩薩』支使糊塗了。」王夫人道：「扯你娘的臊！又欠你老子捶你了。」寶玉笑道：「我老子再不為這個捶我的。」

註

※3：指血緣關係疏遠、非親非故的意思。
※4：兩手攤開任意擺動。

評點

◎7.要緊語。（脂硯齋）
◎8.心動阿顰在此數句也。一節頗似說辭，玉兄口中卻是衷腸話。（脂硯齋）
◎9.玉兄淚非容易有的。（脂硯齋）
◎10.玉兄口氣畢眞。（脂硯齋）
◎11.不快活之稱。（脂硯齋）
◎12.也還一句，的是心坎上人。（脂硯齋）
◎13.至此心事全無矣。（脂硯齋）
◎14.此寫玉兄，亦是釋卻心中一夜半日要事，故大大一泄。（脂硯齋）
◎15.寶玉因黛玉事完，一心無掛礙，故不知不覺手之舞之，足之蹈之。（脂硯齋）
◎16.慧心人自應知之。（脂硯齋）

王夫人又道：「既有這個名兒，明日就叫人買些來吃。」◎17寶玉笑道：「這些都不中用的。太太給我三百六十兩銀子，我替妹妹配一料丸藥，包管一料不完就好了。」王夫人道：「放屁！什麼藥就這麼貴？」寶玉笑道：「當眞的呢，我這個方子比別的不同。那個藥名兒也古怪，一時也說不清。只講那頭胎紫河車、人形帶葉參，三百六十兩不足。龜大何首烏、千年松根茯苓膽，◎18諸如此類的藥都不算爲奇，只在群藥裏算。那爲君的藥※5，說起來唬人一跳。前兒薛大哥哥求了我一二年，我才給了他這方子。他拿了方子去又尋了二三年，花了有上千的銀子，才配成了。太太不信，只問寶姐姐。」寶釵聽說，笑著搖手兒說：「我不知道，也沒聽見。你別叫姨娘問我。」王夫人笑道：「到底是寶丫頭，好孩子，不撒謊。」寶玉站在當地，聽見如此說，一回身把手一拍，說道：「我說的倒是眞話呢，倒說我撒謊。」口裏說著，忽一回身，只見林黛玉坐在寶釵身後抿著嘴笑，用手指頭在臉上畫著羞他。◎19

鳳姐因在裏間屋裏看著人放桌子，聽如此說，便走來笑道：「寶兄弟不是撒謊，這倒是有的。上日薛大哥親自和我來尋珍珠，我問他作什麼，他說是配藥。他還抱怨說，不配也罷了，如今那裏知道這麼費事。我問他什麼藥，他說是寶兄弟的方子，說了多少藥，我也沒工夫聽。他說不然我也買幾顆珍珠了，只是定要頭上帶過的，所以來和我尋。他說：『妹妹就沒散的，花兒上也得，掐下來，過後兒我揀好的再給妹妹穿了來。』我沒法兒，把兩枝珠花兒現拆了給他。還要了一塊三尺上用大紅紗去，乳鉢乳了

隔面子※6呢。」鳳姐說一句，那寶玉念一句佛，說：「太陽在屋子裏呢！」鳳姐說完了，寶玉又道：「太太想，這不過是將就呢。正經按那方子，這珍珠寶石定要在古墳裏的，有那古時富貴人家裝裹的頭面※7，拿了來才好。如今那裏爲這個去刨墳掘墓，所以只要活人戴過的，也可以使得。」王夫人道：「阿彌陀佛，不當家花花的！就是墳裏有這個，人家死了幾百年，這會子翻屍盜骨的，作了藥也不靈！」

寶玉向黛玉說道：「你聽見了沒有，難道二姐姐也跟著我撒謊不成？」臉望著黛玉說話，卻拿眼睛瞟著寶釵。黛玉便拉王夫人道：「舅母聽聽，寶姐姐不替他圓謊，他支吾著我。」王夫人也道：「寶玉很會欺負你妹妹。」寶玉笑道：「太太不知道這原故。寶姐姐先在家裏住著，那薛大哥哥的事，他也不知道，何況如今在裏頭住著呢，自然是越發不知道了。◎20林妹妹才在背後羞我，打諒是我撒謊呢。」

正說著，只見賈母房裏的丫頭找寶玉、黛玉吃飯。林黛玉也不叫寶玉，便起身拉了那丫頭就走。那丫頭說等著寶玉一塊兒走。林黛玉道：「他不吃飯了，咱們走。我先走了。」說著便出去了。寶玉道：「我今兒還跟著太太吃罷。」王夫人道：「罷，罷，我今兒吃齋，你正經吃你的去罷。」寶玉道：「我也跟著吃齋。」說著便叫那丫頭「去

註

※5：中醫處方裏的各味藥之中起主要作用的藥。
※6：用乳缽把藥研成碎末，再篩出細藥面子。
※7：指死人戴的首飾。裝裹：裝殮。

評點

◎17.寫藥案是暗度顰卿病勢漸加之筆，非泛泛閑文也。（畸笏叟）
◎18.寫得不犯冷香丸方子。（脂硯齋）
◎19.好看煞，在顰兒必有之。（脂硯齋）
◎20.分析得是，不敢正犯。（脂硯齋）

罷」，自己先跑到桌子上坐了。王夫人向寶釵等笑道：「你們只管吃你們的，由他去罷。」寶釵因笑道：「你正經去罷。吃不吃，陪著林姑娘走一趟，他心裏打緊的不自在呢。」寶玉道：「理他呢，過一會子就好了。」

一時吃過飯，寶玉一則怕賈母記掛，二則也記掛著林黛玉，忙忙的要茶漱口。探春、惜春都笑道：「二哥哥，你成日家忙些什麼？◎[21]吃飯、吃茶也是這麼忙碌碌的。」寶釵笑道：「你叫他快吃了瞧林妹妹去罷，叫他在這裏胡羼些什麼。」寶玉吃了茶，便出來，一直往西院走。可巧走到鳳姐兒院門前，只見鳳姐蹬著門檻子拿耳挖子剔牙，看著十來個小廝們挪花盆呢。見寶玉來了，笑道：「你來的好。進來，進來，替我寫幾個字兒。」寶玉只得跟了進來。到了屋裏，鳳姐命人取過筆硯紙來，向寶玉道：「大紅妝緞四十匹、蟒緞四十匹，上用紗各色一百匹、金項圈四個。」寶玉道：「這算什麼？又不是賬，又不是禮物，怎麼個寫法？」鳳姐道：「你只管寫上，橫豎我自己明白就罷了。」寶玉聽說只得寫了，鳳姐一面收起，一面笑道：「還有句話告訴你，不知你依不依？你屋裏有個丫頭叫紅玉，我要叫了來使喚，明兒我再替你挑幾個，可使得？」寶玉道：「我屋裏的人也多的很，姐姐喜歡誰，只管叫了來，何必問我。」◎[22]鳳姐笑道：「既這麼著，我就叫人帶他去了。」◎[23]寶玉道：「只管帶去。」說著便要走。鳳姐道：「你回來，我還有一句話說。」寶玉道：「老太太叫我呢，◎[24]有話等我

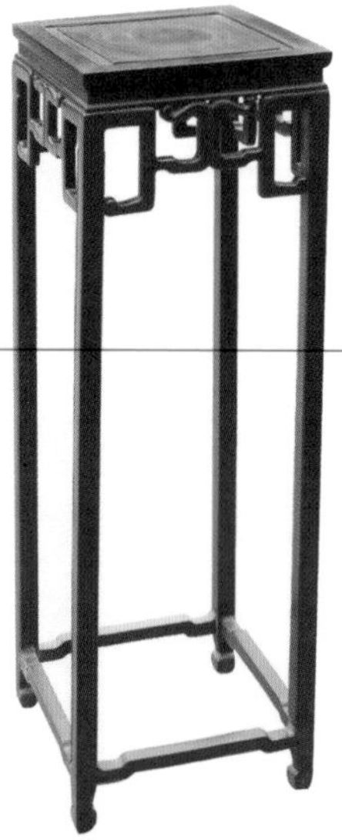

✣ 清代紫檀花架，為古時擺放花盆種花的架子。（杜宗軍提供）

回來罷。」說著便來至賈母這邊，只見都已吃完飯了。賈母因問他：「跟著你娘吃了什麼好的？」寶玉笑道：「也沒什麼好的，我倒多吃了一碗飯。」◎25因問：「林妹妹在那裏？」賈母道：「裏頭屋裏呢。」

寶玉進來，只見地下一個丫頭吹熨斗，炕上兩個丫頭打粉線，黛玉彎著腰拿著剪子裁什麼呢。寶玉走進來笑道：「哦，這是作什麼呢？才吃了飯，這麼空※8著頭，一會子又頭疼了。」黛玉並不理，只管裁他的。有一個丫頭道：「這塊綢子角兒還不好呢，再熨他一熨。」黛玉便把剪子一擱，說道：「理他呢，過一會子就好了。」◎26寶玉聽了，只是納悶。只見寶釵、探春等也來了，和賈母說了一回話。寶釵也進來問：「林妹妹作什麼呢？」因見林黛玉裁剪，因笑道：「妹妹越發能幹了，連裁剪都會了。」黛玉笑道：「這也不過是撒謊哄人罷了。」寶釵笑道：「我告訴你個笑話兒，才剛爲那個藥，我說了個不知道，寶兄弟心裏不受用了。」林黛玉道：「理他呢，過會子就好了。」◎27寶玉向寶釵道：「老太太要抹骨牌，正沒人呢，你抹骨牌去罷。」寶釵聽說，便笑道：「我是爲抹骨牌才來了？」說著便走了。林黛玉道：「你倒是去罷，這裏有老虎，看吃了你！」說著又裁。寶玉見他不理，只得還陪笑說道：「你也出去逛逛再裁不遲。」林黛玉總不理。寶玉便問丫頭們：「這是誰叫裁的？」黛玉見問丫頭們，便說道：「憑他誰叫裁，也不管二爺的事！」寶玉方欲說話，只見有人進來回說「外頭有

註

※8：俯身倒懸。

評點

◎21.冷眼人自然了了。（脂硯齋）
◎22.紅玉接杯倒茶，自紗屜內覓至迴廊下，再見此處如此寫來，可知玉兄除顰外，俱是行雲流水。（脂硯齋）
◎23.又了卻怡紅一冤孽，一嘆！（脂硯齋）
◎24.非也，林妹妹叫我呢。一笑。（脂硯齋）
◎25.安慰祖母之心也。（脂硯齋）
◎26.有意無意，暗合針對，無怪玉兄納悶。（脂硯齋）
◎27.連重二次前言，是顰、寶氣味暗合，勿認作有小人過言也。（脂硯齋）

了也罷了！」

人請」。寶玉聽了，忙撤身出來。黛玉向外頭說道：◎28「阿彌陀佛！趕你回來，我死

寶玉出來到外面，只見焙茗說道：「馮大爺家請。」寶玉聽了，知道是昨日的話，便說：「要衣裳去。」自己便往書房裏來。焙茗一直到了二門前等人，只見一個老婆子出來了，焙茗上去說道：「寶二爺在書房裏等出門的衣裳，你老人家進去帶個信兒。」那婆子道：「放你娘的屁！倒好，寶二爺如今在園裏住著，跟他的人都在園裏，你又跑了這裏來帶信兒來了！」焙茗聽了笑道：「罵的是，我也糊塗了。」說著一逕往東邊二門前來。可巧門上小廝在甬路底下踢球，焙茗將原故說了。小廝跑了進去，半日抱了一個包袱出來，遞與焙茗。回到書房裏，寶玉換了，命人備馬，只帶著焙茗、鋤藥、雙瑞、雙壽四個小廝去了。

一逕來到馮紫英家門口，有人報與了馮紫英，出來迎接進去。只見薛蟠早已在那裏久候，還有許多唱曲兒的小廝並唱小旦的蔣玉菡、錦香院的妓女雲兒。大家都見過了，然後吃茶。寶玉擎茶，笑道：「前兒所言幸與不幸之事，我晝懸夜想，今日一聞呼喚即至。」馮紫英笑道：「你們令表兄弟倒都心實。前日不過是我的設辭，誠心請你們一飲，恐又推托，故說下這句話。◎29今日一邀即至，誰知都信真了。」說畢大家一笑，然後擺上酒來，依次坐定。馮紫英先命唱曲兒的小廝過來讓酒，然後命雲兒也來敬。

那薛蟠三杯下肚，不覺忘了情，拉著雲兒的手笑道：「你把那梯己新樣兒的曲子唱個我聽，我吃一罈如何？」雲兒聽說，只得拿起琵琶來，唱道：

兩個冤家，都難丟下，想著你來又記掛著他。兩個人形容俊俏，都難描畫。想昨宵幽期私訂在荼蘼架，一個偷情，一個尋拿，拿住了三曹對案※9，我也無回話。◎30

唱畢笑道：「你喝一罈子罷了。」薛蟠聽說，笑道：「不值一罈，再唱好的來。」

寶玉笑道：「聽我說來：如此濫飲，易醉而無味。我先喝一大海，發一新令，有不遵者，連罰十大海，逐出席外與人斟酒。」馮紫英、蔣玉菡等都道：「有理，有理。」寶玉拿起海來一氣飲乾，說道：「如今要說悲、愁、喜、樂四字，卻要說出『女兒』來，還要注明這四字原故。說完了，飲門杯。酒面要唱一個新鮮時樣曲子；酒底要席上生風※10一樣東西，或古詩、舊對，《四書》、《五經》成語。」薛蟠未等說完，先站起來攔道：「我不來，別算我。◎31這竟是捉弄我呢！」雲兒也站起來，推他坐下，笑道：「怕什麼？這還虧你天天吃酒呢，難道你連我也不如！我回來還說呢。說是了，罷；不是了，不過罰上幾杯，那裏就醉死了！你如今一亂令，倒喝十大海，下去斟酒不成？」眾人都拍手道妙！薛蟠聽說無法，只得坐了，聽寶玉說道：「女兒悲，青春已大

註

※9：指審理案件時，原告、被告和證人三方同時到場進行對質。

※10：門杯：酒席上各人面前的酒杯叫門杯，也叫門前杯。酒面：斟滿一杯酒，不飲，先行酒令，稱爲酒面。酒底：每行完一個酒令時，飲完一杯酒，稱爲酒底。席上生風：就酒席上的菜餚或裝飾品等現成東西，說一句與此有關的古詩或古文。

評點

◎28.仍丟不下，嘆嘆！（脂硯齋）
◎29.若眞有一事，則不成《石頭記》文字矣。（脂硯齋）
◎30.此唱一曲爲直刺寶玉。（脂硯齋）
◎31.爽人爽語。（脂硯齋）

守空閨。女兒愁，悔教夫婿覓封侯。女兒喜，對鏡晨妝顏色美。女兒樂，鞦韆架上春衫薄。」

眾人聽了都道：「說的有理。」薛蟠獨揚著臉搖頭說：「不好，該罰！」眾人問道：「如何該罰？」薛蟠道：「他說的我通不懂，怎麼不該罰？」雲兒便擰他一把，笑道：「你悄悄的想你的罷。回來說不出，又該罰了。」於是拿琵琶，聽寶玉唱道：

滴不盡相思血淚拋紅豆，開不完春柳春花滿畫樓，睡不穩紗窗風雨黃昏後，忘不了新愁與舊愁，咽不下玉粒金蓴噎滿喉，照不見菱花鏡裏形容瘦。展不開的眉頭，捱不明的更漏。呀！恰便似遮不住的青山隱隱，流不斷的綠水悠悠。

唱完，大家齊聲喝彩，獨薛蟠說無板。寶玉飲了門杯，便拈起一片梨來，說道：「雨打梨花深閉門。」完了令。

下該馮紫英，說道：「女兒悲，兒夫染病在垂危。女兒愁，大風吹倒梳妝樓。女兒喜，頭胎養了雙生子。女兒樂，私向花園掏蟋蟀。」說畢，端起酒來唱道：

你是個可人，你是個多情，你是個刁鑽古怪鬼靈精，你是個神仙也不靈。我說的話兒你全不信，只叫你去背地裏細打聽，才知道我疼你不疼！

唱完飲了門杯，說道：「雞聲茅店月。」令完，下該雲兒。

海紅豆，豆科含羞草屬植物，別名：紅豆、相思豆、相思樹，代表相思與愛情。（徐曄春提供）

雲兒便說道：「女兒悲，將來終身指靠誰？」◎32薛蟠嘆道：「我的兒，有你薛大爺呢，你怕什麼！」眾人都道：「別混他，別混他！」雲兒又道：「女兒愁，媽媽※11打罵何時休！」薛蟠道：「前兒我見了你媽，還吩咐他，不叫他打你呢。」眾人都道：「再多言者罰酒十杯。」薛蟠連忙自己打了一個嘴巴子，說道：「沒耳性，再不許說了。」雲兒又道：「女兒喜，情郎不捨還家裏。女兒樂，住了簫管弄弦索。」說完便唱道：

荳蔻開花三月三，一個蟲兒往裏鑽。鑽了半日不得進去，爬到花兒上打鞦韆。肉兒小心肝，我不開了你怎麼鑽？◎33

唱畢，飲了門杯，說道：「桃之夭夭。」令完了，下該薛蟠。

薛蟠道：「我可要說了：女兒悲——」說了半日，不見說底下的。馮紫英笑道：「悲什麼？快說來。」薛蟠登時急的眼睛鈴鐺一般，瞪了半日，才說道：「女兒悲——」又咳嗽了兩聲，◎34說道：「女兒悲，嫁了個男人是烏龜。」眾人聽了，都大笑起來。◎35薛蟠道：「笑什麼，難道我說的不是？一個女兒嫁了漢子，要當忘八，他怎麼不傷心呢？」眾人笑的彎腰，說道：「你說的很是，快說底下的。」薛蟠瞪了一瞪眼，又說道：「女兒愁——」說了這句，又不言語了。眾人

註

※11：此指老鴇。

✣ 豆蔻，別名：山薑子、紅豆蔻。多年生草本。根莖粗壯而橫走，塊狀，淡紅棕色，稍有香氣，用來比喻少女年華。（許旭芒提供）

評點

◎32.道著了。（脂硯齋）

◎33.雙關，妙！（脂硯齋）

◎34.受過此急者，大都不止呆兄一人耳。（脂硯齋）

◎35.此段與《金瓶梅》內西門慶、應伯爵在李桂姐家飲酒一回對看，未知孰家生動活潑？（脂硯齋）

道：「怎麼愁？」薛蟠道：「女兒愁，繡房攛出個大馬猴。」眾人呵呵笑道：「該罰，該罰！這句更不通，先還可恕。」說著便要篩酒。寶玉笑道：「押韻就好。」薛蟠道：「令官都准了，你們鬧什麼！」眾人聽說，方才罷了。雲兒笑道：「下兩句越發難說了，我替你說罷。」薛蟠道：「胡說！當眞我就沒好的了！聽我說罷：女兒喜，洞房花燭朝慵起。」眾人聽了都詫異道：「這句何其太韻？」薛蟠又道：「女兒樂，一根⿰毛几⿰毛巴往裏戳。」眾人聽了，都扭著臉說道：「該死，該死！快唱了罷。」薛蟠便唱道：「一個蚊子哼哼哼。」眾人都怔了，說：「這是個什麼曲兒？」薛蟠還唱道：「兩個蒼蠅嗡嗡嗡。」◎36眾人都道：「罷，罷，罷！」薛蟠道：「愛聽不聽！這是新鮮曲兒，叫作哼哼韻。你們要懶待聽，連酒底都免了，我就不唱。」眾人都道：「免了罷，免了罷，倒別耽誤了別人家。」

於是蔣玉菡說道：「女兒悲，丈夫一去不回歸。女兒愁，無錢去打桂花油。女兒喜，燈花並頭結雙蕊。女兒樂，夫唱婦隨眞和合。」說畢，唱道：

可喜你天生成百媚嬌，恰便似活神仙離碧霄。度青春，年正小；配鸞鳳，眞也著。呀！看天河正高，聽譙樓※12鼓敲，剔銀燈同入鴛幃悄。

唱畢，飲了門杯。笑道：「這詩詞上我倒有限。幸而昨日見了一副對子，可巧只記得這句，幸而席上還有這件東西。」說畢，便飲乾了酒，拿起一朵木樨※13來，念道：「花氣襲人知晝暖。」

眾人倒都依了，完令。薛蟠又跳了起來，喧嚷道：「了不得，了不得！該罰，該罰！這席上又沒有寶貝，你怎麼念起寶貝來？」蔣玉菡怔了，說道：「何曾有寶貝？」薛蟠道：「你還賴呢！你再念來。」蔣玉菡只得又念了一遍。薛蟠道：「襲人可不是寶貝是什麼！你們不信，只問他。」說著，指著寶玉。寶玉沒好意思起來，說道：「薛大哥，你該罰多少？」薛蟠道：「該罰，該罰！」說著拿起酒來，一飲而盡。馮紫英與蔣玉菡等不知原故，雲兒便告訴了出來。◎37蔣玉菡忙起身陪罪，眾人都道：「不知者不作罪。」

少刻，寶玉出席外解手，蔣玉菡便隨了出來。二人站在廊檐下，蔣玉菡又陪不是。寶玉見他嫵媚溫柔，心中十分留戀，便緊緊的搭著他的手，叫他：「閑了，往我們那裏去。還有一句話借問，也是你們貴班中，有一個叫琪官的，他在那裏？如今名馳天下，我獨無緣一見。」蔣玉菡笑道：「就是我的小名兒。」寶玉聽說，不覺欣然跌足笑道：「有幸，有幸！果然名不虛傳。今兒初會，便怎麼樣呢？」想了一想，向袖中取出扇子，將一個玉玦扇墜解下來，遞與琪官，道：「微物不堪，略表今日之誼。」琪官接了，笑道：「無功受祿，何以克當！也罷，我這裏得了一件奇物，今日早起方繫上，還是簇新的，聊可表我一點親熱之意。」說畢撩衣，將繫小衣兒一條大紅汗巾子解了下來，遞與寶玉道：「這汗巾子是茜香國女國王所貢之物，夏天繫著，肌膚生香，不

註

※12：即鼓樓。
※13：即桂花。

評點

◎36.薛蟠粗枝大葉，風流自喜，而實花柳之門外漢，風月之假斯文，眞堪絕倒也。然天眞爛熳，純任自然，倫常中復時時有可歌可泣之處，血性中人也。……晉其爵曰王，假之威曰霸，美以謚曰呆。識之乎？予之也。（涂瀛）

◎37.雲兒知怡紅細事，可想玉兄之風情月意也。（脂硯齋）

生汗漬。昨日北靜王給我的，今日才上身。若是別人，我斷不肯相贈。二爺請把自己繫的解下來，給我繫著。」寶玉聽說，喜不自禁，連忙接了，將自己一條松花汗巾解了下來，遞與琪官。◎38二人方束好，只見一聲大叫：「我可拿住了！」只見薛蟠跳了出來，拉著二人道：「放著酒不吃，兩個人逃席出來幹什麼？快拿出來我瞧瞧！」二人都道：「沒有什麼。」薛蟠那裏肯依，還是馮紫英出來才解開了。於是復又歸坐飲酒，至晚方散。

寶玉回至園中，寬衣吃茶。襲人見扇子上的墜兒沒了，便問他：「往那裏去了？」寶玉道：「馬上丟了。」◎39睡覺時，只見腰裏一條血點似的大紅汗巾子，襲人便猜了八九分，因說道：「你有了好的繫褲子，把我那條還我罷。」寶玉聽說，方想起那條汗巾子原是襲人的，不該給人才是，心裏後悔，口裏說不出來，只得笑道：

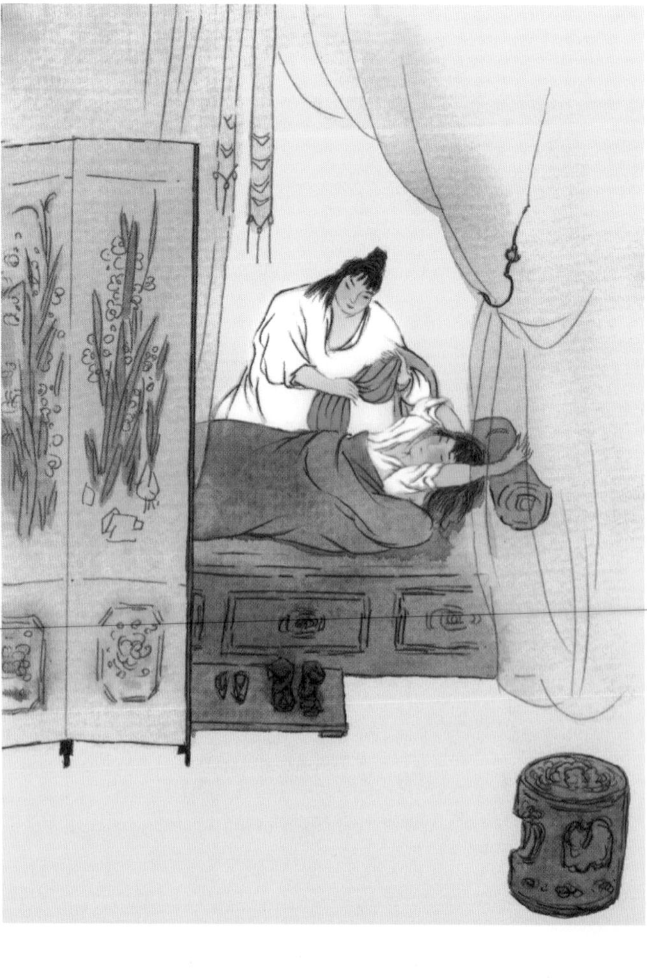

寶玉將襲人的汗巾相贈蔣玉菡，拿蔣玉菡贈送的貴重汗巾繫在襲人的腰上。（朱士芳繪）

「我賠你一條罷。」襲人聽了，點頭嘆道：「我就知道又幹這些事！也不該拿著我的東西給那起混賬人去。也難為你，心裏沒個算計兒。」再要說上幾句，又恐漚上他的酒來，少不得也睡了，一宿無話。

至次日天明，方才醒了，只見寶玉笑道：「夜裏失了盜也不曉得，你瞧瞧褲子上。」襲人低頭一看，只見昨日寶玉繫的那條汗巾子繫在自己腰裏呢，便知是寶玉夜間換了，忙一頓把解下來，說道：「我不希罕這行子※14，趁早兒拿了去！」寶玉見他如此，只得委婉解勸了一回。襲人無法，只得繫在腰裏。過後寶玉出去，終久解下來擲在個空箱子裏，自己又換了一條繫著。

寶玉並未理論，因問起昨日可有什麼事情。襲人便回說：「二奶奶打發人叫了紅玉去了。他原要等你來的，我想什麼要緊，我就作了主，打發他去了。」寶玉道：「很是。我已知道了，不必等我罷了。」襲人又道：「昨兒貴妃差了夏太監出來，送了一百二十兩銀子。叫在清虛觀初一到初三打三天平安醮，唱戲獻供，叫珍大爺領著眾位爺們跪香拜佛呢。還有端午兒的節禮也賞了。」◎40說著命小丫頭子來，將昨日的所賜之物取了出來，只見上等宮扇兩柄、紅麝香珠二串、鳳尾羅二端、芙蓉簟※15一領。寶玉見了，喜不自勝，問道：「別人的也都

註

※14：稱東西或指不喜愛的人。

※15：繡有芙蓉花圖案的竹席。

評點

◎38.蔣玉菡唱小旦，柳湘蓮唱小生；蔣玉菡是本行，柳湘蓮是票友；蔣玉菡以作優伶為業，柳湘蓮以被誤認作優伶為恥。柳湘蓮、蔣玉菡都和賈寶玉要好，照書中的暗示，他們其實和寶玉都有同性戀關係，但對蔣玉菡，顯然描寫得更為露骨。這也是「業餘」和「專業」的區別。只要有真情，同性戀也沒有什麼不好。這是曹雪芹的觀點。（梁歸智）

◎39.隨口謊言。（脂硯齋）

◎40.賈元春是《紅樓夢》中一個重要角色。曹雪芹在前八十回中對她的直接描寫雖然不多，但這個人物的影子始終籠罩著整座大觀園。在宗族關係上，她是賈府「老祖宗」的孫女，在政治上，她卻是賈府真正的「老祖宗」。（楊光漢）

是這麼個？」襲人道：「老太太的多著一個香如意、一個瑪瑙枕。太太、老爺、姨太太的只多著一個如意。你的同寶姑娘的一樣。◎[41]林姑娘同二姑娘、三姑娘、四姑娘只單有扇子同數珠兒，別人都沒了。大奶奶、二奶奶他兩個是每人兩匹紗、兩匹羅、兩個香袋、兩個錠子藥※[16]。」寶玉聽了，笑道：「這是怎麼個原故？怎麼林姑娘的倒不同我的一樣，倒是寶姐姐的同我一樣？別是傳錯了罷？」襲人道：「昨兒拿出來，都是一份一份的寫著簽子，怎麼就錯了！你的是在老太太屋裏的，我去拿了來了。老太太說了，明兒叫你一個五更天進去謝恩呢。」寶玉道：「自然要走一趟。」說著便叫紫綃來：「拿了這個到林姑娘那裏去，就說是昨兒我得的，愛什麼留下什麼。」紫綃答應了，拿了去，不一時回來說：「林姑娘說了，昨兒也得了，二爺留著罷。」

寶玉聽說，便命人收了。剛洗了臉出來，要往賈母那裏請安去，只見林黛玉頂頭來了。寶玉趕上去，笑道：「我的東西叫你揀，你怎麼不揀？」林黛玉昨日所惱寶玉的心事早又丟開，又顧今日的事了，因說道：「我沒這麼大福禁受，比不得寶姑娘，什麼金什麼玉的，我們不過是草木之人！」◎[42]寶玉聽他提出「金玉」二字來，不覺心動疑猜，便說道：「除了別人說什麼金什麼玉，我心裏要有這個想頭，天誅

✣ 豐滿端麗的薛寶釵，頗有國色天香，因待選沒有成功，心思逐漸地轉向「金玉良緣」。（張羽琳繪）

地滅，萬世不得人身！」林黛玉聽他這話，便知他心裏動了疑，忙又笑道：「好沒意思，白白的說什麼誓！管你什麼金什麼玉的呢！」寶玉道：「我心裏的事也難對你說，日後自然明白。除了老太太、老爺、太太這三個人，第四個就是妹妹了。要有第五個人，我也說個誓。」黛玉道：「你也不用說誓，我很知道你心裏有『妹妹』。但只是見了『姐姐』，就把『妹妹』忘了。」寶玉道：「那是你多心，我再不的。」黛玉道：「昨兒寶丫頭不替你圓謊，爲什麼問著我呢？那要是我，你又不知怎麼樣了。」

正說著，只見寶釵從那邊來了，二人便走開了。寶釵分明看見，只裝看不見，低著頭過去了，到了王夫人那裏，坐了一回，然後到了賈母這邊，只見寶玉在這裏呢。薛寶釵因往日母親對王夫人等曾提過「金鎖是個和尚給的，等日後有玉的方可結爲婚姻」等語，◎43所以總遠著寶玉。◎44昨兒見了元春所賜的東西，獨他與寶玉一樣，心裏越發沒意思起來。幸虧寶玉被一個林黛玉纏綿住了，心心念念只記掛著黛玉，並不理論這事。此刻忽見寶玉笑問道：「寶姐姐，我瞧瞧你的紅麝串子。」可巧寶釵左腕上籠著一串，見寶玉問他，少不得褪了下來。寶釵生得肌膚豐澤，容易褪不下來。寶玉在旁看著雪白一段酥臂，不覺動了羡慕之心，暗暗想道：「這個膀子要長在林妹妹身上，或者還得摸一摸，偏生長在他身上。」正是恨沒福得摸，忽然想起「金玉」一事來，再看看寶釵形容，只見臉若銀盆，眼似水杏，脣不點而紅，眉不畫而翠，◎45比黛玉另具一種嫵媚

註

※16：也叫藥錠子，指把藥作成堅硬的小塊狀。

評點

◎41.元春才德兼備，足爲仕女班頭，惟是仙源之詩，知賞黛玉；香麝之串，獨貽寶釵。後此之以薛易林，皆元春先啓其端也。（青山山農）
◎42.自道本是絳珠草也。（脂硯齋）
◎43.此處表明以後二寶文章，宜換眼看。（脂硯齋）
◎44.峰巒全露，又用煙雲截斷，好文字。（脂硯齋）
◎45.太白所謂「清水出芙蓉」。（脂硯齋）

✣ 儘管寶玉幾次為寶釵的美麗容顏和肌膚之香而動心，但在精神層面，兩人從未達到高度的契合。（張羽琳繪）

風流，不覺就呆了，◎46寶釵褪了串子來遞與他也忘了接。寶釵見他怔了，自己倒不好意思的，丟下串子，回身才要走，只見林黛玉蹬著門檻子，嘴裏咬著手帕子笑呢。寶釵道：「你又禁不得風兒吹，怎麼又站在那風口裏？」黛玉笑道：「何曾不是在屋裏的。只因聽見天上一聲叫喚，出來瞧了瞧，原來是個呆雁。」寶釵道：「呆雁在那裏呢？我也瞧瞧。」林黛玉道：「我才出來，他就『忒兒』一聲飛了。」口裏說著，將手裏的帕子一甩，向寶玉臉上甩來。寶玉不防，正打在眼上，「噯喲」了一聲。要知端的，且聽下回分解。◎47

寶釵褪下元妃賞賜的紅麝串子，寶玉為寶釵的嫵媚發呆，竟忘了去接，被黛玉嘲笑為呆雁。（朱士芳繪）

評點

◎46.忘情，非呆也。（脂硯齋）

◎47.茜香羅、紅麝串寫於一回，蓋琪官雖係優人，後回與襲人供奉玉兄寶卿得同終始者，非泛泛之文也。自「聞曲」回以後，回回寫藥方，是白描顰兒添病也。（脂硯齋）

第二十九回

享福人福深還禱福　痴情女情重愈斟情

話說寶玉正自發怔，不想黛玉將手帕子甩了來，正碰在眼睛上，倒唬了一跳，問是誰。黛玉搖著頭兒笑道：「不敢，是我失了手。因爲寶姐姐要看呆雁，我比給他看，不想失了手。」寶玉揉著眼睛，待要說什麼，又不好說的。

*　*　*

一時，鳳姐兒來了，因說起初一日在清虛觀打醮的事來，遂約著寶釵、寶玉、黛玉等看戲去。寶釵笑道：「罷，罷，怪熱的。什麼沒看過的戲，我就不去了！」鳳姐兒道：「他們那裏涼快，兩邊又有樓。咱們要去，我頭幾天打發人去，把那些道士都趕出去，把樓打掃乾淨，掛起簾子來，一個閑人不許放進廟去，才是好呢。我已經回了太太了，你們不去我去。這些日子也悶的很了。家裏唱動戲，我又不得舒舒服服的看。」

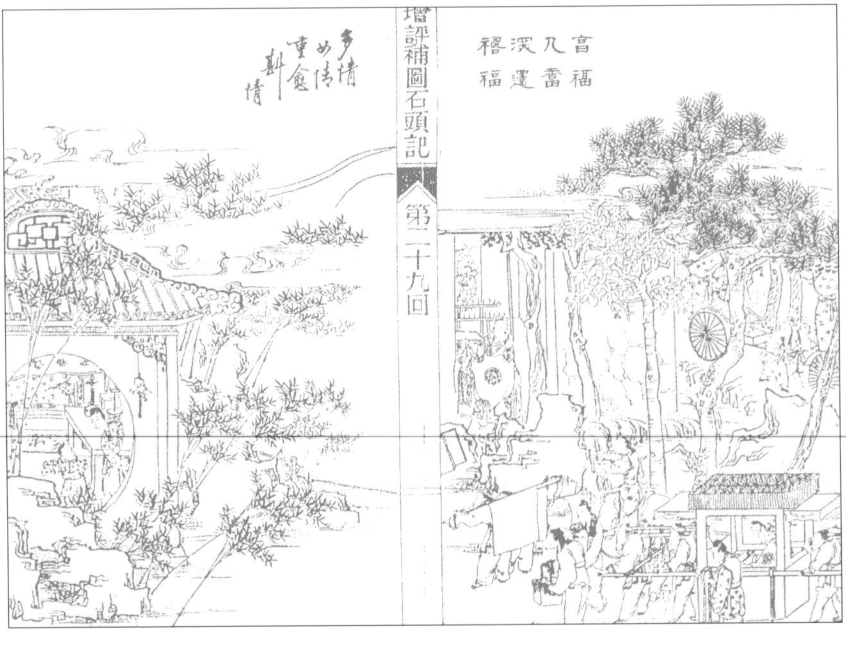

✣《增評補圖石頭記》第二十九回繪畫。（fotoe提供）

賈母聽說，笑道：「既這麼著，我同你去。」鳳姐聽說，笑道：「老祖宗也去，敢情好了！就只是我又不得受用了。」賈母道：「到明兒，我在正面樓上，你在旁邊樓上，你也不用到我這邊來立規矩，可好不好？」鳳姐笑道：「這就是老祖宗疼我了。」賈母因又向寶釵道：「你也去，連你母親也去。長天老日的，在家裏也是睡覺。」寶釵只得答應著。

賈母又打發人去請了薛姨媽，順路告訴王夫人，要帶了他們姐妹去。王夫人因一則身上不好，二則預備著元春有人出來，早已回了不去的；聽賈母如今這樣說，笑道：「還是這麼高興。」因打發人去到園裏告訴：「有要逛的，只管初一跟了老太太逛去。」這句話一傳開了，別人都還可以，只是那些丫頭們天天不得出門檻子，聽了這話，誰不要去。便是各人的主子懶怠去，他也百般攛掇了去，因此李宮裁等都說去。賈母越發心中喜歡，早已吩咐人去打掃安置，都不必細說。

單表到了初一這一日，榮國府門前車輛紛紛，人馬簇簇。那底下凡執事人等，聞得是貴妃作好事，賈母親去拈香，正是初一日乃月之首日，況是端陽節間，因此凡動用的什物，一色都是齊全的，不同往日。少時，賈母等出來。賈母坐一乘八人大轎，李氏、鳳姐兒、薛姨媽，每人一乘四人轎，寶釵、黛玉二人共坐一輛翠蓋珠纓八寶車，迎春、探春、惜春三人共坐一輛翠蓋車。然後賈母的丫頭鴛鴦、鸚鵡、琥珀、珍珠，林黛玉的丫頭紫鵑、雪雁、春纖，寶釵的丫頭鶯兒、文杏，迎春的丫頭司棋、繡橘，探春的丫頭待書、翠墨，惜春的丫頭入畫、彩屏，薛姨媽的丫頭同喜、同貴，外帶著香菱、香菱的丫頭臻兒，李氏的丫頭素雲、碧月，鳳姐兒的丫頭平兒、豐兒、小紅，並王夫人的兩個丫頭也要跟了鳳姐兒去的是金釧、彩雲，奶子抱著大姐兒帶著巧姐兒另在一車，還有兩個丫頭，一共又連上各房的老嬤嬤、奶娘並跟出門的家人媳婦子，烏壓壓的占了一街的車。賈母等已經坐轎去了多遠，這門前尚未坐完。這個說「我不同你在一處」，那個說「你壓了我們奶奶的包袱」，那邊車上又說「蹭了我的花兒」，這邊又說「碰折了我的扇子」，咭咭呱呱，說笑不絕。周瑞家的走來過去的說道：「姑娘們，這是街上，看人笑話！」說了兩遍，方覺好了。前頭的全副執事擺開，早已到了清虛觀門口。寶玉騎著馬，在賈母轎前。街上的人都站在兩邊。

將至觀前，只聽鐘鳴鼓響，早有張法官※1執香披衣，帶領眾道士在路旁迎接。賈母的轎剛至山門以內，賈母在轎內因看見有守門大帥並千里眼、順風耳、當方土地、本境城隍各位泥胎聖像，便命住轎。賈珍帶領各子弟上來迎接。鳳姐知道鴛鴦等在後面，趕不上來攙賈母，自己下了轎，忙要上來攙。可巧有個十二三歲的小道士兒，拿著剪筒，照管剪各處蠟花，正欲得便且藏出去，不想一頭撞在鳳姐兒懷裏。鳳姐便一揚手，照臉一下，把那小孩子打了一個筋斗，罵道：「野牛肏的，胡朝那裏跑！」那小道士也不顧拾燭剪，爬起來往外還要跑。正值寶釵等下車，眾婆娘、媳婦正圍隨的

✣ 文杏，寶釵的小丫頭，後文薛姨媽評價她「道三不著兩」，意為說話不明事理。（《紅樓夢煙標精華》杜春耕編著，北京圖書館出版社提供）

風雨不透，但見一個小道士滾了出來，都喝聲叫：「拿，拿，拿！打，打，打！」

賈母聽了，忙問道：「是怎麼了？」賈珍忙出來問。鳳姐兒上去攙住賈母，就回說：「一個小道士兒，剪燈花的，沒躲出去，這會子混鑽呢。」賈母聽說，忙道：「快帶了那孩子來，別唬著他！小門小戶的孩子，都是嬌生慣養的，那裏見的這個勢派。倘或唬著他，倒怪可憐見的，他老子娘豈不疼的慌？」說著，便叫賈珍去好生帶了來。賈珍只得去拉了那孩子來。那孩子還一手拿著蠟剪，跪在地下亂顫。賈母命賈珍拉起來，叫他別怕，問他幾歲了。那孩子通說不出話來。賈母還說「可憐見的」，又向賈珍道：「珍哥兒，帶他去罷。給他些錢買果子吃，別叫人難爲了他。」賈珍答應了，領他去了。這裏賈母帶著衆人，一層一層的瞻拜觀玩。外面小廝們見賈母等進入二層山門，忽見賈珍領了一個小道士出來，叫人來帶去，給他幾百錢，不要難爲了他。家人聽說，忙上來領了下去。

註

※1：舊時稱有職位的道士。

✣「賈母慈善包庇小道，享福人福深還禱福」，描繪《紅樓夢》第二十九回中的場景，從中可見賈母和鳳姐的不同。清代孫溫繪《全本紅樓夢》圖冊第九冊之三。（清．孫溫繪）

賈珍站在階磯上，因問：「管家在那裏？」底下站的小廝們見問，都一齊喝聲說：「叫管家！」登時林之孝一手整理著帽子跑了來，到賈珍跟前。賈珍道：「雖說這裏地方大，今兒不承望來這麼些人。你使的人，你就帶了往你的院裏去；使不著的，打發到那院裏去。把小么兒們多挑幾個在這二層門上同兩邊角門上，伺候著要東西傳話。你可知道不知道，今兒小姐、奶奶們都出來，一個閑人也到不了這裏！」林之孝忙答應「曉得」，又說了幾個「是」。賈珍道：「去罷。」又問：「怎麼不見蓉兒？」一聲未了，只見賈蓉從鐘樓裏跑了出來。賈珍道：「你瞧瞧他，我這裏也還沒敢說熱，他倒乘涼去了！」喝命家人啐他。那小廝們都知道賈珍素日的性子，違拗不得，有個小廝便上來向賈蓉臉上啐了一口。賈珍又道：「問著他！」那小廝便問賈蓉道：「爺還不怕熱，哥兒怎麼先乘涼去了？」賈蓉垂著手，一聲不敢說。那賈芸、賈萍、賈芹等聽見了，不但他們慌了，亦且連賈璜、賈㻞、賈瓊等也都忙了，一個一個從牆根下慢慢的溜上來。賈珍又向賈蓉道：「你站著作什麼？還不騎了馬跑到家裏，告訴你娘母子去！老太太同姑娘們都來了，叫他們快來伺候。」賈蓉聽說，忙跑了出來，一疊聲要馬，一面抱怨道：「早都不知作什麼的，這會子尋趁※2我！」一面又罵小子：「捆著手呢？馬也拉不來。」待要打發小子去，又恐後來對出來，說不得親自走一趟，騎馬去了，不在話下。

且說賈珍方要抽身進去，只見張道士站在旁邊陪笑說道：「論理我不比別人，應該裏頭伺候。只因天氣炎熱，衆位千金都出來了，法官不敢擅入，請爺的示下。恐老太太問，或要隨喜那裏，我只在這裏伺候罷了。」賈珍知道這張道士雖然是當日榮國府國公的替身，曾經先皇御口親呼爲「大幻仙人」，如今現掌「道錄司」印，又是當今封爲「終了眞人」，現今王公藩鎮都稱他爲「神仙」，所以不敢輕慢。二則他又常往兩個府裏去，凡夫人、小姐都是見的。今見他如此說，便笑道：「咱們自己，你又說起這話來。再多說，我把你這鬍子還撏※3了呢！還不跟我進來。」那張道士呵呵大笑，跟了賈珍進來。

賈珍到賈母跟前，控身※4陪笑說：「張爺爺進來請安。」賈母聽了，忙道：「攙他來。」賈珍忙去攙了過來。那張道士先哈哈笑道：「無量壽佛！老祖宗一向福壽安康！衆位奶奶小姐納福！一向沒到府裏請安，老太太氣色越發好了。」賈母笑道：「老神仙，你好？」張道士笑道：「托老太太萬福萬壽，小道也還康健。別的倒罷，只記掛著哥兒，一向身上好？前日四月二十六日，我這裏作遮天大王的聖誕，人也來的少，東西也很乾淨，我說請哥兒來逛逛，怎麼說不在家？」賈母笑道：「果眞不在家。」一面回頭叫寶玉。誰知寶玉解手去了才來，忙上前問：「張爺爺好？」

註

※2：故意找機會責備他人。
※3：拔。
※4：半彎腰以表恭敬的姿勢。

明朝銅無量壽佛像，內蒙古包頭市博物館藏地方史文物。無量壽是阿彌陀的意思。（劉兆明提供）

張道士忙抱住問了好，又向賈母笑道：「哥兒越發發福了。」賈母道：「他外頭好，裏頭弱。又搭著他老子逼著他念書，生生的把個孩子逼出病來了。」張道士道：「我前日在好幾處看見哥兒寫的字，作的詩，都好的了不得，怎麼老爺還抱怨說哥兒不大喜歡念書呢？依小道看來，也就罷了。」又嘆道：「我看見哥兒的這個形容身段、言談舉動，怎麼就同當日國公爺一個稿子！」說著兩眼流下淚來。賈母聽說，也由不得滿臉淚痕，說道：「正是呢，我養了這些兒子孫子，也沒一個像他爺爺的，就只這玉兒像他爺爺。」

那張道士又向賈珍道：「當日國公爺的模樣兒，爺們一輩的不用說，自然沒趕上，大約連大老爺、二老爺也記不清楚了。」說畢，呵呵又一大笑，道：「前日在一個人家看見一位小姐，今年十五歲了，生的倒也好個模樣兒。我想著哥兒也該尋親事了。若論這個小姐模樣兒，聰明智慧，根基家當，倒也配的過。但不知老太太怎麼樣，小道也不敢造次。等請了老太太的示下，才敢向人去說。」賈母道：「上回有和尚說了，這孩子命裏不該早娶，等再大一點兒再定罷。你可如今也打聽著，不管他根基富貴，只要模樣配的上就好，◎1來告訴我。便是那家子窮，不過給他幾兩銀子也罷了。只是模樣性格兒難得好的。」◎2

說畢，只見鳳姐兒笑道：「張爺爺，我們丫頭的寄名符兒你也不換去。前兒虧你還有那麼大臉，打發人和我要鵝黃緞子去！要不給你，又恐怕你那老臉上過不去。」張道

士呵呵大笑道：「你瞧，我眼花了，也沒看見奶奶在這裏，也沒道多謝。符早已有了，前日原要送去的，不指望娘娘來作好事，就混忘了，還在佛前鎭著。待我取來。」說著跑到大殿上去，一時拿了一個茶盤，搭著大紅蟒緞經袱子，托出符來。大姐兒的奶子接了符。張道士方欲抱過大姐兒來，只見鳳姐笑道：「你就手裏拿出來罷了，又用個盤子托著。」張道士道：「手裏不乾不淨的，怎麼拿，用盤子潔淨些。」鳳姐兒笑道：「你只顧拿出盤子來，倒唬我一跳。我不說你是爲送符，倒像是和我們化布施來了。」衆人聽說，哄然一笑，連賈珍也掌不住笑了。賈母回頭道：「猴兒猴兒！你不怕下割舌頭地獄？」鳳姐兒笑道：「我們爺兒們不相干。他怎麼常常的說我該積陰騭，遲了就短命呢！」

張道士也笑道：「我拿出盤子來一舉兩用，卻不爲化布施，倒要將哥兒的這玉請了下來，托出去給那些遠來的道友並徒子徒孫們見識見識。」賈母道：「既這麼著，你老人家老天拔地的跑什麼，就帶他去瞧了，叫他進來，豈不省事？」張道士道：「老太太不知道，看著小道是八十多歲的人，托老太太的福倒也健壯；二則外面的人多，氣味難聞，況是個暑熱的天，哥兒受不慣，倘或哥兒受了腌臢氣味，倒值多了。」賈母聽說，便命寶玉摘下通靈玉來，放在盤內。那張道士兢兢業業的用蟒袱子墊著，捧了出去。

這裏賈母與衆人各處遊頑了一回，方去上樓。只見賈珍回說：「張爺爺送了玉來了。」剛說著，只見張道士捧了盤子，走到跟前笑道：「衆人托小道的福，見了哥兒的

評點

◎1.二玉心事此回大書，是難了割，卻用太君一言以定，是道悉通部書之大旨。（脂硯齋）

◎2.張道士一發此言，賈母立即明白作此表示。這只因榮府上下人人勢利，捧薛抑林，說黛玉無家無業，難以爲配，老太太才特意作此「聲明」，以壓衆論。事情的微妙，須待細心體會。（周汝昌）

玉，實在可罕，都沒什麼敬賀之物，這是他們各人傳道的法器，都願意爲敬賀之禮。哥兒便不希罕，只留著在房裏頑耍賞人罷。」賈母聽說，向盤內看時，只見也有金璜※5，也有玉玦，或有「事事如意」，或有「歲歲平安」，皆是珠穿寶貫，玉琢金鏤，共有三五十件。因說道：「你也胡鬧。他們出家人是那裏來的！何必這樣，這不能收。」張道士笑道：「這是他們一點敬心，小道也不能阻擋。老太太若不留下，豈不叫他們看著小道微薄，不像是門下出身了。」賈母聽如此說，方命人接了。寶玉笑道：「老太太，張爺爺既這麼說，又推辭不得，我要這個也無用，不如叫小子們捧了這個，跟我出去散給窮人罷。」賈母笑道：「這倒說的是。」張道士又忙攔道：「哥兒雖要行好，但這些東西雖說不甚希奇，到底也是幾件器皿。若給了乞丐，一則與他們無

賈母帶著一家子女眷在清虛觀看戲。（朱士芳繪）

河南衛輝香泉寺，廣生殿內「麒麟送子」壁畫。麒麟是傳說中的祥瑞動物，張道士送來的賀物之中便有個赤金點翠的麒麟。（聶鳴提供）

益，二則反倒糟蹋了這些東西。要捨窮人，何不就散錢與他們。」寶玉聽說，便命收下。等晚間拿錢施捨罷了。說畢，張道士方退出去。

這裏賈母與衆人上了樓，在正面樓上歸坐。鳳姐等占了東樓，衆丫頭等在西樓，輪流伺候。賈珍一時來回：「神前拈了戲※6，頭一本《白蛇記》。」賈母問：「《白蛇記》是什麼故事？」賈珍道：「是漢高祖斬蛇方起首的故事。第二本是《滿床笏》。」賈母笑道：「這倒是第二本上？也罷了。神佛要這樣，也只得罷了。」又問第三本。賈珍道：「第三本是《南柯夢》※7。」賈母聽了便不言語。賈珍退了下來，至外邊預備著申表、焚錢糧、開戲，不在話下。

註

※5：仿璜製成的金飾。璜：半壁形的玉石裝飾品。

※6：用抽籤、拈鬮一類的方式，選出演給「神」看的戲。

※7：《白蛇記》：明代無名氏劇本。《滿床笏》：清代傳奇劇，演唐代郭子儀的故事。《南柯夢》：即《南柯記》，明代湯顯祖著傳奇劇，演淳于棼夢至大槐安國的故事，後以「南柯一夢」比喻人生富貴如夢。

且說寶玉在樓上，坐在賈母旁邊，因叫個小丫頭子捧著方才那一盤子賀物，將自己的玉帶上，用手翻弄尋撥，一件一件的挑與賈母看。賈母因看見有個赤金點翠的麒麟，便伸手拿了起來，笑道：「這件東西好像我看見誰家的孩子也帶著這麼一個的。」寶釵笑道：「史大妹妹有一個，比這個小些。」賈母道：「是雲兒有這個。」寶玉道：「他這麼往我們家去住著，我也沒看見。」探春笑道：「寶姐姐有心，不管什麼他都記得。」林黛玉冷笑道：「他在別的上還有限，惟有這些人帶的東西上越發留心。」寶釵聽說，便回頭裝沒聽見。◎[3]寶玉聽見史湘雲有這件東西，自己便將那麒麟忙拿起來揣在懷裏。一面心裏又想到怕人看見他聽見史湘雲有了，他就留這件，因此手裏揣著，卻拿眼睛瞟人。只見眾人都倒不大理論，惟有林黛玉瞅著他點頭兒，似有贊嘆之意。寶玉不覺心裏沒好意思起來，又掏了出來，向黛玉笑道：「這個東西倒好頑，我替你留著，到了家穿上你帶。」林黛玉將頭一扭，說道：「我不希罕。」寶玉笑道：「你果然不希罕，我少不得就拿著。」說著又揣了起來。

剛要說話，只見賈珍、賈蓉的妻子婆媳兩個來了，彼此見過，賈母方說：「你們又來作什麼？我不過沒事來逛逛。」一句話沒說了，只見人報：「馮將軍家有人來了。」原來馮紫英家聽見賈府在廟裏打醮，連忙備了豬羊、香燭、茶銀之類的東西送禮。鳳姐兒聽見了，忙趕過正樓來，拍手笑道：「噯呀！我就不防這個。只說咱們娘兒們

來閑逛逛，人家只當咱們大擺齋壇的來送禮。都是老太太鬧的。這又不得不預備賞封兒。」剛說了，只見馮家的兩個管家娘子上樓來了。馮家的兩個未去，接著趙侍郎也有禮來了。於是接二連三，都聽見賈府打醮，女眷都在廟裏，凡一應遠親近友、世家相與都來送禮。賈母才後悔起來，說：「又不是什麼正經齋事，我們不過閑逛逛，就想不到這禮上，沒的驚動了人。」因此雖看了一天戲，至下午便回來了，次日便懶怠去。鳳姐又說：「打牆也是動土※8，已經驚動了人，今兒樂得還去逛逛。」那賈母因昨日張道士提起寶玉說親的事來，誰知寶玉一日心中不自在，回家來生氣，嗔著張道士與他說了親，口口聲聲說從今以後不再見張道士了，別人也並不知為什麼原故；二則林黛玉昨日回家又中了暑：因此二事，賈母便執意不去了。鳳姐兒見不去，自己帶了人去，也不在話下。◎4

* * *

且說寶玉因見林黛玉又病了，心裏放不下，飯也懶去吃，不時來問。黛玉又怕他有個好歹，因說道：「你只管看你的戲去，在家裏作什麼？」寶玉因昨日張道士提親，心中大不受用，今聽見林黛玉如此說，心裏因想道：「別人不知道我的心還可恕，連他也奚落起我來。」因此心中更比往日的煩惱加了百倍。若是別人跟前，斷不能動這肝火，只是黛玉說了這話，倒比往日別人說這話不同，由不得立刻沉下臉來，說道：「我白認

註

※8：意謂既然已經作了乾脆就大作一番。動土：舊時迷信，蓋房或築牆都須先祭土神，然後挖地。

評點

◎3.黛玉說寶釵專留心人帶的東西，有意尖刻，寶釵裝沒聽見，亦非無意，只是能渾而不露。（王希廉）

◎4.清虛觀賈母、鳳姐原意大適意大快樂，偏寫出多少不適意事來，此亦天然至情至理必有之事。（脂硯齋）

得了你。罷了，罷了！」林黛玉聽說，便冷笑了兩聲，「我也知道白認得了我，那裏像人家有什麼配的上呢！」寶玉聽了，便向前來直問到臉上：「你這麼說，是安心咒我天誅地滅？」林黛玉一時解不過這話來。寶玉又道：「昨兒還爲這個賭了幾回咒，今兒你到底又准我一句。我便天誅地滅，你又有什麼益處？」黛玉一聞此言，方想起上日的話來。今日原是自己說錯了，又是著急，又是羞愧，便顫顫兢兢的說道：「我要安心咒你，我也天誅地滅。何苦來！我知道，昨日張道士說親，你怕阻了你的好姻緣，你心裏生氣，來拿我煞性子。」

原來那寶玉自幼生成有一種下流痴病，況從幼時和黛玉耳鬢廝磨，心情相對；及如今稍明時事，又看了那些邪書僻傳，凡遠親近友之家所見的那些閨英闈秀，皆未有稍及林黛玉者：所以早存了一段心事，只不好說出來。故每每或喜或怒，變盡法子暗中試探。那林黛玉偏生也是個有些痴病的，也每用假情試探。因你也將眞心眞意瞞了起來，只用假意，我也將眞心眞意瞞了起來，只用假意，如此兩假相逢，終有一眞。其間瑣瑣碎碎，難保不有口角之爭。即如此刻，寶玉的心內想的是：「別人不知我的心，還有可恕，難道你就不想我的心裏眼裏只有你！你不能爲我煩惱，反來以這話奚落堵我。可見我心裏一時一刻白有你，你竟心裏沒我。」心裏這意思，只是口裏說不出來。那林黛玉心裏想著：「你心裏自然有我，雖有『金玉相對』之說，你豈是重這邪說不重我的。我便時常提這『金玉』，你只管了然自若無聞的，方見得是待我重，而毫無此心了。如何我只一提『金玉』的事，你就著急，可知你心裏時時有『金玉』，見我一提，你又怕我多心，故意著急，安心哄我。」

看來兩個人原本是一個心，但都多生了枝葉，反弄成兩個心了。那寶玉心中又想著：「我不管怎麼樣都好，只要你隨意，我便立刻因你死了也情願。你知也罷，不知也罷，只由我的心，可見你方和我近，不和我遠。」那林黛玉心裏又想著：「你只管你，你好我自好，你何必爲我而自失。殊不知你失我自失。可見你是不叫我近你，有意叫我遠你了。」如此看來，卻都是求近之心，反弄成疏遠之意。如此之話，皆他二人素習所存私心，也難備述。

如今只述他們外面的形容。那寶玉又聽見他說「好姻緣」三個字，越發逆了己意，心裏乾噎，口裏說不出話來，便賭氣向頸上抓下通靈寶玉，咬牙恨命往地下一摔，道：「什麼撈什骨子，我砸了你完事！」偏生那玉堅硬非常，摔了一下，竟文風沒動。寶玉

寶玉、黛玉鬧不愉快。「兩個人原本是一個心，但都多生了枝葉，反弄成兩個心了。」（朱士芳繪）

見沒摔碎，便回身找東西來砸，黛玉見他如此，早已哭起來，說道：「何苦來！你摔砸那啞吧物件。有砸他的，不如來砸我！」二人鬧著，紫鵑、雪雁等忙來解勸。後來見寶玉下死力砸玉，忙上來奪，又奪不下來，見比往日鬧的大了，少不得去叫襲人。襲人忙趕了來，才奪了下來。寶玉冷笑道：「我砸我的東西，與你們什麼相干！」

襲人見他臉都氣黃了，眼眉都變了，從來沒氣的這樣，便拉著他的手，笑道：「你同妹妹拌嘴，不犯著砸他。倘或砸壞了，叫他心裏臉上怎麼過的去？」林黛玉一行哭著，一行聽了這話說到自己心坎兒上來，可見寶玉連襲人不如，越發傷心大哭起來。心裏一煩惱，方才吃的香薷飲解暑湯便承受不住，「哇」的一聲都吐了出來。紫鵑忙上來用手帕子接住，登時一口一口的把一塊手帕子吐濕。雪雁忙上來捶。紫鵑道：「雖然生氣，姑娘到底也該保重著些。才吃了藥好些，這會子因和寶二爺拌嘴，又吐出來。倘或犯了病，寶二爺怎麼過的去呢？」寶玉聽了這話說到自己心坎兒上來，可見黛玉不如一紫鵑。又見黛玉臉紅頭脹，一行啼哭，一行氣湊，一行是淚，一行是汗，不勝怯弱。寶玉見了這般，又自己後悔方才不該同他較證※9，這會子他這樣光景，我又替不了他。心裏想著，也由不得滴下淚來。襲人見他兩個哭，由不得守著寶玉也心酸起來，又摸著寶玉的手冰涼，待要勸寶玉不哭罷，一則又恐寶玉有什麼委曲悶在心裏，二則又恐薄了林黛玉。不如大家一哭，就丟開手了，因此也流下淚來。紫鵑一面收拾了吐的藥，一面拿扇子替黛玉輕輕的扇著，見三個人都鴉雀無聲，各哭各人的，也由不得傷心

✣ 香薷，唇形科植物。性味：辛，微溫，無毒。「香薷飲」是祛暑解表的藥劑。（華國軍提供）

起來，也拿手帕子擦淚。四個人都無言對泣。◎5

一時，襲人勉強笑向寶玉道：「你不看別的，你看看這玉上穿的穗子，也不該同林姑娘拌嘴。」黛玉聽了，也不顧病，趕來奪過去，順手抓起一把剪子來要剪。襲人、紫鵑剛要奪時，已經剪了幾段。林黛玉哭道：「我也是白效力。他也不希罕，自有別人替他再穿好的去。」襲人忙接了玉道：「何苦來！這是我才多嘴的不是了。」寶玉向林黛玉道：「你只管剪，我橫豎不帶他，也沒什麼。」

只顧裏頭鬧，誰知那些老婆子們見林黛玉大哭大吐，寶玉又砸玉，不知道要鬧到什麼田地，倘或連累了他們，便一齊往前頭回賈母、王夫人知道，好不干連了他們。那賈母、王夫人見他們忙忙的作一件正經事來告訴，也都不知有了什麼大禍，一齊進園來瞧他兄妹。急的襲人抱怨紫鵑爲什麼驚動了老太太、太太；紫鵑又只當是襲人去告訴的，也抱怨襲人。那賈母、王夫人進來，見寶玉也無言，黛玉也無話，問起來又沒爲什麼事，便將這禍移到襲人、紫鵑兩個人身上，說：「爲什麼你們不小心伏侍？這會子鬧起來都不管了！」因此，將他二人連罵帶說教訓了一頓。二人都沒話，只得聽著。還是賈母帶出寶玉去了，方才平服。

過了一日，至初三日，乃是薛蟠生日，家裏擺酒唱戲，來請賈府諸人。寶玉因得罪了林黛玉，二人總未見面，心中正自後悔，無精打彩的，那裏還有心腸去看戲，因而

註

※9：辯駁是非。

評點

◎5.四人雖爲一事而哭，但各懷心事……黛玉的哭是苦的，寶玉的哭是澀的，襲人的哭是酸的，紫鵑的哭是辣的。（哈斯寶）

推病不去。黛玉不過前日中了些暑溽之氣，本無甚大病，聽見他不去，心裏想：「他是好吃酒看戲的，今日反不去，自然是因為昨兒氣著了。再不然，他見我不去，他也沒心腸去。只是昨兒千不該、萬不該剪了那玉上的穗子。管定他再不帶了，還得我穿了他才帶。」因而心中十分後悔。

那賈母見他兩個都生了氣，只說趁今兒那邊看戲，他兩個見了也就完了，不想又都不去。老人家急的抱怨說：「我這老冤家是那世裏的孽障，偏生遇見了這麼兩個不省事的小冤家，沒有一天不叫我操心。眞是俗語說的，『不是冤家不聚頭』。幾時我閉了這眼，斷了這口氣，憑這兩個冤家鬧上天去，我眼不見心不煩，也就罷了，偏又不嚥這口氣。」自己抱怨著也哭了。這話傳入寶、林二人耳內。原來他二人竟是從未聽見過「不是冤家不聚頭」的這句俗語，如今忽然得了這句話，好似參禪的一般，都低頭細嚼此話的滋味，都不覺潸然泣下。雖不曾會面，然一個在瀟湘館臨風洒淚，一個在怡紅院對月長吁，卻不是人居兩地，情發一心？

襲人因勸寶玉道：「千萬不是，都是你的不是。往日家裏小廝們和他們的姐妹拌嘴，或是兩口子分爭，你聽見了，還罵小廝們蠢，不能體貼女孩子們的心。今兒你也這麼著了。明兒初五，大節下，你們兩個再這麼仇人似的，老太太越發要生氣，一定弄得大家不安生。依我勸，你正經下個氣，陪個不是，大家還是照常一樣，這麼也好，那麼也好。」那寶玉聽見了不知依與不依，要知端詳，且聽下回分解。

✣ 黛玉的丫鬟：雪雁。圖中雪雁在和鸚鵡交流。（崔君沛繪）

第三十回

寶釵借扇機帶雙敲　齡官劃薔痴及局外

話說林黛玉與寶玉角口後，也自後悔，但又無去就他之理，因此日夜悶悶，如有所失。紫鵑度其意，乃勸道：「若論前日之事，竟是姑娘太浮躁了些。別人不知寶玉那脾氣，難道咱們也不知道的。為那玉也不是鬧了一遭兩遭了。」黛玉啐道：「你倒來替人派我的不是。我怎麼浮躁了？」紫鵑笑道：「好好的，為什麼又剪了那穗子？豈不是寶玉只有三分不是，姑娘倒有七分不是？我看他素日在姑娘身上就好，皆因姑娘小性兒，常要歪派※1他，才這麼樣。」

林黛玉正欲答話，只聽院外叫門。紫鵑聽了一聽，笑道：「這是寶玉的聲音，想必是來賠不是來了。」黛玉聽了道：「不許開門！」紫鵑道：「姑娘又不是了。這麼熱天毒日頭地下，晒壞了他如何使得呢！」口裏說著，便出去開門，◎1果然是寶玉。一

✣《增評補圖石頭記》第三十回繪畫。（fotoe提供）

面讓他進來，一面笑道：「我只當寶二爺再不上我們這門了，誰知這會子又來了。」寶玉笑道：「你們把極小的事倒說大了。好好的，爲什麼不來？我便死了，魂也要一日來一百遭。妹妹大好了？」紫鵑道：「身上病好了，只是心裏氣不大好。」寶玉笑道：「我曉得有什麼氣。」一面說著，一面進來，只見林黛玉又在床上哭。

那林黛玉本不曾哭，聽見寶玉來了，由不得傷了心，止不住滾下淚來。寶玉笑著走近床來，道：「妹妹身上可大好了？」黛玉只顧拭淚，並不答應。寶玉因便挨在床沿上坐了，一面笑道：「我知道妹妹不惱我。但只是我不來，叫旁人看著，倒像是咱們又拌了嘴的似的。若等他們來勸咱們，那時節豈不咱們倒覺生分了？不如這會子，你要打要罵，憑著你怎麼樣，千萬別不理我。」說著，又把「好妹妹」叫了幾萬聲。黛玉心裏原是再不理寶玉的，這會子見寶玉說別叫人知道他們拌了嘴就生分了似的這一句話，又可見得比人原親近，因又掌不住哭道：「你也不用哄我。從今以後，我也不敢親近二爺，二爺也全當我去了。」寶玉聽了笑道：「你往那去呢？」黛玉道：「我回家去。」寶玉笑道：「我跟了你去。」黛玉道：「我死了。」寶玉道：「你死了，我作和尚！」黛玉一聞此言，登時將臉放下來，問道：「想是你要死了，胡說的是什麼！你家倒有幾個親姐姐、親妹妹呢，明兒都死了，你有幾個身子去作和尚？明兒我倒把這話告訴別人去評評。」

評點

◎1.襲人勸寶玉，紫鵑勸黛玉，兩青衣皆眞知己，能推心置腹。假令不許開門，而奉命唯謹，便非知己。（劉履芬）

註

※1：無理指責，錯怪別人。

寶玉自知這話說的造次了，後悔不來，登時臉上紅脹起來，低著頭不敢則一聲。幸而屋裏沒人。黛玉直瞪瞪的瞅了他半天，氣的一聲兒也說不出來。見寶玉憋的臉上紫脹，便咬著牙用指頭狠命的在他額顱上戳了一下，哼了一聲，咬牙說道：「你這……」剛說了兩個字，便又嘆了一口氣，仍拿起手帕子來擦眼淚。寶玉心裏原有無限的心事，又兼說錯了話，正自後悔；又見黛玉戳他一下，要說又說不出來，自嘆自泣，因此自己也有所感，不覺滾下淚來。要用帕子揩拭，不想又忘了帶來，便用衫袖去擦。黛玉雖然哭著，卻一眼看見了，見他穿著簇新藕合紗衫，竟去拭淚，便一面自己拭著淚，一面回身將枕邊搭的一方綃帕子拿起來，向寶玉懷裏一摔，一語不發，仍掩面自泣。◎2寶玉見他摔了帕子來，忙接住拭了淚，又挨近前些，伸手拉了林黛玉一隻手笑道：「我的五臟都碎了，你還只是哭。走罷，我同你往老太太跟前去。」林黛玉將手一摔道：「誰同你拉拉扯扯的。一天大似一天的，還這麼涎皮賴臉的，連個道理也不知道。」

一句沒說完，只聽喊道：「好了！」寶、林二人不防，都唬了一跳，回頭看是鳳姐跳了進來，笑道：「老太太在那裏抱怨天抱怨地，只叫我來瞧瞧你們好了沒有。我說不用瞧，過不了三天，他們自己就好了。老太太罵我，說我懶。我來了，果然應了我的話了。也沒見你們兩個有些什麼可拌的，三日好了，兩日惱了，越大越成了孩子了！有這會子拉著手哭的，昨兒爲什麼又成了烏眼雞※2呢！還不跟我走，到老太太跟前，叫老

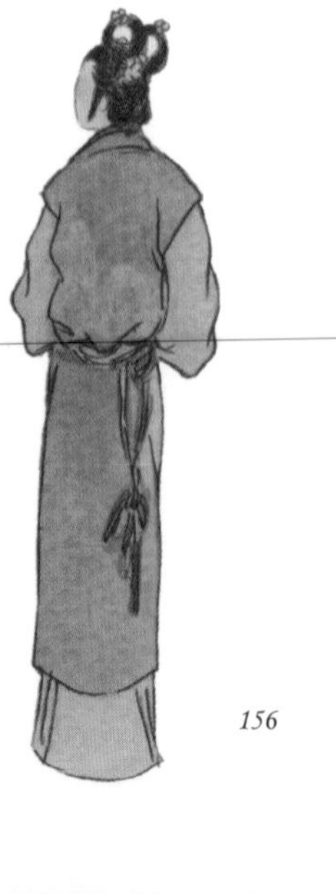

人家也放些心。」說著拉了林黛玉就走。林黛玉回頭叫丫頭們，一個也沒有。鳳姐道：「又叫他們作什麼？有我伏侍你呢。」一面說，一面拉了就走。寶玉在後面跟著出了園門。到了賈母跟前，鳳姐笑道：「我說他們不用人費心，自己就會好的。老祖宗不信，一定叫我去說合。我及至到那裏要說合，誰知兩個人倒在一處對賠不是了。對笑對訴，倒像『黃鷹抓住了鷂子的腳』，兩個都扣了環了，那裏還要人去說合。」說的滿屋裏都笑起來。

此時寶釵正在這裏。那林黛玉只一言不發，挨著賈母坐下。寶玉沒甚說的，便向寶釵笑道：「大哥哥好日子，偏生我又不好了，沒別的禮送，連個頭也不得磕去。大哥哥不知我病，倒像我懶，推故不去的。倘或明兒惱了，姐姐替我分辨分辨。」寶釵笑道：「這也多事。你便要去也不敢驚動，何況身上不好，弟兄們日日一處，要存這個心倒生分了。」寶玉又笑道：「姐姐知道體諒我就好了。」又道：「姐姐怎麼不看戲去？」寶釵道：「我怕熱，看了兩齣，熱的很。要走，客又不散。我少不得推身上不好，就來了。」寶玉聽說，自己由不得臉上沒意思，只得又搭訕笑道：「怪不得他們拿姐姐比楊妃，原也體豐怯熱。」寶釵聽說，不由的大怒，待要怎樣，又不好怎樣。回思了一

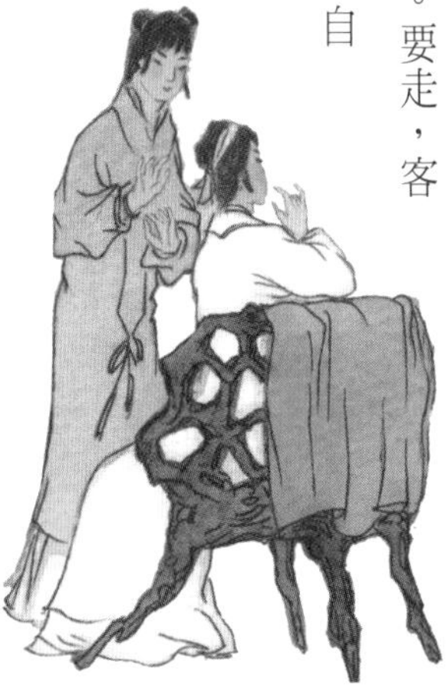

註

※2：形容人吵架怒目而視。

評點

◎2.黛玉一面哭，一面又將手帕摔給寶玉拭淚，描畫妒愈極而情愈深。（王希廉）

回，臉紅起來，便冷笑了兩聲，說道：「我倒像楊妃，只是沒一個好哥哥好兄弟可以作得楊國忠的！」二人正說著，可巧小丫頭靛兒因不見了扇子，和寶釵笑道：「必是寶姑娘藏了我的。好姑娘，賞我罷！」寶釵指他道：「你要仔細！我和你頑過？你再疑我。和你素日嘻皮笑臉的那些姑娘們跟前，你該問他們去。」說的個靛兒跑了。寶玉自知又把話說造次了，當著許多人，更比才在林黛玉跟前更不好意思，便急回身又同別人搭訕去了。

黛玉聽見寶玉奚落寶釵，心中著實得意，才要搭言也趁勢取個笑，不想靛兒因找扇子，寶釵又發了兩句話，他便改口笑道：「寶姐姐，你聽了兩齣什麼戲？」寶釵因見黛玉面上有得意之態，一定是聽了寶玉方才奚落之言，遂了他的心願，忽又見問他這話，便笑道：「我看的是李逵罵了宋江，後來又賠不是。」寶玉便笑道：「姐姐通今博古，色色都知道，怎麼連這一齣戲的名字也不知道？就說了這麼一串子。這叫《負

寶釵順勢挖苦寶玉、黛玉兩人，鳳姐雖聽不明白，但也能看出意思，於是便加入取笑。（朱士芳繪）

荊請罪》※3。」寶釵笑道：「原來這叫作《負荊請罪》！你們通今博古，才知道『負荊請罪』，我不知道什麼是『負荊請罪』！」◎3一句話還未說完，寶玉黛玉二人心裏有病，聽了這話早把臉羞紅了。◎4鳳姐兒於這些上雖不通達，但見他三人形景，便知其意，便也笑著問人道：「你們大暑天，誰還吃生薑呢？」衆人不解其意，便說道：「沒有吃生薑。」鳳姐兒故意用手摸著腮，詫異道：「既沒人吃生薑，怎麼這麼辣辣的？」寶玉黛玉二人聽見這話，越發不好過了。寶釵再要說話，見寶玉十分慚愧，形景改變，也就不好再說，只得一笑收住。別人總未解得他四個人的言語，因此付之流水。

一時寶釵、鳳姐兒去了，黛玉笑向寶玉道：「你也試著比我利害的人了。誰都像我心拙口笨的，由著人說呢！」寶玉正因寶釵多了心，自己沒趣，又見黛玉來問著他，越發沒好氣起來。待要說兩句，又恐黛玉多心，說不得忍著氣，無精打彩一直出來。

* * *

誰知目今盛暑之時，又當早飯已過，各處主僕人等多半都因日長神倦之時，寶玉背著手，到一處，一處鴉雀無聞。從賈母這裏出來，往西走過了穿堂，便是鳳姐兒的院落。到他們院門前，只見院門掩著。知道鳳姐兒素日的規矩，每到天熱，午間要歇一個時辰的，進去不便，遂進角門，來到王夫人上房內。只見幾個丫頭子手裏拿著針線，卻

註

※3：戰國時趙國將軍廉頗不服立了大功、位在自己之上的藺相如，屢次侮辱，對方一再避讓。廉頗後來知道藺相如對他避讓，是爲了將相和睦，維護國家利益，於是深受感動，背著荊條向藺相如請罪。後以「負荊請罪」比喻主動認錯賠禮。

評點

◎3.借扇敲雙玉，是寫寶釵金蟬脫殼。（脂硯齋）
◎4.寶釵怒而能忍，借靛兒尋扇而發話，又借戲文譏誚寶黛，其涵養靈巧固高於黛玉，而其尖利處亦復不讓。（王希廉）

打盹兒呢。王夫人在裏間涼榻上睡著，金釧兒坐在旁邊捶腿，也乜斜著眼亂恍。

寶玉輕輕的走到跟前，把他耳上戴的墜子一摘，金釧兒睜開眼，見是寶玉。寶玉悄悄的笑道：「就困的這麼著？」金釧兒抿嘴一笑，擺手令他出去，仍合上眼。寶玉見了他，就有些戀戀不捨的，悄悄的探頭瞧瞧王夫人合著眼，便自己向身邊荷包裏帶的香雪潤津丹掏了出來，便向金釧兒口裏一送。金釧兒並不睜眼，只管噙了。寶玉上來便拉著手，悄悄的笑道：「我明日和太太討你，咱們在一處罷。」金釧兒不答。寶玉又道：「不然，等太太醒了我就討。」金釧兒睜開眼，將寶玉一推，笑道：「你忙什麼！『金簪子掉在井裏頭，有你的只是有你的』，連這句話語難道也不明白？我倒告訴你個巧宗兒，你往東小院子裏拿環哥兒同彩雲去。」寶玉笑道：「憑他怎麼去罷，我只守著你。」只見王夫人翻身起來，照金釧兒臉上就打了個嘴巴子，指著罵道：「下作小娼婦！好好的爺們，都叫你教壞了。」寶玉見王夫人起來，早一溜煙去了。

這裏金釧兒半邊臉火熱，一聲不敢言語。登時眾丫頭聽見王夫人醒了，都忙進來。王夫人便叫玉釧兒：「把你媽叫來，帶出你姐姐去！」金釧兒聽說，忙跪下哭道：「我

✣ 齡官。（《紅樓夢煙標精華》杜春耕編著，北京圖書館出版社提供）

再不敢了。太太要打要罵，只管發落，別叫我出去就是天恩了。我跟了太太十來年，這會子攆出去，我還見人不見人呢！」王夫人固然是個寬仁慈厚的人，從來不曾打過丫頭們一下，今忽見金釧兒行此無恥之事，此乃平生最恨者，故氣忿不過，打了一下，罵了幾句。雖金釧兒苦求，亦不肯收留，到底喚了金釧兒之母白老媳婦來領了下去。那金釧兒含羞忍辱的出去了，不在話下。

* * *

且說那寶玉見王夫人醒來了，自己沒趣，忙進大觀園來。只見赤日當空，樹陰合地，滿耳蟬聲，靜無人語。剛到了薔薇花架，只聽有人哽噎之聲。寶玉心中疑惑，便站住細聽，果然架下那邊有人。如今五月之際，那薔薇正是花葉茂盛之際，寶玉便悄悄的隔著籬笆洞兒一看，只見一個女孩子蹲在花下，手裏拿著根綰頭的簪子在地下摳土，一面悄悄的流淚。寶玉心中想道：「難道這也是個痴丫頭，又像顰兒來葬花不成？」因又自嘆道：「若眞也葬花，可謂『東施效顰』※4，不但不爲新特，且更可厭了。」想畢，便要叫那女子，說：「你不用跟著林姑娘學了。」話未出口，幸而再看時，這女孩子面生，不是個侍兒，倒像是那十二個學戲的女孩子之內的，卻辨不出他是生旦淨丑那一個角色來。寶玉忙把舌頭一伸，將口掩住，自己想道：「幸而不曾造次。上兩次皆因造次了，顰兒也生氣，寶兒也多心，如今再得罪了他們，越發沒意思了。」

註

※4：比喻胡亂模仿，效果適得其反。相傳春秋時越國美女西施病了，皺著眉頭按著心口，鄰女東施見了，覺得姿態很美，也學她的樣子卻顯得更醜了。顰：皺眉。

一面想，一面又恨認不得這個是誰。再留神細看，只見這女孩子眉蹙春山，眼顰秋水，面薄腰纖，裊裊婷婷，大有林黛玉之態。寶玉早又不忍棄他而去，只管痴看。只見他雖然用金簪劃地，並不是掘土埋花，竟是向土上畫字。寶玉用眼隨著簪子的起落，一直一畫一點一勾的看了去，數一數，十八筆。自己又在手心裏用指頭按著他方才下筆的規矩寫了，猜是個什麼字。寫成一想，原來就是個薔薇花的「薔」字。寶玉想道：「必定是他也要作詩填詞。這會子見了這花，因有所感，或者偶成了兩句，一時興至恐忘，在地下畫著推敲，也未可知。且看他底下再寫什麼。」一面想，一面又看，只見那女孩子還在那裏畫呢，畫來畫去，還是個「薔」字。再看，還是個「薔」字。裏面的原是早已痴了，畫完一個又畫一個，已經畫了有幾千個「薔」。◎5外面的不覺也看痴了，兩個眼珠兒只管隨著簪子動，心裏卻想：「這女孩子一定有什麼話說不出來的大心事，才這樣個形景。外面既是這個形景，心裏不知怎麼熬煎。看他的模樣兒這般單薄，心裏那裏還擱的住熬煎。可恨我不能替你分些過來。」

✣ 齡官的專注深深地吸引了「局外人」寶玉。（《紅樓夢煙標精華》杜春耕編著，北京圖書館出版社提供）

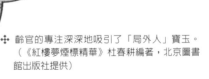

伏中陰晴不定，片雲可以致雨，忽一陣涼風過了，唰唰的落下一陣雨來。寶玉看著那女孩子頭上滴下水來，紗衣裳登時濕了。寶玉想道：「這時下雨。他這個身子，如何禁得驟雨一激！」因此禁不住便說道：「不用寫了。你看下大雨，身上都濕了。」那女孩子聽說倒唬了一跳，抬頭一看，只見花外一個人叫他不要寫了，下大雨了。一則寶玉臉面俊秀；二則花葉繁茂，上下俱被枝葉隱住，剛露著半邊臉：那女孩子只當是個丫頭，再不想是寶玉，因笑道：「多謝姐姐提醒了我！難道姐姐在外頭有什麼遮雨的？」一句提醒了寶玉，「噯喲」了一聲，才覺得渾身冰涼。低頭一看，自己身上也都濕了。說聲「不好」，只得一氣跑回怡紅院去了，心裏卻還記掛著那女孩子沒處避雨。

* * *

原來明日是端陽節，那文官等十二個女子都放了學，進園來各處頑耍。可巧小生寶官、正旦玉官兩個女孩子，正在怡紅院和襲人頑笑，被大雨阻住。大家把溝堵了，水積在院內，把些綠頭鴨、花鸂鶒、彩鴛鴦，捉的捉、趕的趕，縫了翅膀，放在院內頑耍，將院門關了。襲人等都在遊廊上嘻笑。寶玉見關著門，便以手扣門，裏面諸人只顧笑，那裏聽見。叫了半日，拍的門山響，裏面方聽見了，估諒著寶玉這會子再不回來的。襲人笑道：「誰這會子叫門？沒人開去。」寶玉道：「是我。」麝月道：「是寶姑娘的聲音。」晴雯道：「胡說！寶姑娘這會子作什麼來。」襲人道：「讓我隔著門縫兒瞧瞧，可開就開，要不可開，叫他淋著去。」說著，便順著遊廊到門前，往外一瞧，只見寶玉

評點

◎5.無限文字，痴情劃薔，可知前緣有定，非人力強求。（脂硯齋）

淋得雨打雞一般。襲人見了又是著忙，又是可笑，忙開了門，笑的彎著腰拍手道：「這麼大雨地裏跑什麼？那裏知道爺回來了。」

寶玉一肚子沒好氣，滿心裏要把開門的踢幾腳，及開了門，並不看眞是誰，還只當是那些小丫頭子們，便抬腿踢在肋上。襲人「噯喲」了一聲。寶玉還罵道：「下流東西們！我素日擔待你們得了意，一點兒也不怕，越發拿我取笑兒了！」口裏說著，一低頭見是襲人哭了，方知踢錯了，忙笑道：「噯喲，是你來了！踢在那裏了？」襲人從來不曾受過一句大話的，今忽見寶玉生氣踢他一下，又當著許多人，又是羞，又是氣，又是疼，眞一時置身無地。待要怎麼樣，料著寶玉未必是安心踢他，少不得忍著說道：「沒有踢著。還不換衣裳去！」寶玉一面進房來解衣，一面笑

❖寶玉雨中回怡紅院，丫頭們自顧頑笑，無人開門，寶玉一肚子沒好氣，誤踢了襲人。（朱士芳繪）

道：「我長了這麼大，今日是頭一遭兒生氣打人，不想就偏遇見了你！」襲人一面忍痛換衣，一面笑道：「我是個起頭兒的人，不論事大事小、事好事歹，自然也該從我起。但只是別說打了我，明兒順了手也打起別人來。」寶玉道：「我才也不是安心。」襲人道：「誰說你是安心了！素日開門關門都是那起小丫頭子們的事。他們是憨皮慣了的，早已恨的人牙癢癢，他們也沒個怕懼兒。你當是他們，踢一下子，唬唬他們也好。才剛是我淘氣，不叫開門的。」◎6

說著，那雨已住了，寶官、玉官也早去了。襲人只覺肋下疼的心裏發鬧，晚飯也不曾好生吃。至晚間洗澡時，脫了衣服，只見肋上青了碗大一塊，自己倒唬了一跳，又不好聲張。一時睡下，夢中作痛，由不得「噯喲」之聲從睡中哼出。寶玉雖說不是安心，因見襲人懶懶的，也睡不安穩。忽夜間聽得「噯喲」，便知踢重了，自己下床悄悄的秉燈來照。剛到床前，只見襲人嗽了兩聲，吐出一口痰來，「噯喲」一聲，睜開眼見了寶玉，倒唬了一跳道：「作什麼？」寶玉道：「你夢裏『噯喲』，必定踢重了。我瞧瞧。」襲人道：「我頭上發暈，嗓子裏又腥又甜，你倒照一照地下罷。」寶玉聽說，果然持燈向地下一照，只見一口鮮血在地。寶玉慌了，只說：「了不得了！」襲人見了，也就心冷了半截。要知端的，且聽下回分解。◎7

評點

◎6.腳踢襲人是斷無是理，竟有是事。（脂硯齋）
◎7.愛眾不長，多情不壽；風月情懷，醉人如酒。（脂硯齋）

第三十一回 撕扇子作千金一笑 因麒麟伏白首雙星

話說襲人見了自己吐的鮮血在地，也就冷了半截。想著往日常聽人說：「少年吐血，年月不保，縱然命長，終是廢人了。」想起此言，不覺將素日想著後來爭榮誇耀之心盡皆灰了，眼中不覺滴下淚來。寶玉見他哭了，也不覺心酸起來，因問道：「你心裏覺的怎麼樣？」襲人勉強笑道：「好好的，覺怎麼呢。」寶玉的意思即刻便要叫人燙黃酒，要山羊血黎洞丸來。襲人拉了他的手，笑道：「你這一鬧不打緊，鬧起多少人來，倒抱怨我輕狂。分明人不知道，倒鬧的人知道了，你也不好，我也不好。正經明兒你打發小子問問王太醫去，弄點子藥吃吃就好了。人不知鬼不覺的可不好？」寶玉聽了有理，也只得罷了，向案上斟了茶來，給襲人漱了口。襲人知道寶玉心內是不安穩的，待要不叫他伏侍，他又必不依；二則定

✣《增評補圖石頭記》第三十一回繪畫。（fotoe提供）

要驚動別人，不如由他去罷，因此只在榻上由寶玉去伏侍。一交五更，寶玉也顧不的梳洗，忙穿衣出來，將王濟仁叫來，親自確問。王濟仁問其原故，不過是傷損，便說了個丸藥的名字，怎麼服，怎麼敷。寶玉記了，回園依方調治。不在話下。

*　*　*

這日正是端陽佳節，蒲艾簪門，虎符※1繫臂。午間，王夫人治了酒席，請薛家母女等賞午。寶玉見寶釵淡淡的，也不和他說話，自知是昨兒的原故。王夫人見寶玉沒精打彩，也只當是金釧兒昨日之事，他沒好意思的，越發不理他。林黛玉見寶玉懶懶的，只當是他因為得罪了寶釵的原故，心中不自在，形容也就懶懶的。鳳姐兒昨日晚間王夫人就告訴了他寶玉、金釧兒的事，知道王夫人不自在，自己如何敢說笑，也就隨著王夫人的氣色行事，更覺淡淡的。賈迎春姐妹見眾人無意思，也都無意思了。因此，大家坐了一坐就散了。

林黛玉天性喜散不喜聚。他想的也有個道理，他說，「人有聚就有散，聚時歡喜，到散時豈不清冷？既清冷則生傷感，所以不如倒是不聚的好。比如那花開時令人愛慕，謝時則增惆悵，所以倒是不開的好。」故此人以為喜之時，他反以為悲。那寶玉的情性只願常聚，生怕一時散了添悲；那花只願常開，生怕一時謝了沒趣；只到筵散花謝，雖有萬種悲傷，也就無可如何了。因此，今日之筵，大家無興散了，林黛玉倒不覺

註

※1：用綾羅製成的小老虎，可繫在兒童的臂上用以「避邪」，古時亦指為掌管用兵的虎型兵符。

得，倒是寶玉心中悶悶不樂，回至自己房中長吁短嘆。偏生晴雯上來換衣服，不防又把扇子失了手跌在地下，將股子跌折。寶玉因嘆道：「蠢才！蠢才！將來怎麼樣？明日你自己當家立業，難道也是這麼顧前不顧後的？」晴雯冷笑道：「二爺近來氣大的很，行動就給臉子瞧。前兒連襲人都打了，今兒又尋我們的不是。要踢要打憑爺去。就是跌了扇子，也是平常的事。先時連那麼樣的玻璃缸、瑪瑙碗不知弄壞了多少，也沒見個大氣兒，這會子一把扇子就這麼著了。何苦來！要嫌我們就打發我們，再挑好的使。好離好散的，倒不好？」寶玉聽了這些話，氣的渾身亂戰，因說道：「你不用忙，將來有散的日子！」

襲人在那邊早已聽見，忙趕過來向寶玉道：「好好的，又怎麼了？可是我說的『一時我不到，就有事故兒』。」晴雯聽了冷笑道：「姐姐既會說，就該早來，也省了爺生氣。自古以來，就是你一個人伏侍爺的，我們原沒伏侍過。因為你伏侍的好，昨日才挨窩心腳；我們不會伏侍的，到明兒還不知是個什麼罪呢！」襲人聽了這話，又是惱，又是愧，待要說幾句話，又見寶玉已經氣的黃了臉，少不得自己忍了性子，推晴雯道：「好妹妹，你出去逛逛，原是我們的不是。」晴雯聽他說「我們」兩個字，自然是他和寶玉了，不覺又添了酸意，冷笑幾聲，道：「我倒不知道你們是誰，別教我替你們害臊了！便是你們鬼鬼祟祟幹的那事兒，也瞞不過我去，那裏就稱起『我們』來了。明公正道，連個姑娘※2還沒掙上去呢。也不過和我似的，那裏就稱上『我們』了！」襲人羞的臉紫脹起來，想一想，原來是自己把話說錯了。寶玉一面說：「你們氣不忿，我明兒偏抬舉他！」襲人忙拉了寶玉的手道：「他一個糊塗人，你和他分證什麼？況且你素日又是有擔待的。比這大的過去了多少，今兒是怎麼了？」晴雯又冷笑道：「我原是糊塗人，那裏配和我說話呢！」襲人聽說道：「姑娘倒是和我拌嘴呢，是和二爺拌嘴呢？要是心裏惱我，你只和我說，不犯著當著二爺吵；要是惱二爺，不該這麼吵的萬人知道。我才也不過爲了事，進來勸開了，大家保重。姑娘倒尋上我的晦氣。又不像是惱我，又不像是惱二爺，夾槍帶棒，終久是個什麼主意？我就不多說，讓你說去。」說著便往外走。寶玉向晴雯道：「你也不用生氣，我也猜著你的心事了。我回太太去，你也大了，打發你出去好不好？」晴雯聽見這話，不覺又傷起心來，含淚說道：「爲什麼我出去？要嫌我，變著法兒打發我去，也不能夠。」寶玉道：「我何曾經過這個吵鬧？一定是你要出去了。不如回太太，打發你去吧。」說著，站起來就要走。襲人忙回身攔住，笑道：「往那裏去？」寶玉道：「回太太去。」襲人笑道：「好沒意思！眞個的去回，你也不怕臊了？便是他認眞的要去，也等把這氣下去了，等無事中說話兒回了太太也不遲。這會子急急的當作一件正經事去回，豈不叫太太犯疑？」寶玉道：「太太必不犯疑，我只明說是他鬧著要去的。」晴雯哭道：「我多早晚鬧著要去了？饒生了氣，還拿話壓派我。只管去回，我一頭碰死了也不出這門兒。」寶玉道：「這也奇了。你又不

註

※2：指通房丫頭。

去，你又鬧些什麼？我經不起這麼吵，不如去了倒乾淨。」說著一定要去回。襲人見攔不住，只得跪下了。碧痕、秋紋、麝月等衆丫鬟見吵鬧，都鴉雀無聞的在外頭聽消息，這會子聽見襲人跪下央求，便一齊進來都跪下了。寶玉忙把襲人扶起來，嘆了一聲，在床上坐下，叫衆人起來，向襲人道：「叫我怎麼樣才好！這個心使碎了也沒人知道。」說著不覺滴下淚來。襲人見寶玉流下淚來，自己也就哭了。

晴雯在旁哭著，方欲說話，只見林黛玉進來，便出去了。林黛玉笑道：「大節下怎麼好好的哭起來？難道是爲爭粽子吃爭惱了不成？」寶玉和襲人嗤的一笑。黛玉道：「二哥哥不告訴我，我問你就知道了。」一面說，一面拍著襲人的肩，笑道：「好嫂子，你告訴我。必定是你兩個拌了嘴了。告訴妹妹，替你們和勸和勸。」襲人推他道：「林姑娘你鬧什麼？我們一個丫頭，姑娘只是混說。」◎1黛玉笑道：「你說你是丫頭，我只拿你當嫂子待。」寶玉道：「你何苦來替他招罵名兒。饒這麼著，還有人說閑話，還擱的住你來說他。」襲人笑道：「林姑娘！你不知道我的心事，除非一口氣

✣碧痕。從前有一回她伺候寶玉洗澡，水潑了一地，地下的水都已經淹著床腿了。（崔君沛繪）

不來死了倒也罷了。」林黛玉笑道：「你死了，別人不知怎麼樣，我先就哭死了。」寶玉笑道：「你死了，我作和尚去。」襲人笑道：「你老實些罷，何苦還說這些話。」林黛玉將兩個指頭一伸，抿嘴笑道：「作了兩個和尚了。我從今以後都記著你作和尚的遭數兒。」寶玉聽了，知道是他點前日的話，自己一笑也就罷了。

一時黛玉去後，就有人來說「薛大爺請」，寶玉只得去了。原來是吃酒，不能推辭，只得盡席而散。晚間回來，已帶了幾分酒，踉蹌來至自己院內，只見院中早把乘涼枕榻設下，榻上有個人睡著。寶玉只當是襲人，一面在榻沿上坐下，一面推他，問道：「疼的好些了？」只見那人翻身起來說：「何苦來，又招我！」寶玉一看，原來不是襲人，卻是晴雯。寶玉將他一拉，拉在身旁坐下，笑道：「你的性子越發慣嬌了。早起就是跌了扇子，也不過說了那兩句，你就說上那些話。你說我也罷了，襲人好意來勸，你又括上他，你自己想想，該不該？」晴雯道：「怪熱的，拉拉扯扯作什麼！叫人來看見像什麼！我這身子也不配坐在這裏。」寶玉笑道：「你既知道不配，爲什麼睡著呢？」晴雯沒得說，嗤的又笑了，說：「你不來使得，你來了就不配了。起來，讓我洗澡去。襲人、麝月都洗了澡，我叫了他們來。」寶玉笑道：「我才又吃了好些酒，還得洗一洗。你既沒有洗，拿了水來，咱們兩個洗。」晴雯搖手笑道：「罷，罷，我不敢惹爺。還記得碧痕打發你洗澡，足有兩三個時辰，也不知道作什麼呢？我們也不好進去的。後來洗完了，進去瞧瞧，地下的水淹著床腿，連席子上都汪著水，也不知是怎麼

評點

◎1.林姑娘調笑實妙，此襲人之所以竟稱「我們」也。（東觀閣主人）

✣ 晴雯任性撕扇，寶玉在一旁非常高興。（朱士芳繪）

洗了，叫人笑了幾天。我也沒那工夫收拾，也不用同我洗去。今兒也涼快，那會子洗了可以不用再洗。我倒舀一盆水來，你洗洗臉通通頭。才剛鴛鴦送了好些果子來，都湃[※3]在那水晶缸裏呢，叫他們打發你吃。」寶玉笑道：「既這麼著，你也不許洗去，只洗洗手來拿果子來吃罷。」晴雯笑道：「我慌張的很，連扇子還跌折了，那裏還配打發吃果子！倘或再打破了盤子，還更了不得呢。」寶玉笑道：「你愛打就打，這些東西原不過是借人所用，你愛這樣，我愛那樣，各自性情不同。比如那扇子原是扇的，你要撕著頑也可以使得，只是不可生氣時拿他出氣。就如杯盤，原是盛東西的，你喜聽那一聲響，就故意的碎了也可以使得，只是別在生氣時拿他出氣。這就是愛物了。」晴雯聽了，笑道：「既這麼說，你就拿扇子來我撕。我最喜歡撕的。」寶玉聽了，便笑著遞與他。晴雯果然接過來，「嗤」的一聲撕了兩半，接著「嗤嗤」又聽幾聲。寶玉在旁笑著說：「響的好，再撕響些！」正說著，只見麝月走過來笑道：「少作此孽罷！」寶玉趕上來，一把將他手裏的扇子也奪了遞與晴雯。晴雯接了，也撕作幾半子，二人都大笑。麝月道：「這是怎麼說，拿我的東西開心兒？」寶玉笑道：「打開扇子匣子你揀去，什麼好東西！」麝月道：「既這麼說，就把匣子搬了出來，讓他盡力的撕，豈不好？」寶玉笑道：「你就搬去。」麝月道：「我可不造這孽。他也沒折了手，叫他自己搬去。」晴雯笑著，便倚在床上說道：「我也乏了，明兒再撕罷。」寶玉笑道：「古人云，『千金難買一笑』，幾把扇子能值幾何！」◎2一面說著，一面叫襲人。襲人才換了衣服走出來，小丫頭佳蕙過來拾去破扇，大家乘涼，不消細說。

註

※3：用冰或涼水將果品或飲料冰鎮變冷。

❖ 撕扇子作千金一笑。寶玉把麝月的扇子也拿給晴雯取樂。
（《紅樓夢煙標精華》杜春耕編著，北京圖書館出版社提供）

評點

◎2.「撕扇子」是以不情之物，供嬌嗔不知情時之人一笑，所謂「情不情」。（脂硯齋）

至次日午間，王夫人、薛寶釵、林黛玉眾姐妹正在賈母房內坐著，就有人回：「史大姑娘來了。」一時果見史湘雲帶領眾多丫鬟、媳婦走進院來。寶釵、黛玉等忙迎至階下相見。青年姐妹間經月不見，一旦相逢，其親密自不必細說。一時進入房中，請安問好，都見過了。賈母因說：「天熱，把外頭的衣服脫脫罷。」史湘雲忙起身寬衣。王夫人因笑道：「也沒見穿上這些作什麼？」史湘雲笑道：「都是二嬸嬸叫穿的，誰願意穿這些！」寶釵一旁笑道：「姨娘不知道，他穿衣裳還更愛穿別人的衣裳。可記得舊年三四月裏，他在這裏住著，把寶兄弟的袍子穿上，靴子也穿上，額子也勒上，猛一瞧倒像是寶兄弟，就是多兩個墜子。他站在那椅子後邊，哄的老太太只是叫：『寶玉，你過來，仔細那上頭掛的燈穗子招下灰來迷了眼。』他只是笑，也不過去。後來大家撐不住笑了，老太太才笑了，說『倒扮上男人好看了』。」林黛玉道：「這算什麼。惟有前年正月裏接了他來，住了沒兩日就下起雪來，老太太和舅母那日想是才拜了影※4回來，老太太的一個新新的大紅猩猩毡斗篷放在那裏，誰知眼錯不見他就披了，又大又長，他就拿了條汗巾子攔腰繫上，和丫頭們在後院子撲雪人兒去，一跤栽到溝跟前，弄了一身泥水。」說著，大家想著前情都笑了。寶釵笑向那周奶媽道：「周媽，你們姑娘還是那麼淘氣不淘氣？」周奶娘也笑了。迎春笑道：「淘氣也罷了，我就嫌他愛說話。也沒見睡在那裏還是咭咭呱呱，笑一陣，說一陣，也不知那裏來的那些話。」王夫人道：「只怕如今好了。前兒有人家來相看，眼見有婆婆家了，還是那麼著。」賈母因問：「今兒還是住著，還是家去呢？」周奶媽笑道：「老太太沒有看見衣服都帶了來，可不住兩天？」史湘雲問道：「寶玉哥哥不在家麼？」寶釵笑道：「他再不想著別人，只想寶兄弟，兩個人好憨的。這可見還沒改了淘氣呢。」賈母道：「如今你們大了，別提小名兒了。」

剛只說著，只見寶玉來了，笑道：「雲妹妹來了。怎麼前兒打發人接你去，怎麼不來？」王夫人道：「這裏老太太才說這一個，他又來提名道姓的了。」林黛玉道：「你哥哥得了好東西，等著你呢。」史湘雲道：「什麼好東西？」寶玉笑道：「你信他呢！幾日不見，越發高了。」湘雲笑道：「襲人姐姐好？」寶玉道：「多謝你記掛。」湘雲道：「我給他帶了好東西來了。」說著，拿出手帕子來，挽著一個疙瘩。寶玉道：「什麼好的？你倒不如把前兒送來的那種絳紋石戒指兒帶兩個給他。」湘雲笑道：「這是什麼？」說著便打開。衆人看時，果然就是上次送來的那絳紋戒指，一包四個。林黛玉笑道：「你們瞧瞧他這主意。前兒一般的打發人給我們送了來，你就把他的帶來豈不省事？今兒巴巴的自己帶了來，我當又是什麼新奇東西，原來還是他。眞眞你是糊塗人。」史湘雲笑道：「你才糊塗呢！我把這理說出來，大家評一評誰糊塗。給你們送東西，就是使來的不用說話，拿進來一看，自然就知是送姑娘們的了；若帶他們的東西，這得我先告訴來人，這是那一個丫頭的，那是那一個丫頭的。那使來的人明白還好，再

註

※4：指逢年過節或祭祀時子孫叩拜供奉的祖先畫像。

糊塗些，丫頭的名字他也不記得，混鬧胡說的，反連你們的東西都攪糊塗了。若是打發個女人素日知道的還罷了，偏生前兒又打發小子來，可怎麼說丫頭們的名字呢？橫豎我來給他們帶來，豈不清白！」說著，把四個戒指放下，說道：「襲人姐姐一個，鴛鴦姐姐一個，金釧兒姐姐一個，平兒姐姐一個：這倒是四個人的，難道小子們也記得這麼清白？」衆人聽了都笑道：「果然明白。」寶玉笑道：「還是這麼會說話，不讓人。」林黛玉聽了冷笑道：「他不會說話，他的金麒麟會說話。」一面說著便起身走了。幸而諸人都不曾聽見，只有薛寶釵抿嘴一笑。寶玉聽見了，倒自己後悔又說錯了話，忽見寶釵一笑，由不得也笑了。寶釵見寶玉笑了，忙起身走開，找了林黛玉去說話。

賈母向湘雲道：「吃了茶，歇一歇，瞧瞧你的嫂子們去。園子裏也涼快，同你姐姐們去逛逛。」湘雲答應了，將三個戒指兒包上，歇了一歇，便起身要瞧鳳姐等人去。衆奶娘丫頭跟著，到了鳳姐那裏，說笑了一回，出來便往大觀園來。見過了李宮裁，少坐片時，便往怡紅院來找襲人。因回頭說道：「你們不必跟著，只管瞧你們的朋友親戚去，留下翠縷伏侍就是了。」衆人聽了，自去尋姑覓嫂，早剩下湘雲、翠縷兩個人。翠縷道：「這荷花怎麼還不開？」史湘雲道：「時候沒到。」翠縷道：「這也和咱們家池子裏的一樣，也是樓子花※5？」湘雲道：「他們這個還不如咱們的。」翠縷道：「他們那邊有棵石榴，接連四五枝，眞是樓子上起樓子，這也難爲他長。」史湘雲道：「花草也是同人一樣，氣脈充足，長的就好。」翠縷說道：「我不信這話。若說同人一樣，我怎麼不見頭上又長出一個頭來的人？」湘雲聽了，由不得一笑，說道：「我說你不用說話，你偏好說。這叫人怎麼好答言？天地間都賦陰陽二氣所生，或正或邪，或奇或怪，千變萬化，都是陰陽順逆，多少一生出來，人罕見的就奇，究竟理還是一樣。」翠縷道：「這麼說起來，從古至今，開天闢地，都是些陰陽了？」湘雲笑道：「糊塗東西！越說越放屁。什麼『都是些陰陽』，難道還有個陰陽不成！『陰』『陽』兩個字還只是一字，陽盡了就成陰，陰盡了就成陽，不是陰盡了又有個陽生出來，陽盡了又有個陰生出來。」翠縷道：「這糊塗死了我！什麼是個陰陽，沒影沒形的。我只問姑娘，這陰陽是怎麼個樣兒？」湘雲道：「陰陽可有什麼樣兒，不過是個氣，器物賦了成形。比如天是陽，地就是陰；水是陰，火就是陽；日是陽，月就是陰。」翠縷聽了笑道：「是了，是了，我今兒可明白了。怪道人都管著日頭叫『太陽』呢，算命的管著月亮叫什麼『太陰星』，就是這個理了。」湘雲笑道：「阿彌陀佛！剛剛的明白了。」翠縷道：「這些大東西有陰陽也罷了，難道那些蚊子、虼蚤、蠓蟲兒、花兒、草兒、瓦片兒、磚頭兒也有陰陽不成？」湘雲道：「怎麼沒有陰陽呢？比如那一個樹葉兒還分陰陽呢，那邊向上朝陽的便是陽，這邊背陰覆下的便是陰。」翠縷聽了，點頭笑道：「原來這樣，我可明白了。只是咱們這手裏的扇子，怎麼是陽，怎麼是陰呢？」湘雲道：「這邊正面就是陽，那邊反面就為陰。」翠縷又點頭笑了，還要拿幾件東西問，因想不起個

註

※5：在花蕊之中又開出一層花。

什麼來，猛低頭就看見湘雲宮絛上繫的金麒麟，便提起來笑道：「姑娘，這個難道也有陰陽？」湘雲道：「走獸飛禽，雄為陽，雌為陰；牝為陰，牡為陽※6。怎麼沒有呢！」翠縷道：「這是公的，到底是母的呢？」湘雲道：「這連我也不知道。」翠縷道：「這也罷了，怎麼東西都有陰陽，咱們人倒沒有陰陽呢？」湘雲照臉啐了一口道：「下流東西，好生走罷！越問越問出好的來了！」翠縷笑道：「這有什麼不告訴我的呢？我也知道了，不用難我。」湘雲笑道：「你知道什麼？」翠縷道：「姑娘是陽，我就是陰。」說著，湘雲拿手帕子捂著嘴，呵呵的笑起來。翠縷道：「說是了，就笑的這樣！」湘雲道：「很是，很是。」翠縷道：「人規矩主子為陽，奴才為陰，我連這個大道理也不懂得？」湘雲笑道：「你很懂得。」

一面說，一面走，剛到薔薇架下，湘雲道：「你瞧，那是誰掉的首飾？金晃晃在那裏。」翠縷聽了，忙趕上拾在手裏攥著，笑道：「可分出陰陽來了。」說著，先拿史

翠縷拾到寶玉遺失的金麒麟，淘氣地先不讓湘雲看。（朱士芳繪）

湘雲的麒麟瞧。湘雲要他揀的瞧，翠縷只管不放手，笑道：「是件寶貝，姑娘瞧不得。這是從那裏來的？好奇怪！我從來在這裏沒見有人有這個。」湘雲道：「拿來我看。」翠縷將手一撒，笑道：「請看。」湘雲舉目一驗，卻是文彩輝煌的一個金麒麟，比自己佩的又大又有文彩。湘雲伸手擎在掌上，只是默默不語。正自出神，忽見寶玉從那邊來了，笑問道：「你兩個在這日頭底下作什麼呢？怎麼不找襲人去？」湘雲連忙將那麒麟藏起道：「正要去呢。咱們一同走。」說著，大家進入怡紅院來。襲人正在階下倚檻追風，忽見湘雲來了，連忙迎下來，攜手笑說一向久別情況。一時進來歸坐，寶玉因笑道：「你該早來，我得了一件好東西，專等你呢。」說著，便向懷內摸掏，掏了半天，呵呀了一聲，便問襲人：「那個東西你收起來了麼？」襲人道：「什麼東西？」寶玉道：「前兒得的麒麟。」襲人道：「你天天帶在身上的，怎麼問我？」寶玉聽了，將手一拍，說道：「這可丟了，往那裏找去！」就要起身自己尋去。湘雲聽了，方知是他遺落的，便笑問道：「你幾時又有了麒麟了？」寶玉道：「前兒好容易得的呢，不知多早晚丟了，我也糊塗了。」湘雲笑道：「幸而是頑的東西，還是這麼慌張。」說著，將手一撒，「你瞧瞧，是這個不是？」寶玉一見，由不得歡喜非常，因說道……◎3不知是如何，且聽下回分解。◎4

註

※6：雌者叫牝，雄者叫牡。

評點

◎3.「金玉姻緣」已定，又寫一金麒麟，是間色法也。何顰兒爲其所惑？故顰兒謂「情情」。（脂硯齋）

◎4.後數十回，若蘭在射圃所佩之麒麟正此麒麟也。提綱伏於此回中，所謂「草蛇灰線，在千里之外」。（脂硯齋）

第三十二回

訴肺腑心迷活寶玉　含恥辱情烈死金釧

話說寶玉見那麒麟，心中甚是歡喜，便伸手來拿，笑道：「虧你揀著了。你是那裏揀的？」史湘雲笑道：「幸而是這個，明兒倘或把印也丟了，難道也就罷了不成？」寶玉笑道：「倒是丟了印平常，若丟了這個，我就該死了。」襲人斟了茶來與史湘雲吃，一面笑道：「大姑娘，聽見前兒你大喜了。」史湘雲聽了，紅了臉吃茶不答。襲人道：「這會子又害臊了。你還記得十年前，咱們在西邊暖閣住著，晚上你同我說的話兒？那會子不害臊，這會子怎麼又害臊了？」史湘雲笑道：「你還說呢。那會子咱們那麼好，後來我們太太沒了，我家去住了一程子，怎麼就把你派了跟二哥哥，我來了，你就不像先待我了。」襲人笑道：「你還說呢。先姐姐長姐姐短哄著我替你梳頭洗臉，作這個弄那個，◎1如今大了，就

✣《增評補圖石頭記》第三十二回繪畫。（fotoe提供）

拿出小姐的款來。你既拿小姐的款，我怎敢親近呢？」史湘雲道：「阿彌陀佛，冤枉冤哉！我要這樣，就立刻死了。你瞧瞧，這麼大熱天，我來了，必定趕來先瞧瞧你。不信，你問問縷兒，我在家時時刻刻那一回不念你幾聲。」話未了，忙的襲人和寶玉都勸道：「頑話你又認眞了。還是這麼性急。」史湘雲道：「你不說你的話噎人，倒說人性急。」一面說，一面打開手帕子，將戒指遞與襲人。襲人感謝不盡，因笑道：「你前兒送你姐姐們的，我已得了；今兒你親自又送來，可見是沒忘了我。只這個就試出你來了。戒指兒能值多少，可見你的心眞。」史湘雲道：「是誰給你的？」襲人道：「是寶姑娘給我的。」湘雲笑道：「我只當是林姐姐給你的，原來是寶釵姐姐給了你。我天天在家裏想著，這些姐姐們再沒一個比寶姐姐好的。可惜我們不是一個娘養的。◎2我但凡有這麼個親姐姐，就是沒了父母也是沒妨礙的。」說著，眼睛圈兒就紅了。寶玉道：「罷，罷，罷！不用提這個話。」史湘雲道：「提這個便怎麼？我知道你的心病，恐怕你林妹妹聽見，又怪嗔我贊了寶姐姐。可是爲這個不是？」襲人在旁嗤的一笑，說道：「雲姑娘，你如今大了，越發心直口快了。」◎3寶玉笑道：「我說你們這幾個人難說話，果然不錯。」史湘雲道：「好哥哥，你不必說話教我惡心。只會在我們跟前說話，見了你林妹妹，又不知怎麼了。」◎4

清代紫檀雕花洗臉架。小時候，襲人曾幫史湘雲梳頭洗臉。（杜宗軍提供）

評點

◎1.大家風範，情景逼眞。（脂硯齋）

◎2.感知己之一嘆。（脂硯齋）

◎3.湘雲的率眞，既是天眞，也是眞摯。因而，她身上那種豪邁的情致，不會給人空疏之感，卻有一種眞氣撲人，得魏晉風度之神髓。（呂啓祥）

◎4.豪爽情性如畫。（脂硯齋）

襲人道：「且別說頑話，正有一件事還要求你呢。」史湘雲便問：「什麼事？」襲人道：「有一雙鞋，摳了墊心子。我這兩日身上不好，不得作，你可有工夫替我作作？」史湘雲笑道：「這又奇了，你家放著這些巧人不算，還有什麼針線上的、裁剪上的，怎麼教我作起來？你的活計叫誰作，誰好意思不作呢？」襲人笑道：「你又糊塗了。你難道不知道我們這屋裏的針線，是不要那些針線上的人作的。」史湘雲聽了，便知是寶玉的鞋了，因笑道：「既這麼說，我就替你作了罷。只是一件，你的我才作，別人的我可不能。」襲人笑道：「又來了，我是個什麼，就煩你作鞋了。實告訴你，可不是我的。你別管是誰的，橫豎我領情就是了。」史湘雲道：「論理，你的東西也不知煩我作了多少了，今兒我倒不作了的原故，你必定也知道。」襲人道：「倒也不知道。」史湘雲冷笑道：「前兒我聽見把我作的扇套子拿著和人家比，賭氣又鉸了。我早就聽見了，你還瞞我。這會子又叫我作，我成了你們的奴才了。」寶玉忙笑道：「前兒的那事，本不知是你作的。」襲人也笑道：「他本不知是你作的。是我哄他的話，說是新近外頭有個會作活的女孩兒，說扎的出奇的花，我叫他們拿了一個扇套子試試看好不好。他就信了，拿了出去給這個瞧，給那個看的。不知怎麼又惹惱了林姑娘，鉸了兩段。回來他還叫趕著作去，我才說了是你作的，他後悔的什麼似的。」史湘雲道：「越發奇了。林姑娘他也犯不上生氣，他既會剪，就叫他作。」襲人道：「他可不作呢。饒這麼著，老太太還怕他勞碌著了。大夫又說好生靜養才好，誰還敢煩他作？舊年好一年的工夫，作了個香袋兒；今年半年，還沒見拿針線呢。」

正說著，有人來回說：「興隆街的大爺來了，老爺叫二爺出去會。」寶玉聽了，便知是賈雨村來了，心中好不自在。襲人忙去拿衣服。寶玉一面蹬著靴子，一面抱怨道：「有老爺和他坐著就罷了，回回定要見我。」史湘雲一邊搖著扇子，笑道：「自然你能會賓接客，老爺才叫你出去呢。」寶玉道：「那裏是老爺，都是他自己要請我去見的。」湘雲笑道：「主雅客來勤，自然你有些警他的好處，他才只要會你。」寶玉道：「罷，罷，我也不敢稱雅，俗中又俗的一個俗人，並不願同這些人往來。」◎5湘雲笑道：「還是這個情性不改。如今大了，你就不願讀書去考舉人進士的，也該常常的會會這些爲官作宰的人們，談談講講些仕途經濟的學問，也好將來應酬世務，日後也有個朋友。沒見你成年家只在我們隊裏攪些什麼！」寶玉聽了道：「姑娘請別的姐妹屋裏坐坐，我這裏仔細污了你知經濟學問的。」襲人道：「雲姑娘，快別說這話！上回也是寶姑娘曾說過一回，他也不管人臉上過的去過不去，他就咳了一聲，拿起腳來走了。這裏寶姑娘的話也沒說完，見他走了，登時羞的臉通紅，說又不是，不說又不是。幸而是寶姑娘，那要是林姑娘，不知又鬧到怎麼樣，哭的怎麼樣呢。提起這些話來，眞眞的寶姑娘叫人敬重，自己訕了一會子去了。我倒過不去，只當他惱了。誰知過後還是照舊一樣，眞眞有涵養，心地寬大。誰知這一個反倒同他生分了。那林姑娘見你賭氣不理他，你得賠多少不是呢！」寶玉道：「林姑娘從來說過這些混賬話不曾？若他也說過這些混

評點

◎5.我也不知寶玉是俗是雅，請諸同類一擬。（脂硯齋）

賬話，我早和他生分了。」襲人和湘雲都點頭笑道：「這原是混賬話。」◎6

原來林黛玉知道史湘雲在這裏，寶玉又趕來，一定說麒麟的原故。因此心下忖度著，近日寶玉弄來的外傳野史，多半才子佳人都因小巧玩物上撮合，或有鴛鴦，或有鳳凰，或玉環金珮，或鮫帕鸞絲，皆由小物而遂終身。今忽見寶玉亦有麒麟，便恐借此生隙，同史湘雲也作出那些風流佳事來。因而悄悄走來，見機行事，以察二人之意。不想剛走來，正聽見史湘雲說經濟一事，寶玉又說：「林妹妹不說這樣混賬話，若說這話，我也和他生分了。」林黛玉聽了這話，不覺又喜又驚，又悲又嘆。所喜者，果然自己眼力不錯，素日認他是個知己，果然是個知己。所驚者，他在人前一片私心稱揚於我，其親熱厚密，竟不避嫌疑。所嘆者，你既爲我之知己，自然我亦可爲你之知己矣；既你我爲知己，則又何必有金玉之論哉；既有金玉之論，亦該你我有之，則又何必來一寶釵哉！所悲者，父母早逝，雖有銘心刻骨之言，無人爲我主張。況近日每覺神思恍惚，病已漸成，醫者更云氣弱血虧，恐致勞怯之症※1。你我雖爲知己，但恐自不能久待；你縱爲我知己，奈我薄命何！想到此間，不禁滾下淚來。◎7待進去相見，自覺無味，便一面拭淚，一面抽身回去了。

這裏寶玉忙忙的穿了衣裳出來，忽見林黛玉在前面慢慢的走著，似有拭淚之狀，便忙趕上來，笑道：「妹妹往那裏去？怎麼又哭了？又是誰得罪了你？」林黛玉回頭見是寶玉，便勉強笑道：「好好的，我何曾哭了。」寶玉笑道：「你瞧瞧，眼睛上的淚珠兒未乾，還撒謊呢。」一面說，一面禁不住抬起手來替他拭淚。林黛玉忙向後退了幾步，說道：「你又要死了，◎8作什麼這麼動手動腳的！」寶玉笑道：「說話忘了情，不覺的動了手，也就顧不的死活。」林黛玉道：「你死了倒不值什麼，只是丟下了什麼金，又什麼麒麟，可怎麼樣呢？」一句話又把寶玉說急了，趕上來問道：「你還說這話！到底是咒我還是氣我呢？」林黛玉見問，方想起前日的事來，遂自悔自己又說造次了，忙笑道：「你別著急，我原說錯了。這有什麼的，筋都暴起來，急的一臉汗。」一面說，一面禁不住近前伸手替他拭面上的汗。◎9寶玉瞅了半天，方說道「你放心」三個字。林黛玉聽了，怔了半天，方說道：「我有什麼不放心的？我不明白這話。你倒說說怎麼放心不放心？」寶玉嘆了一口氣，問道：「你果不明白這話？難道我素日在你身上的心都用錯了？連你的意思若體貼不著，就難怪你天天爲我生氣了。」林黛玉道：「果然我不明白放心不放心的話。」寶玉點頭嘆道：「好妹妹，你別哄我。果然不明白這話，不但我素日之心白用了，且連你素日待我之意也都辜負了。你皆因總是不放心的原故，才弄了一身病。但凡寬慰些，◎10這病也不得一日重似一日。」林黛玉聽了這話，如轟雷掣電，細細思之，竟比自己肺腑中掏出來的還覺懇切，竟有萬句言語，滿心要說，只是半個字也不能吐，卻怔怔的望著他。此時，寶玉心中也有萬句言語，不知從那一句上說起，卻也怔怔的望著黛玉。兩個人怔了半天，林黛玉只咳了一聲，兩眼不覺滾下

註

※1：癆：即癆，消耗性疾病。怯：身體怯弱。指肺病，身體過於疲勞所引起的。

評點

◎6.湘雲畢竟思想不統一，感情也缺少深度，不能眞正成爲寶玉衷心繫戀的知己。（王昆侖）

◎7.普天下才子佳人英雄俠士都同來一哭！我雖愚濁，也願同聲一哭。（脂硯齋）

◎8.嬌羞態！（脂硯齋）

◎9.黛玉不要寶玉拭淚，卻自己與寶玉拭汗。先是假撇清，後是眞痴愛。（王希廉）

◎10.眞疼眞愛眞憐眞惜中，每每生出此等心病來。（脂硯齋）

淚來，回身便要走。寶玉忙上前拉住，說道：「好妹妹，且略站住，我說一句話再走。」林黛玉一面拭淚，一面將手推開，說道：「有什麼可說的。你的話我早知道了！」口裏說著，卻頭也不回竟去了。

寶玉站著，只管發起呆來。原來方才出來慌忙，不曾帶得扇子，襲人怕他熱，忙拿了扇子趕來送與他，忽抬頭見林黛玉和他站著。一時黛玉走了，他還站著不動，因而趕上來說道：「你也不帶了扇子去，虧我看見，趕了送來。」寶玉出了神，見襲人和他說話，並未看出是何人來，便一把拉住，說道：「好妹妹，我這心事，從來也不敢說，今兒我大膽說出來，死也甘心！我為你也弄了一身的病在這裏，又不敢告訴人，只好掩著。只等你的病好了，只怕我的病才得好呢。睡裏夢裏也忘不了你！」襲人聽了這話，嚇得魄消魂散，只叫：「神天菩薩，坑死我了！」便推他道：「這是那裏的話！敢是中了邪？還不快去？」寶玉一時醒過來，方知是襲人送扇子來，

寶玉忘情，錯把襲人當黛玉，一番真情表白，把襲人嚇得魂飛魄散。（朱士芳繪）

羞的滿面紫漲，奪了扇子，便忙忙的抽身跑了。

這裏襲人見他去了，自思方才之言，一定是因黛玉而起，如此看來，將來難免不才之事※2，令人可驚可畏。想到此間，也不覺怔怔的滴下淚來，心下暗度如何處治，方免此醜禍。正裁疑間，忽有寶釵從那邊走來，笑道：「大毒日頭地下，出什麼神呢？」襲人見問，忙笑道：「那邊兩個雀兒打架，倒也好頑，我就看住了。」寶釵道：「寶兄弟這會子穿了衣服，忙忙的那去了？我才看見走過去，倒要叫住問他呢。他如今說話越發沒了經緯※3，我故此沒叫他了，由他過去罷。」襲人道：「老爺叫他出去。」寶釵聽了忙道：「噯喲！這麼黃天※4暑熱的，叫他作什麼！別是想起什麼來生了氣，叫出去教訓一場。」襲人笑道：「不是這個，想是有客要會。」寶釵笑道：「這個客也沒意思，這麼熱天，不在家裏涼快，還跑些什麼！」襲人笑道：「倒是你說說罷。」

寶釵因又問道：「雲丫頭在你們家作什麼呢？」襲人笑道：「才說了一會子閑話。你瞧，我前兒粘的那雙鞋，明兒叫他作去。」寶釵聽見這話，便向兩邊回頭，看無人來往，便笑道：「你這麼個明白人，怎麼一時半刻的就不會體諒人情。我近來看著雲丫頭的神情，再風裏言風裏語的聽起來，那雲丫頭在家裏竟一點兒作不得主。他們家

註

※2：不成材之事，此指男女間的醜事。

※3：織物的直線、橫線，或稱地球的經緯線，此指道理、規矩。

※4：大暑天，指夏天。

嫌費用大，竟不用那些針線上的人，差不多的東西都是他們娘兒們動手。為什麼這幾次他來了，他和我說話兒，見沒人在跟前，他就說家裏累的很。我再問他兩句家常過日子的話，他就連眼圈兒都紅了，口裏含含糊糊待說不說的。想其形景來，自然從小兒沒爹娘的苦。◎11我看著他，也不覺的傷起心來。」襲人見說這話，將手一拍，道：「是了，是了！怪道上月我煩他打十根蝴蝶結子，過了那些日子才打發人送來，還說『打的粗，且在別處能著使罷；要勻淨的，等明兒來住著再好生打罷』。如今聽寶姑娘這話，想來我們煩他不好推辭，不知他在家裏怎麼三更半夜的作呢。可是我也糊塗了，早知是這樣，我也不煩他了。」寶釵道：「上次他就告訴我，在家裏作活作到三更天，若是替別人作一點半點，他家的那些奶奶、太太們還不受用呢。」◎12襲人道：「偏生我們那個牛心左性的小爺，◎13憑著小的大的活計，一概不要家裏這些活計上的人作。我又弄不開這些。」寶釵笑道：「你理他呢！只管叫人作去，只說是你作的就是了。」襲人道：「那裏哄得信他，他才是認得出來呢。說不得我只好慢慢的累去罷了。」◎14寶釵笑道：「你不必忙，我替你作些如何？」襲人笑道：「當眞的這樣，就是我的福了。晚上我親自送過來。」

一句話未了，忽見一個老婆子忙忙走來，說道：「這是那裏說起！金釧兒姑娘好好的，投井死了！」襲人唬了一跳，忙問：「那個金釧兒？」那老婆子道：「那裏還有兩

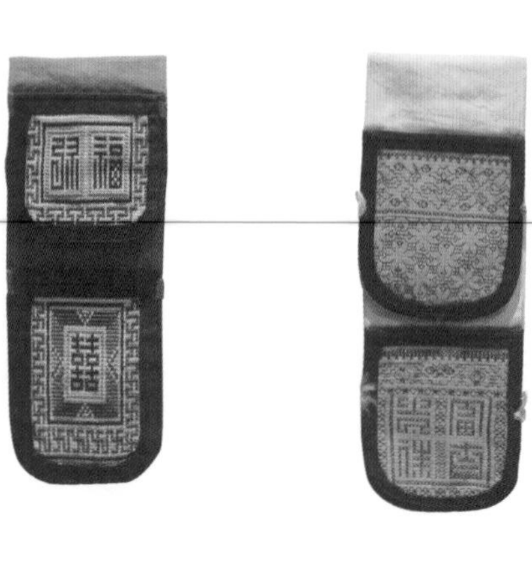

✣ 清代北京納紗繡褡褳。首都博物館藏品。其上的刺繡圖案，為古代女子平日所作之針線、紡織、刺繡等女紅。（矗鳴提供）

個金釧兒呢？就是太太屋裏的。前兒不知爲什麼攆他出去，在家裏哭天哭地的，也都不理會他，誰知今兒找他不見了。剛才打水的人在那東南角上井裏打水，只見一個屍首，趕著叫人打撈起來，誰知是他。他們家裏還只管亂著要救活，那裏中用了！」寶釵道：「這也奇了。」襲人聽說，點頭贊嘆，想素日同氣之情，不覺流下淚來。寶釵聽見這話，忙向王夫人處來道安慰。這裏襲人回去不提。

✣ 寶玉和金釧調笑，被王夫人聽見，掌摑金釧，攆出大觀園。金釧感覺沒面子而跳井身亡。像金釧這樣為了面子決絕而死的丫頭們不知還有多少？或許她們更應該發出疑問：生命和尊嚴何為重要？（朱士芳繪）

評點

◎11.眞是知己，不枉湘雲前言。（脂硯齋）
◎12.作者特別突出了湘雲的這種性格與其不幸身世之間的反差，從而使人看到了一種保其自然之美的性格的頑強體現。這種美，抗拒了世俗壓力的扭曲，保持了本質的純潔，並外化爲許多名士風流式的行動。（唐富齡）
◎13.多情的常有這樣牛心左性之癖。（脂硯齋）
◎14.痴心的情願。（脂硯齋）

＊　　＊　　＊

卻說寶釵來至王夫人房中，只見鴉雀無聞，獨有王夫人在裏間房內坐著垂淚。寶釵便不好提這事，只得一旁坐了。王夫人便問：「你從那裏來？」寶釵道：「從園裏來。」王夫人道：「你從園裏來，可見你寶兄弟？」寶釵道：「才倒看見了。他穿了衣服出去，不知那裏去。」王夫人點頭哭道：「你可知道一樁奇事？金釧兒忽然投井死了！」寶釵見說，道：「怎麼好好的投井？這也奇了。」王夫人道：「原是前兒他把我一件東西弄壞了，我一時生氣，打了他幾下，攆了他下去。我只說氣他兩天，還叫他上來，誰知他這麼氣性大，就投井死了。豈不是我的罪過！」◎15寶釵嘆道：「姨娘是慈善人，固然這麼想。據我看來，他並不是賭氣投井。多半是他下去住著，或是在井跟前憨頑，失了腳掉下去的。他在上頭拘束慣了，這一出去，自然要到各處去頑頑逛逛，豈有這樣大氣的理！縱然有這樣大氣，也不過是個糊塗人，也不爲可惜。」◎16王夫人點頭嘆道：「這話雖然如此說，到底我心不安。」寶釵嘆道：「姨娘也不必念念於茲，十分過不去，不過多賞他幾兩銀子發送他，也就盡主僕之情了。」王夫人道：「剛才我賞了他娘五十兩銀子，原要還把你妹妹們的新衣服拿兩套給他妝裹。誰知鳳丫頭說，可巧都沒什麼新作的衣服，只有你林妹妹作生日的兩套。我想你林妹妹那孩子素日是個有心的，況且他也三災八難的，既說了給他過生日，這會子又給人妝裹去，豈不忌諱！因爲這麼樣，我現叫裁縫趕兩套給他。要是別的丫頭，賞他幾兩銀子也就完了，只是金釧兒雖然是個丫頭，素日在我跟前比我的女兒也差不多。」口裏說著，不覺流下淚來。寶釵忙道：「姨娘這會子又何用叫裁縫趕去，我前兒倒作了兩套，拿來給他豈不省事。況且他活著的時候也穿過我的舊衣服，身量又相對。」王夫人道：「雖然這樣，難道你不忌諱？」寶釵笑道：「姨娘放心，我從來不計較這些。」一面說，一面起身就走。王夫人忙叫了兩個人跟寶姑娘去。

一時寶釵取了衣服回來，只見寶玉在王夫人旁邊坐著垂淚。王夫人正才說他，因見寶釵來了，卻掩口不說了。寶釵見此光景，察言觀色，早知覺了八分，於是將衣服交割明白。王夫人將他母親叫來拿了去。再看下回便知。◎17

金釧死於「男女之大防」上。（《紅樓夢煙標精華》杜春耕編著，北京圖書館出版社提供）

評點

◎15. 王夫人在「寬柔待下」、「濟弱扶危」而「以理殺人」方面，堪稱賈政的「賢內助」。（張錦池）

◎16. 善勸人大見解！惜乎不知其情，雖精金美玉之言不中，奈何！（脂硯齋）

◎17. 前明顯祖湯先生有《懷人》詩一絕，堪合此回，故錄之以待知音。「無情無盡卻情多，情到無多得盡麼？解道多情情盡處，月中無樹影無波。」（脂硯齋）

第三十三回

手足耽耽小動唇舌　不肖種種大承笞撻

卻說王夫人喚他母親上來，拿幾件簪環當面賞與，又吩咐請幾眾僧人念經超度。他母親磕頭謝了出去。

原來寶玉會過雨村回來聽見了，便知金釧兒含羞賭氣自盡，心中早又五內摧傷，進來被王夫人數落教訓，也無可回說。見寶釵進來，方得便出來，茫然不知何往，背著手，低頭一面感嘆，一面慢慢的走著。信步來至廳上，剛轉過屏門，不想對面來了一人正往裏走，可巧兒撞了個滿懷。只聽那人喝了一聲：「站住！」寶玉唬了一跳，抬頭一看，不是別人，卻是他父親，不覺的倒抽了一口氣，只得垂手一旁站了。賈政道：「好端端的，你垂頭喪氣嗐些什麼？方才雨村來了要見你，叫你那半天你才出來；既出來了，全無一點慷慨揮洒談吐，仍是葳葳蕤蕤※1。我看你臉上

✣《增評補圖石頭記》第三十三回繪畫。（fotoe提供）

一團思欲愁悶氣色，這會子又咳聲嘆氣。你那些還不足，還不自在？無故這樣，卻是爲何？」寶玉素日雖是口角伶俐，只是此時一心總爲金釧兒感傷，恨不得此時也身亡命殞，跟了金釧兒去。◎1如今見了他父親說這些話，究竟不曾聽見，只是怔怔的站著。

賈政見他惶悚，應對不似往日，原本無氣的，這一來倒生了三分氣。方欲說話，忽有回事人來回：「忠順親王府裏有人來，要見老爺。」賈政聽了，心下疑惑，暗暗思忖道：「素日並不與忠順王府來往，爲什麼今日打發人來？」一面想，一面命「快請」，急走出來看時，卻是忠順府長史官※2，忙接進廳上坐了獻茶。未及敘談，那長史官先就說道：「下官此來，並非擅造潭府，皆因奉王命而來，有一件事相求。看王爺面上，敢煩老大人作主，不但王爺知情，且連下官輩亦感謝不盡。」賈政聽了這話，抓不住頭腦，忙陪笑起身問道：「大人既奉王命而來，不知有何見諭，望大人宣明，學生好遵諭承辦。」那長史官便冷笑道：「也不必承辦，只用大人一句話就完了。我們府裏有一個作小旦的琪官，一向好好在府裏，如今竟三五日不見回去，各處去找，又摸不著他的道路，因此各處訪察。這一城內，十停人倒有八停人都說，他近日和銜玉的那位令郎相與甚厚。下官輩等聽了，尊府不比別家，可以擅入索取，因此啓明王爺。王爺亦云：『若是別的戲子呢，一百個也罷了；只是這琪官隨機應答，謹慎老成，甚合我老人家的心，

註

※1：形容疲憊慵懶，委靡不振。

※2：掌管忠順府王府內事務的官吏。

評點

◎1.眞有此情，眞有此理。（脂硯齋）

竟斷斷少不得此人。』故此求老大人轉諭令郎，請將琪官放回，一則可慰王爺諄諄奉懇，二則下官輩也可免操勞求覓之苦。」說畢，忙打一躬。

賈政聽了這話，又驚又氣，即命喚寶玉來。寶玉也不知是何原故，忙趕來時，賈政便問：「該死的奴才！你在家不讀書也罷了，怎麼又作出這些無法無天的事來！那琪官現是忠順王爺駕前承奉的人，你是何等草芥，無故引逗他出來，如今禍及於我。」寶玉聽了，唬了一跳，忙回道：「實在不知此事。究竟連『琪官』兩個字不知爲何物，豈更又加『引逗』二字！」說著便哭了。賈政未及開言，只見那長史官冷笑道：「公子也不必掩飾。或隱藏在家，或知其下落，早說了出來，我們也少受些辛苦，豈不念公子之德？」寶玉連說不知，「恐是訛傳，也未見得。」那長史官冷笑道：「現有據證，何必還賴？必定當著老大人說了出來，公子豈不吃虧？既云不知此人，那紅汗巾子怎麼到了公子腰裏？」寶玉聽了這話，不覺轟去魂魄，目瞪口呆，心下自思：「這話他如何得知！他既連這樣機密事都知道了，大約別的瞞他不過，不如打

❖賈政，案牘文書日益消磨掉他的靈性。（《紅樓夢煙標精華》杜春耕編著，北京圖書館出版社提供）

發他去了，免的再說出別的事來。」因說道：「大人既知他的底細，如何連他置買房舍這樣大事倒不曉得了？聽得說他如今在東郊離城二十里有個什麼紫檀堡，他在那裏置了幾畝田地、幾間房舍。想是在那裏也未可知。」那長史官聽了，笑道：「這樣說，一定是在那裏。我且去找一回，若有了便罷，若沒有，還要來請教。」◎2說著，便忙忙的走了。

賈政此時氣的目瞪口歪，一面送那長史官，一面回頭命寶玉：「不許動！回來有話問你。」一直送那官員去了。才回身，忽見賈環帶著幾個小廝一陣亂跑。賈政喝令小廝：「快打，快打！」賈環見了他父親，唬的骨軟筋酥，連忙低頭站住。賈政便問：「你跑什麼？帶著你的那些人都不管你，不知往那裏逛去，由你野馬一般跑！」喝命叫跟上學的人來。賈環見他父親盛怒，便乘機說道：「方才原不曾跑，只因從那井邊一過，那井裏淹死了一個丫頭，我看見人頭這樣大，身子這樣粗，泡的實在可怕，所以才趕著跑了過來。」賈政聽了驚疑，問道：「好端端的，誰去跳井？我家從無這樣事情，自祖宗以來，皆是寬柔以待下人。——大約我近年於家務疏懶，自然執事人操克奪之權※3，致使生出這暴殄輕生的禍患。若外人知道，祖宗顏面何在！」喝令快叫賈璉、賴大、來興。小廝們答應了一聲，方欲叫去，賈環忙上前拉住賈政的袍襟，貼膝跪下道：「父親不用生氣。此事除太太房裏的人，別人一點也不知道。我聽見我母

註

※3：生殺予奪的權力。

評點

◎2.寶玉其人，愛之有餘，豈可撻者？用此等文章逼之，能不使人肝膽憤烈，以成下文之嚴酷耶？（脂硯齋）

親說……」說到這裏，便回頭四顧一看。賈政知意，將眼一看衆小廝，小廝們明白，都往兩邊後面退去。賈環便悄悄說道：「我母親告訴我說，寶玉哥哥前日在太太屋裏，拉著太太的丫頭金釧兒強奸不遂，◎3打了一頓。那金釧兒便賭氣投井死了。」◎4話未說完，把個賈政氣得面如金紙，大喝：「快拿寶玉來！」一面說，一面便往書房裏去，喝令：「今日再有人勸我，我把這冠帶家私一應交與他與寶玉過去！我免不得作個罪人，把這幾根煩惱鬢毛剃去，尋個乾淨去處※4自了，也免得上辱先人、下生逆子之罪。」◎5衆門客、僕從見賈政這個形景，便知又是爲寶玉了，一個個都是啖指咬舌，連忙退出。那賈政喘吁吁直挺挺坐在椅子上，滿面淚痕，◎6一疊聲：「拿寶玉！拿大棍！拿索子捆上！把各門都關上！有人傳信往裏頭去，立刻打死！」衆小廝們只得齊聲答應，有幾個來找寶玉。

那寶玉聽見賈政吩咐他「不許動」，早知多凶少吉，那裏承望賈環又添了許多話。

✣賈政望子成龍心切，又被賈環挑唆，把寶玉往死裏痛打。（朱士芳繪）

正在廳上乾轉，怎得個人來往裏頭去捎信，偏生沒個人，連焙茗也不知在那裏。正盼望時，只見一個老姆姆出來了。寶玉如得了珍寶，便趕上來拉他，說道：「快進去告訴：老爺要打我呢！快去，快去！要緊，要緊！」寶玉一則急了，說話不明白；二則老婆子偏生又聾，竟不曾聽見是什麼話，把「要緊」二字只聽作「跳井」二字。便笑道：「跳井讓他跳去，二爺怕什麼？」寶玉見是個聾子，便著急道：「你出去快叫我的小廝來罷！」那婆子道：「有什麼不了的事？老早的完了。太太又賞了衣服，又賞了銀子，怎麼不了事的！」

寶玉急的跺腳，正沒抓尋處，只見賈政的小廝走來，逼著他出去了。賈政一見，眼都紅紫了，也不暇問他在外流蕩優伶，表贈私物，在家荒疏學業，淫辱母婢等語，只喝令「堵起嘴來，著實打死！」小廝們不敢違拗，只得將寶玉按在凳上，舉起大板打了十來下。賈政猶嫌打輕了，一腳踢開掌板的，自己奪過來，咬著牙狠命蓋了三四十下。眾門客見打的不祥了，忙上來奪勸。賈政那裏肯聽，說道：「你們問問他幹的勾當，可饒不可饒！素日皆是你們這些人把他

✣賈環。因自身為側出，地位較低而深妒寶玉。（《紅樓夢煙標精華》杜春耕編著，北京圖書館出版社提供）

註

※4：指出家當和尚。

評點

◎3.再逼下文，有不得不盡情苦打之勢。（脂硯齋）
◎4.賈環是毒極了，他的這一番講話，分明是要置「寶玉哥哥」於死地——而這時他才多大？何況日後「人大心大」時，又當如何？（周汝昌）
◎5.一激再激，實文實事。（脂硯齋）
◎6.爲天下父母一哭。（脂硯齋）

✣寶玉受撻。賈政是一個嚴父，他和寶玉幾乎沒有相處融洽的時候。（朱士芳繪）

✣王夫人，常常吃齋念佛，被認為體貼下人，但為了保護寶玉的「純潔」，很多丫鬟因她而死。（崔君沛繪）

釀壞了，到這步田地還來解勸！明日釀到他弒君殺父，你們才不勸不成！」

眾人聽這話不好聽，知道是氣急了，忙又退出，只得覓人進去給信。王夫人不敢先回賈母，只得忙穿衣出來，也不顧有人沒人，忙忙趕往書房中來，◎7慌的眾門客、小廝等避之不及。王夫人一進房來，賈政更如火上澆油一般，那板子越發下去的又狠又快。按寶玉的兩個小廝忙鬆了手走開，寶玉早已動彈不得了。賈政還欲打時，早被王夫人抱住板子。賈政道：「罷了，罷了！今日必定要氣死我才罷！」王夫人哭道：「寶玉雖然該打，老爺也要自重。況且炎天暑日的，老太太身上也不大好，打死寶玉事小，倘或老太太一時不自在了，豈不事大！」◎8賈政冷笑道：「倒休提這話。我養了這不肖的孽障，已不孝！教訓他一番，又有眾人護持，不如趁今日一發勒死了，以絕將來之患！」說著，便要繩索來勒死。王夫人連忙抱住

評點

◎7.爲天下慈母一哭。（脂硯齋）
◎8.父母之心，昊天罔極。賈政、王夫人，異地則皆然。（脂硯齋）

✣賈政訓示寶玉，賈母也訓示賈政。（朱士芳繪）

哭道：「老爺雖然應當管教兒子，也要看夫妻分上。我如今已將五十歲的人，只有這個孽障，必定苦苦的以他為法，我也不敢深勸。今日越發要他死，豈不是有意絕我。既要勒死他，快拿繩子來先勒死我，再勒死他。我們娘兒們不敢含怨，到底在陰司裏得個依靠。」◎9說畢，爬在寶玉身上大哭起來。賈政聽了此話，不覺長嘆一聲，向椅上坐了，淚如雨下。王夫人抱著寶玉，只見他面白氣弱，底下穿著一條綠紗小衣皆是血漬，禁不住解下汗巾看，由臀至脛，或青或紫，或整或破，竟無一點好處，不覺失聲大哭起來，「苦命的兒呀！」因哭出「苦命兒」來，忽又想起賈珠來，便叫著賈珠，哭道：「若有你活著，便死一百個我也不管了。」此時，裏面的人聞得王夫人出來，那李宮裁、王熙鳳與迎春姐妹早已出來了。王夫人哭著賈珠的名字，◎10別人還可，惟有宮裁禁不住也放聲哭了。賈政聽了，那淚珠更似滾瓜一般滾了下來。

正沒開交處，忽見丫鬟來說道：「老太太來了。」一句話未了，只聽窗外顫巍巍的聲氣說道：◎11「先打死我，再打死他，豈不乾淨了！」賈政見他母親來了，又急又痛，連忙迎接出來，只見賈母扶著丫頭喘吁吁的走來。賈政上前躬身陪笑道：「大暑熱天，母親有何生氣親自走來？有話只該叫了兒子進去吩咐。」賈母聽說，便止住步喘息一回，◎12厲聲說道：「你原來是和我說話！我倒有話吩咐，只是可憐我一生沒養個好兒子，卻教我和誰說去！」賈政聽這話不像，忙跪下含淚說道：「為兒的教訓兒子，也為的是光宗耀祖。母親這話，我作兒的如何禁得起？」賈母聽說，便啐了一口，說道：

評點

◎9.使人讀之聲哽咽而淚如雨下。（脂硯齋）
◎10.慈母如畫。（脂硯齋）
◎11.老人家神影活現。（脂硯齋）
◎12.大家規模，一絲不亂。（脂硯齋）

「我說了一句話，你就禁不起，你那樣下死手的板子，難道寶玉就禁得起了？◎13你說教訓兒子是光宗耀祖，當初你父親怎麼教訓你來！」說著，不覺滾下淚來。賈政又陪笑道：「母親也不必傷感，皆是作兒的一時性起，從此以後再不打他了。」賈母便冷笑道：「你也不必和我使性子賭氣的。你的兒子，我也不該管你打不打。我猜著你也厭煩我們娘兒們。不如我們趕早離了你，大家乾淨！」說著便令人去看轎馬，「我和你太太、寶玉立刻回南京去！」家下人只得乾答應著。賈母又叫王夫人道：「你也不必哭了。如今寶玉年紀小，你疼他，他將來長大成人，爲官作宰的，也未必想著你是他母親了。你如今倒不要疼他，只怕將來還少生一口氣呢。」賈政聽說，忙叩頭哭道：「母親如此說，賈政無立足之地。」賈母冷笑道：「你分明使我無立足之地，你反說起你來！只是我們回去了，你心裏乾淨，看有誰來許你打。」一面說，一面只命快打點行李、車轎回去。賈政苦苦叩求認罪。

賈母一面說話，一面又記掛寶玉，忙進來看時，只見今日這頓打不比往日，又是心疼，又是生氣，也抱著哭個不了。王夫人與鳳姐等解勸了一會，方漸漸的止住。早有丫鬟、媳婦等上來，要攙寶玉，鳳姐便罵道：「糊塗東西，也不睜開眼瞧瞧！打的這麼個樣兒，還要攙著走！還不快進去把那藤屜子春凳抬出來呢。」眾人聽說連忙進去，果然抬出春凳來，將寶玉抬放凳上，隨著賈母、王夫人等進去，送至賈母房中。

彼時賈政見賈母氣未全消，不敢自便，也跟了進去。看看寶玉，果然打重了。再看

看王夫人，「兒」一聲，「肉」一聲，「你替珠兒早死了，留著珠兒，免你父親生氣，我也不白操這半世的心了。這會子你倘或有個好歹，丟下我，叫我靠那一個！」數落一場，又哭「不爭氣的兒」。賈政聽了，也就灰心，◎14自悔不該下毒手打到如此地步。◎15先勸賈母，賈母含淚說道：「你不出去，還在這裏作什麼！難道於心不足，還要眼看著他死了才去不成！」賈政聽說，方退了出來。

此時薛姨媽同寶釵、香菱、襲人、史湘雲等也都在這裏。襲人滿心委曲，只不好十分使出來，見眾人圍著，灌水的灌水，打扇的打扇，自己插不下手去，便越性走出來到二門前，令小廝們找了焙茗來細問：◎16「方才好端端的，為什麼打起來？你也不早來透個信兒！」焙茗急的說：「偏生我沒在跟前，打到半中間我才聽見了。忙打聽原故，卻是為琪官、金釧兒姐姐的事。」襲人道：「老爺怎麼得知道的？」焙茗道：「那琪官的事，多半是薛大爺素日吃醋，沒法兒出氣，不知在外頭唆挑了誰來，在老爺跟前下的火※5。那金釧兒的事是三爺說的，我也是聽見老爺的人說的。」襲人聽了這兩件事都對景※6，心中也就信了八九分，然後回來，只見眾人都替寶玉療治。調停完備，賈母令「好生抬到他房內去」。眾人答應，七手八腳忙把寶玉送入怡紅院內自己床上臥好。又亂了半日，眾人漸漸散去，襲人方進前來經心伏侍，問他端的。且聽下回分解。◎17

註

※5：意思是使壞進讒、火上加油。

※6：情況相符合。

評點

◎13.如此癡犯文字，隨景生情，毫無牽滯。（脂硯齋）

◎14.天下作父兄者教子弟時，亦當留意。（脂硯齋）

◎15.父子兩人眞正的態度是，賈寶玉對賈政，是怕，是逃，但是，其中含著尊重和恭敬；賈政對賈寶玉，是打，是罵，但是，其中含著期待和關切。（張畢來）

◎16.各自有各自一番作用。（脂硯齋）

◎17.嚴酷其刑以教子，不情中十分用情。牽連不斷以思婢，有恩處一等無恩。嚴父慈母一般愛子，親優溺婢總是乖淫。蒙頭花柳，誰解春光。跳出樊籠，一場笑話。（脂硯齋）

第三十四回

情中情因情感妹妹　錯裏錯以錯勸哥哥

話說襲人見賈母、王夫人等去後，便走來寶玉身邊坐下，含淚問他：「怎麼就打到這步田地？」寶玉嘆氣說道：「不過為那些事，問他作什麼！只是下半截疼的很，你瞧瞧打壞了那裏。」襲人聽說，便輕輕的伸手進去，將中衣褪下。寶玉略動一動，便咬著牙叫「噯喲」，襲人連忙停住手，如此三四次才褪了下來。襲人看時，只見腿上半段青紫，都有四指寬的僵痕高了起來。襲人咬著牙說道：「我的娘，怎麼下這般的狠手！你但凡聽我一句話，也不得到這步地位。幸而沒動筋骨，倘或打出個殘疾來，可叫人怎麼樣呢！」

正說著，只聽丫鬟們說：「寶姑娘來了。」襲人聽見，知道穿不及中衣，便拿了一床袷紗被※1替寶玉蓋了。只見寶釵手裏托著一丸藥走進來，向襲人說

✥《增評補圖石頭記》第三十四回繪畫。（fotoe提供）

道：「晚上把這藥用酒研開，替他敷上，把那淤血的熱毒散開，可以就好了。」說畢，遞與襲人，又問道：「這會子可好些？」寶玉一面道謝說：「好了。」又讓坐。寶釵見他睜開眼說話，不像先時，心中也寬慰了好些，便點頭嘆道：「早聽人一句話，◎1也不至今日。別說老太太、太太心疼，就是我們看著，心裏也疼。」剛說了半句，又忙咽住，自悔說的話急了，不覺的就紅了臉，◎2低下頭來。寶玉聽得這話如此親切稠密，大有深意，忽見他又咽住不往下說，紅了臉，低下頭只管弄衣帶，那一種嬌羞怯怯，非可形容得出者，不覺心中大暢，將疼痛早丟在九霄雲外。心中自思：「我不過捱了幾下打，他們一個個就有這些憐惜悲感之態露出，令人可頑可觀，可憐可敬。假若我一時竟遭殃橫死，他們還不知是何等悲感呢！◎3既是他們這樣，我便一時死了，得他們如此，一生事業縱然盡付東流，亦無足嘆惜，冥冥之中若不怡然自得，亦可謂糊塗鬼祟矣！」想著，只聽寶釵問襲人道：「怎麼好好的動了氣，就打起來了？」襲人便把焙茗的話說了出來。寶玉原來還不知道賈環的話，聽見襲人說出方才知道。因又拉上薛蟠，惟恐寶釵沉心※2，忙又止住襲人道：「薛大哥哥從來不這樣的，你們不可混猜度。」寶釵聽說，便知寶玉是怕他多心，用話相攔襲人，因心中暗暗想道：「打的這個形象，疼還顧不過來，還是這樣細心，怕得罪了人，可見在我們身上也算是用心了。◎4你既這樣用心，何不在外頭大事上作工夫，老爺也歡喜了，也不能吃這樣虧。但你固然怕我

註

※1：雙層的紗被。袷：同「夾」。
※2：多指言者無意而聽者有心，內心不快。

評點

◎1.同襲人語。（脂硯齋）
◎2.行雲流水語，微露半含時。（脂硯齋）
◎3.得遇知己者，多生此等痴思痴喜。（脂硯齋）
◎4.天下古今英雄同一感慨。（脂硯齋）

沉心，所以攔襲人的話，難道我就不知我哥哥素日恣心縱欲，毫無防範的那種心性？當日爲一個秦鐘，還鬧的天翻地覆，自然如今比先又更利害了。」想畢，因笑道：「你們也不必怨這個，怨那個。據我想，到底寶兄弟素日不正，肯和那些人來往，老爺才生氣。就是我哥哥說話不防頭，一時說出寶兄弟來，也不是有心調唆：一則也是本來的實話，二則他原不理論這些防嫌小事。襲姑娘從小兒只見寶兄弟這麼樣細心的人，你何嘗見過天不怕地不怕、心裏有什麼口裏就說什麼的人。」襲人因說出薛蟠來，見寶玉攔他的話，早已明白自己說造次了，恐寶釵沒意思，聽寶釵如此說，更覺羞愧無言。寶玉又聽寶釵這番話，一半是堂皇正大，一半是去己疑心，更覺比先暢快了。方欲說話時，只見寶釵起身說道：「明兒再來看你，你好生養著罷。方才我拿來的藥交給襲人了，晚上敷上保管就好了。」說著便走出門去。襲人趕著送出院外，說：「姑娘倒費心了。改日寶二爺好了，親自來謝。」寶釵回頭笑道：「有什麼謝處。你只勸他好生靜養，別胡思亂想的就好了。不必驚動老太太、太太衆人，倘或吹到老爺耳朵裏，雖然彼時不怎麼樣，將要對景，總是要吃虧的。」說著，一面去了。◎5

襲人抽身回來，心內著實感激寶釵。進來見寶玉沉思默默、似睡非睡的模樣，因而退出房外，自去櫛沐※3。寶玉默默的躺在床上，無奈臀上作痛，如針挑刀挖一般，更又熱如火炙，略展轉時，禁不住「噯喲」之聲。那時，天色將晚，因見襲人去了，卻有兩三個丫鬟伺候，此時並無可呼喚之事，因說道：「你們且去梳洗，等我叫時再來。」

衆人聽了，也都退出。

這裏寶玉昏昏默默，只見蔣玉菡走了進來訴說忠順府拿他之事；又見金釧兒進來哭說爲他投井之情。寶玉半夢半醒，都不在意。忽又覺有人推他，恍恍忽忽聽得有人悲戚之聲。寶玉從夢中驚醒，睜眼一看，不是別人，卻是林黛玉。寶玉猶恐是夢，忙又將身子欠起來，向臉上細細一認，只見兩個眼睛腫的桃兒一般，滿面淚光，不是黛玉，卻是那個？寶玉還欲看時，怎奈下半截疼痛難忍，支持不住，便「噯喲」一聲，仍舊倒下，嘆了一聲，說道：「你又作什麼跑來！雖說太陽落下去，那地上的餘熱未散，走兩趟又要受了暑。我雖然捱了打，並不覺疼痛。我這個樣兒，只裝出來哄他們，好在外頭布散與老爺聽，其實是假的。你不可認眞。」◎6此時林黛玉雖不是嚎啕大哭，然越是這等無聲之泣，氣噎喉堵，更覺得利害。聽了寶玉這番話，心中雖然有萬句言詞，只是不能說的，半日，方抽抽噎噎的說道：「你從此可都改了罷！」◎7寶玉聽說，便長嘆一聲道：「你放心！別說這樣話。我便爲這些人死了，也是情願的！」一句話未了，只見院外人說：「二奶奶來了。」林黛玉便知是鳳姐來了，連忙立起身說道：「我從後院子去罷，回來再來。」寶玉一把拉住說道：「這可奇了，好好的怎麼怕起他來？」林黛玉急的跺腳，悄悄的說道：「你瞧瞧我的眼睛，又該他取笑開心呢。」◎8寶玉聽說，趕忙的放手。黛玉三步兩步轉過床後，出後院而去，鳳姐從前頭已進來了，問寶玉：「可

註

※3：梳洗。

評點

◎5.黛玉與寶玉段段不避嫌疑，密語私言；寶釵與寶玉往往正言相勸，毫無狎褻。二人舉動不同，鍾情無異。（王希廉）

◎6.有這樣一段語，方不沒滅顰兒之痛哭眼腫。英雄失足，每每至死不改，皆猶此耳。（脂硯齋）

◎7.心血淋漓，釀成此數字。（脂硯齋）

◎8.不避嫌疑，不惜聲名，破格牽連，誠爲可嘆，著實可憐。（脂硯齋）

好些了？想什麼吃？叫人往我那裏取去。」接著，薛姨媽又來了。一時賈母又打發了人來。

至掌燈時分，寶玉只喝了兩口湯，便昏昏沉沉的睡去。接著，周瑞媳婦、吳新登媳婦、鄭好時媳婦這幾個有年紀常往來的，聽見寶玉捱了打，也都進來。襲人忙迎出來，悄悄的笑道：「嬸嬸們來遲了一步，◎9二爺才睡著了。」說著，一面帶他們到那邊房裏坐了，倒茶與他們吃。那幾個媳婦子都悄悄的坐了一回，向襲人說：「等二爺醒了，你替我們說罷。」

襲人答應了，送他們出去。剛要回來，只見王夫人使個婆子來，口稱「太太叫一個跟二爺的人呢。」襲人見說，想了一想，便回身悄悄告訴晴雯、麝月、檀雲、秋紋等說：「太太叫人，你們好生在房裏，我去了就來。」◎10說畢，同那婆子一逕出了園子，來至上房。王夫人正坐在涼榻上搖著芭蕉扇子，見他來了，說：「不管叫個誰來也罷了。你又丟下他來了，誰伏侍他呢？」襲人見說，連忙陪笑回道：「二爺才睡安穩了，那四五個丫頭如今也好了，會伏侍二爺了，太太請放心。恐怕太太有什麼話吩咐，打發他們來，一時聽不明白倒耽誤了。」王夫人道：「也沒甚話，白問問他這會子疼的怎麼樣。」襲人道：「寶姑娘送去的藥，我給二爺敷上了，比先好些了。先疼的躺不穩，這會子都睡沉了，可見好些了。」王夫人又問：「吃了什麼沒有？」襲人道：「老太太給的一碗湯，喝了兩口，只嚷乾渴，要吃酸梅湯。我想著酸梅是個收斂的東西，才

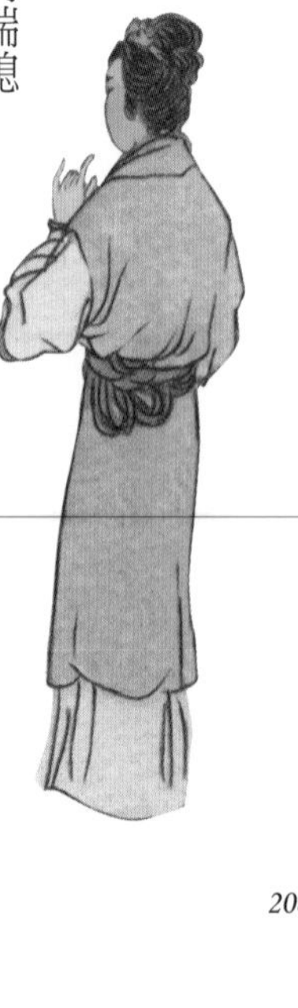

❖黛玉前去看望寶玉，雙眼哭得紅腫。（朱士芳繪）

剛捱了打，又不許叫喊，自然急的那熱毒熱血未免不存在心裏，倘或吃下這個去激在心裏，再弄出大病來，可怎麼樣呢。因此我勸了半天才沒吃，只拿那糖醃的玫瑰滷子和了吃，吃了半碗，又嫌吃絮了，不香甜。」王夫人道：「噯喲！你不該早來和我說。前兒有人送了幾瓶子香露來，原要給他一點子的，我怕他胡糟蹋了，就沒給。既是他嫌那些玫瑰膏子絮煩，把這個拿兩瓶子去。一碗水裏只用挑一茶匙兒，就香的了不得呢。」說著就喚彩雲來，「把前兒的那幾瓶香露拿了來。」襲人道：「只拿兩瓶來罷，多了也白糟蹋。等不夠再要，再來取也是一樣。」彩雲聽說，去了半日，果然拿了兩瓶來，付與襲人。襲人看時，只見兩個玻璃小瓶，卻

評點

◎9.襲卿善詞令，會周旋。（脂硯齋）
◎10.身任其責，不憚勞煩。（脂硯齋）

有三寸大小，上面螺絲銀蓋，鵝黃箋上寫著「木樨清露」，那一個寫著「玫瑰清露」。襲人笑道：「好金貴東西！這麼個小瓶兒，能有多少？」王夫人道：「那是進上的，你沒看見鵝黃箋子？你好生替他收著，別糟蹋了。」

襲人答應著，方要走時，王夫人又叫：「站著，我想起一句話來問你。」襲人忙又回來。王夫人見房內無人，便問道：「我恍惚聽見寶玉今兒捱打，是環兒在老爺跟前說了什麼話。你可聽見這個了？你要聽見，告訴我聽聽，我也不吵出來教人知道是你說的。」襲人道：「我倒沒聽見這話，為二爺霸占著戲子，人家來和老爺要，為這個打的。」王夫人搖頭說道：「也為這個，還有別的原故。」襲人道：「別的原故實在不知道了。我今兒在太太跟前大膽說句不知好歹的話。論理……」說了半截，忙又咽住。王夫人道：「你只管說。」襲人笑道：「太太別生氣，我就說了。」王夫人道：「我有什麼生氣的，你只管說來。」襲人道：「論理，我們二爺也須得老爺教訓教訓兩頓。若老爺再不管，將來不知作出什麼事來呢。」王夫人一聞此言，便合掌念聲「阿彌陀佛」，由不得趕著襲人叫了一聲：「我的兒，虧了你也明白，這話和我的心一樣。◎11我何曾不知道管兒子，先時你珠大爺在，我是怎麼樣管他，難道我如今倒不知管兒子了？只是有個原故：如今我想，我已經快五十歲的人了，通共剩了他一個，他又長的單弱，況且老太太寶貝似的，若管緊了他，倘或再有個好歹，或是老太太氣壞了，那時上下不安，豈不倒壞了，所以就縱壞了他。我常常掰著口兒勸一陣說一陣，氣的罵一陣哭一陣，彼

✣ 襲人向王夫人提起一事，請求變著法子將寶玉搬到園外去住。（朱士芳繪）

時他好，過後兒還是不相干，端的吃了虧才罷了。若打壞了，將來我靠誰呢！」說著，由不得滾下淚來。

襲人見王夫人這般悲感，自己也不覺傷了心，陪著落淚。又道：「二爺是太太養的，豈不心疼。便是我們作下人的伏侍一場，大家落個平安，也算是造化了。要這樣起來，連平安都不能了。那一日那一時我不勸二爺，只是再勸不醒。偏生那些人又肯親近他，也怨不得他這樣，總是我們勸的倒不好了。今兒太太提起這話來，我還記掛著一件事，每要來回太太，討太太個主意。只是我怕太太疑心，不但我的話白說了，且連葬身之地都沒了。」◎12王夫人聽了這話內有因，忙問道：「我的兒，你有話只管說。近來我雖聽見眾人背前背後都誇你，我只說你不過是在寶玉身上留心，或是諸人

評點

◎11.襲卿之心，所謂良人所仰望而終身也。今若此，能不痛哭流泣以成此語？（脂硯齋）

◎12.打進一層。非有前項如許講究，這一層即爲唐突了。（脂硯齋）

跟前和氣，這些小意思好，所以將你和老姨娘一體行事。誰知你方才和我說的話全是大道理，正和我的想頭一樣。你有什麼只管說什麼，只別教別人知道就是了。」襲人道：「我也沒什麼別的說。我只想著討太太一個示下，怎麼變個法兒，以後竟還教二爺搬出園外來住就好了。」王夫人聽了，吃一大驚，忙拉了襲人的手問道：「寶玉難道和誰作怪了不成？」襲人連忙回道：「太太別多心，並沒有這話。這不過是我的小見識。如今二爺也大了，裏頭姑娘們也大了，況且林姑娘、寶姑娘又是兩姨姑表姐妹，雖說是姐妹們，到底是男女之分，日夜一處起坐不方便，由不得叫人懸心，◎[13]便是外人看著也不像。一家子的事，俗語說的『沒事常思有事』，世上多少無頭腦的事，多半因爲無心中作出，有心人看見，當作有心事，反說壞了。只是預先不防著，斷然不好。二爺素日性格，太太是知道的。他又偏好在我們隊裏鬧，倘或不防，前後錯了一點半點，不論眞假，人多口雜，那起小人的嘴有什麼避諱，心順了，說的比菩薩還好，心不順，就貶的連畜牲不如。二爺將來倘或有人說好，不過大家直過沒事；若要叫人說出一個不好字來，我們不用說，粉身碎骨、罪有萬重，都是平常小事，但後來二爺一生的聲名品行豈不完了，◎[14]二則太太也難見老爺。俗語又說『君子防不然※[4]』，不如這會子防避的爲是。太太事情多，一時固然想不到。我們想不到則可，既想到了，若不回明太太，罪越重了。近來我爲這事日夜懸心，又不好說與人，惟有燈知道罷了。」王夫人聽了這話，如雷轟電掣的一般，正觸了金釧兒之事，心內越發感愛襲人不盡，忙笑道：「我的兒，

你竟有這個心胸，想的這樣周全！我何曾又不想到這裏，只是這幾次有事就忘了。你今兒這一番話提醒了我。難爲你成全我娘兒兩個聲名體面，眞眞我竟不知道你這樣好。罷了，你且去罷，我自有道理。◎15只是還有一句話：你今日既說了這樣的話，我就把他交給你了，好歹留心，保全了他，就是保全了我。我自然不辜負你。」◎16襲人連連答應著去了。

回來正值寶玉睡醒，襲人回明香露之事。寶玉喜不自禁，即命調來嘗試，果然香妙非常。因心下記掛著黛玉，滿心裏要打發人去，只是怕襲人，便設一法，先使襲人往寶釵那裏去借書。

襲人去了，寶玉便命晴雯來吩咐道：「你到林姑娘那裏去看看他作什麼呢？他要問我，只說我好了。」晴雯道：「白眉赤眼※5，作什麼去呢？到底說句話兒，也像一件事。」寶玉道：「沒有什麼可說的。」晴雯道：「若不然，或是送件東西，或是取件東西，不然我去了怎麼搭訕呢？」寶玉想了一想，便伸手拿了兩條手帕子撂與晴雯，笑道：「也罷，就說我叫你送這個給他去了。」晴雯道：「這又奇了。他要這半新不舊的兩條手帕子？他又要惱了，說你打趣他。」寶玉笑道：「你放心，他自然知道。」

晴雯聽了，只得拿了帕子往瀟湘館來。只見春纖正在欄杆上晾手帕子，見他進來，忙擺手兒說：「睡下了。」晴雯走進來，滿屋魆黑，並未點燈。黛玉已睡在床上，問是

註

※4：君子防備禍患於未發生之前，也作「君子防患於未然」。

※5：平白無故。

評點

◎13.遠憂近慮，言言字字，眞是可人。（脂硯齋）

◎14.襲卿愛人以德，竟至如此。字字逼來，不覺令人靜聽。看官自省，切不可闊略，戒之。（脂硯齋）

◎15.溺愛者偏會如此說。（脂硯齋）

◎16.王夫人命襲人作寶玉屋裏人，便是寶釵定親影子。蓋王夫人早有成見，賈母亦不能作主。況有金玉前緣之說，有端莊穩重之譽。上下大小同然一詞。賈母縱使屬意黛玉，王夫人亦必不依從也。觀此回自己作主將襲人給寶玉，則其自己作主爲寶玉聘寶釵何待再計哉。讀此回而只認作襲人文字，矮人觀場耳。（陳其泰）

誰。晴雯忙答道：「晴雯。」黛玉道：「作什麼？」晴雯道：「二爺送手帕子來給姑娘。」黛玉聽了，心中發悶：「作什麼送手帕子來給我？」因問：「這帕子是誰送他的？必是上好的，叫他留著送別人罷，我這會子不用這個。」晴雯笑道：「不是新的，就是家常舊的。」林黛玉聽了，越發悶住，著實細心搜求，思忖一時，方大悟過來，連忙說：「放下，去罷。」晴雯聽了，抽身回去，一路盤算，不解何意。

這裏林黛玉體貼出手帕子的意思來，不覺神魂馳蕩：寶玉這番苦心，能領會我這番苦意，又令我可喜；我這番苦意，不知將來如何，又令我可悲；忽然好好的送兩塊舊帕子來，若不是領我深意，單看了這帕子，又令我可笑；再想令人私相傳遞與我，又可懼；我自己每每好哭，想來也無味，又令我可愧。如此左思右想，一時五內沸然炙起。黛玉由不得餘意綿纏，令掌燈，也想不起嫌疑避諱等事，便向案上研墨蘸筆，便向那兩塊舊帕上走筆寫道：

眼空蓄淚淚空垂，暗灑閑拋卻為誰？尺幅鮫綃勞解贈，叫人焉得不傷悲！

其二

拋珠滾玉只偷潸，鎮日無心鎮日閑；枕上袖邊難拂拭，任他點點與斑斑。

其三

彩線難收面上珠，湘江舊跡※6已模糊；窗前亦有千竿竹，不識香痕漬也無？

林黛玉還要往下寫時，覺得渾身火熱，面上作燒，走至鏡臺揭起錦袱一照，只見腮上通紅，自羨壓倒桃花，卻不知病由此萌，一時方上床睡去。猶拿著那帕子思索，不在話下。

*　*　*

卻說襲人來見寶釵，誰知寶釵不在園內，往他母親那裏去了，襲人便空手回來。等至二更，寶釵方回來。原來寶釵素知薛蟠情性，心中已有一半疑是薛蟠調唆了人來告寶玉的，誰知又聽襲人說出來，越發信了。究竟襲人是聽焙茗說的，那焙茗也是私心窺度，一半據實，竟認准是他說的。那薛蟠都因素日有這個名聲，其實這一次卻不是他幹的，被人生生的一口咬死是他，有口難分。這日，正從外頭吃了酒回來，見過母親，只見寶釵在這裏，說了幾句閑話，因問：「聽見寶兄弟吃了虧，是爲什麼？」薛姨媽正爲這個不自在，見他問時，便咬著牙道：「不知好歹的東西，都是你鬧的，你還有臉來問！」薛蟠見說，便怔了，忙問道：「我何嘗鬧什麼？」薛姨媽道：「你還裝憨呢！人人都知道是你說的，還賴呢。」薛蟠道：「人人說我殺了人，也就信了罷？」薛姨媽道：「連你妹妹都知道是你說的，難道他也賴你不成？」寶釵忙勸道：「媽和哥哥且別叫喊，消消停停的，就有個青紅皂白了。」因向薛蟠道：「是你說的也罷，不是你說的也罷，事情也過去了，不必較證，倒把小事弄大了。我只勸你從此以後在外頭少

註

※6：指淚痕。傳說湘妃哭舜，淚染斑竹。

去胡鬧，少管別人的事。天天一處大家胡逛，你是個不防頭的人，過後沒事就罷了，倘或有事，不是你幹的，人人都也疑惑是你幹的。不用說別人，我就先疑惑。」薛蟠本是個心直口快的人，一生見不得這樣藏頭露尾的事，又見寶釵勸他不要逛去，他母親又說他犯舌，寶玉之打是他治的，早已急的亂跳，賭身發誓的分辯。又罵衆人：「誰這樣贓派我？我把那囚攮的牙敲了才罷！分明是爲打了寶玉，沒的獻勤兒，拿我來作幌子。難道寶玉是天王，他父親打他一頓，一家子定要鬧幾天？那一回爲他不好，姨爹打了他兩下子，過後老太太不知怎麼知道了，說是珍大哥哥治的，好好的叫了去，罵了一頓。今兒越發拉上我了！既拉上，我也不怕，越性進去把寶玉打死了，我替他償了命，大家乾淨！」一面嚷，一面抓起一根門閂來就跑。慌的薛姨媽一把抓住，罵道：「作死的孽障，你打誰去？你先來打我！」薛蟠急的眼似銅鈴一般，嚷道：「何苦來！又不叫我去，又好好的賴我。將來寶玉活一日，我擔一日的口舌，不如大家死了清淨！」寶釵忙也上來勸道：「你忍耐些兒罷。媽急的這個樣兒，你不說來勸媽，你還反鬧的這樣。別說是媽，便是旁人來勸你，也爲你好，倒把你的性子勸上來了。」薛蟠道：「你這會子又說這話。都是你說的！」寶釵道：「你只怨我說，再不怨你那顧前不顧後的形景。」薛蟠道：「你只會怨我顧前不顧後，你怎麼不怨寶玉外頭招風惹草的那個樣子！別說多的，只拿前兒琪官的事比給你們聽聽：那琪官，我們見過十來次的，我並未和他說一句親熱話；怎麼前兒他見了，連姓名還不知道，就把汗巾子給他了？難道這也是我說的不成？」薛姨媽和寶釵急的說道：「還提這個！可不是爲這個打他呢？可見是你說的了。」薛蟠道：「眞眞的氣死人了！賴我說的我不惱，我只爲一個寶玉鬧的這樣天翻地覆的。」寶釵道：「誰鬧了？你先持刀動杖的鬧起來，倒說別人鬧。」薛蟠見寶釵說的話句句有理，難以駁正，比母親的話反難回答，因此便要設法拿話堵回他去，就無人敢攔自己的話了；也因正在氣頭上，未曾想話之輕重，便說道：「好妹妹，你不用和我鬧，我早知道你的心了。從先媽和我說，你這金要揀有玉的才可正配，你留了心兒，見寶玉有那勞什骨子，你自然如今行動護著他。」話未說了，把個寶釵氣怔了，拉著薛姨媽哭道：「媽媽你聽，哥哥說的是什麼話！」◎17薛蟠見妹子哭了，便知自己冒撞了，便賭氣走到自己房裏安歇不提。

這裏薛姨媽氣的亂戰，一面又勸寶釵道：「你素日知那孽障說話沒道理，明兒我叫他給你陪不是。」寶釵滿心委曲氣忿，待要怎樣，又怕他母親不安，少不得含淚別了母親，各自回來，到房裏整哭了一夜。次日早起來，也無心梳洗，胡亂整理整理，便出來瞧母親。可巧遇見林黛玉獨立在花陰之下，問他那裏去。薛寶釵因說「家去」，口裏說著，便只管走。黛玉見他無精打彩的去了，又見眼上有哭泣之狀，大非往日可比，便在後面笑道：「姐姐也自保重些兒。就是哭出兩缸眼淚來，也醫不好棒瘡！」◎18不知寶釵如何答對，且聽下回分解。

評點

◎17.描寫薛蟠，不過要補足寶釵告襲人前項之言。（脂硯齋）
◎18.自己眼腫爲誰？偏是以此笑人。世間人多犯此症。（脂硯齋）

第三十五回

白玉釧親嘗蓮葉羹　黃金鶯巧結梅花絡

話說寶釵分明聽見林黛玉刻薄他，因記掛著母親、哥哥，並不回頭，一逕去了。這裏林黛玉還自立於花陰之下，遠遠的卻向怡紅院內望著，只見李宮裁、迎春、探春、惜春並各項人等都向怡紅院內去過之後，一起一起的散盡了，只不見鳳姐兒來，心裏自己盤算道：「如何他不來瞧寶玉？便是有事纏住了，他必定也是要來打個花胡哨※1，討老太太和太太的好兒才是。今兒這早晚不來，必有原故。」一面猜疑，一面抬頭再看時，只見花花簇簇的一群人又向怡紅院內來了。定眼看時，只見賈母搭著鳳姐兒的手，後頭邢夫人、王夫人跟著周姨娘並丫鬟、媳婦等人都進院去了。黛玉看了不覺點頭，想起有父母的人的好處來，早又淚珠滿面。少頃，只見寶釵、薛姨媽等也進入去了。忽見紫鵑從背後走來，說道：「姑娘吃藥

❖《增評補圖石頭記》第三十五回繪畫。（fotoe提供）

紅樓夢之葬花、讀西廂，揚州剪紙工藝大師熊崇榮作品。（杜宗軍提供）

去罷，開水又冷了。」黛玉道：「你到底要怎麼樣？只是催，我吃不吃，管你什麼相干！」紫鵑笑道：「咳嗽的才好了些，又不吃藥了。如今雖然是五月裏，天氣熱，到底也該還小心些。◎1大清早起，在這個潮地方站了半日，也該回去歇息歇息了。」一句話提醒了黛玉，方覺得有點腿酸，呆了半日，方慢慢的扶著紫鵑，回瀟湘館來。

一進院門，只見滿地下竹影參差，苔痕濃淡，不覺又想起《西廂記》中所云「幽僻處可有人行，點蒼苔白露泠泠」二句來，因暗暗的嘆道：「雙文※2，雙文，誠為命薄人矣！然你雖命薄，尚有孀母弱弟；今

註

※1：虛情假意地敷衍，花言巧語但未必有誠意。

※2：《西廂記》的女主人公崔鶯鶯。

評點

◎1.閨中相憐之情，令人羨慕之至。（脂硯齋）

日林黛玉之命薄，一併連孀母弱弟俱無。古人云『佳人命薄』，然我又非佳人，何命薄勝於雙文哉！」一面想，一面只管走，不防廊上的鸚哥見林黛玉來了，嘎的一聲撲了下來，倒嚇了一跳，因說道：「作死的，又扇了我一頭的灰。」那鸚哥仍飛上架去，便叫：「雪雁，快掀簾子，姑娘來了。」黛玉便止住步，以手扣架笑道：「添了食水不曾？」那鸚哥便長嘆一聲，竟大似林黛玉素日吁嗟音韻，接著念道：「儂今葬花人笑痴，他年葬儂知是誰？試看春盡花漸落，便是紅顏老死時。一朝春盡紅顏老，花落人亡兩不知！」黛玉、紫鵑聽了都笑起來。紫鵑笑道：「這都是素日姑娘念的，難爲他怎麼記了。」黛玉便令將架摘下來，另掛在月洞窗外的鈎上，於是進了屋子，在月洞窗內坐了。吃畢藥，只見窗外竹影映入紗來，滿屋內陰陰翠潤，几簟生涼。黛玉無可釋悶，便隔著紗窗調逗鸚哥作戲，又將素日所喜的詩詞也教與他念。這且不在話下。

＊　＊　＊

且說薛寶釵來至家中，只見母親正自梳頭呢。一見他來了，便說道：「你大清早起跑來作什麼？」寶釵道：「我瞧瞧媽身子好不好。昨兒我去了，不知他可又過來鬧了沒有？」一面說，一面在他母親身旁坐了，由不得哭將起來。薛姨媽見他一哭，自

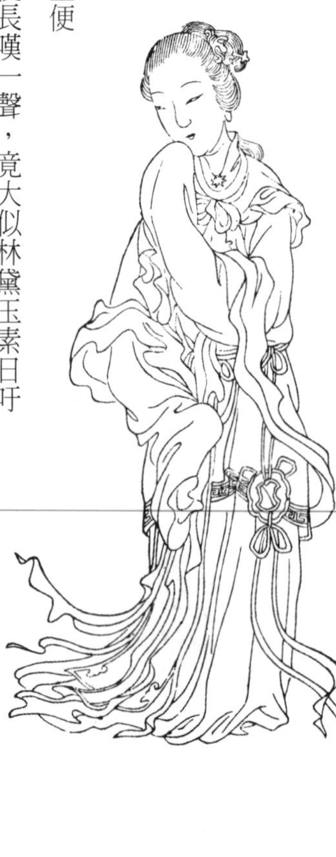

✣崔鶯鶯，因名字為疊字，又稱為雙文。為《西廂記》女主人公，唐代官宦之女，元王實甫《西廂記》記載了其與元稹（張生原型）的愛情故事。（fotoe提供）

己撐不住也就哭了一場，一面又勸他：「我的兒，你別委曲了，你等我處分他。你要有個好歹，我指望那一個來！」薛蟠在外邊聽見，連忙跑了過來，對著寶釵左一個揖，右一個揖，只說：「好妹妹，恕我這一次罷！原是我昨兒吃了酒，回來的晚了，路上撞客著了，來家未醒，不知胡說了什麼，連自己也不知道，怨不得你生氣。」寶釵原是掩面哭的，聽如此說，由不得又好笑了，遂抬頭向地下啐了一口，說道：「你不用作這些像生兒※3。我知道你的心裏多嫌我們娘兒兩個，是要變著法兒叫我們離了你，你就心淨了。」薛蟠聽說，連忙笑道：「妹妹這話從那裏說起來的，這樣我連立足之地都沒了。妹妹從來不是這樣多心說歪話的人。」薛姨媽忙又接著道：「你只會聽見你妹妹的歪話，難道昨兒晚上你說的那話就應該的不成？當眞是你發昏了！」薛蟠道：「媽也不必生氣，妹妹也不用煩惱，從今以後我再不同他們一處吃酒閑逛如何？」寶釵笑道：「這不明白過來了！」◎2薛姨媽道：「你要有這個橫勁，那龍也下蛋了。」薛蟠道：「我若再和他們一處逛，妹妹聽見了只管啐我，再叫我畜生，不是人，如何？何苦來，爲我一個人，娘兒兩個天天操心！媽爲我生氣還有可恕，若只管叫妹妹爲我操心，我更不是人了。如今父親沒了，我不能多孝順媽多疼妹妹，反教娘生氣妹妹煩惱，眞連個畜生也不如了！」口裏說著，眼睛裏禁不起也滾下淚來。◎3薛姨媽本不哭了，聽他一說又勾起傷心來。寶釵勉強笑道：「你鬧夠了，這會子又招媽哭起來了。」薛蟠聽說，忙收

註

※3：假裝，此指作戲般的裝模作樣，使人不禁發笑。

評點

◎2.親生兄妹形景，逼眞貼切。（脂硯齋）
◎3.又是一樣哭法，不過是情之所至。（脂硯齋）

了淚，笑道：「我何曾招媽哭來！罷，罷，罷，丟下這個別提了。叫香菱來倒茶妹妹吃。」寶釵道：「我也不吃茶，等媽洗了手，我們就過去了。」薛蟠道：「妹妹的項圈我瞧瞧，只怕該炸※4一炸去了。」寶釵道：「黃澄澄的又炸他作什麼？」薛蟠又道：「妹妹如今也該添補些衣裳，要什麼顏色花樣，告訴我。」寶釵道：「連那些衣服我還沒穿遍了，又作什麼？」◎4一時薛姨媽換了衣裳，拉著寶釵進去，薛蟠方出去了。

這裏薛姨媽和寶釵進園來瞧寶玉，到了怡紅院中，只見抱廈裏外迴廊上許多丫鬟老婆站著，便知賈母等都在這裏。母女兩個進來，大家見過了，只見寶玉躺在榻上。薛姨媽問他可好些。寶玉忙欲欠身，口裏答應著「好些」，又說：「只管驚動姨娘、姐姐，我禁不起。」薛姨媽忙扶他睡下，又問他：「想什麼，只管告訴我。」寶玉笑道：「我想起來，自然和姨娘要去的。」王夫人又問：「你想什麼吃，回來好給你送來的。」寶玉笑道：「也倒不想什麼吃，倒是那一回作的那小荷葉兒小蓮蓬兒的湯還好些。」鳳姐一旁笑道：「聽聽口味不算高貴，只是太磨牙了。巴巴的想這個吃了。」賈母便一疊聲的叫人作去。鳳姐兒笑道：「老祖宗別急，等我想一想這模子誰收著呢。」因回頭吩咐個婆子去問管廚房的要去。那婆子去了半天來回說：「管廚房的說，四副湯模子都交上來了。」鳳姐兒聽說，想了一想道：「我記得交給誰了，多半在茶房裏。」一面又遣人去問管茶房的，也不曾收。次後還是管金銀器皿的送了來。薛姨媽先接過來瞧時，原來是個小匣子，裏面裝著四副銀模子，都有一尺多長，一寸見方，上面鑿著有豆子大小，也有菊花的，也有梅花的，也有蓮蓬的，也有菱角的，共有三四十樣，打的十分精巧。因笑向賈母王夫人道：「你們府上也都想絕了，吃碗湯還有這些樣子。若不說出來，我見這個也不認得這是作什麼用的。」鳳姐兒也不等人說話，便笑道：「姑媽那裏曉得，這是舊年備膳，他們想的法兒：不知弄些什麼面印出來，借點新荷葉的清香，全仗著好湯，究竟沒意思，誰家常吃他了。那一回呈樣的作了一回，他今日怎麼想起來了。」說著接了過來，遞與個婦人，吩咐廚房裏立刻拿幾隻雞，另外添了東西，作出十來碗來。王夫人道：「要這些作什麼？」鳳姐兒笑道：「有個原故：這一宗東西家常不大作，今兒寶兄弟提起來了，單作給他吃，老太太、姑媽、太太都不吃，似乎不大好。不如借勢兒弄些大家吃，托賴連我也上個俊兒※5。」賈母聽了笑道：「猴兒，把你乖的！拿著官中的錢你作人。」◎5說的大家笑了。鳳姐也忙笑道：「這不相干。這個小東道我還孝敬的起。」便回頭吩咐婦人，「說給廚房裏，只管好生添補著作了，在我的賬上來領銀子。」婦人答應著去了。

寶釵一旁笑道：「我來了這麼幾年，留神看起來，鳳丫頭憑他怎麼巧，再巧不過老太太去。」賈母聽說，便答道：「我如今老了，那裏還巧什麼。當日我像鳳哥兒這麼大年紀，比他還來得呢。他如今雖說不如我們，也就算好了，比你姨娘強遠了。你姨娘可憐見的，不大說話，和木頭似的，在公婆跟前就不大顯好。鳳兒嘴乖，怎麼怨得人疼

註

※4：經淬火加工使老舊的金銀重現光澤。

※5：嘗個新、沾點光。

評點

◎4.一寫骨肉悔過之情，一寫本等貞靜之女。（脂硯齋）

◎5.《紅樓夢》人物，除賈母而外，均欠幽默。獨賈母與眾不同。看人多，閱世深，受得富貴，耐得貧賤，既不執著人生，亦不看透人生、頑弄人生，只是體味人生，享受人生，有此胸襟，再加上聰明、才幹、經驗、閑暇，於是幽默出矣。有此精神，可以處世，可以治家，可以永年。賈母不僅爲合府上下人所愛戴，且爲讀者所親愛者，即此之故。（諸聯）

他。」◎6寶玉笑道：「若這麼說，不大說話的就不疼了？」賈母道：「不大說話的又有不大說話的可疼之處，嘴乖的也有一宗可嫌的，倒不如不說話的好。」寶玉笑道：「這就是了。我說大嫂子倒不大說話呢，老太太也是和鳳姐姐的一樣看待。若是單是會說話的可疼，這些姐妹裏頭也只是鳳姐姐和林妹妹可疼了。」賈母道：「提起姐妹，不是我當著姨太太的面奉承，千眞萬眞，從我們家四個女孩兒算起，全不如寶丫頭。」薛姨媽聽說，忙笑道：「這話是老太太說偏了。」王夫人忙又笑道：「老太太時常背地裏和我說寶丫頭好，這倒不是假話。」寶玉勾著賈母原爲讚林黛玉的，不想反讚起寶釵來，倒也意出望外，便看著寶釵一笑。寶釵早扭過頭去和襲人說話去了。

忽有人來請吃飯，賈母方立起身來，命寶玉好生養著，又把丫頭們囑咐了一回，方扶著鳳姐兒，讓著薛姨媽，大家出房去了。因問湯好了不曾？又問薛姨媽等：「想什麼吃，只管告訴我，我有本事叫鳳丫頭弄了來咱們吃。」薛姨媽笑道：「老太太也會慪他的。時常他弄了東西孝敬，究竟又吃不了多少。」鳳姐兒笑道：「姑媽倒別這樣說。我們老祖宗只是嫌人肉酸，若不嫌人肉酸，早已把我還吃了呢。」

一句話沒說了，引的賈母衆人都哈哈的笑起來。寶玉在房裏也撐不住笑了。襲人笑道：「眞眞的二奶奶的這張嘴怕死人！」寶玉伸手拉著襲人笑道：「你站了這半日，可乏了？」一面說，一面拉他身旁坐了。襲人笑道：「可是又忘了。趁寶姑娘在院子裏，你和他說，煩他鶯兒來打上幾根絡子。」寶玉笑道：「虧你提起來。」說著，便仰頭向

❖鳳仙花。別名：指甲花，燈盞花。一年生草本，常呈紫紅色，多汁。（王藝忠提供）

窗外道：「寶姐姐，吃過飯叫鶯兒來，煩他打幾根絡子，可得閑兒？」寶釵聽見，回頭道：「怎麼不得閑兒，一會叫他來就是了。」賈母等尚未聽眞，都止步問寶釵。寶釵說明了，大家方明白。賈母又說道：「好孩子，叫他來替你兄弟作幾根。你要無人使喚，我那裏閑著的丫頭多呢，你喜歡誰，只管叫了來使喚。」薛姨媽、寶釵等都笑道：「只管叫他來作就是了，有什麼使喚的去處。他天天也是閑著淘氣。」

大家說著，往前邁步正走，忽見史湘雲、平兒、香菱等在山石邊掐鳳仙花呢，◎7 見了他們走來，都迎上來了。少頃至園外，王夫人恐賈母乏了，便欲讓至上房內坐。賈母也覺腿酸，便點頭依允。王夫人便命丫頭忙先去鋪設座位。那時，趙姨娘推病，只有周姨娘與眾婆娘丫頭們忙著打簾子，立靠背，鋪褥子。賈母扶著鳳姐兒進來，與薛姨媽分賓主坐了。薛寶釵、史湘雲坐在下面。王夫人親捧了茶奉與賈母，李宮裁奉與薛姨媽。賈母向王夫人道：「讓他們小妯娌伏侍，你在那裏坐了，好說話兒。」王夫人方向一張小杌子上坐了，便吩咐鳳姐兒道：「老太太的飯在這裏放，添了東西來。」鳳姐兒答應出去，便命人去賈母那邊告訴，那邊的婆娘忙往外傳了，丫頭們忙都趕過來。王夫人便命「請姑娘們去」。請了半天，只有探春、惜春兩個來了；迎春身上不耐煩，不吃飯；林黛玉自不消說，平素十頓飯只好吃五頓，眾人也不著意了。少頃飯至，眾人調放

評點

◎6.賈媼暮年，善於自娛，但情之所鍾，未免煩惱。鎖媼之眉者黛玉也，牽媼之腸者寶玉也，能開媼之笑口者，熙鳳一人耳。鳳兮鳳兮，差強人意矣。（二知道人）

◎7.湘雲是容易相處的人，不像黛玉的難交心。而她的人緣好乃自然形成，也不像寶釵的有意經營。她與丫頭眞好是她的人際關係中比較特殊的地方。第三十五回「……在山石邊掐鳳仙花呢」，彷彿她與平兒香菱是一群，而與主子小姐有別。她並不忌諱去作奴才丫頭的事，湘雲平易近人是她可敬可愛的特質。（郭玉雯）

了桌子。鳳姐兒用手巾裹著一把牙箸站在地下，笑道：「老祖宗和姑媽不用讓，還聽我說就是了。」賈母笑向薛姨媽道：「我們就是這樣。」薛姨媽笑著應了。於是鳳姐放了四雙：上面兩雙是賈母、薛姨媽，兩邊是薛寶釵、史湘雲的。王夫人、李宮裁等都站在地下看著放菜。鳳姐先忙著要乾淨傢伙來，替寶玉揀菜。

少頃，荷葉湯來，賈母看過了。王夫人回頭見玉釧兒在那邊，便令玉釧與寶玉送去。鳳姐道：「他一個人拿不去。」可巧鶯兒和喜兒都來了。寶釵知道他們已吃了飯，便向鶯兒道：「寶兄弟正叫你去打絡子，你們兩個一同去罷。」鶯兒答應，同著玉釧兒出來。鶯兒道：「這麼遠，怪熱的，怎麼端了去？」玉釧笑道：「你放心，我自有道理。」說著，便令一個婆子來，將湯飯等物放在一個捧盒裏，令他端了跟著，他兩個卻空著手走。一直到了怡紅院門內，玉釧兒方接了過來，同鶯兒進入寶玉房中。襲人、麝月、秋紋三個人正和寶玉頑笑呢，見他兩個來

玉釧親餵寶玉蓮葉羹，本是滿臉怒色，寶玉一番甜嘴蜜舌，讓玉釧轉怒為喜。（朱士芳繪）

了，都忙起來，笑道：「你兩個怎麼來的這麼碰巧，一齊來了？」一面說，一面接了下來。玉釧便向一張杌子上坐了，鶯兒不敢坐下。◎8襲人便忙端了個腳踏來，鶯兒還不敢坐。寶玉見鶯兒來了，卻倒十分歡喜；忽見了玉釧兒，便想起他姐姐金釧兒身上，又是傷心，又是慚愧，便把鶯兒丟下，且和玉釧兒說話。襲人見把鶯兒不理，恐鶯兒沒好意思的，又見鶯兒不肯坐，便拉了鶯兒出來，到那邊房裏去吃茶說話兒去了。

這裏麝月等預備了碗箸來伺候吃飯。寶玉只是不吃，問玉釧兒道：「你母親身子好？」玉釧兒滿臉怒色，正眼也不看他，半日方說了一個「好」字。寶玉便覺沒趣，半日，只得又陪笑問道：「誰叫你替我送來的？」玉釧兒道：「不過是奶奶太太們！」寶玉見他還是這樣哭喪，便知他是爲金釧兒的原故；待要虛心下氣磨轉他，又見人多，不好下氣的，◎9因而變盡方法將人都支出去，然後又陪笑問長問短。那玉釧兒先雖不悅，只管見寶玉一些性子沒有，憑他怎麼喪謗※6，還是溫存和氣，自己倒不好意思了，臉上方有三分喜色。寶玉便笑求他：「好姐姐，你把那湯拿了來我嘗嘗。」玉釧兒道：「我從不會餵人東西，等他們來了再吃。」寶玉笑道：「我不是要你餵我。我因爲走不動，你遞給我吃了，你好趕早兒回去交代了，你好吃飯去。我只管耽誤時候，你豈不餓壞了？你要懶待動，我少不得忍了疼下去取來。」說著，便要下床來，扎掙起來，禁不住「噯喲」之聲。玉釧兒見了這般，忍不住，便起身說道：「躺下罷！那世

註

※6：惡聲惡氣毀謗他人。

評點

◎8.兩人不一樣寫，眞是各進其文於後。（脂硯齋）
◎9.金釧兒如若有知，該何等感激？（脂硯齋）

裏造了來的業，這會子現世現報！教我那一個眼睛看的上！」◎10一面說，一面「哧」的一聲又笑了，端過湯來。寶玉笑道：「好姐姐，你要生氣只管在這裏生罷，回去見了老太太、太太可放和氣些。若還這樣，你就又挨罵了。」玉釧兒道：「吃罷，吃罷！不用和我甜嘴蜜舌的，我可不信這樣話！」說著，催寶玉喝了兩口湯。寶玉故意說：「不好吃，不吃了。」玉釧兒道：「阿彌陀佛！這還不好吃，什麼好吃？」寶玉道：「一點味兒也沒有，你不信，嘗一嘗就知道了。」玉釧兒果眞就賭氣嘗了一嘗。寶玉笑道：「這可好吃了。」玉釧兒聽說，方解過意來，原是寶玉哄他吃一口，便說道：「你既說不好吃，這會子說好吃也不給你吃了。」寶玉只管陪笑央求要吃，◎11玉釧兒又不給他，一面又叫人來打發吃飯。

丫頭方進來時，忽有人來回話：「傅二爺家的兩個嬤嬤來請安，來見二爺。」寶玉聽說，便知是通判傅試家的嬤嬤來了。那傅試原是賈政的門生，歷年來都賴賈家的名勢得意，賈政也著實看待，故與別個門生不同，他那裏常遣人來走動。寶玉素習最厭勇男蠢女的，今日卻如何又令兩個婆子過來？其中原來有個原故：只因那寶玉聞得傅試有個妹子，名喚傅秋芳，也是個瓊閨秀玉，常聞人傳說才貌俱全，雖自未親睹，然遐思遙愛之心十分誠敬，不命他們進來，恐薄了傅秋芳，因此連忙命讓進來。那傅試原是暴發的，因傅秋芳有幾分姿色，聰明過人，那傅試安心仗著妹妹要與豪門貴族結姻，不肯輕

✣燕語呢喃，魚兒啁啾，仿若竊竊私語，因此燕子和魚兒都是寶玉的對象。圖片為《燕子花圖》，江戶時代，紙本金地著色，日本尾形光琳（1658年～1716年）繪，日本東京根津美術館藏。（尾形光琳繪）

意許人，所以耽誤到如今。目今傅秋芳年已二十三歲，尚未許人。爭奈那些豪門貴族又嫌他窮酸，根基淺薄，不肯求配。那傅試與賈家親密，也自有一段心事。今日遣來的兩個婆子偏生是極無知識的，聞得寶玉要見，進來只剛問了好，說了沒兩句話。那玉釧兒見生人來，也不和寶玉廝鬧了，手裏端著湯只顧聽話。寶玉又只顧和婆子說話，一面吃飯，一面伸手去要湯。兩個人的眼睛都看著人，不想伸猛了手，便將碗碰撞落，將湯潑了寶玉手上。玉釧兒倒不曾燙著，唬了一跳，忙笑道：「這是怎麼說！」慌的丫頭們忙上來接碗。寶玉自己燙了手倒不覺的，卻只管問玉釧兒：「燙了那裏了？疼不疼？」◎12玉釧兒和眾人都笑了。玉釧兒道：「你自己燙了，只管問我。」寶玉聽說，方覺自己燙了。眾人上來連忙收拾。寶玉也不吃飯了，洗手吃茶，又和那兩個婆子說了兩句話。然後兩個婆子告辭出去，晴雯等送至橋邊方回。

那兩個婆子見沒人了，一行走，一行談論。這一個笑道：「怪道有人說他家寶玉是外像好裏頭糊塗，中看不中吃的，果然有些呆氣。他自己燙了手，倒問人疼不疼，這可不是個呆子？」那一個又笑道：「我前一回來，聽見他家裏許多人抱怨，千眞萬眞的有些呆氣。大雨淋得水雞似的，他反告訴別人：『下雨了，快避雨去罷。』你說可笑不可笑？時常沒人在跟前，就自哭自笑的；看見燕子，就和燕子說話；河裏看見了魚，就和魚說話；見了星星月亮，不是長吁短嘆，就是咕咕噥噥的。且是連一點剛性也沒有，連那些毛丫頭的氣都受的。愛惜東西，連個線頭兒都是好的；糟蹋起來，那怕值千值萬的

評點

◎10.偏於此間寫此不情之態，以表白多情之苦。（脂硯齋）
◎11.寫盡多情人無限委曲柔腸。（脂硯齋）
◎12.多情人每於苦惱時不自覺，反說彼家苦惱。愛之至、惜之深之故也。（脂硯齋）

都不管了。」◎13兩個人一面說，一面走出園來，辭別諸人回去，不在話下。◎14

如今且說襲人見人去了，便攜了鶯兒過來，問寶玉打什麼絡子。寶玉笑向鶯兒道：「才只顧說話，就忘了你。煩你來不爲別的，卻爲替我打幾根絡子。」鶯兒道：「裝什麼的絡子？」寶玉見問，便笑道：「不管裝什麼的，你都每樣打幾個罷。」◎15鶯兒拍手笑道：「這還了得！要這樣，十年也打不完了。」寶玉笑道：「好姐姐，你閑著也沒事，都替我打了罷。」襲人笑道：「那裏一時都打得完，如今先揀要緊的打兩個罷。」鶯兒道：「什麼要緊，不過是扇子、香墜兒、汗巾子。」寶玉道：「汗巾子就好。」鶯兒道：「汗巾子是什麼顏色的？」寶玉道：「大紅的。」鶯兒道：「大紅的須是黑絡子才好看，或是石青的才壓的住顏色。」寶玉道：「松花色配什麼？」鶯兒道：「松花配桃紅。」寶玉笑道：「這才嬌艷。再要雅淡之中帶些嬌艷。」鶯兒道：「蔥綠柳黃是我最愛的。」寶玉道：「也罷了，也打一條桃紅，再打一條蔥綠。」鶯兒道：「什麼花樣呢？」寶玉道：「共有幾樣花樣？」鶯兒道：「一炷香、朝天凳、象眼塊、方勝、連環、梅花、柳葉。」寶玉道：「前兒你替三姑娘打的那花樣是什麼？」鶯兒道：「那是攢心梅花。」寶玉道：「就是那樣好。」一面說，一面叫襲人剛拿了線來，窗外婆子說：「姑娘們的飯都有了。」寶玉道：「你們吃飯去，快吃了來罷。」襲人笑道：「有客在這裏，我們怎好去的！」鶯兒一面理線，一面笑道：「這話又打那裏說起，正經快吃了來

✣黃金鶯巧結梅花絡。寶玉一邊看，一邊從鶯兒嘴裏問出寶釵的事情。本圖下半部已有損毀。（《紅樓夢煙標精華》杜春耕編著，北京圖書館出版社提供）

罷。」襲人等聽說方去了，只留下兩個小丫頭聽呼喚。

寶玉一面看鶯兒打絡子，◎16一面說閑話，因問他：「十幾歲了？」鶯兒手裏打著，一面答話說：「十六歲了。」寶玉道：「你本姓什麼？」鶯兒道：「姓黃。」寶玉笑道：「這個名姓倒對了，果然是個黃鶯兒。」鶯兒笑道：「我的名字本來是兩個字，叫作金鶯。姑娘嫌拗口，就單叫鶯兒，如今就叫開了。」寶玉道：「寶姐姐也算疼你了。明兒寶姐姐出閣，少不得是你跟去了。」鶯兒抿嘴一笑。寶玉笑道：「我常常和襲人說，明兒不知那一個有福的消受你們主子奴才兩個呢。」◎17鶯兒笑道：「你還不知道我們姑娘有幾樣世人都沒有的好處呢，模樣兒還在次。」寶玉見鶯兒嬌憨婉轉，語笑如痴，早不勝其情了，那更提起寶釵來！便問他道：「好處在那裏？好姐姐，細細告訴我聽。」鶯兒笑道：「我告訴你，你可不許又告訴他去。」◎18寶玉笑道：「這個自然的。」正說著，只聽外頭說道：「怎麼這樣靜悄悄的！」二人回頭看時，不是別人，正是寶釵來了。寶玉忙讓坐。寶釵坐了，因問鶯兒「打什麼呢？」一面問，一面向他手裏去瞧，才打了半截。寶釵笑道：「這有什麼趣兒，倒不如打個絡子把玉絡上呢。」一句話提醒了寶玉，便拍手笑道：「倒是姐姐說的是，我就忘了。只是配個什麼顏色才好？」寶釵道：「若用雜色斷然使不得，大紅又犯了色，黃的又不起眼，黑的又過暗。等我想個法兒把那金線拿來，配著黑珠兒線，一根一根的拈上，打成絡子，這才好看。」

評點

◎13.如人飲水，冷暖自知。其中深意味，豈能持告君？（脂硯齋）
◎14.寶玉之爲人。非此一論亦描寫不盡；寶玉之不肖，非此一鄙亦形容不到。試問作者是醜寶玉乎？是贊寶玉乎？試問觀者是喜寶玉乎？是惡寶玉乎？（脂硯齋）
◎15.富家子弟每多有如是語，只不自覺耳。（脂硯齋）
◎16.黛玉線穗已經剪斷，寶釵線絡從此結成。（王希廉）
◎17.是有心？是無心？（脂硯齋）
◎18.閨房閑話，著實幽韻。（脂硯齋）

✣ 寶玉一面看鶯兒打絡子，一面說閑話，又問她寶釵的好處。寶釵走來，讓鶯兒打個絡子把寶玉的玉絡上。（朱士芳繪）

寶玉聽說，喜之不盡，一疊聲便叫襲人來取金線。正值襲人端了兩碗菜走進來，告訴寶玉道：「今兒奇怪，才剛太太打發人給我送了兩碗菜來。」寶玉笑道：「必定是今兒菜多，送來給你們大家吃的。」襲人道：「不是，指名給我送來，還不叫我過去磕頭。這可是奇了！」寶釵笑道：「給你的，你就吃了，這有什麼可猜疑的！」襲人笑道：「從來沒有的事，倒叫我不好意思的。」寶釵抿嘴一笑，說道：「這就不好意思了？◎19明兒比這個更叫你不好意思的還有呢。」襲人聽了話內有因，素知寶釵不是輕嘴薄舌奚落人的，自己方想起上日王夫人的意思來，便不再提，將菜與寶玉看了，說：「洗了手來拿線。」說畢，便一直的出去了。吃過飯，洗了手，進來拿金線與鶯兒打絡子。此時，寶釵早被薛蟠遣人來請出去了。

這裏寶玉正看著打絡子，忽見邢夫人遣了兩個丫鬟送了兩樣果子來與他吃，問他「可走得了？若走得動，叫哥兒明兒過來散散心，太太著實記掛著呢。」寶玉忙道：「若走得了，必定請大太太的安去。疼的比先好些，請太太放心罷。」一面叫他兩個坐下，一面又叫秋紋來，把才拿來的那果子拿一半送與林姑娘去。秋紋答應了，剛欲去時，只聽黛玉在院內說話，寶玉忙叫「快請」。要知端的，且聽下回分解。◎20

評點

◎19. 寶釵之慧性靈心。（脂硯齋）

◎20. 此回是以情說法，警醒世人。黛玉因情凝思默度，忘其有身，忘其有病；而寶玉千屈萬折，因情忘其尊卑，忘其痛苦，並忘其性情。愛河之深無底，何可氾濫？一溺其中，非死不止。且泛愛者不專，新舊疊增，豈能盡了？其多情之心不能不流於無情之地。究其立意，倏忽千里而自不覺。誠可悲乎！（脂硯齋）

第三十六回

繡鴛鴦夢兆絳芸軒　識分定※1情悟梨香院

話說賈母自王夫人處回來，見寶玉一日好似一日，心中自是歡喜。因怕將來賈政又叫他，遂命人將賈政的親隨小廝頭兒喚來，吩咐他「以後倘有會人待客諸樣的事，你老爺要叫寶玉，你不用上來傳話，就回他說我說了：一則打重了，得著實將養幾個月才走得；二則他的星宿※2不利，祭了星不見外人，過了八月才許出二門。」那小廝頭兒聽了，領命而去。賈母又命李嬤嬤、襲人等來，將此話說與寶玉，使他放心。那寶玉本就懶與士大夫諸男人接談，又最厭峨冠禮服賀弔往還等事，今日得了這句話，越發得了意，不但將親戚朋友一概杜絕了，而且連家庭中晨昏定省亦發都隨他的便了，日日只在園中遊臥，不過每日一清早到賈母、王夫人處走走就回來了，卻每每甘心為諸丫鬟充役，竟也得十分閑消日月。或如寶釵輩有時

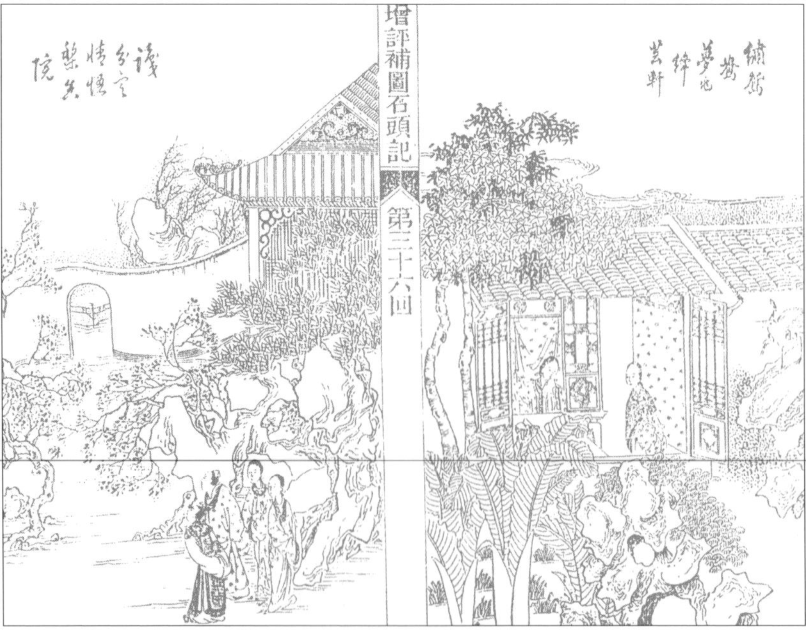

✣《增評補圖石頭記》第三十六回繪畫。（fotoe提供）

見機導勸，反生起氣來，只說「好好的一個清淨潔白女兒，也學的釣名沽譽，入了國賊祿鬼之流。這總是前人無故生事，立言豎辭，原爲導後世的鬚眉濁物。不想我生不幸，亦且瓊閨繡閣中亦染此風，眞眞有負天地鍾靈毓秀※3之德！」因此禍延古人，除《四書》外，竟將別的書焚了。◎1衆人見他如此瘋癲，也都不向他說這些正經話了。獨有林黛玉自幼不曾勸他去立身揚名等話，所以深敬黛玉。

* * *

閑言少述。如今且說王鳳姐自見金釧兒死後，忽見幾家僕人常來孝敬他些東西，又不時的來請安奉承他，自己倒生了疑惑，不知何意。這日又見人來孝敬他東西，因晚間無人時笑問平兒道：「這幾家人不大管我的事，爲什麼忽然這麼和我貼近？」平兒冷笑道：「奶奶連這個都想不起來了？我猜他們的女兒都必是太太房裏的丫頭，如今太太房裏有四個大的，一個月一兩銀子的分例，下剩的都是一個月幾百錢。如今金釧兒死了，必定他們要弄這兩銀子的巧宗兒呢。」鳳姐聽了笑道：「是了，是了，倒是你提醒了。我看這些人也太不知足，錢也賺夠了，苦事情又侵不著，弄個丫頭搪塞著身子也就罷了，又還想這個。也罷了，他們幾家的錢容易也不能花到我跟前，這是他們自尋的，送什麼來我就收什麼，橫豎我有主意。」鳳姐兒安下這個心，所以自管遷延著，等那些人把東西送足了，然後乘空方回王夫人。

註

※1：命中註定無法強求的緣分。

※2：星宿：星座舊稱。古代共分爲二十八宿，亦指人的時運。

※3：天地間靈秀之氣聚集培育出傑出有爲的人才。鍾：聚。毓：養育。

評點

◎1.寶玉何等心思，作者何等意見，此文何等筆墨！（脂硯齋）

這日午間，薛姨媽母女兩個與林黛玉等正在王夫人房裏大家吃東西呢，鳳姐兒得便回王夫人道：「自從玉釧姐姐死了，太太跟前少著一個人。太太或看準了那個丫頭好，就吩咐，下月好發放月錢的。」王夫人聽了，想了一想道：「依我說，什麼是例，必定四個五個的，夠使就罷了，竟可以免了罷。」鳳姐笑道：「論理，太太說的也是。這原是舊例，別人屋裏還有兩個呢，太太倒不按例了。況且省下一兩銀子也有限。」王夫人聽了，又想一想道：「也罷，這個分例只管關了來，不用補人，就把這一兩銀子給他妹妹玉釧兒罷。他姐姐伏侍了我一場，沒個好結果，剩下他妹妹跟著我，吃個雙分子也不為過逾了。」鳳姐答應著，回頭找玉釧兒笑道：「大喜，大喜！」玉釧兒過來磕了頭。王夫人問道：「正要問你，如今趙姨娘周姨娘的月例多少？」鳳姐道：「那是定例，每人二兩。趙姨娘有環兄弟的二兩，共是四兩，另外四串錢。」王夫人道：「可都按數給他們？」鳳姐見問的奇怪，忙道：「怎麼不按數給！」王夫人道：「前兒我恍惚聽見有人抱怨，說短了一吊錢，是什麼原故？」鳳姐忙笑道：「姨娘們的丫頭，月例原是人各一吊。從舊年他們外頭商議的，姨娘們每位的丫頭分例減半，人各五百錢，每位兩個丫頭，所以短了一吊錢。這也抱怨不著我，我倒樂得給他們呢，他們外頭又扣著，難道我添上不成？這個事我不過是接手兒，怎麼來，怎麼去，由不得我作主。我倒說了兩三回，仍舊添上這兩分的。他們說只有這個項數，叫我也難再說了。如今我手裏每月連日子都不錯給他們呢。先時在外頭關，那個月不打饑荒，何曾順順溜溜的得過一遭兒？」

王夫人聽說，也就罷了。半日，又問：「老太太屋裏幾個一兩的？」鳳姐道：「八個。如今只有七個，那一個是襲人。」王夫人道：「這就是了。你寶兄弟也並沒有一兩的丫頭，襲人還算是老太太房裏的人。」鳳姐笑道：「襲人原是老太太的人，不過給了寶兄弟使。他這一兩銀子還在老太太的丫頭分例上領。如今說因為襲人是寶玉的人，裁了這一兩銀子，斷然使不得。若說再添一個人給老太太，這個還可以裁他的。若不裁他的，須得環兄弟屋裏也添上一個才公道均勻了。就是晴雯麝月等七個大丫頭，每月人各月錢一吊，佳蕙等八個小丫頭，每月人各月錢五百，還是老太太的話，別人如何惱得氣得呢？」薛姨媽笑道：「只聽鳳丫頭的嘴，倒像倒了核桃車子的，只聽他的賬也清楚，理也公道。」鳳姐笑道：「姑媽，難道我說錯了不成？」薛姨媽笑道：「說的何嘗錯，只是你慢些說豈不省力。」鳳姐才要笑，忙又忍住了，聽王夫人示下。王夫人想了半日，向鳳姐兒道：「明兒挑一個好丫頭送去老太太使，補襲人，把襲人的一分裁了。把我每月的月例二十兩銀子裏拿出二兩銀子一吊錢來給襲人。以後凡事有趙姨娘周姨娘的，也有襲人的，只是襲人的這一分都從我的分例上勻出來，不必動官中的就是了。」鳳姐一一答應了，笑推薛姨媽道：「姑媽聽見了，我素日說的話如何？今兒果然應了我的話。」薛姨媽道：「早就該如此。模樣兒自然不用說的，他的那一種行事大方，說話見人和氣裏頭帶著剛硬要強，這個實在難得。」王夫人含淚說道：「你們那裏知道襲人那孩子的好處，◎2比我的寶玉強十倍。寶玉果然是有造化的，能夠得他長長遠遠的伏侍

評點

◎2.「孩子」二字愈見親熱，故後文連呼二聲「我的兒」。（脂硯齋）

他一輩子，也就罷了。」鳳姐道：「既這麼樣，就開了臉，明放他在屋裏豈不好？」王夫人道：「那就不好了，一則都年輕，二則老爺也不許，三則那寶玉見襲人是個丫頭，縱有放縱的事，倒能聽他的勸，如今作了跟前人※4，那襲人該勸的也不敢十分勸了。如今且渾著，等再過二三年再說。」

說畢半日，鳳姐見無話，便轉身出來。剛至廊檐上，只見有幾個執事的媳婦子正等他回事呢，見他出來都笑道：「奶奶今兒回什麼事，這半天？可是要熱著了。」鳳姐把袖子挽了幾挽，跐著那角門的門檻子，◎3笑道：「這裏過門風倒涼快，吹一吹再走。」又告訴眾人道：「你們說我回了這半日的話，太太把二百年裏頭的事都想起來問我，難道我不說罷？」又冷笑道：「我從今以後倒要幹幾樣尅毒事了。抱怨給太太聽，我也不怕。糊塗油蒙了心，爛了舌頭，不得好死的下作東西，別作娘的春夢！明兒一裏腦子扣的日子還有呢。如今裁了丫頭的錢，就抱怨了咱們。也不想一想是奴幾※5，也配使兩三個丫頭！」一面罵，一面方走了，自去挑人回賈母話去，不在話下。

*　　*　　*

卻說王夫人等這裏吃畢西瓜，又說了一回閑話，各自方散去。寶釵與黛玉等回至園中，寶釵因約黛玉往藕香榭去，黛玉回說立刻要洗澡，便各自散了。寶釵獨自行來，順路進了怡紅院，意欲尋寶玉談講以解午倦。不想一入院來，鴉雀無聞，一併連兩隻仙鶴在芭蕉下都睡著了。寶釵便順著遊廊來至房中，只見外間床上橫三豎四，都是丫頭們

✣ 兜肚為古代未成年者穿的貼身小衣，其上常有各式各樣的圖案。圖片中的繡花兜肚繡的是「麒麟送子」，清代作品，首都博物館藏品。（聶鳴提供）

睡覺。轉過十錦槅子，來至寶玉的房內。寶玉在床上睡著了，襲人坐在身旁，手裏作針線，旁邊放著一柄白犀麈※6。寶釵走近前來，悄悄的笑道：「你也過於小心了，這個屋裏那裏還有蒼蠅、蚊子，還拿蠅帚子趕什麼？」襲人不防，猛抬頭見是寶釵，忙放下針線，起身悄悄笑道：「姑娘來了，我倒也不防，唬了一跳。姑娘不知道，雖然沒有蒼蠅蚊子，誰知有一種小蟲子，從這紗眼裏鑽進來，人也看不見，只睡著了，咬一口，就像螞蟻夾的。」寶釵道：「怨不得。這屋子後頭又近水，又都是香花兒，這屋子裏頭又香。這種蟲子都是花心裏長的，聞香就撲。」說著，一面又瞧他手裏的針線，原來是個白綾紅裏的兜肚，上面扎著鴛鴦戲蓮的花樣，紅蓮綠葉，五色鴛鴦。寶釵道：「噯喲，好鮮亮活計！這是誰的，也值得費這麼大工夫？」襲人向床上努嘴兒。寶釵笑道：「這麼大了，

註

※4：指被收作妾的丫鬟，
※5：奴才。
※6：精緻貴重的拂塵。

評點

◎3.能事得意之人如畫。（脂硯齋）

還帶這個？」襲人笑道：「他原是不帶，所以特特的作的好了，叫他看見由不得不帶。如今天氣熱，睡覺都不留神，哄他帶上了，便是夜裏縱蓋不嚴些兒，也就不怕了。你說這一個就用了工夫，還沒看見他身上現帶的那一個呢。」寶釵笑道：「也虧你奈煩。」襲人道：「今兒作的工夫大了，脖子低的怪酸的。」◎[4]又笑道：「好姑娘，你略坐一坐，我出去走走就來。」說著便走了。寶釵只顧看著活計，便不留心，一蹲身，剛剛的也坐在襲人方才坐的所在，因又見那活計實在可愛，不由的拿起針來，替他代刺。

不想林黛玉因遇見史湘雲約他來與襲人道喜，二人來至院中，見靜悄悄的，湘雲便轉身先到廂房裏去找襲人。林黛玉卻來至窗外，隔著紗窗往裏一看，只見寶玉穿著銀紅紗衫子，隨便睡著在床上，寶釵坐在身旁作針線，旁邊放著蠅帚子。林黛玉見了這個景兒，連忙把身子一藏，手握著嘴不敢笑出來，招手兒叫湘雲。湘雲一見他這般景況，只當有什麼新聞，忙也來一看，也要笑時，忽然想起寶釵素日待他厚道，便忙掩住口。知道林

✣ 黛玉、湘雲隔著紗窗看見寶玉隨便地睡著在床上，寶釵坐在他身旁作針線。（朱士芳繪）

黛玉口裏不讓人，怕他言語之中取笑，便忙拉過他來道：「走罷。我想起襲人來，他說午間要到池子裏去洗衣裳，想必去了，咱們那裏找他去。」林黛玉心下明白，冷笑了兩聲，只得隨他走了。

這裏寶釵只剛作了兩三個花瓣兒，忽見寶玉在夢中喊罵說：「和尚、道士的話如何信得？什麼是『金玉姻緣』，我偏說是『木石姻緣』！」薛寶釵聽了這話不覺怔了。忽見襲人走過來笑道：「還沒有醒呢？」寶釵搖頭。襲人又笑道：「我才碰見林姑娘、史大姑娘，他們可曾進來？」寶釵道：「沒見他們進來。」因向襲人笑道：「他們沒告訴你什麼話？」襲人笑道：「左不過是他們那些頑話，有什麼正經說的。」寶釵笑道：「他們說的可不是頑話，我正要告訴你呢，你又忙忙的出去了。」

一句話未完，只見鳳姐兒打發人來叫襲人。寶釵笑道：「就是爲那話了。」襲人只得喚起兩個丫鬟來，一同寶釵出怡紅院，自往鳳姐這裏來。果然是告訴他這話，又叫他與王夫人叩頭，且不必見賈母，倒把襲人不好意思的。見過王夫人急忙回來，寶玉已醒了，問起原故，襲人且含糊答應，至夜間人靜，襲人方告訴。寶玉喜不自禁，又向他笑道：「我可看你回家去不去了！那一回往家裏走了一趟，回來就說你哥哥要贖你，又說在這裏沒著落，終久算什麼，說了那麼些無情無義的生分話唬我。◎5從今以後，我可看誰敢來叫你去！」襲人聽了便冷笑道：「你倒別這麼說。從此以後我是太太的人了，我要走連你也不必告訴，只回了太太就走。」寶玉笑道：「就便算我不好，你回了太太

評點

◎4.隨便寫來，有神有理，生出下文多少故事。（脂硯齋）
◎5.「唬」字妙！爾果係明決男子，何得畏女子唬哉？（脂硯齋）

竟去了，叫別人聽見說我不好，你去了你也沒意思。」襲人笑道：「有什麼沒意思，難道作了強盜賊，我也跟著罷。再不然，還有一個死呢。人活百歲，橫豎要死，這一口氣不在，聽不見看不見就罷了。」寶玉聽見這話，便忙握他的嘴說道：「罷，罷，罷！不用說這些話了。」襲人深知寶玉性情古怪，聽見奉承吉利話又厭虛而不實，聽了這些盡情實話又生悲感，便悔自己說冒撞了，連忙笑著用話截開，只揀那寶玉素喜談者問之。先問他春風秋月，再談及粉淡脂瑩，然後談到女兒如何好，又談到女兒死，襲人忙掩住口。寶玉談至濃快時，見他不說了，便笑道：「人誰不死，只要死的好。那些個鬚眉濁物，只知道文死諫，武死戰，這二死是大丈夫死名死節，竟何如不死的好！必定有昏君他方諫，他只顧邀名，猛拚一死，將來棄君於何地？必定有刀兵他方戰，猛拚一死，他只顧圖汗馬之名，將來棄國於何地？所以這皆非正死。」◎[6]襲人道：「忠臣良將，出於不得已他才死。」寶玉道：「那武將不過仗血氣之勇，疏謀少略，他自己無能，送了性命，這難道也是不得已！那文官更不可比武官了，他念兩句書污在心裏，若朝廷少有疵瑕，他就胡談亂勸，只顧他邀忠烈之名，濁氣一湧，即時拚死，這難道也是不得已？還要知道，那朝廷是受命於天，他不聖不仁，那天斷不把這萬幾重任與他了。可知那些死的都是沽名，並不知大義。◎[7]比如我此時若果有造化，該死於此時的，趁你們在，我就死了。再能夠你們哭我的眼淚流成大河，把我的屍首漂起來，送到那鴉雀不到的幽僻之處，隨風化了，自此再不要托生為人，就是我死的得時了。」襲人忽見說出這些瘋

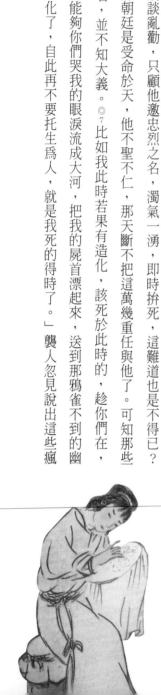

話來，忙說困了，不理他。那寶玉方合眼睡著，至次日也就丟開了。

＊　＊　＊

一日，寶玉因各處遊的煩膩，便想起《牡丹亭》曲來，自己看了兩遍，猶不愜懷，因聞得梨香院的十二個女孩子中有小旦齡官最是唱的好，因著意出角門來找時，只見寶官玉官都在院內，見寶玉來了，都笑嘻嘻的讓坐。寶玉因問「齡官獨在那裏？」衆人都告訴他說：「在他房裏呢。」寶玉忙至他房內，只見齡官獨自倒在枕上，見他進來，文風不動。寶玉素習與別的女孩子頑慣了的，只當齡官也同別人一樣，因進前來身旁坐下，又陪笑央他起來唱「裊晴絲」一套※7。不想齡官見他坐下，忙抬身起來躲避，正色說道：「嗓子啞了。前兒娘娘傳進我們去，我還沒有唱呢。」寶玉見他坐正了，再一細看，原來就是那日薔薇花下劃「薔」字那一個。又見如此景況，從來未經過這番被人棄厭，自己便訕訕的紅了臉，只得出來了。寶官等不解何故，因問其所以。寶玉便說了，遂出來。寶官便說道：「只略等一等，薔二爺來了叫他唱，是必唱的。」寶玉聽了，心下納悶，◎8因問：「薔哥兒那去了？」寶官道：「才出去了，一定還是齡官要什麼，他去變弄去了。」

寶玉聽了，以爲奇特。少站片時，果見賈薔從外頭來了，手裏又提著個雀兒籠子，上面扎著個小戲臺，並一個雀兒，興興頭頭往裏走著找齡官。見了寶玉，只得站住。寶

註

※7：爲《牡丹亭‧驚夢》的曲子。

評點

◎6.玉兄此論大覺痛快人心。（綺園）
◎7.此一段議論文武之死，眞眞確確的非凡常可能道者。（脂硯齋）
◎8.非齡官不能如此作事，非寶玉不能如此忍。其文冷中濃，具意蘊而誠，有「富貴不能移，威武不能屈」之意。（脂硯齋）

玉問他：「是個什麼雀兒？會銜旗串戲臺？」賈薔笑道：「是個玉頂金豆。」寶玉道：「多少錢買的？」賈薔道：「一兩八錢銀子。」一面說，一面讓寶玉坐，自己往齡官房裏來。寶玉此刻把聽曲子的心都沒了，且要看他和齡官是怎樣。只見賈薔進去笑道：「你起來，瞧這個頑意兒。」齡官起身問是什麼，賈薔道：「買了個雀兒你頑，省得天天悶悶的沒個開心。我先頑個你看。」說著，便拿些穀子哄的那個雀兒在戲臺上亂串，銜鬼臉旗幟。衆女孩子都笑道「有趣」，獨齡官冷笑了兩聲，賭氣仍睡去了。賈薔還只管陪笑，問他好不好。齡官道：「你們家把好好的人弄了來，關在這牢坑裏學這個勞什子還不算，你這會子又弄個雀兒來，也偏生幹這個。你分明是弄了他來打趣形容我們，還問我好不好。」賈薔聽了不覺慌起來，連忙賭身立誓。又道：「今

✣ 識分定情悟梨香院。寶玉從齡官對賈薔的深情，悟出男女間各有緣分定數。
（《紅樓夢煙標精華》杜春耕編著，北京圖書館出版社提供）

兒我那裏的香脂油蒙了心！費一二兩銀子買他來，原說解悶，就沒有想到這上頭。罷，罷！放了生，免免你的災病。」◎9說著，果然將雀兒放了，一頓把將籠子拆了。齡官還說：「那雀兒雖不如人，他也有個老雀兒在窩裏，你拿了他來弄這個勞什子也忍得！今兒我咳嗽出兩口血來，太太叫大夫來瞧，不說替我細問問，你且弄這個來取笑。偏生我這沒人管沒人理的，又偏病。」說著又哭起來。賈薔忙道：「昨兒晚上我問了大夫，他說不相干。他說吃兩劑藥，後兒再瞧。誰知今兒又吐了。這會子請他去。」說著，便要請去。齡官又叫「站住！這會子大毒日頭地下，你賭氣子去請了來我也不瞧。」賈薔聽如此說，只得又站住。寶玉見了這般景況，不覺痴了，這才領會了劃「薔」深意。◎10自己站不住，也抽身走了。賈薔一心都在齡官身上，也不顧送，倒是別的女孩子送了出來。

那寶玉一心裁奪盤算，痴痴的回至怡紅院中，正值林黛玉和襲人坐著說話兒呢。寶玉一進來，就和襲人長嘆，說道：「我昨晚上的話竟錯了，怪道老爺說我是『管窺蠡測』。昨夜說你們的眼淚單葬我，這就錯了。我竟不能全得了。從此後只是各人各得眼淚罷了。」◎11襲人昨夜不過是些頑話，已經忘了，不想寶玉今又提起來，便笑道：「你可眞眞有些瘋了。」寶玉默默不對，自此深悟人生情緣各有分定，只是每每暗傷「不知將來葬我洒淚者爲誰？」此皆寶玉心中所懷，也不可十分妄擬。

且說林黛玉當下見了寶玉如此形象，便知是又從那裏著了魔來，也不便多問，因

評點

◎9.此一番文章從劃薔而來，薔之劃爲不謬矣。（脂硯齋）

◎10.寶玉悟人生情緣各有定分，其悟雖眞，其迷愈甚。齡官一層固是宣明三十回中劃字之意，實是爲黛玉陪襯，雀兒串戲是鸚哥念詩陪襯。（王希廉）

◎11.這樣悟了，才是眞悟。（脂硯齋）

✣ 賈薔買了雀兒討齡官歡心。
（朱士芳繪）

向他說道：「我才在舅母跟前聽的明兒是薛姨媽的生日，叫我順便來問你出去不出去。你打發人前頭說一聲去。」寶玉道：「上回連大老爺的生日我也沒去，這會子我又去，倘或碰見了人呢？我一概都不去。這麼怪熱的，又穿衣裳，我不去姨媽也未必惱我。」襲人忙道：「這是什麼話？他比不得大老爺。這裏又住的近，又是親戚，你不去豈不叫他思量。你怕熱，只清早起到那裏磕個頭，吃鍾茶再來，豈不好看。」寶玉未說話，黛玉便先笑道：「你看人家趕蚊子分上，也該去走走。」寶玉不解，忙問：「怎麼趕蚊子？」襲人便將昨日睡覺無人作伴，寶姑娘坐了一坐的話說了出來。寶玉聽了忙說：「不該。我怎麼睡著了，褻瀆了他。」一面又說：「明日必去。」

正說著，忽見史湘雲穿的齊齊整整走來辭說家裏打發人來接他。寶玉、黛玉聽說，忙站起來讓坐。史湘雲也不坐，寶林兩個只得送他至前面。那史湘雲只是眼淚汪汪的，見有他家人在跟前，又不敢十分委曲。少時，薛寶釵趕來，愈覺繾綣難捨。還是寶釵心內明白，他家人若回去告訴了他嬸娘，待他家去又恐受氣，因此倒催他走了。眾人送至二門前，寶玉還要往外送，◎12倒是湘雲攔住了。一時回身又叫寶玉到跟前，悄悄的囑道：「便是老太太想不起我來，你時常提著打發人接我去。」寶玉連連答應了。眼看著他上車去了，大家方才進來。要知端的，且聽下回分解。◎13

評點

◎12.每逢此時就忘卻嚴父，可知前云「爲你們死也情願」不假。（脂硯齋）

◎13.絳芸軒夢兆是金針暗渡法，夾寫月錢是爲襲人漸入金屋地步。梨香院是明寫大家蓄戲，不免姦淫之陋，可不愼哉，愼哉！（脂硯齋）

第三十七回 秋爽齋偶結海棠社　蘅蕪苑夜擬菊花題

這年賈政又點了學差※1，擇於八月二十日起身。是日，拜過宗祠及賈母起身，寶玉諸子弟等送至洒淚亭。

卻說賈政出門去後，外面諸事不能多記。單表寶玉每日在園中任意縱性的逛蕩，真把光陰虛度，歲月空添。這日正無聊之際，只見翠墨進來，手裏拿著一副花箋送與他。寶玉因道：「可是我忘了，才說要瞧瞧三妹妹去的，可好些了？你偏走來。」翠墨道：「姑娘好了，今兒也不吃藥了，不過是涼著一點兒。」寶玉聽說，便展開花箋看時，上面寫道：

　娣探謹奉

二兄文几：前夕新霽，月色如洗，因惜清景難逢，詎忍就臥。時漏已三轉，猶徘徊於桐檻之下，未防風露所欺，致獲採薪之患。昨蒙親勞撫

✣《增評補圖石頭記》第三十七回繪畫。（fotoe提供）

囑，復又數遣侍兒問切，兼以鮮荔並真卿墨跡見賜，何痌瘝惠愛之深哉！今因伏几憑床處默之時，因思及歷來古人中處名攻利敵之場，猶置一些山滴水之區，遠招近揖，投轄攀轅，務結二三同志盤桓於其中，或豎詞壇，或開吟社，雖一時之偶興，遂成千古之佳談。娣雖不才，竊同叨栖處於泉石之間，而兼慕薛林之技。風庭月榭，惜未宴集詩人；帘杏溪桃，或可醉飛吟盞。孰謂蓮社之雄才，獨許鬚眉；直以東山之雅會，讓余脂粉。若蒙棹雪而來，娣則掃花以待。此謹奉。※2

寶玉看了，不覺喜的拍手笑道：「倒是三妹妹的高雅，我如今就去商議。」◎1一面說，一面就走，翠墨跟在後面。剛到了沁芳亭，只見園中後門上值日的婆子手裏拿著一個字帖走來，見了寶玉便迎上去，口內說道：「芸哥兒請安，在後門口等著呢，叫我送來的。」寶玉打開看時，寫道是：

不肖男芸恭請

父親大人萬福金安。男思自蒙天恩，認於膝下，日夜思一孝順，竟無可孝順之處。前因買辦花草，上托大人金福，竟認得許多花兒匠，◎2並認得許多名園。前因忽見有白海棠一種，不可多得。故變盡方法，只弄得兩盆。大人若視男是親男一

註

※1：即提督學政，是古代朝廷派往各省掌管科舉學校的官員。

※2：娣：女弟，即「妹」。采薪之患：意思是生病無法打柴，後用作自稱有病。真卿：唐代大書法家顏真卿。痌瘝：痛、病。些山滴水：指園林泉石。投轄攀轅：扔掉客人的車轄，牽挽住客人的車轅，極言留客之殷切。蓮社：東晉名僧慧遠居廬山虎溪東林寺所結成的文社。東山：東晉謝安曾隱居浙江會稽東山，常邀集友人在此吟咏。棹雪而來：在雪中划船而來，指即興而來。掃花以待：表示主人誠意待客。杜甫《客至》一詩有「花徑不曾緣客掃，蓬門今始爲君開」之句。

評點

◎1.探春在文才方面，遠不及寶釵、黛玉的造詣，但是詩社的發起人卻是探春。由此可見她的組織能力要比其他的姐妹強。（胡成仁）

◎2.直欲噴飯，真好新鮮文字。（脂硯齋）

般，◎3便留下賞頑。因天氣暑熱，恐園中姑娘們不便，故不敢面見。奉書恭啓，

並叩

臺安。

男芸跪書。◎4

寶玉看了笑問道：「獨他來了？還有什麼人？」婆子道：「還有兩盆花兒。」寶玉道：「你出去說，我知道了，難爲他想著。你便把花兒送到我屋裏去就是了。」一面說，一面同翠墨往秋爽齋來，只見寶釵、黛玉、迎春已都在那裏了。

✣ 探春倡議在大觀園內成立海棠社，衆姐妹悉數加入，李紈自薦掌壇。（朱士芳繪）

衆人見他進來，都笑說道：「又來了一個。」探春笑道：「我不算俗，偶然起個念頭，寫了幾個帖兒試一試，誰知一招皆到。」寶玉笑道：「可惜遲了，早該起個社的。」黛玉道：「你們只管起社，可

別算我，我是不敢的。」迎春笑道：「你不敢誰還敢呢！」寶玉道：「這是一件正經大事，大家鼓舞起來，不要你謙我讓的。各有主意自管說出來大家平章※3。◎5寶姐姐也出個主意，林妹妹也說個話兒。」寶釵道：「你忙什麼！人還不全呢。」◎6一語未了，李紈也來了，進門笑道：「雅的緊！要起詩社，我自薦我掌壇。前兒春天我原有這個意思的。我想了一想，我又不會作詩，瞎亂些什麼，因而也忘了，就沒有說的。既是三妹妹高興，我就幫你作興起來。」◎7

黛玉道：「既然定要起詩社，咱們都是詩翁了，先把這些姐妹叔嫂的字樣改了才不俗。」◎8李紈道：「極是，何不大家起個別號，彼此稱呼則雅。我是定了『稻香老農』，再無人占的。」探春笑道：「我就是『秋爽居士』罷。」寶玉道：「居士、主人到底不恰，且又瘰贅。這裏梧桐、芭蕉盡有，或指梧桐芭蕉起個倒好。」探春笑道：「有了，我最喜芭蕉，就稱『蕉下客』罷。」眾人都道別致有趣。黛玉笑道：

✣ 娥皇、女英，遠古堯帝之女，舜帝之妻。「湘妃竹」指的是瀟湘竹，竹上的斑斑淚痕，傳說是娥皇、女英在舜帝駕崩後泣血染成。（fotoe提供）

註

※3：品評議論、商議處置。

評點

◎3.皆千古未有之奇文，初讀令人不解，思之則噴飯。（脂硯齋）
◎4.探春笥甚雅，芸兒書極俗，映襯好看。（王希廉）
◎5.這是「正經大事」已妙，且曰「平章」，更妙！的是寶玉的口角。（脂硯齋）
◎6.妙！寶釵自有主見，眞不誣也。（脂硯齋）
◎7.看他又是一篇文字，分敘單傳之法也。（脂硯齋）
◎8.看他寫黛玉，眞可人也。（脂硯齋）

「你們快牽了他去，炖了脯子吃酒。」眾人不解。黛玉笑道：「你們不知，古人曾云『蕉葉覆鹿』※[4]。他自稱『蕉下客』，可不是一隻鹿了？快作了鹿脯來。」眾人聽了都笑起來。探春因笑道：「你別忙中使巧話來罵人，我已替你想了個極當的美號了。」又向眾人道：「當日娥皇女英洒淚在竹上成斑，故今斑竹又名湘妃竹。如今他住的是瀟湘館，他又愛哭，將來他想林姐夫，那些竹子也是要變成斑竹的。以後都叫他作『瀟湘妃子』就完了。」大家聽說，都拍手叫妙。林黛玉低了頭，方不言語。◎[9]李紈笑道：「我替薛大妹妹也早已想了個好的，也只三個字。」惜春、迎春都問是什麼。李紈道：「我是封他『蘅蕪君』了，不知你們如何？」探春笑道：「這個封號極好。」寶玉道：「我呢？你們也替我想一個。」寶釵笑道：「你的號早有了，『無事忙』三字恰當的很。」李紈道：「你還是你的舊號『絳洞花主』就好。」◎[10]寶玉笑道：「小時候幹的營生，還提他作什麼。」◎[11]探春道：「你的號多的很，又起什麼。我們愛叫你什麼，你就答應著就是了。」寶釵道：「還得我送你個號罷。有最俗的一個號，卻於你最當。天下難得的是富貴，又難得的是閑散，這兩樣再不能兼有，不想你兼有了，就叫你『富貴閑人』也罷了。」寶玉笑道：「當不起，當不起！倒是隨你們混叫去罷。」李紈道：「二姑娘、四姑娘起個什麼號？」迎春道：「我們又不大會詩，白起個號作什麼？」探春道：「雖如此，也起個才是。」寶釵道：「他住的是紫菱洲，就叫他『菱洲』；四

丫頭在藕香榭，就叫他『藕榭』就完了。」◎12

李紈道：「就是這樣好。但序齒我大，你們都要依我的主意，管情說了大家合意。我們七個人起社，我和二姑娘、四姑娘都不會作詩，須得讓出我們三個人去。我們三個各分一件事。」探春笑道：「已有了號，還只管這樣稱呼，不如不有了。以後錯了，也要立個罰約才好。」李紈道：「立定了社，再定罰約。我那裏地方大，竟在我那裏作社。我雖不能作詩，這些詩人竟不厭俗客，我作個東道主人，我自然也清雅起來了。若是要推我作社長，我一個社長自然不夠，必要再請兩位副社長，就請菱洲藕榭二位學究來，一位出題限韻，一位謄錄監場。亦不可拘定了我們三個人不作，若遇見容易些的題目、韻腳，我們也隨便作一首。你們四個卻是要限定的。若如此便起，若不依我，我也不敢附驥※5了。」迎春惜春本性懶於詩詞，又有薛林在前，聽了這話便深合己意，二人皆說「極是」。探春等也知此意，見他二人悅服，也不好強，只得依了。因笑道：「這話也罷了，只是自想好笑，好好的我起了個主意，反叫你們三個來管起我來了。」寶玉道：「既這樣，咱們就往稻香村去。」李紈道：「都是你忙，今日不過商議了，等我再請。」寶釵道：「也要議定幾日一會才好。」探春道：「若只管會得多，又沒趣了。一月之中，只可兩三次才好。」寶釵點頭道：「一月只要兩次就夠了。擬定日期，風雨無阻。除這兩日外，倘有高興的，他情願加一社的，或情願到他那裏去，或附

註

※4：鄭國有位樵夫打死了一隻鹿，怕人看見，藏於池中以蕉葉蓋著，卻忘了所藏之處，便以爲是一場夢。

※5：比喻依附他人而成名，後常作爲自謙之詞。

評點

◎9.妙極趣極！所謂「夫人必自侮，然後人侮之」，看因一謔便勾出一美號來，何等妙文哉！（脂硯齋）

◎10.妙極！又點前文。通部中從頭至末，前文已過者，恐去之冷落，使人忘懷，得便一點。未來者恐來之突然，或先伏一線。皆行文之妙訣也。（脂硯齋）

◎11.赧言如聞，不知大時又有何營生？（脂硯齋）

◎12.美人用別號，亦新奇花樣，且韻且雅，呼去覺滿口生香。結社出自探春意，作者已伏下回「興利除弊」之文也。（脂硯齋）

就了來，亦可使得，豈不活潑有趣。」衆人都道：「這個主意更好。」

探春道：「只是原係我起的意，我須得先作個東道主人，方不負我這興。」李紈道：「既這樣說，明日你就先開一社如何？」探春道：「明日不如今日，此刻就很好。你就出題，菱洲限韻※6，藕榭監場。」迎春道：「依我說，也不必隨一人出題限韻，竟是拈鬮的公道。」李紈道：「方才我來時，看見他們抬進兩盆白海棠來，倒是好花。你們何不就咏起他來？」◎13迎春道：「都還未賞，先倒作詩。」寶釵道：「不過是白海棠，又何必定要見了才作。古人的詩賦，也不過都是寄興寫情耳。若都是等見了才作，如今也沒這些詩了。」◎14迎春道：「既如此，待我限韻。」說著，走到書架前抽出一本詩來，隨手一揭，這首竟是一首七言律，遞與衆人看了，都該作七言律。迎春掩了詩，又向一個小丫頭道：「你隨口說一個字來。」那丫頭正倚門立著，便說了個「門」字。迎春笑道：「就是門字韻，『十三元』了。頭一個韻定要這『門』字。」說著，又要了韻牌匣子過來，抽出「十三元」一屜，又命那小丫頭隨手拿四塊。那丫頭便拿了「盆」「魂」「痕」「昏」四塊來。寶玉道：「這『盆』『門』兩個字不大好作呢！」

✣秋爽齋偶結海棠社。結社本是探春起意，具體運作方法則多由寶釵等貢獻。（《紅樓夢煙標精華》杜春耕編著，北京圖書館出版社提供）

待書一樣預備下四份紙筆，便都悄然各自思索起來。獨黛玉或撫梧桐，或看秋色，或又和丫鬟們嘲笑。◎15迎春又命丫鬟炷了一支「夢甜香」。原來這「夢甜香」只有三寸來長，有燈草粗細，以其易燼，故以此燼爲限，如香燼未成便要罰。一時探春便先有了，自提筆寫出，又改抹了一回，遞與迎春。因問寶釵：「蘅蕪君，你可有了？」寶釵道：「有卻有了，只是不好。」寶玉背著手，在迴廊上踱來踱去，因向黛玉說道：「你聽，他們都有了。」黛玉道：「你別管我。」寶玉又見寶釵已謄寫出來，因說道：「了不得！香只剩了一寸了，我才有了四句。」又向黛玉道：「香就完了，只管蹲在那潮地下作什麼？」黛玉也不理。寶玉道：「可顧不得你了，好歹也寫出來罷。」說著，也走在案前寫了。李紈道：「我們要看詩了，若看完了還不交卷是必罰的。」寶玉道：「稻香老農雖不善作卻善看，又最公道，你就評閱優劣，我們都服的。」衆人都道：「自然。」於是先看探春的稿上寫道是：

咏白海棠限門盆魂痕昏

斜陽寒草帶重門，苔翠盈鋪雨後盆。
玉是精神難比潔，雪爲肌骨易銷魂。
芳心一點嬌無力，倩影三更月有痕。
莫謂縞仙能羽化※7，多情伴我咏黃昏。

註

※6：作詩時限定只能在某一韻部中用韻，或在某一韻部中只能用某幾個字作韻腳。是古代作詩的一種遊戲規則。

※7：縞：白絹。縞仙：白衣仙女。羽化：道家稱得道成仙。

評點

◎13.眞正好題目。妙在未起詩社先得了題目。（脂硯齋）
◎14.眞詩人語。（脂硯齋）
◎15.看他單寫黛玉。（脂硯齋）

次看寶釵的是：

珍重芳姿晝掩門，◎16自攜手甕灌苔盆。
胭脂洗出秋階影，冰雪招來露砌魂。
淡極始知花更艷，愁多焉得玉無痕。
欲償白帝※8憑清潔，不語婷婷日又昏。

李紈笑道：「到底是蘅蕪君。」說著又看寶玉的，道是：

秋容淺淡映重門，七節攢成雪滿盆。
出浴太眞冰作影，捧心西子玉爲魂。
曉風不散愁千點，◎17宿雨還添淚一痕。◎18
獨倚畫欄如有意，清砧怨笛送黃昏。

大家看了，寶玉說探春的好，李紈終要推寶釵這詩有身分，因又催黛玉。黛玉道：「你們都有了。」說著提筆一揮而就，擲與衆人。李紈等看他寫道是：

半卷湘簾※9半掩門，碾冰爲土玉爲盆。

看了這句，寶玉先喝起彩來，只說「從何處想來！」又看下面道：

偷來梨蕊三分白，借得梅花一縷魂。

衆人看了，也都不禁叫好，說「果然比別人又是一樣心腸。」又看下面道是：

月窟仙人縫縞袂，秋閨怨女拭啼痕。◎19

嬌羞默默同誰訴，倦倚西風夜已昏。

衆人看了，都道是這首爲上。李紈道：「若論風流別致，自是這首；若論含蓄渾厚，終讓蘅稿。」探春道：「這評的有理，瀟湘妃子當居第二。」李紈道：「怡紅公子是壓尾，你服不服？」寶玉道：「我的那首原不好了，這評的最公。」又笑道：「只是蘅瀟二首還要斟酌。」李紈道：「原是依我評論，不與你們相干，再有多說者必罰。」寶玉聽說，只得罷了。李紈道：「從此後我定於每月初二、十六這兩日開社，出題限韻都要依我。這其間你們有高興的，你們只管另擇日子補開，那怕一個月每天都開社，我只不管。只是到了初二、十六這兩日，是必往我那裏去。」寶玉道：「到底要起個社名才是。」探春道：「俗了又不好，特新了，刁鑽古怪也不好。可巧才是海棠詩開端，就叫個海棠社罷。雖然俗些，因眞有此事，也就不礙了。」說畢大家又商議了一回，略用些酒果，方各自散去。也有回家的，也有往賈母、王夫人處去的。當下別人無話。

* * *

且說襲人因見寶玉看了字帖兒便慌慌張張的同翠墨去了，也不知是何事。後來又見後門上婆子送了兩盆海棠花來。襲人問是那裏來的，婆子便將寶玉前一番原故說了。襲人聽說，便命他們擺好，讓他們在下房裏坐了，自己走到自己房內秤了六錢銀子封好，又拿了三百錢走來，都遞與那兩個婆子，道：「這銀子賞那抬花來的小子們，這錢你們

註

※8：古代神話傳說中五天帝之一。

※9：用湘妃竹編成的簾子。

評點

◎16.寶釵詩全是自寫身分，諷刺時事。只以品行爲先，才技爲末。纖巧流蕩之詞，綺靡穠艷之語，一洗皆盡。非不能也，屑而不爲也。（脂硯齋）

◎17.這句直是自己一生心事。（脂硯齋）

◎18.妙在終不忘黛玉。（脂硯齋）

◎19.虛敲旁比，眞逸才也。且不脱落自己。（脂硯齋）

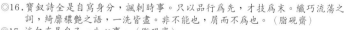

打酒吃罷。」那婆子們站起來，眉開眼笑，千恩萬謝的不肯受，見襲人執意不收，方領了。襲人又道：「後門上外頭可有該班的小子們？」婆子忙應道：「天天有四個，原預備裏面差使的。姑娘有什麼差使，我們吩咐去。」襲人笑道：「有什麼差使？今兒寶二爺要打發人到小侯爺家與史大姑娘送東西去，可巧你們來了，順便出去叫後門小子們僱輛車來。回來你們就往這裏拿錢，不用叫他們又往前頭混碰去。」婆子答應著去了。

襲人回至房中，拿碟子盛東西與史湘雲送去，卻見槅子上碟槽空著。因回頭見晴雯、秋紋、麝月等都在一處作針黹，襲人問道：「這一個纏絲白瑪瑙碟子那去了？」衆人見問，都你看我我看你，都想不起來。半日，晴雯笑道：「給三姑娘送荔枝去的，還沒送來呢。」襲人道：「家常送東西的傢伙也多，巴巴的拿這個去。」晴雯道：「我何嘗不也這樣說。他說這個碟子配上鮮荔枝才好看。◎20我送去，三姑娘見了也說好看，叫連碟子放著，就沒帶來。你再瞧，那槅子盡上頭的一對聯珠瓶還沒收來呢。」秋紋笑道：「提起這瓶來，我又想起笑話。我們寶二爺說聲孝心一動，也孝敬到二十分。因那日見園裏桂花開了，折了兩枝，原是自己要插瓶的，忽然想起來說，這是自己園裏的才開的新鮮花，不敢自己先頑，巴巴的把那一對瓶拿下來，親自灌水插好了，叫個人拿著，親自送一瓶進老太太，又進一瓶與太太。誰知他孝心一動，連跟的人都得了福了。可巧那日是我拿去的。老太太見了這樣，喜的無可無不可，見人就說：『到底是寶玉孝順我，連一枝花兒也想的到。別人還只抱怨我疼他。』你們知道，老太太素日不大同我

說話的，有些不入他老人家的眼的。那日竟叫人拿幾百錢給我，說我可憐見的，生的單薄。這可是再想不到的福氣。幾百錢是小事，難得這個臉面。及至到了太太那裏，太太正和二奶奶、趙姨奶奶、周姨奶奶好些人翻箱子，找太太當日年輕的顏色衣裳，不知給那一個。一見了，連衣裳也不找了，且看花兒。又有二奶奶在旁邊湊趣兒，誇寶玉又是怎樣孝敬，又是怎樣知好歹，有的沒的說了兩車話。當著衆人，太太自爲又增了光，堵了衆人的嘴。太太越發喜歡了，現成的衣裳就賞了我兩件。衣裳也是小事，年年橫豎也得，卻不像這個彩頭。」晴雯笑道：「呸！沒見世面的小蹄子！那是把好的給了人，挑剩下的才給你，你還充有臉呢！」秋紋道：「憑他給誰剩的，到底是太太的恩典。」晴雯道：「要是我，我就不要。若是給別人剩下的給我，也罷了。一樣這屋裏的人，難道誰又比誰高貴些？把好的給他，剩下的才給我，我寧可不要。沖撞了太太，我也不受這口軟氣。」秋紋忙問：「給這屋裏誰的？我因爲前兒病了幾天，家去了，不知是給誰的。好姐姐，你告訴我知道知道。」晴雯道：「我告訴了你，難道你這會退還太太去不成？」秋紋笑道：「胡說！我白聽了喜歡喜歡。那怕給這屋裏的狗剩下的，我只領太太的恩典，也不犯管別的事。」衆人聽了，都笑道：「罵的巧，可不是給了那西洋花點子哈巴兒了。」襲人笑道：「你們這起爛了嘴的！得了空就拿我

評點

◎20.自然好看，原該如此。可恨今之有一二好花者，不背像景而用。（脂硯齋）

取笑打牙兒。一個個不知怎麼死呢！」秋紋笑道：「原來姐姐得了，我實在不知道。我陪個不是罷。」襲人笑道：「少輕狂罷。你們誰取了碟子來是正經。」麝月道：「那瓶得空兒也該收來了。老太太屋裏還罷了，太太屋裏人多手雜。別人還可以，趙姨奶奶一夥的人見是這屋裏的東西，又該使黑心弄壞了才罷。太太也不大管這些，不如早些收來正經。」晴雯聽說，便擲下針黹道：「這話倒是，等我取去。」秋紋道：「還是我取去罷，你取你的碟子去。」晴雯笑道：「我偏取一遭兒去。是巧宗兒你們都得了，難道不許我得一遭兒？」麝月笑道：「通共秋丫頭得了一遭兒衣裳，那裏今兒又巧，你也遇見找衣裳不成？」晴雯冷笑道：「雖然碰不見衣裳，或者太太看見我勤謹，一個月也把太太的公費裏分出二兩銀子來給我，也定不得。」說著，又笑道：「你們別和我裝神弄鬼的，什麼事我不知道。」一面說，一面往外跑了。秋紋也同他出來，自去探春那裏取了碟子來。

襲人打點齊備東西，叫過本處的一個老宋媽媽來，◎21向他說道：「你先好生梳洗了，換了出門的衣裳來，如今打發你與史姑娘送東西去。」那宋嬤嬤道：「姑娘只管交給我，有話說與我，我收拾了就好一順去。」襲人聽說，便端過兩個小掐絲盒子來。先揭開一個，裏面裝的是紅菱和雞頭兩樣鮮果；又那一個，是一碟子桂花糖蒸新栗粉糕。又說道：「這都是今年咱們這裏園裏新結的果子，寶二爺送來與姑娘嘗嘗。再前日姑娘說這瑪瑙碟子好，姑娘就留下頑罷。這絹包兒裏頭是姑娘上日叫我作的活計，姑娘別嫌粗糙，能著用罷。替我們請安，替二爺問好就是了。」宋嬤嬤道：「寶二爺不知還有什麼說的，姑娘再問問去，回來又別說忘了。」襲人因問秋紋：「方才可見在三姑娘那裏？」秋紋道：「他們都在那裏商議起什麼詩社呢，又都作詩。想來沒話，你只去罷。」宋嬤嬤聽了，便拿了東西出去，另外穿戴了。襲人又囑咐他：「從後門出去，有小子和車等著呢。」宋媽去後，不在話下。

*　　*　　*

寶玉回來，先忙著看了一回海棠，至房內告訴襲人起詩社的事。襲人也把打發宋媽媽與史湘雲送東西去的話告訴了寶玉。寶玉聽了拍手道：「偏忘了他。我自覺心裏有件事，只是想不起來，虧你提起來，正要請他去。這詩社裏若少了他還有什麼意思。」襲人勸道：「什麼要緊，不過是頑意兒。他比不得你們自在，家裏又作不得主兒。告訴他，他要來又由不得他；不來，他又牽腸掛肚的，沒的叫他不受用。」寶玉道：「不妨事，我回老太太打發人接他去。」正說著，宋媽媽已經回來，回復道生受，與襲人道乏，又說：「問二爺作什麼呢，我說和姑娘們起什麼詩社作詩呢。史姑娘說，他們作詩也不告訴他去，急的了不的。」寶玉聽了，立身便往賈母處來，立逼著叫人接去。賈母因說：「今兒天晚了，明日一早再去。」寶玉只得罷了，回來悶悶的。

次日一早，便又往賈母處來催逼人接去。直到午後，史湘雲才來，寶玉方放了心，見面時就把始末原由告訴他，又要與他詩看。李紈等因說道：「且別給他詩看，先說與

評點

◎21.「宋」，送也。隨事生文，妙！（脂硯齋）

他韻。他後來，先罰他和了詩：若好，便請入社；若不好，還要罰他一個東道再說。」史湘雲笑道：「你們忘了請我，我還要罰你們呢。就拿韻來，我雖不能，只得勉強出醜。容我入社，掃地焚香我也情願。」眾人見他這般有趣，越發喜歡，都埋怨昨日怎麼忘了他，遂忙告訴他韻。史湘雲一心興頭，等不得推敲刪改，一面只管和人說話，心內早已和成，即用隨便的紙筆錄出，◎22先笑說道：「我卻依韻和了兩首，好歹我卻不知，不過應命而已。」說著遞與眾人。眾人道：「我們四首也算想絕了，再一首也不能

嫦娥是美女的代名詞，但獨居廣寒宮裏，未免幽清寂寞。圖片為《嫦娥圖》，容祖椿繪(1872年～1942年)，設色絹本，款識：恆焱仁兄先生雅鑑即正，自容祖椿畫於花竹安樂之齋。鈐印：仲生仿古。（容祖椿繪）

了。你倒弄了兩首，那裏有許多話說，必要重了我們。」一面說，一面看時，只見那兩首詩寫道：

其一

神仙昨日降都門，種得藍田玉※10一盆。
自是霜娥偏愛冷，非關倩女亦離魂※11。
秋陰※12捧出何方雪？◎23雨漬添來隔宿痕。
卻喜詩人吟不倦，豈令寂寞度朝昏。

其二

蘅芷階通蘿薜門，也宜牆角也宜盆。
花因喜潔難尋偶，人爲悲秋易斷魂。
玉燭滴乾風裏淚，晶簾隔破月中痕。
幽情欲向嫦娥訴，無奈虛廊夜色昏。

衆人看一句，驚訝一句，看到了，贊到了，都說：「這個不枉作了海棠詩，眞該要起海棠社了。」史湘雲道：「明日先罰我個東道，就讓我先邀一社可使得？」衆人道：「這更妙了！」因又將昨日的與他評論了一回。◎24

註

※10：陝西省藍田縣山中所産白玉，天下聞名。此處比喻白海棠。
※11：倩女離魂：元代鄭光祖所寫雜劇名，寫病中的張倩娘生魂出走，尋覓其夫的故事。
※12：秋雲。

評點

◎22.可見越是好文字，不管怎樣就有了：越用工夫越講究筆墨，終成塗鴉。（脂硯齋）
◎23.拍案叫絕！壓倒群芳在此一句。（脂硯齋）
◎24.觀湘雲作海棠詩，如見其嬌憨之態。是乃實有，非作書者杜撰也。（脂硯齋）

✣ 寶釵、湘雲擬定第二天詩社題目。（朱士芳繪）

至晚，寶釵將湘雲邀往蘅蕪苑安歇去。湘雲燈下計議如何設東擬題。寶釵聽他說了半日，皆不妥當，◎25因向他說道：「既開社，便要作東。雖然是個頑意兒，也要瞻前顧後，又要自己便宜，又要不得罪了人，然後方大家有趣。你家裏你又作不得主，一個月通共那幾串錢，你還不夠盤纏呢。這會子又幹這沒要緊的事，你嬸子聽見了，越發抱怨你了。況且你就都拿出來，作這個東道也是不夠。難道為這個家去要不成？還是往這裏要呢？」一席話提醒了湘雲，倒躊躕起來。寶釵道：「這個我已經有個主意。我們當舖裏有個伙計，他家田上出的很好的肥螃蟹，前兒送了幾斤來。現在這裏的人，從老太太起連上園裏的人，有多一半都是愛吃螃蟹的。前日姨娘還說要請老太太在園裏賞桂花吃螃蟹，因為有事還沒有請呢。你如今且把詩社別提起，只管普通一請。等他們散了咱們有多少詩作不得的。我和我哥哥說，要幾簍極肥極大的螃蟹來，再往舖子裏取上幾罈好酒，再備上四五桌果碟，豈不又省事又大家熱鬧了！」湘雲聽了心中自是感服，極贊他想的周到。寶釵又笑道：「我是一片真心為你的話。你千萬別多心，想著我小看了你，咱們兩個就白好了。你若不多心，我就好叫他們辦去的。」湘雲忙笑道：「好姐姐，你這樣說，倒多心待我了。憑他怎麼糊塗，連個好歹也不知，還成個人了？我若不把姐姐當作親姐姐一樣看，上回那些家常話煩難事也不肯盡情告訴你了。」寶釵聽說，便叫一個婆子來：「出去和大爺說，像前日的大螃蟹要幾簍來，明日飯後請老太太、姨娘賞桂花。你說大爺好歹別忘了，我今兒已請下人了。」◎26那婆子出去說明，回來無話。

評點

◎25.卻於此刻方寫寶釵。（脂硯齋）
◎26.必得如此叮嚀，阿呆兄方記得。（脂硯齋）

這裏寶釵又向湘雲道：「詩題也不要過於新巧了。你看古人詩中那些刁鑽古怪的題目和那極險的韻※13了，若題過於新巧，韻過於險，再不得有好詩，終是小家氣。詩固然怕說熟話，更不可過於求生，只要頭一件立意清新，自然措詞就不俗了。究竟這也算不得什麼，還是紡績針黹是你我的本等。一時閑了，倒是於你我深有益的書看幾章是正經。」湘雲只答應著，因笑道：「我如今心裏想著，昨日作了海棠詩，我如今要作個菊花詩如何？」寶釵道：「菊花倒也合景，只是前人作的太多了。」湘雲道：「我也是如此想著，恐怕落套。」寶釵想了一想，說道：「有了，如今以菊花為賓，以人為主，竟擬出幾個題目來，都是兩個字：一個虛字，一個實字，實字便用『菊』字，虛字就用通用門的。如此又是咏菊，又是賦事，前人也沒作過，也不能落套。賦景、咏物兩關著，又新鮮又大方。」湘雲笑道：「這卻很好。只是不知用何等虛字才好。你先想一個我聽聽。」寶釵想了一想，笑道：「《菊夢》就好。」湘雲笑道：「果然好。我也有一個，《菊影》可使得？」寶釵道：「也罷了。只是也有人作過，若題目多，這個也夾的上。我又有了一個。」湘雲道：「快說出來。」寶釵道：「《問菊》如何？」湘雲拍案叫妙，因接說道：「我也有了，《訪菊》如何？」寶釵也贊有趣，因說道：「越性擬出十個來，寫上再定。」說著，二人研墨蘸筆，湘雲便寫，寶釵便念，一時湊了十個。湘雲看了一遍，又笑道：「十個還不成幅，越性湊成十二個便全了，也如人家的字畫冊頁一樣。」寶釵聽說，又想了兩個，一共湊成十二。又說道：「既這樣，越性編出他個次序先後來。」湘雲道：「如此更妙，竟弄成個菊譜了。」寶釵道：「起首是《憶菊》；憶之不得，故訪，第二是《訪菊》；訪之既得，便種，第三是《種菊》；種既盛開，故相對而賞，第四是《對菊》；相對而興有餘，故折來供瓶爲頑，第五是《供菊》；既供而不吟，亦覺菊無彩色，第六便是《咏菊》；既入詞章，不可不供筆墨，第七便是《畫菊》；既爲菊如是碌碌，究竟不知菊有何妙處，不禁有所問，第八便是《問菊》；菊如解語，使人狂喜不禁，第九便是《簪菊》；如此人事雖盡，猶有菊之可咏者，《菊影》《菊夢》二首續在第十第十一；末卷便以《殘菊》總收前題之盛。這便是三秋的妙景妙事都有了。」湘雲依說將題錄出，又看了一回，又問：「該限何韻？」寶釵道：「我平生最不喜限韻的，分明有好詩，何苦爲韻所縛。咱們別學那小家派，只出題，不拘韻。原爲大家偶得了好句取樂，並不爲此而難人。」湘雲道：「這話很是。這樣大家的詩還進一層。但只是咱們五個人，這十二個題目，難道每人作十二首不成？」寶釵道：「那也太難人了。將這題目謄好，都要七言律詩，明日貼在牆上。他們看了，誰作那一個就作那一個。有力量者，十二首都作也可；不能的，一首不成也可。高才捷足者爲尊。若十二首已全，便不許他後趕著又作，罰他就完了。」湘雲道：「這倒也罷了。」二人商議妥貼，方才息燈安寢。要知端的，且聽下回分解。

註

※13：作詩以難用的或生僻的字押韻。

第三十八回

林瀟湘魁奪菊花詩　薛蘅蕪諷和螃蟹咏

話說寶釵湘雲二人計議已妥，一宿無話。湘雲次日便請賈母等賞桂花。賈母等都說道：「是他有興頭，須要擾他這雅興。」至午，果然賈母帶了王夫人鳳姐兼請薛姨媽等進園來。賈母因問：「那一處好？」王夫人道：「憑老太太愛在那一處，就在那一處。」鳳姐道：「藕香榭已經擺下了，那山坡下兩棵桂花開的又好，河裏的水又碧清，坐在河當中亭子上豈不敞亮，看著水眼也清亮。」賈母聽了說：「這話很是。」說著，就引了衆人往藕香榭來。原來這藕香榭蓋在池中，四面有窗，左右有曲廊可通，亦是跨水接岸，後面又有曲折竹橋暗接。衆人上了竹橋，鳳姐忙上來攙著賈母，口裏說：「老祖宗只管邁大步走，不相干的，這竹子橋規矩是咯吱咯喳的。」

一時進入榭中，只見欄杆外另放著兩張竹案，一

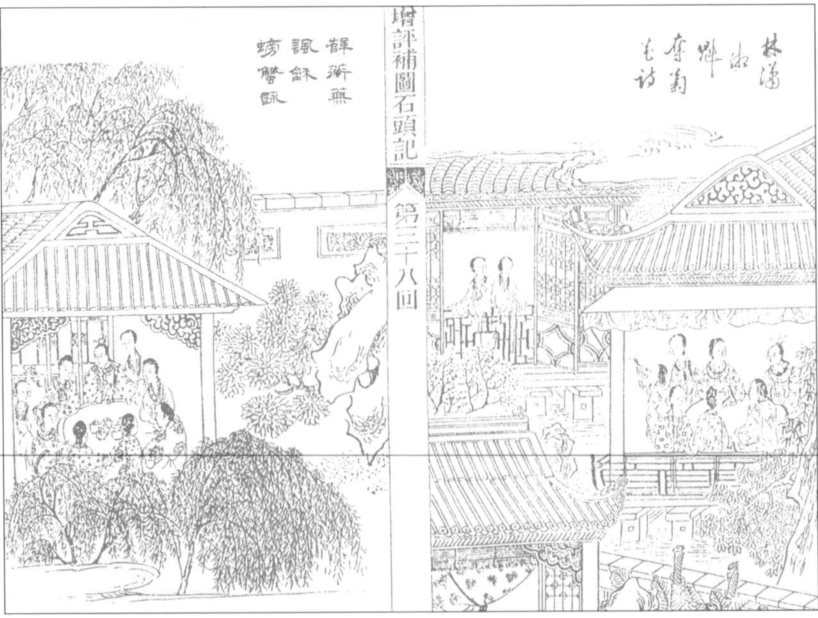

✣《增評補圖石頭記》第三十八回繪畫。（fotoe提供）

個上面設著杯箸酒具，一個上頭設著茶筅茶盂各色茶具。那邊有兩三個丫頭煽風爐煮茶，這一邊另外幾個丫頭也煽風爐燙酒呢。賈母喜的忙問：「這茶想的到，且是地方、東西都乾淨。」湘雲笑道：「這是寶姐姐幫著我預備的。」賈母道：「我說這個孩子細致，凡事想的妥當。」一面說，一面又看見柱上掛的黑漆嵌蚌的對子，命人念。湘雲念道：

芙蓉影破歸蘭槳，菱藕香深寫竹橋。

賈母聽了，又抬頭看匾，因回頭向薛姨媽道：「我先小時，家裏也有這麼一個亭子，叫作什麼『枕霞閣』。我那時也只像他們這麼大年紀，同姐妹們天天頑去。那日誰知我失了腳掉下去，幾乎沒淹死，好容易救了上來，到底被那木釘把頭碰破了。如今這鬢角上那指頭頂大一塊窩兒就是那殘破了。衆人都怕經了水，又怕冒了風，都說活不得了，誰知竟好了。」鳳姐不等人說，先笑道：「那時要活不得，如今這大福可叫誰享呢！可知老祖宗從小兒的福壽就不小，神差鬼使碰出那個窩兒來，好盛福壽的。壽星老兒頭上原是一個窩兒，因爲萬福萬壽盛滿了，所以倒凸高出些來了。」未及說完，賈母與衆人都笑軟了。賈母笑道：「這猴兒慣的了不得了，只管拿我取笑起來，恨的我撕你那油嘴！」鳳姐笑道：「回來吃螃蟹，恐積了冷在心裏，討老祖宗笑一笑開開心，一高興多吃兩個就無妨了。」賈母笑道：「明兒叫你日夜跟著我，我倒常笑笑覺的開心，不許回家去。」王夫人笑道：「老太太因爲喜歡他，才慣的他這樣，還這樣說，他明兒越發無禮了。」賈母笑道：「我喜歡他這樣，況且他又不是那不知高低的孩子。家常沒人，娘兒們原該這樣。橫豎禮體不錯就罷，沒的倒叫他從神兒似的作什麼！」◎1

說著，一齊進入亭子，獻過茶，鳳姐忙著搭桌子，要杯箸。上面一桌，賈母、薛姨媽、寶釵、黛玉、寶玉。東邊一桌：史湘雲、王夫人、迎、探、惜。西邊靠門一桌：李紈和鳳姐的，虛設坐位，二人皆不敢坐，只在賈母王夫人兩桌上伺候。鳳姐吩咐：「螃蟹不可多拿來，仍舊放在蒸籠裏，拿十個來，吃了再拿。」一面又要水洗了手，站在賈母跟前剝蟹肉，頭次讓薛姨媽。薛姨媽道：「我自己掰著吃香甜，不用人讓。」鳳姐便奉與賈母。二次的便與寶玉，又說：「把酒燙的滾熱的拿來。」又命小丫頭們去取菊花葉兒、桂花蕊薰的綠豆面子※1來，預備洗手。史湘雲陪著吃了一個，就下座來讓人，又出至外頭，命人盛兩盤子與趙姨娘周姨娘送去。又見鳳姐走來道：「你不慣張羅，你吃你的去。我先替你張羅，等散了我再吃。」湘雲不肯，又命人在那邊廊上擺了兩桌，讓鴛鴦、琥珀、彩霞、彩雲、平兒去坐。鴛鴦因向鳳姐笑道：「二奶奶在這裏伺候，我們

✣ 清代繡壽星帳片。首都博物館藏品。壽星為健康長壽的象徵，形象為禿頂白髮的老人。（聶鳴提供）

可吃去了。」鳳姐兒道：「你們只管去，都交給我就是了。」說著，史湘雲仍入了席。鳳姐和李紈也胡亂應個景兒。鳳姐仍是下來張羅，一時出至廊上。鴛鴦等正吃的高興，見他來了，鴛鴦等站起來道：「奶奶又出來作什麼？讓我們也受用一會子。」鳳姐笑道：「鴛鴦小蹄子越發壞了，我替你當差，倒不領情，還抱怨我。還不快斟一鍾酒來我喝呢。」鴛鴦笑著忙斟了一杯酒，送至鳳姐唇邊，鳳姐一揚脖子吃了。琥珀、彩霞二人也斟上一杯，送至鳳姐唇邊，那鳳姐也吃了。平兒早剔了一殼黃子送來，鳳姐道：「多倒些薑醋。」一面也吃了，笑道：「你們坐著吃罷，我可去了。」鴛鴦笑道：「好沒臉，吃我們的東西。」鳳姐兒笑道：「你和我少作怪。你知道你璉二爺愛上了你，要和老太太討了你作小老婆呢。」鴛鴦道：「啐，這也是作奶奶說出來的話！我不拿腥手抹你一臉算不得。」說著趕來就要抹。鳳姐兒央道：「好姐姐，饒我這一遭兒罷！」琥珀笑道：「鴛丫頭要去了，平丫頭還饒他？你們看看他，沒有吃了兩個螃蟹，倒喝了一碟子醋，他也算不會攬酸了。」平兒手裏正掰了個滿黃的螃蟹，聽如此奚落他，便拿著螃蟹照著琥珀臉上抹來，口內笑罵「我把你這嚼舌根的小蹄子！」琥珀也笑著往旁邊一躲，平兒使空了，往前一撞，正恰恰的抹在鳳姐兒腮上。鳳姐兒正和鴛鴦嘲笑，不防唬了一跳，「噯喲」了一聲。眾人撐不住都哈

✣ 琥珀，賈母的大丫頭。（《紅樓夢煙標精華》杜春耕編著，北京圖書館出版社提供）

註

※1：綠豆粉。

評點

◎1.近之暴發專講禮法，竟不知禮法；此似無禮，而禮法井井。所謂「整瓶不動半瓶搖」，又曰「習慣成自然」，眞不謬也。（脂硯齋）

哈的大笑起來。鳳姐也禁不住笑罵道：「死娼婦！吃離了眼了，混抹你娘的。」平兒忙趕過來替他擦了，親自去端水。鴛鴦道：「阿彌陀佛！這是個報應。」賈母那邊聽見，一疊聲問：「見了什麼這樣樂？告訴我們也笑笑。」鴛鴦等忙高聲笑回道：「二奶奶來搶螃蟹吃，平兒惱了，抹了他主子一臉的螃蟹黃子。主子奴才打架呢。」賈母和王夫人等聽了也笑起來。賈母笑道：「你們看他可憐見的，把那小腿子臍子給他點子吃也就完了。」鴛鴦等笑著答應了，高聲又說道：「這滿桌子的腿子，二奶奶只管吃就是了。」鳳姐洗了臉走來，又伏侍賈母等吃了一回。黛玉獨不敢多吃，只吃了一點兒夾子肉就下來了。

賈母一時不吃了，大家方散，都洗了手，也有看花的，也有弄水看魚的，遊頑了一回。王夫人因回賈母說：「這裏風大，才又吃了螃蟹，老太太還是回房去歇歇罷了。若高興，明日再來逛逛。」賈母聽了笑道：「正是呢。我怕你們高興，我走了又怕掃了你們的興。既這麼說，咱們就都去罷。」回頭又囑咐湘雲：「別讓你寶哥哥林姐姐多吃了。」湘雲答應著。又囑咐湘雲寶釵二人說：「你兩個也別多吃。那東西雖好吃，不是什麼好的，吃多了肚子疼。」二人忙應著送出園外，仍舊回來，令將殘席收拾了另擺。寶玉道：

✣ 右頁圖：平兒拿螃蟹欲抹琥珀，琥珀躲閃，剛好抹在鳳姐腮上。（朱士芳繪）

✣ 三雕博物館內的大團圓桌。此博物館始建於明代嘉靖年間，清乾隆三十四年（1769年）擴建，1994年又重修，1997年在此建成安徽全省唯一一所磚、木、石三雕博物館。（稅曉潔提供）

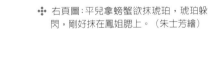

「也不用擺，咱們且作詩。把那大團圓桌放在當中，酒菜都放著。也不必拘定座位，有愛吃的大家去吃，散坐豈不便宜？」寶釵道：「這話極是。」湘雲道：「雖如此說，還有別人。」因又命另擺一桌，揀了熱螃蟹來，請襲人、紫鵑、司棋、待書、入畫、鶯兒、翠墨等一處共坐。山坡桂樹底下鋪下兩條花毡，命答應的婆子並小丫頭等也都坐了，只管隨意吃喝，等使喚再來。

湘雲便取了詩題，用針綰在牆上。眾人看了都說：「新奇固新奇，只怕作不出來。」湘雲又把不限韻的原故說了一番。寶玉道：「這才是正理，我也最不喜限韻。」林黛玉因不大吃酒，又不吃螃蟹，自命人掇了一個繡墩倚欄杆坐著，拿著釣竿釣魚。寶釵手裏拿著一枝桂花頑了一回，俯在窗檻上掐了桂蕊擲向水面，引的游魚浮上來唼喋。湘雲出一回神，◎[2]又讓一回襲人等，又招呼山坡下的眾人只管放量吃。探春和李紈惜春立在垂柳陰中看鷗鷺。迎春又獨在花陰下拿著花針穿茉莉花。◎[3]寶玉又看了一回黛玉釣魚，一回又俯在寶釵旁邊說笑兩句，一回又看襲人等吃螃蟹，自己也陪他飲兩口酒。襲人又剝一殼肉給他吃。黛玉放下釣竿，走至座間，拿起那烏銀梅花自斟壺來，◎[4]揀了一個小小的海棠凍石蕉葉杯。◎[5]丫鬟看見，知他要飲酒，忙著走上來斟。黛玉道：「你們只管吃去，讓我自己斟，這才有趣兒。」說

✣ 合歡，豆科合歡屬植物合歡。別名：夜合樹、馬纓花、夜合花。（徐曄春提供）

著便斟了半盞，看時，卻是黃酒，因說道：「我吃了一點子螃蟹，覺得心口微微的疼，須得熱熱的喝口燒酒。」寶玉忙道：「有燒酒。」便令將那合歡花浸的酒燙一壺來。黛玉也只吃了一口便放下了。寶釵也走過來，另拿了一只杯來，也飲了一口放下，便蘸筆至牆上把頭一個《憶菊》勾了，底下又贅了一個「蘅」字。寶玉忙道：「好姐姐，第二個我已經有了四句了，你讓我作罷！」寶釵笑道：「我好容易有了一首，你就忙的這樣。」黛玉也不說話，接過筆來把第八個《問菊》勾了，接著把第十一個《菊夢》也勾了，也贅上一個「瀟」字。◎6寶玉也拿起筆來，將第二個《訪菊》也勾了，也贅上一個「絳」字。探春走來看看道：「竟沒人作《簪菊》，讓我作這《簪菊》。」又指著寶玉笑道：「才宣過總不許帶出閨閣字樣來，你可要留神！」說著，只見湘雲走來，將第四第五《對菊》《供菊》一連兩個都勾了，也贅上一個「湘」字。探春道：「你也該起個號。」湘雲笑道：「我們家裏如今雖有幾處軒館，我又不住著，借了來也沒趣。」◎7寶釵笑道：「方才老太太說，你們家也有這個水亭叫『枕霞閣』，難道不是你的。如今雖沒了，你到底是舊主人。」眾人都道有理，寶玉不待湘雲動手，便代將「湘」字抹了，改了一個「霞」字。又有頓飯工夫，十二題已全，各自謄出來，都交與迎春，另拿了一張雪浪箋過來，一並謄錄出來，某人作的底下贅明某人的號。李紈等從頭看起：

評點

◎2.湘雲幾乎每次出場，都是大笑大說的，從無憂慮之狀。在她款待賈府「螃蟹宴」上，卻「出一回神，又讓一回襲人等……」，正是「出一回神」這四個字，把湘雲在螃蟹宴融樂景中孑然一己的孤苦心境反襯了出來。（周嶺）

◎3.看他各人各式，亦如畫家有孤聳獨出，則有攢三聚五，疏疏密密，眞是一幅百美圖。（脂硯齋）

◎4.寫壺非寫壺，正寫黛玉。（脂硯齋）

◎5.妙杯！非寫杯，正寫黛玉。（脂硯齋）

◎6.這兩個妙題，料定黛玉必喜，豈讓人作去哉？（脂硯齋）

◎7.今之不讀書暴發戶偏愛起一別號。一笑。（脂硯齋）

憶菊　蘅蕪君

悵望西風抱悶思，蓼紅葦白斷腸時。
空籬舊圃秋無跡，瘦月清霜夢有知。
念念心隨歸雁遠，寥寥坐聽晚砧痴，
誰憐爲我黃花病？慰語重陽會有期。

訪菊　怡紅公子

閑趁霜晴試一遊，酒杯藥盞莫淹留。
霜前月下誰家種？檻外籬邊何處秋？
蠟屐遠來情得得，冷吟不盡興悠悠。
黃花若解憐詩客，休負今朝掛杖頭！※2

種菊　怡紅公子

攜鋤秋圃自移來，籬畔庭前故故※3栽。
昨夜不期經雨活，今朝猶喜帶霜開。
冷吟秋色詩千首，醉酹寒香酒一杯。
泉溉泥封勤護惜，好知井徑絕塵埃。

對菊　枕霞舊友

別圃移來貴比金，一叢淺淡一叢深。

蕭疏籬畔科頭※4坐，清冷香中抱膝吟。
數去更無君傲世，看來惟有我知音。
秋光荏苒休辜負，相對原宜惜寸陰。

供菊　枕霞舊友

彈琴酌酒喜堪儔，几案婷婷點綴幽。
隔座香分三徑露，拋書人對一枝秋。
霜清紙帳來新夢，圃冷斜陽憶舊遊。
傲世也因同氣味，春風桃李※5未淹留。

詠菊　瀟湘妃子

無賴詩魔昏曉侵，繞籬欹石自沉音。
毫端蘊秀臨霜寫，口齒噙香對月吟。
滿紙自憐題素怨，片言誰解訴秋心？
一從陶令平章後，千古高風說到今。※6

註

※2：蠟屐：屐上打蠟，可防濕。屐指有齒的木頭鞋。得得：「特特」，特地，情致很高。冷吟：冷秋吟詩。掛杖頭：指詩人杖頭掛錢，買酒訪菊。

※3：故意、特意。

※4：指不戴帽子。

※5：比喻追求世俗榮利的凡人。

※6：無賴、糾纏蠻橫。詩魔：指詩人好吟成癖。沉音：沉思低吟。豪端：筆尖。蘊秀：謂飽含才思辭藻。素怨：秋怨。陶令：指陶淵明，曾爲彭澤縣令。

畫菊　　蘅蕪君

詩餘戲筆不知狂，豈是丹青費較量。
聚葉潑成千點墨，攢花染出幾痕霜。
淡濃神會風前影，跳脫秋生腕底香。
莫認東籬閑採掇，粘屏聊以慰重陽。※7

問菊　　瀟湘妃子

欲訊秋情衆莫知，喃喃負手叩東籬。
孤標※8傲世偕誰隱，一樣花開爲底遲？
圃露庭霜何寂寞，鴻歸蛩病可相思？
休言舉世無談者，解語何妨片語時。

簪菊　　蕉下客

瓶供籬栽日日忙，折來休認鏡中妝。
長安公子因花癖，彭澤先生是酒狂。
短鬢冷沾三徑露，葛巾香染九秋霜。
高情不入時人眼，拍手憑他笑路旁。※9

菊影　　枕霞舊友

秋光疊疊復重重，潛度偷移三徑中。

窗隔疏燈描遠近，籬篩破月鎖玲瓏。
寒芳留照魂應駐，霜印傳神夢也空。
珍重暗香休踏碎，憑誰醉眼認朦朧。※10

菊夢　瀟湘妃子

籬畔秋酣一覺清，和雲伴月不分明。
登仙非慕莊生蝶※11，憶舊還尋陶令盟。
睡去依依隨雁斷，驚回故故惱蛩鳴。
醒時幽怨同誰訴？衰草寒煙無限情。

殘菊　蕉下客

露凝霜重漸傾欹，宴賞才過小雪時。
蒂有餘香金淡泊，枝無全葉翠離披。※12
半床落月蛩聲病，萬里寒雲雁陣遲。
明歲秋風知再會，暫時分手莫相思。

註

※7：跳脫：手鐲的別稱，亦引申爲靈活生動。東籬：見陶淵明《飲酒》詩：「采菊東籬下，悠然見南山。」粘屏：把菊畫貼在屏風上。
※8：孤標：孤高的風操。
※9：簪菊：將菊插在頭上。長安公子：或指晚唐詩人杜牧。彭澤先生：即陶淵明。九秋：秋季三個月九十天，故稱秋天爲三秋或九秋。
※10：寒芳：指菊花。霜印：指菊影。暗香：指月夜下的菊影。
※11：莊生：即莊周，《莊子．齊物論》記莊生夢中化爲蝴蝶事。
※12：金：黃金色。淡泊：指花色消褪。翠：指綠葉。

✣ 黛玉所作菊花詩被評為最佳，寶玉喜的拍手叫好。（朱士芳繪）

衆人看一首贊一首，彼此稱揚不已。◎8李紈笑道：「等我從公評來。通篇看來，各人各人的警句。今日公評：《咏菊》第一，《問菊》第二，《菊夢》第三，題目新，詩也新，立意更新，惱不得要推瀟湘妃子爲魁了；然後《簪菊》《對菊》《供菊》《畫菊》《憶菊》次之。」寶玉聽說，喜的拍手叫「極是，極公道！」黛玉道：「我那首也不好，到底傷於纖巧些。」李紈道：「巧的卻好，不露堆砌生硬。」黛玉道：「據我看來，頭一句好的是『圃冷斜陽憶舊遊』，這句背面傅粉。『拋書人對一枝秋』已經妙絕，將供菊說完，沒處再說，故翻回來想到未折未供之先，意思深透。」李紈笑道：「固如此說，你的『口齒噙香』句也敵的過了。」探春又道：「到底要算蘅蕪君沉著，『秋無跡』，『夢有知』，把個『憶』字竟烘染出來了。」寶釵笑道：「你的『短鬢冷沾』，『葛巾香染』，也就把簪菊形容的一個縫兒也沒了。」湘雲笑道：「『偕誰隱』，『爲底遲』，眞個把個菊花問的無言可對。」李紈笑道：「你的『科頭坐』，『抱膝吟』，竟一時也不能別開，菊花有知，也必膩煩了。」說的大家都笑了。寶玉笑道：「我又落第。難道『誰家種』，『何處秋』，『蠟屐遠來』，『冷吟不盡』，都不是訪，『昨夜雨』，『今朝霜』，都不是種不成？但恨敵不上『口齒噙香對月吟』、『清冷香中抱膝吟』、『短鬢』、『葛巾』、『金淡泊』、『翠離披』、『秋無跡』、『夢有知』這幾句罷了。」◎9又道：「明兒閑了，我一個人作出十二首來。」李紈道：「你的也好，只是不及這幾句新巧就是了。」

評點

◎8.菊詩十二首與《紅樓夢曲》遙遙相照，俱有各人身分。（王希廉）
◎9.總寫寶玉不及，妙極！（脂硯齋）

大家又評了一回，復又要了熱蟹來，就在大圓桌子上吃了一回。寶玉笑道：「今日持螯賞桂，亦不可無詩。◎10我已吟成，誰還敢作呢？」說著，便忙洗了手提筆寫出。◎11眾人看道：

持螯更喜桂陰涼，潑醋擂薑興欲狂。
饕餮王孫應有酒，橫行公子卻無腸。※13
臍間積冷饞忘忌，指上沾腥洗尚香。
原爲世人美口腹，坡仙曾笑一生忙。

黛玉笑道：「這樣的詩，要一百首也有。」寶玉笑道：「你這會子才力已盡，不說不能作了，還貶人家。」黛玉聽了，並不答言，也不思索，提起筆來一揮，已有了一首。眾人看道：

鐵甲長戈死未忘，堆盤色相喜先嘗。
螯封嫩玉雙雙滿，殼凸紅脂塊塊香。※14
多肉更憐卿八足，助情誰勸我千觴。
對斯佳品酬佳節，桂拂清風菊帶霜。

寶玉看了正喝彩，黛玉便一把撕了，令人燒去，因笑道：「我作的不及你的，我燒了他。你那個很好，比方才的菊花詩還好，你留著他給人看。」寶釵接著笑道：「我也勉強了一首，未必好，寫出來取笑兒罷。」說著也寫了出來。大家看時，寫道是：

桂靄桐陰坐舉觴，長安涎口盼重陽。
眼前道路無經緯，皮裏春秋空黑黃※15。

看到這裏，衆人不禁叫絕。寶玉道：「寫得痛快！我的詩也該燒了。」又看底下道：

酒未敵腥還用菊，性防積冷定須薑。
於今落釜成何益，月浦空餘禾黍香※16。

衆人看畢，都說這是食螃蟹絕唱，這些小題目，原要寓大意才算是大才，只是諷刺世人太毒了些。說著，只見平兒復進園來。不知作什麼，且聽下回分解。

註

※13：饕餮：傳說中貪食的惡獸，後常用來比喻人貪饞。橫行公子：指蟹。
※14：鐵甲：比喻蟹殼。長戈：比喻蟹螯和蟹腳。嫩玉：比喻白色嫩肉。紅脂：蟹黃。
※15：皮裏春秋空黑黃：蟹殼裏僅有黑的膏膜和黃的蟹黃，諷喻世人心黑意險。
※16：末句意謂蟹食稻傷農，現在蟹死了，成了盤中餐，僅留下禾黍的芳香。

評點

◎10.全是他忙，全是他不及。妙極！（脂硯齋）
◎11.且莫看詩，只看他偏於如許一大回詩後又寫一回詩，豈世人想得到的？（脂硯齋）

第三十九回 村姥姥是信口開合 情哥哥偏尋根究底

話說衆人見平兒來了，都說：「你們奶奶作什麼呢，怎麼不來了？」平兒笑道：「他那裏得空兒來。因爲說沒有好生吃的，又不得來，所以叫我來問還有沒有，叫我要幾個拿了家去吃罷。」湘雲道：「有，多著呢。」忙令人拿了十個極大的。平兒道：「多拿幾個團臍的。」衆人又拉平兒坐，平兒不肯。李紈拉著他笑道：「偏要你坐。」拉著他身旁坐下，端了一杯酒送到他嘴邊。平兒忙喝了一口就要走。李紈道：「偏不許你去。顯見得只有鳳丫頭，就不聽我的話了。」說著又命嬤嬤們：「先送了盒子去，就說我留下平兒了。」那婆子一時拿了盒子回來說：「二奶奶說，叫奶奶和姑娘們別笑話要嘴吃。這個盒子裏是方才舅太太那裏送來的菱粉糕和雞油捲兒，給奶奶姑娘們吃的。」又向平兒道：「說使你來你就貪住頑不去

✣《增評補圖石頭記》第三十九回繪畫。（fotoe提供）

了。勸你少喝一杯兒罷。」平兒笑道：「多喝了又把我怎麼樣？」一面說，一面只管喝，又吃螃蟹。李紈攬著他笑道：「可惜這麼個好體面模樣兒，命卻平常，只落得屋裏使喚。不知道的人，誰不拿你當作奶奶太太看。」

平兒一面和寶釵湘雲等吃喝，一面回頭笑道：「奶奶，別只摸的我怪癢的。」李氏道：「噯喲！這硬的是什麼？」平兒道：「鑰匙。」李氏道：「什麼鑰匙？要緊梯己東西怕人偷了去，卻帶在身上。我成日家和人說笑，有個唐僧取經，就有個白馬來馱他；劉智遠※1打天下，就有個瓜精來送盔甲；有個鳳丫頭，就有個你。你就是你奶奶的一把總鑰匙，還要這鑰匙作什麼？」平兒笑道：「奶奶吃了酒，又拿我來打趣著取笑兒了。」寶釵笑道：「這倒是真話。我們沒事兒評論起人來，你們這幾個都是百個裏頭挑不出一個來，妙在各人有各人的好處。」李紈道：「大小都有個天理。比如老太太屋裏，要沒那個鴛鴦如何使得？從太太起，那一個敢駁老太太的回，現在他敢駁回。偏老太太只聽他一個人的話。老太太那些穿戴的，別人不記得，他都記得，要不是他經管著，不知叫人誆騙了多少去呢。那孩子心也公道，雖然這樣，倒常替人說好話兒，還倒不依勢欺人的。」惜春笑道：「老太太昨兒還說，他比我們還強呢。」平兒道：「那原是個好的，我們那裏比的上他。」寶玉道：「太太屋裏的彩霞，是個老實人。」探春道：「可不是，外頭老實，心裏有數兒。太太是那麼佛爺似的，事情上不留心，他

註

※1：五代時後漢王朝的建立者。

都知道。凡百一應事都是他提著太太行。連老爺在家出外去的一應大小事，他都知道。太太忘了，他背地裏告訴太太。」李紈道：「那也罷了。」指著寶玉道：「這一個小爺屋裏要不是襲人，你們度量到個什麼田地！鳳丫頭就是楚霸王，也得這兩隻膀子好舉千斤鼎※2。他不是這丫頭，就得這麼周到了？」平兒笑道：「先時陪了四個丫頭來，死的死去的去，只剩下我一個孤鬼了。」李紈道：「你倒是有造化的。鳳丫頭也是有造化的。想當初你珠大爺在日，何曾也沒兩個人。你們看我還是那容不下人的？天天只見他兩個不自在。所以你珠大爺一沒了，趁年輕我都打發了。若有一個守得住，我倒有個膀臂。」說著滴下淚來。衆人都道：「又何必傷心，不如散了倒好。」說著便都洗了手，大家約往賈母、王夫人處問安。

衆婆子、丫頭打掃亭子，收拾杯盤。襲人便和平兒同往前去，讓平兒到房裏坐坐，再喝一杯茶。平兒說：「不喝茶了，再來罷。」說著便要出去。襲人又叫住問道：「這個月的月錢，連老太太和太太還沒放呢，是爲什麼？」平兒見問，忙轉身至襲人跟前，見左近無人，才悄悄說道：「你快別問，橫豎再遲幾天就放了。」襲人笑道：「這是爲什麼，唬得你這樣？」平兒悄悄告訴他道：「這個月的月錢，我們奶奶早已支了，放給人使呢。等別處的利錢收了來，湊齊了才放呢。因爲是你，我才告訴你，可不許告訴一個人去。」襲人笑道：「難道他還短錢使，還沒個足厭？何苦還操這心！」平兒笑道：「何曾不是呢。這幾年拿著這一項銀子，翻出有幾百來了。他的公費月例又使不

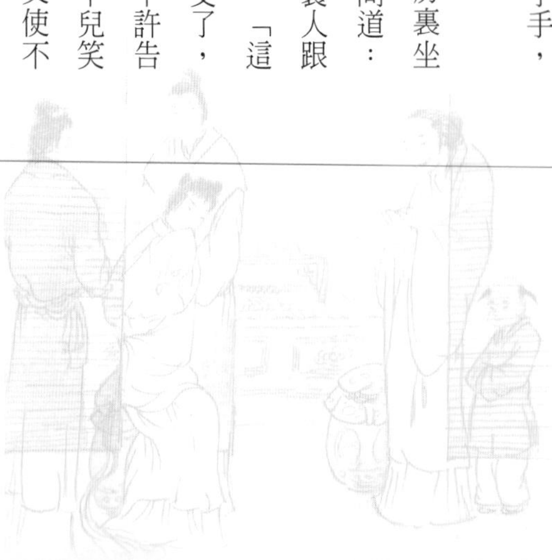

著，十兩八兩零碎攢了放出去，只他這梯己利錢，一年不到，上千的銀子呢！」襲人笑道：「拿著我們的錢，你們主子、奴才賺利錢，哄的我們呆呆的等著。」平兒道：「你又說沒良心的話。你難道還少錢使？」襲人道：「我雖不少，只是我也沒地方使去，就只預備我們那一個。」平兒道：「你倘若有要緊的事用錢使時，我那裏還有幾兩銀子，你先拿來使，明兒我扣下你的就是了。」襲人道：「此時也用不著，怕一時要用起來不夠了，我打發人去取就是了。」

平兒答應著，一逕出了園門，來至家內，只見鳳姐兒不在房裏。忽見上回來打抽豐※3的那劉姥姥和板兒又來了，坐在那邊屋裏，還有張材家的、周瑞家的陪著，又有兩三個丫頭在地下倒口袋裏的棗子倭瓜並些野菜。衆人見他進來，都忙站起來了。◎1劉姥姥因上次來過，知道平兒的身分，忙跳下地來問「姑娘好」，又說：「家裏都問好。早要來請姑奶奶的安看姑娘來的，因爲莊家忙，好容易今年多打了兩石糧食，瓜果、菜蔬也豐盛。這是頭一起摘下來的，並沒敢賣呢，留的尖兒孝敬姑奶奶姑娘們嘗嘗。姑娘們天天山珍海味的也吃膩了，這個吃個野意兒，也算是我們的窮心。」平兒忙道：「多謝費心。」又讓坐，自己也坐了。又讓張嬸子周大娘坐，又令小丫頭子倒茶去。周瑞張材兩家的因笑道：「姑娘今兒臉上有些春色，眼圈兒都紅了。」平兒笑道：「可不是。

註

※2：項羽，參加了秦末農民起義，秦亡後，自立爲西楚霸王。《史記．項羽本紀》說他「長八尺餘，力能扛鼎」。

※3：指利用各種關係向有錢人抽取利益。

評點

◎1.妙文！上回是先見平兒後見鳳姐，此則先見鳳姐後見平兒也。何錯綜巧妙得情得理之至耶？（脂硯齋）

✣ 劉姥姥見平兒，平兒因喝多了酒臉紅。周瑞家的和張材家的在一旁陪著。（朱士芳繪）

我原是不吃的，大奶奶和姑娘們只是拉著死灌，不得已喝了兩鍾，臉就紅了。」張材家的笑道：「我倒想著要吃呢，又沒人讓我。明兒再有人請姑娘，可帶了我去罷。」說著大家都笑了。周瑞家的道：「早起我就看見那螃蟹了，一斤只好秤兩三個。這麼三大簍，想是有七八十斤呢。」周瑞家的道：「若是上上下下只怕還不夠。」平兒道：「那裏夠，不過都是有名兒的吃兩個子。那些散衆的，也有摸得著的，也有摸不著的。」劉姥姥道：「這樣螃蟹，今年就值五分一斤。十斤五錢，五五二兩五，三五一十五，再搭上酒菜，一共倒有二十多兩銀子。阿彌陀佛！這一頓的錢夠我們莊家人過一年的了。」平兒因問：「想是見過奶奶了？」劉姥姥道：「見過了，叫我們等著呢。」說著，又往窗外看天氣，說道：「天好早晚了，我們也去罷，別出不去城才是饑荒呢。」周瑞家的道：「這話倒是，我替你瞧瞧去。」說著一逕去了，半日方來，笑道：「可是你老的福來了，竟投了這兩個人的緣了。」平兒等問怎麼樣，周瑞家的笑道：「二奶奶在老太太的跟前呢。我原是悄悄的告訴二奶奶，『劉姥姥要家去呢，怕晚了趕不出城去。』二奶奶說：『大遠的，難爲他扛了那些沉東西來，晚了就住一夜明兒再去。』這可不是投上二奶奶的緣了！這也罷了，偏生老太太又聽見了，問劉姥姥是誰。二奶奶便回明白了。老太太說：『我正想個積古的老人家說話兒，請了來我見一見。』這可不是想不到天上緣分了！」說著，催劉姥姥下來前去。劉姥姥道：「我這生像兒怎好見的！好嫂子，你就說我去了罷。」平兒忙道：「你快去罷，不相干的。我們老太太最是惜老憐貧的，比不得那個狂三詐四的那些人。想是你怯上，我和周大娘送你去。」說著，同周瑞家的引了劉姥姥往賈母這邊來。

二門口該班的小廝們見了平兒出來，都站起來了，又有兩個跑上來，趕著平兒叫「姑娘」。平兒問：「又說什麼？」那小廝笑道：「這會子也好早晚了，我媽病了，等我去請大夫。好姑娘，我討半日假可使的？」平兒道：「你們倒好，都商議定了，一天一個告假，又不回奶奶，只和我胡纏。前兒住兒去了，二爺偏生叫他，叫不著，我應起來了，還說我作了情。你今兒又來了。」◎2周瑞家的道：「當眞的，他媽病了，姑娘也替他應著，放了他罷。」平兒道：「明兒一早來。聽著，我還要使你呢，再睡的日頭晒著屁股再來！你這一去，帶個信兒給旺兒，就說奶奶的話，問著他那剩的利錢。明兒若不交了來，奶奶也不要了，就索性送他使罷。」◎3那小廝歡天喜地答應去了。

平兒等來至賈母房中，彼時大觀園中姐妹們都在賈母前承奉。劉姥姥進去，只見滿屋裏珠圍翠繞，花枝招展的，並不知都係何人。只見一張榻上歪著一位老婆婆，身後坐著一個紗羅裹的美人一般的一個丫鬟在那裏捶腿，鳳姐兒站著正說笑。◎4劉姥姥便知是賈母了，忙上來陪著笑，福※4了幾福，口裏說：「請老壽星安。」◎5賈母亦欠身問好，又命周瑞家的端過椅子來坐著。那板兒仍是怯人，不知問候。賈母道：「老

✣ 劉姥姥和板兒。他們每一次進入賈府，都會發現那裏有了很大的變化。（《紅樓夢煙標精華》杜春耕編著，北京圖書館出版社提供）

親家，你今年多大年紀了？」劉姥姥忙立身答道：「我今年七十五了。」賈母向衆人道：「這麼大年紀了，還這麼健朗。比我大好幾歲呢。我要到這麼大年紀，還不知怎麼動不得呢。」劉姥姥笑道：「我們生來是受苦的人，老太太生來是享福的。若我們也這樣，那些莊稼活也沒人作了。」賈母道：「眼睛牙齒都還好？」劉姥姥道：「都還好，就是今年左邊的槽牙活動了。」賈母道：「我老了，都不中用了，眼也花，耳也聾，記性也沒了。你們這些老親戚，我都不記得了。親戚們來了，我怕人笑我，我都不會，不過嚼的動的吃兩口，睡一覺，悶了時和這些孫子、孫女兒頑笑一回就完了。」劉姥姥笑道：「這正是老太太的福了。我們想這麼著也不能。」賈母道：「什麼福，不過是個老廢物罷了。」說的大家都笑了。賈母又笑道：「我才聽見鳳哥兒說，你帶了好些瓜菜來，叫他快收拾去了，我正想個地裏現擷的瓜兒菜兒吃。外頭買的，不像你們田地裏的好吃。」劉姥姥笑道：「這是野意兒，不過吃個新鮮。依我們倒想魚肉吃，只是吃不起。」賈母又道：「今兒既認著了親，別空空兒的就去。不嫌我這裏，就住一兩天再去。我們也有個園子，園子裏頭也有果子，你明日也嘗嘗，帶些家去，你也算看親戚一趟。」鳳姐兒見賈母喜歡，也忙留道：「我們這裏雖不比你們的場院大，空屋子還有兩間。你住兩天罷，把你們那裏的新聞故事兒說些與我們老太太聽聽。」賈母笑道：「鳳丫頭別拿他取笑兒。他是鄉屯裏的人，老實，那裏擱得

註

※4：舊時女子與人相見時的一種禮節。

評點

◎2.分明幾回沒寫到賈璉，今忽閑中一語，便補得賈璉這邊天天熱鬧，令人卻如看見聽見一般。所謂不寫之寫也。劉姥姥眼中耳中，又一番世面，奇妙之甚！（脂硯齋）

◎3.交代過襲人的話，看他如此說，眞比鳳姐又甚一層。李紈之語不謬也。不知阿鳳何等福得此一人。（脂硯齋）

◎4.奇奇怪怪文章。在劉姥姥眼中以爲阿鳳至尊至貴，普天下人都該站著說，阿鳳獨坐才是。如何今見阿鳳獨站哉？眞妙文字。（脂硯齋）

◎5.更妙！賈母之號何其多耶？在諸人口中則曰「老太太」，在阿鳳口中則曰「老祖宗」，在僧尼口中則曰「老菩薩」，在劉姥姥口中則曰「老壽星」者，卻似有數人，想去則皆賈母，難得如此各盡其妙，劉姥姥亦善應接。（脂硯齋）

住你打趣他。」說著，又命人去先抓果子與板兒吃。板兒見人多了，又不敢吃。賈母又命拿些錢給他，叫小么兒們帶他外頭頑去。劉姥姥吃了茶，便把些鄉村中所見所聞的事情說與賈母，賈母益發得了趣味。正說著，鳳姐兒便令人來請劉姥姥吃晚飯。賈母又將自己的菜揀了幾樣，命人送過去與劉姥姥吃。

鳳姐知道合了賈母的心，吃了飯便又打發過來。鴛鴦忙命老婆子帶了劉姥姥去洗了澡，自己挑了兩件隨常的衣服令給劉姥姥換上。◎6那劉姥姥那裏見過這般行事，忙換了衣裳出來，坐在賈母榻前，又搜尋些話出來說。彼時寶玉姐妹們也都在這裏坐著，他們何曾聽見過這些話，自覺比那瞽目先生說的書還好聽。那劉姥姥雖是個村野人，卻生來的有些見識，況且年紀老了，世情上經歷過的，見頭一個賈母高興，第二見這些哥兒姐兒們都愛聽，便沒了說的也編出些話來講。因說道：「我們村莊上種地種菜，每年每日，春夏秋冬，風裏雨裏，那有個坐著的空兒，天天都是在那地頭子上作歇馬涼亭※5，什麼奇奇怪怪的事不見呢。就像去年冬天，接連下了幾天雪，地下壓了三四尺深。我那日起的早，還沒出房門，只聽外頭柴草響。我想著必定是有人偷柴草來了。我爬著窗眼兒一瞧，卻不是我們村莊上的人。」賈母道：「必定是過路的客人們冷了，見現成的柴，抽些烤火去也是有的。」劉姥姥笑道：「也並不是客人，所以說來奇怪。老壽星當

✣《紅樓夢》金陵十二釵之林黛玉，要太保剪紙作品。（孔蘭平翻拍）

✣ 劉姥姥田地裏收穫的莊稼，反而引起鐘鳴鼎食的賈母嘗鮮的興趣。（國光劇團豫劇隊提供，林榮錄攝影）

個什麼人？原來是一個十七八歲極標緻的小姑娘，梳著溜油光的頭，穿著大紅襖兒、白綾裙子——」◎7剛說到這裏，忽聽外面人吵嚷起來，又說：「不相干的，別唬著老太太！」賈母等聽了，忙問怎麼了。丫鬟回說「南院馬棚裏走了水※6，不相干，已經救下去了。」賈母最膽小的，聽了這話，忙起身扶了人出至廊上來瞧，只見東南上火光猶亮。賈母唬的口內念佛，忙命人去火神跟前燒香。王夫人等也忙都過來請安，又回說「已經下去了，老太太請進房去罷。」賈母足的※7看著火光熄了，方領眾人進來。◎8寶玉且忙著問劉姥姥：「那女孩兒大雪地裏作什麼抽柴草？倘或凍出病來呢？」賈母道：「都是才說抽柴草惹出火來了，你還問呢！別說這個了，再說別的罷。」寶玉聽說，心內雖不樂，也只得罷了。劉姥姥便又想了一篇，說道：「我們莊

註

※5：本指舊時驛路上供行人歇馬休息的亭子，此處是說把地頭當作休息處。
※6：「失了火」的諱稱。
※7：一直。

評點

◎6.一段寫鴛鴦身分、權勢、心機，只寫賈母也。（脂硯齋）
◎7.劉姥姥的口氣如此。（脂硯齋）
◎8.一段爲後回作引，然偏於寶玉愛聽時截住。（脂硯齋）

✣ 劉姥姥為了讓賈母高興，編出一些村莊上的稀奇事，寶玉卻信以為真。（朱士芳繪）

子東邊，有個老奶奶子，今年九十多歲了。他天天吃齋念佛，誰知就感動了觀音菩薩夜裏來托夢說：『你這樣虔心，原本你該絕後的，如今奏了玉皇，給你個孫子。』原來這老奶奶只有一個兒子，這兒子也只一個兒子，好容易養到十七八歲上死了，哭的什麼似的。後果然又養了一個，今年才十三四歲，生的雪團兒一般，聰明伶俐非常。可見這些神佛是有的。」這一席話，實合了賈母、王夫人的心事，連王夫人也都聽住了。

寶玉心中只記掛著抽柴的故事，因悶悶的心中籌畫。探春因問他「昨日擾了史大妹妹，咱們回去商議著邀一社，又還了席，也請老太太賞菊花，何如？」寶玉笑道：「老太太說了，還要擺酒還史妹妹的席，叫咱們作陪呢。等著吃了老太太的，咱們再請不遲。」探春道：「越往前去越冷了，老太太未必高興。」寶玉道：「老太太又喜歡下雨下雪的。不如咱們等下頭場雪，請老太太賞雪豈不好？咱們雪下吟詩也更有趣了。」林黛玉忙笑道：「咱們雪下吟詩？依我說，還不如弄一捆柴火，雪下抽柴，還更有趣兒呢！」說著，寶釵等都笑了。寶玉瞅了他一眼，也不答話。

一時散了，背地裏寶玉足的拉了劉姥姥，細問那女孩兒是誰。劉姥姥只得編了告訴他道：「那原是我們莊北沿地埂子上有一個小祠堂裏供的，不是神佛，當先有個什麼老爺。」說著又想名姓。寶玉道：「不拘什麼名姓，你不必想了，只說原故就是了。」劉姥姥道：「這老爺沒有兒子，只有一位小姐，名叫茗玉。小姐知書識字，老爺太太愛如珍寶。可惜這茗玉小姐生到十七歲，一病死了。」寶玉聽了，跌足嘆惜，又問後來怎麼樣？劉姥姥道：「因爲老爺太太思念不盡，便蓋了這祠堂，塑了這茗玉小姐的像，派了人燒香撥火。如今日久年深的，人也沒了，廟也爛了，那個像就成了精。」寶玉忙道：「不是成精，規矩這樣人是雖死不死的。」劉姥姥道：「阿彌陀佛！原來如此。不是哥兒說，我們都當他成精。他時常變了人出來各村莊店道上閑逛。我才說這抽柴火的就是他了。我們村莊上的人還商議著要打了這塑像、平了廟呢。」寶玉忙道：「快別如此。若平了廟，罪過不小。」劉姥姥道：「幸虧哥兒告訴我，我明兒回去告訴他們就是了。」寶玉道：「我們老太太、太太都是善人，就是合家大小也都好善喜捨，最愛修廟塑神的。我明兒作一個疏頭※8，替你化些布施，你就作香頭※9，攢了錢把這廟修蓋，再裝潢了泥像，每月給你香火錢燒香豈不好？」劉姥姥道：「若這樣，我托那小姐的福，也有幾個錢使了。」寶玉又問他地名莊名，來往遠近，坐落何方。劉姥姥便順口胡謅了出來。

寶玉信以爲眞，回至房中盤算了一夜。次日一早，便出來給了茗煙幾百錢，按著劉姥姥說的方向地名，著茗煙去先踏看明白，回來再作主意。那茗煙去後，寶玉左等也不來，右等也不來，急的熱鍋上的螞蟻一般。好容易等到日落，方見茗煙興興頭頭的回來。寶玉忙道：「可有廟了？」茗煙笑道：「爺聽的不明白，叫我好找。那地名坐落

✣ 賈寶玉。此圖重在描繪其紈袴身分。（《紅樓夢煙標精華》杜春耕編著，北京圖書館出版社提供）

不似爺說的一樣，所以找了一日，找到東北上田埂子上才有一個破廟。」寶玉聽說，喜的眉開眼笑，忙說道：「劉姥姥有年紀的人，一時錯記了也是有的。你且說你見的。」茗煙道：「那廟門卻倒是朝南開，也是稀破的。我找的正沒好氣，一見這個，我說『可好了』，連忙進去。一看泥胎，唬的我跑出來了，活似眞的一般。」寶玉喜的笑道：「他能變化人了，自然有些生氣。」茗煙拍手道：「那裏有什麼女孩兒，竟是一位青臉紅髮的瘟神爺。」◎9寶玉聽了，啐了一口，罵道：「眞是一個無用的殺才！這點子事也幹不來。」茗煙道：「二爺又不知看了什麼書，或者聽了誰的混話，信眞了，把這件沒頭腦的事派我去碰頭，怎麼說我沒用呢？」寶玉見他急了，忙撫慰他道：「你別急。改日閑了你再找去。若是他哄我們呢，自然沒了，若竟是有的，你豈不也積了陰騭。我必重重的賞你。」正說著，只見二門上的小廝來說：「老太太房裏的姑娘們站在二門口找二爺呢。」

註

※8：指修廟募捐的「啓事」、僧道化緣的紀錄簿。

※9：寺廟中管香火的人。

評點

◎9.茗煙尋美女廟，偏遇見瘟神像，暗中點醒痴人，是先後《紅樓夢》中美人俱變爲夜叉海鬼、牛頭馬面陪襯。（王希廉）

第四十回 史太君兩宴大觀園　金鴛鴦三宣牙牌令

話說寶玉聽了，忙進來看時，只見琥珀站在屏風跟前說：「快去吧，立等你說話呢。」寶玉來至上房，只見賈母正和王夫人、衆姐妹商議給史湘雲還席。寶玉因說道：「我有個主意。既沒有外客，吃的東西也別定了樣數，誰素日愛吃的揀樣兒作幾樣。也不要按桌席，每人跟前擺一張高几，各人愛吃的東西一兩樣，再一個什錦攢心盒子，自斟壺，豈不別致！」賈母聽了，說「很是」，忙命人傳與廚房：「明日就揀我們愛吃的東西作了，按著人數，再裝了盒子來。早飯也擺在園子裏吃。」商議之間，早又掌燈，一夕無話。

次日清早起來，可喜這日天氣清朗。李紈侵晨先起，看著老婆子丫頭們掃那些落葉，◎1並擦抹桌椅，預備茶酒器皿。只見豐兒帶了劉姥姥板兒進

✣《增評補圖石頭記》第四十回繪畫。（fotoe提供）

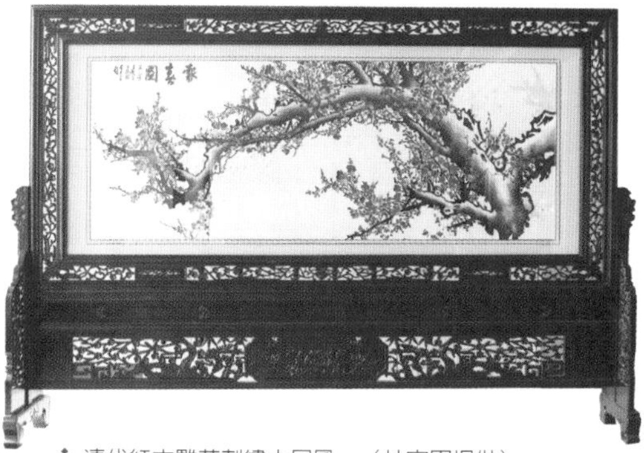

✣清代紅木雕花刺繡大屏風。（杜宗軍提供）

來，說「大奶奶倒忙的緊。」李紈笑道：「我說你昨兒去不成，只忙著要去。」劉姥姥笑道：「老太太留下我，叫我也熱鬧一天去。」豐兒拿了幾把大小鑰匙，說道：「我們奶奶說了，外頭的高几恐不夠使，不如開了樓把那收著的拿下來使一天罷。奶奶原該親自來的，因和太太說話呢，請大奶奶開了，帶著人搬罷。」李氏便令素雲接了鑰匙，又令婆子出去把二門上的小廝叫幾個來。李氏站在大觀樓下往上看，命人上去開了綴錦閣，一張一張往下抬。小廝、老婆子、丫頭一齊動手，抬了二十多張下來。李紈道：「好生著，別慌慌張張鬼趕來似的，仔細碰了牙子※1！」又回頭向劉姥姥笑道：「姥姥也上去瞧瞧。」劉姥姥聽說，巴不得一聲兒，便拉了板兒登梯上去。進裏面，只見烏壓壓的堆著些圍屏、桌椅、大小花燈之類，雖不大認得，只見五彩炫耀，各有奇妙。念了幾聲佛便下來了。然後鎖上門，一齊才下來。李紈道：「恐怕老太太高興，越性把舡上划子、篙槳、遮陽幔子都搬了下來預備著。」眾人答應，復又開了，色色的搬了下來。命小廝傳駕娘們到舡塢裏撐出兩隻船來。

註

※1：指鑲在精緻家具邊沿的雕花裝飾。

評點

◎1.八月盡的光景。（脂硯齋）

正亂著安排，只見賈母已帶了一群人進來了。李紈忙迎上去，笑道：「老太太高興，倒進來了。我只當還沒梳頭呢，才擷了菊花要送去。」一面說，一面碧月早捧過一個大荷葉式的翡翠盤子來，裏面養著各色折枝菊花。賈母便揀了一朵大紅的簪於鬢上。因回頭看見了劉姥姥，忙笑道：「過來帶花兒。」一語未完，鳳姐便拉過劉姥姥來，笑道：「讓我打扮你。」說著，將一盤子花橫三豎四的插了一頭。賈母和衆人笑的了不得。劉姥姥笑道：「我這頭也不知修了什麼福，今兒這樣體面起來。」衆人笑道：「你還不拔下來摔到他臉上呢，把你打扮的成了個老妖精了。」劉姥姥笑道：「我雖老了，年輕時也風流，愛個花兒粉兒的，今兒老風流才好。」

說笑之間，已來至沁芳亭子上。丫鬟們抱了一個大錦褥子來，鋪在欄杆榻板上。賈母倚柱坐下，命劉姥姥也坐在旁邊，因問他：「這園子好不好？」劉姥姥念佛說道：「我們鄉下人到了年下，都上城來買畫兒貼。時常閑了，大家都說，怎麼得也到畫兒上去逛逛。想著那個畫兒也不過是假的，那裏有這個眞地方呢。誰知我今兒進這園裏一瞧，竟比那畫兒還強十倍。怎麼得有人也照著這個園子畫一張，我帶了家去，給他們見見，死了也得好處。」賈母聽說，便指著惜春笑道：「你瞧我這個小孫女兒，他就會畫。等明兒叫他畫一張如何？」劉姥姥聽了喜

✣ 劉姥姥在賈府衆人捉弄之下打扮得花枝招展，只為了博得賈母歡喜。（國光劇團豫劇隊提供，林榮錄攝影）

的忙跑過來，拉著惜春說道：「我的姑娘，你這麼大年紀兒，又這麼個好模樣，還有這個能幹，別是神仙托生的罷！」

賈母少歇一回，自然領著劉姥姥都見識見識，先到了瀟湘館。一進門，只見兩邊翠竹夾路，土地下蒼苔布滿，中間羊腸一條石子漫的路。劉姥姥讓出路來與賈母眾人走，自己卻走土地。琥珀拉著他說道：「姥姥，你上來走，仔細蒼苔滑了！」劉姥姥道：「不相干的，我們走熟了的，姑娘們只管走罷。可惜你們的那繡鞋，別沾髒了。」他只顧上頭和人說話，不防底下果踩滑了，咕咚一跤跌倒。眾人都拍手哈哈的笑起來。賈母笑罵道：「小蹄子們，還不攙起來！只站著笑。」說話時，劉姥姥已爬了起來，自己也笑了，說道：「才說嘴就打了嘴。」賈母問他：「可扭了腰了不曾？叫丫頭們捶一捶。」劉姥姥道：「那裏說的我

✣ 描繪《紅樓夢》第四十回中的場景。劉姥姥失足瀟湘館，她的一舉一動，都成為賈府公子小姐們的笑料，而懂得世故的她，很快便主動配合了。清代孫溫繪《全本紅樓夢》圖冊第十冊之五。（清．孫溫繪）

這麼嬌嫩了。那一天不跌兩下子，都要捶起來，還了得呢。」紫鵑早打起湘簾，賈母等進來坐下。林黛玉親自用小茶盤捧了一蓋碗茶來奉與賈母。王夫人道：「我們不吃茶，姑娘不用倒了。」林黛玉聽說，便命丫頭把自己窗下常坐的一張椅子挪到下首，請王夫人坐了。劉姥姥因見窗下案上設著筆硯，又見書架上磊著滿滿的書，劉姥姥道：「這必定是那位哥兒的書房了。」賈母笑指黛玉道：「這是我這外孫女兒的屋子。」劉姥姥留神打諒了林黛玉一番，方笑道：「這那裡像個小姐的繡房，竟比那上等的書房還好。」賈母因問：「寶玉怎麼不見？」眾丫頭們答說：「在池子裏船上呢。」賈母道：「誰又預備下船了？」李紈忙回說：「才開樓拿几，我恐怕老太太高興，就預備下了。」賈母聽了方欲說話時，有人回說：「姨太太來了。」賈母等剛站起來，只見薛姨媽早進來了，一面歸坐，笑道：「今兒老太太高興，這早晚就來了。」賈母笑道：「我才說來遲了的要罰他，不想姨太太就來遲了。」

說笑一會，賈母因見窗上紗的顏色舊了，便和王夫人說道：「這個紗新糊上好看，過了後來就不翠了。這個院子裏頭又沒有個桃杏樹，這竹子已是綠的，再拿這綠紗糊上反不配。我記得咱們先有四五樣顏色糊窗的紗呢。明兒給他把這窗上的換了。」鳳姐兒忙道：「昨兒我開庫房，看見大板箱裏還有好些匹銀紅蟬翼紗，也有各樣折枝花樣的，也有流雲卍福花樣的，也有百蝶穿花花樣的，顏色又鮮，紗又輕軟，我竟沒見過這樣的。拿了兩匹出來，作兩床綿紗被，想來一定是好的。」賈母聽了笑道：「呸！人人都

✣ 扶手椅、茶几，明清古董傢俱。
（熊一軍提供）

說你沒有不經過不見過，連這個紗還不認得呢，明兒還說嘴！」薛姨媽等都笑說：「憑他怎麼經過見過，如何敢比老太太呢。老太太何不教導了他，我們也聽聽。」鳳姐兒也笑說：「好祖宗，教給我罷。」賈母笑向薛姨媽眾人道：「那個紗，比你們的年紀還大呢。怪不得他認作蟬翼紗，原也有些像，不知道的都認作蟬翼紗。正經名字叫作『軟煙羅』。」鳳姐兒道：「這個名兒也好聽。只是我這麼大了，紗羅也見過幾百樣，從沒聽見過這個名兒。」賈母笑道：「你能夠活了多大，見過幾樣沒處放的東西，就說嘴來了。那個軟煙羅只有四樣顏色：一樣雨過天晴，一樣秋香色，一樣松綠的，一樣就是銀紅的；若是作了帳子，糊了窗屜，遠遠的看著就似煙霧一樣，所以叫作『軟煙羅』。那銀紅的又叫作『霞影紗』。如今上用的府紗也沒有這樣軟厚輕密的了。」薛姨媽笑道：「別說鳳丫頭沒見，連我也沒聽見過。」鳳姐兒一面說話，早命人取了一匹來了。賈母說：「可不是這個，先時原不過是糊窗屜，後來我們拿這個作被作帳子，試試也竟好。明兒就找出幾匹來，拿銀紅的替他糊窗子。」鳳姐答應著。眾人都看了，稱贊不已。劉姥姥也覷著眼看個不了，念佛道：「我們想他作衣裳也不能，拿著糊窗子，豈不可惜？」賈母道：「倒是作衣裳不好看。」鳳姐忙把自己身上穿的一件大紅

清代紅木雕花大櫃。劉姥姥說賈府中的櫃子比他們一間房子還高大。（杜宗軍提供）

綿紗襖子襟兒拉了出來，向賈母薛姨媽道：「看我的這襖兒。」賈母薛姨媽都說：「這也是上好的了，這是如今的上用內造的，竟比不上這個。」鳳姐兒道：「這個薄片子，還說是上用內造呢，竟連官用的也比不上了。」賈母道：「再找一找，只怕還有青的。若有時都拿出來，送這劉親家兩匹，再作一個帳子我掛，下剩的添上裏子，作些夾背心子給丫頭們穿，白收著霉壞了。」鳳姐忙答應了，仍命人送去。賈母起身笑道：「這屋裏窄，再往別處逛去。」劉姥姥念佛道：「人人都說大家子住大房。昨兒見了老太太正房，配上大箱、大櫃、大桌子、大床，果然威武。那櫃子比我們一間房子還大還高。怪道後院子裏有個梯子。我想並不上房晒東西，預備個梯子作什麼？後來我想起來，定是爲開頂櫃收放東西，離了那梯子怎麼得上去呢？如今又見了這小屋子，更比大的越發齊整了。滿屋裏的東西都只好看，都不知叫什麼，我越看越捨不得離了這裏。」鳳姐道：「還有好的呢，我都帶你去瞧瞧。」說著一逕離了瀟湘館。

遠遠望見池中一群人在那裏撐船。賈母道：「他們既預備下船，咱們就坐。」一面

✣ 賈母在大觀園宴客，鳳姐和鴛鴦捉弄劉姥姥，讓她使用很沉的象牙鑲金筷子。（朱士芳繪）

說著，便向紫菱洲蓼漵一帶走來。未至池前，只見幾個婆子手裏都捧著一色捏絲戧金※2五彩大盒子走來。鳳姐忙問王夫人早飯在那裏擺。王夫人道：「問老太太在那裏，就在那裏罷了。」賈母聽說，便回頭說：「你三妹妹那裏就好。你就帶了人擺去，我們從這裏坐了船去。」鳳姐聽說，便回身同了李紈、探春、鴛鴦、琥珀帶著端飯的人等，抄著近路到了秋爽齋，就在曉翠堂上調開桌案。鴛鴦笑道：「天天咱們說外頭老爺們吃酒吃飯都有一個篾片※3相公，拿他取笑兒。咱們今兒也得了一個女篾片了。」李紈是個厚道人，聽了不解。鳳姐兒卻知是說的是劉姥姥了，也笑說道：「咱們今兒就拿他取個笑兒。」二人便如此這般的商議。李紈笑勸道：「你們一點好事也不作，又不是個小孩兒，還這麼淘氣，仔細老太太說。」鴛鴦笑道：「很不與你相干，有我呢。」

正說著，只見賈母等來了，各自隨便坐下。先有丫鬟端過兩盤茶來，大家吃畢。鳳姐手裏拿著西洋布手巾，裹著一把烏木三鑲銀箸，敁敪※4人位，按席擺下。賈母因說：「把那一張小楠木桌子抬過來，讓劉親家近我這邊坐著。」眾人聽說，忙抬了過來。鳳姐一面遞眼色與鴛鴦，鴛鴦便拉了劉姥姥出去，悄悄的囑咐了劉姥姥一席話，又說：「這是我們家的規矩，若錯了，我們就笑話呢。」調停已畢，然後歸坐。薛姨媽是

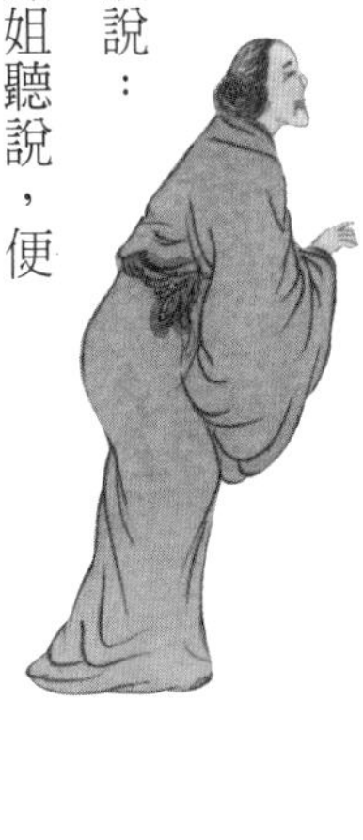

註

※2：把各種圖案花紋的金絲鑲嵌在器物之上。

※3：古時富貴人家的家裏爲主子幫閒湊趣的門客。

※4：估量物體，亦指在心中盤算衡量。也作「掂掇」。

吃過飯來的，不吃，只坐在一邊吃茶。◎2賈母帶著寶玉、湘雲、黛玉、寶釵一桌，王夫人帶著迎春姐妹三個人一桌，劉姥姥傍著賈母一桌。賈母素日吃飯，皆有小丫鬟在旁邊，拿著漱盂、麈尾、巾帕之物。如今鴛鴦是不當這差的了，今日鴛鴦偏接過麈尾來拂著。丫鬟們知道他要撮弄劉姥姥，便躲開讓他。鴛鴦一面侍立，一面悄向劉姥姥說道：「別忘了。」劉姥姥道：「姑娘放心。」那劉姥姥入了座，拿起箸來，沉甸甸的不伏手。原是鳳姐和鴛鴦商議定了，單拿一雙老年四楞象牙鑲金的筷子與劉姥姥。劉姥姥見了，說道：「這叉爬子比俺那裏鐵鍁還沉，那裏犟的過他。」說的眾人都笑起來。

只見一個媳婦端了一個盒子站在當地，一個丫鬟上來揭去盒蓋，裏面盛著兩碗菜。李紈端了一碗放在賈母桌上。鳳姐兒偏揀了一碗鴿子蛋放在劉姥姥桌上。賈母這邊說聲「請」，劉姥姥便站起身來，高聲說道：「老劉，老劉，食量大似牛，吃一個老母豬不抬頭。」自己卻鼓著腮不語。眾人先是發怔，後來一聽，上上下下都哈哈的大笑起來。史湘雲撐不住，一口飯都噴了出來；林黛玉笑岔了氣，伏著桌子叫「噯喲」；寶玉早滾到賈母懷裏，賈母笑的摟著寶玉叫「心肝」；王夫人笑的用手指著鳳姐兒，只說不出話來；薛姨媽也撐不住，口裏的茶噴了探春一裙子；探春手裏的飯碗都合在迎春身上；惜春離了座位，拉著他奶母叫「揉一揉腸子」。地下的無一個不彎腰屈背，也有躲出去蹲著笑去的，也有忍著笑上來替他姐妹換衣裳的，獨有鳳姐鴛鴦二人撐著，還只管讓劉姥姥。劉姥姥拿起箸來，只覺不聽使，又說道：「這裏的雞兒也俊，下的這蛋也

小巧，怪俊的。我且肏攮一個。」衆人方住了笑，聽見這話，又笑起來。賈母笑的眼淚出來，琥珀在後捶著。賈母笑道：「這定是鳳丫頭促狹鬼兒鬧的，快別信他的話了。」那劉姥姥正誇雞蛋小巧，要肏攮一個，鳳姐兒笑道：「一兩銀子一個呢，你快嘗嘗罷，那冷了就不好吃了。」劉姥姥便伸箸子要夾，那裏夾的起來，滿碗裏鬧了一陣好的，好容易撮起一個來，才伸著脖子要吃，偏又滑下來滾在地下，忙放下箸子要親自去撿，早有地下的人撿了出去了。劉姥姥嘆道：「一兩銀子，也沒聽見響聲兒就沒了。」衆人已沒心吃飯，都看著他笑。賈母又說：「這會子又把那個筷子拿了出來，又不請客擺大筵席。都是鳳丫頭支使的，還不換了呢！」地下的人原不曾預備這牙箸，本是鳳姐和鴛鴦拿了來的，聽如此說，忙收了過去，也照樣換上一雙烏木鑲銀的。劉姥姥道：「去了金的，又是銀的，到底不及俺們那個伏手。」鳳姐兒道：「菜裏若有毒，這銀子下去了就試的出來。」劉姥姥道：「這個菜裏若有毒，俺們那些菜都成了砒霜了。那怕毒死了也要吃盡了。」賈母見他如此有趣，吃的又香甜，把自己的也都端過來與他吃。又命一個老嬤嬤來，將各樣的菜給板兒夾在碗上。

一時吃畢，賈母等都往探春臥室中去說閑話。這裏收拾過殘桌，又放了一桌。劉姥姥看著李紈與鳳姐兒對坐著吃飯，嘆道：「別的罷了，我只愛你們家這行事。怪道說『禮出大家』。」鳳姐兒忙笑道：「你可別多心，才剛不過大家取樂兒。」一言未了，鴛鴦也進來笑道：「姥姥別惱，我給你老人家賠個不是。」劉姥姥笑道：「姑娘說那

評點

◎2.妙！若只管寫薛姨媽來則吃飯，則成何文理？（脂硯齋）

裏話，咱們哄著老太太開個心兒，可有什麼惱的！你先囑咐我，我就明白了，不過大家取個笑兒。我要心裏惱，也就不說了。」鴛鴦便罵人「爲什麼不倒茶給姥姥吃。」劉姥姥忙道：「剛才那個嫂子倒了茶來，我吃過了。姑娘也該用飯了。」鳳姐兒便拉鴛鴦：「你坐下和我們吃了罷，省的回來又鬧。」鴛鴦便坐下了。婆子們添上碗箸來，三人吃畢。劉姥姥笑道：「我看你們這些人都只吃這一點兒就完了，虧你們也不餓。怪只道風兒都吹的倒。」鴛鴦便問：「今兒剩的菜不少，都那去了？」婆子們道：「都還沒散呢，在這裏等著一齊散與他們吃。」鴛鴦道：「他們吃不了這些，挑兩碗給二奶奶屋裏平丫頭送去。」鳳姐兒道：「他早吃了飯了，不用給他。」鴛鴦道：「他不吃了，餵你們的貓。」婆子聽了，忙揀了兩樣拿盒子送去。鴛鴦道：「素雲那去了？」李紈道：「他們都在這裏一處吃，又找他作什麼。」鴛鴦道：「這就罷了。」鳳姐兒道：「襲人不在這裏，你倒是叫人送兩樣給他去。」◎3 鴛鴦聽說，便命人也送兩樣去後，鴛鴦又問婆子們：「回來吃酒的攢盒可裝上了？」婆子道：「想必還得一會子。」鴛鴦道：「催著些兒。」婆子應喏了。

鳳姐兒等來至探春房中，只見他娘兒們正說笑。探春素喜闊朗，這三間屋子並不曾隔斷。當地放著一張花梨大理石大案，案上磊著各種名人法帖※5，並數十方寶硯，各色筆筒、筆海內插的筆如樹林一般。那一邊設著斗大的一個汝窯花囊，插著滿滿的一囊水晶球的白菊。西牆上當中掛著一大幅米襄陽※6《煙雨圖》，左右掛著一副對聯，乃

是顏魯公墨跡，◎4其詞云：

煙霞閑骨格※7　泉石野生涯

案上設著大鼎。左邊紫檀架上放著一個大觀窯的大盤，盤內盛著數十個嬌黃玲瓏大佛手。右邊洋漆架上懸著一個白玉比目磬，旁邊掛著小錘。那板兒略熟了些，便要摘那錘子要擊，丫鬟們忙攔住他。他又要佛手吃，探春揀了一個與他說：「頑罷，吃不得的。」東邊便設著臥榻，拔步床上懸著蔥綠雙繡花卉草蟲的紗帳。板兒又跑過來看，說「這是蟈蟈，這是螞蚱」。劉姥姥忙打他一巴掌，罵道：「下作黃子※8，沒乾沒淨的亂鬧！倒叫你進來瞧瞧，就上臉※9了。」打的板兒哭起來，眾人忙勸解方罷。賈母因隔著紗窗往後院內看了一回，說道：「後廊檐下的梧桐也好了，就只細些。」正說話，忽一陣風過，隱隱聽得鼓樂之聲。賈母問「是誰家娶親呢？這裏臨街倒近。」王夫人等笑回道：「街上的那裏聽的見，這是咱們的那十幾個女孩子們演習吹打呢。」賈母便笑道：「既是他們演，何不叫他們進來演習。他們也逛一逛，咱們可又樂了。」鳳姐聽說，忙命人出去叫來，又一面吩咐擺下條桌，鋪上紅毡子。賈母道：「就鋪排在藕香榭的水亭子上，借著水音更好聽。回來咱們就在綴錦閣底下吃酒，又寬闊，又聽的近。」

註

※5：供人臨摹的書法拓印本。
※6：即米芾，河南襄陽人，宋代書畫家。
※7：煙霞：代指山水。骨格：此指人的性情、氣度。
※8：品格下流卑低的人。黃子，胚胎。
※9：恃寵而撒嬌逞能。

評點

◎3.分送餘饈給平兒、襲人，並不送周、趙二姨娘，於周到中形容好歹心事。（王希廉）
◎4.探春除了精明強幹、理家之才突出外，她還喜歡書法。第四十回對探春房中陳設的描繪，一望可知是「書法家」的派頭。（二月河）

衆人都說那裏好。賈母向薛姨媽笑道：「咱們走罷。他們姐妹們都不大喜歡人來坐著，怕髒了屋子。咱們別沒眼色，正經坐一回子船喝酒去。」◎5說著大家起身便走。探春笑道：「這是那裏的話，求著老太太姨太太來坐坐還不能呢！」賈母笑道：「我的這三丫頭卻好，只有兩個玉兒可惡。回來吃醉了，咱們偏往他們屋裏鬧去。」

說著，衆人都笑了，一齊出來。走不多遠，已到了荇葉渚。那姑蘇選來的幾個駕娘早把兩隻棠木舫撐來，衆人扶了賈母、王夫人、薛姨媽、劉姥姥、鴛鴦、玉釧兒上了這一隻，落後李紈也跟上去。鳳姐兒也上去，立在船頭上，也要撐船。賈母在艙內道：「這不是頑的，雖不是河裏，也有好深的。你快不給我進來！」鳳姐兒笑道：「怕什麼！老祖宗只管放心。」說著便一篙點開。到了池當中，船小人多，鳳姐只覺亂晃，忙把篙子遞與駕娘，方蹲下了。然後迎春姐妹等並寶玉上了那隻，隨後跟來。其餘老嬤嬤散衆丫鬟俱沿河隨行。寶玉道：「這些破荷葉可恨，怎麼還不叫人來拔去。」寶釵笑道：「今年這幾日，何曾饒了這園子閑了，天天逛，那裏還有叫人來收拾的工夫。」林黛玉道：「我最不喜歡李義山的詩，只喜他這一句：『留得殘荷聽雨聲』。偏你們又不留著殘荷了。」寶玉道：「果然好句，以後咱們就別叫人拔去了。」說著已到了花溆的蘿港之下，覺得陰森透骨，兩灘上衰草殘菱，更助秋情。

賈母因見岸上的清廈曠朗，便問「這是你薛姑娘的屋子不是？」衆人道：「是。」賈母忙命攏岸，順著雲步石梯上去，一同進了蘅蕪苑，只覺異香撲鼻。那些奇草仙藤愈

✣ 寶釵房中陳設，樸素雅潔。（攝於北京大觀園）

冷愈蒼翠，都結了實，似珊瑚豆子一般，累垂可愛。及進了房屋，雪洞一般，一色玩器全無，案上只有一個土定瓶中供著數枝菊花，並兩部書、茶奩、茶杯而已。床上只吊著青紗帳幔，衾褥也十分樸素。賈母嘆道：「這孩子太老實了。你沒有陳設，何妨和你姨娘要些。我也不理論，也沒想到，你們的東西自然在家裏沒帶了來。」說著，命鴛鴦去取些古董來，又嗔著鳳姐兒：「不送些玩器來與你妹妹，這樣小器！」王夫人鳳姐兒等都笑回說：「他自己不要的。我們原送了來，他都退回去了。」薛姨媽也笑說：「他在家裏也不大弄這些東西的。」賈母搖頭說：「使不得。雖然他省事，倘或來一個親戚，看著不像；二則年輕的姑娘們，房裏這樣素淨，也忌諱。我們這老婆子，越發該住馬圈去了。你們聽那些書上戲上說的，小姐們的繡房精緻的還了得呢。他們姐妹們雖不敢比那些小姐們，也不要很離了格兒。有現成的東西，爲什麼不擺？若很愛素淨，少幾樣倒使得。我最會收拾屋子的，如今老了，沒有這些閑心了。他們姐妹們也還學著收拾的好，只怕俗氣，有好東西也擺壞了。我看他們還不俗。如今讓我替你收拾，包管又大方又素淨。我的梯己兩件，收到如今，沒給寶玉看見過，若經了他的眼，也沒了。」說著叫過鴛鴦來，親吩咐道：「你把那石頭盆景兒和那架紗桌屏，還有個墨煙凍石鼎，這三樣擺在這案上就夠了。再把那水墨字畫白綾帳子拿來，把這帳子也換了。」鴛鴦答應著，笑道：「這些東西都擱在東樓上的不知那個箱子裏，還得慢慢找去，明兒再拿去也罷了。」賈母道：「明日後日都使得，只別忘了。」說著，坐了一回方出來，一逕來至

評點

◎5.探春志向高遠，行爲磊落，具有王熙鳳的管理才能又沒有她的貪婪、自私。可惜在賈府，探春低賤的出身和高貴的品性使她根本不可能得到重用。賈母在探春的房間稍作停留就急於離開也正說明了這一點。（布萊克曼·珍妮）

綴錦閣下。文官等上來請過安，因問「演習何曲」。賈母道：「只揀你們生的演習幾套罷。」文官等下來，往藕香榭去不提。

這裏鳳姐兒已帶著人擺設整齊，上面左右兩張榻，榻上都鋪著錦裀蓉簟，每一榻前有兩張雕漆几，也有海棠式的，也有梅花式的，也有荷葉式的，也有葵花式的，也有方的，也有圓的，其式不一。一個上面放著爐瓶※10，一分攢盒；一個上面空設著，預備放人所喜食物。上面二榻四几，是賈母、薛姨媽；下面一椅兩几，是王夫人的，餘者都是一椅一几。東邊是劉姥姥，劉姥姥之下便是王夫人。西邊便是史湘雲，第二便是寶釵，第三便是黛玉，第四迎春、探春、惜春，挨次下去，寶玉在末。李紈、鳳姐二人之几設於三層檻內，二層紗櫥之外。攢盒式樣，亦隨几之式樣。每人一把烏銀洋鏨自斟壺，一個十錦琺琅杯。

大家坐定，賈母先笑道：「咱們先吃兩杯，今日也行一令才有意思。」◎6薛姨媽等笑道：「老太太自然有好酒令，我們如何會呢，安心要我們醉了。我們都多吃兩杯就有了。」賈母笑道：「姨太太今兒也過謙起來，想是厭我老

✣ 本回中劉姥姥的莊家人酒令惹得衆人大笑。（朱士芳繪）

了。」薛姨媽笑道：「不是謙，只怕行不上來倒是笑話了。」王夫人忙笑道：「便說不上來，就便多吃一杯酒，醉了睡覺去，還有誰笑話咱們不成？」薛姨媽點頭笑道：「依令。老太太到底吃一杯令酒才是。」賈母笑道：「這個自然。」說著便吃了一杯。

鳳姐兒忙走至當地，笑道：「既行令，還叫鴛鴦姐姐來行更好。」眾人都知賈母所行之令必得鴛鴦提著，故聽了這話，都說「很是」。鳳姐兒便拉了鴛鴦過來。王夫人笑道：「既在令內，沒有站著的理。」回頭命小丫頭子：「端一張椅子，放在你二位奶奶的席上。」鴛鴦也半推半就，謝了坐，便坐下，也吃了一鍾酒，笑道：「酒令大如軍令，不論尊卑，惟我是主。違了我的話，是要受罰的。」王夫人等都笑道：「一定如此，快些說來。」鴛鴦未開口，劉姥姥便下了席，擺手道：「別這樣捉弄人，我家去了。」眾人都笑道：「這卻使不得。」鴛鴦喝令小丫頭子們：「拉上席去！」小丫頭子們也笑著，果然拉入席中。劉姥姥只叫「饒了我罷！」鴛鴦道：「再多言的罰一壺。」劉姥姥方住了聲。鴛鴦道：「如今我說骨牌副兒，從老太太起，順領說下去，至劉姥姥止。比如我說一副兒，將這三張牌拆開，先說頭一張，次說第二張，再說第三張，說完了，合成這一副兒的名字。無論詩詞歌賦、成語俗話，比上一句，都要叶韻。錯了的罰一杯。」眾人笑道：「這個令好，就說出來。」鴛鴦道：「有了一副了。左邊是張『天』。」賈母道：「頭上有青天。」眾人道：「好。」鴛鴦道：「當中是個

註

※10：焚香時所使用的器具。

評點

◎6.兩宴大觀園、三宣牙牌令是園中極盛之時，特特將鋪設戲頑侈說一番，反襯日後之冷落離散。（王希廉）

『五與六』。」賈母道：「六橋梅花香徹骨。」鴛鴦道：「剩得一張『六與么』。」賈母道：「一輪紅日出雲霄。」鴛鴦道：「湊成便是個『蓬頭鬼』。」賈母道：「這鬼抱住鍾馗※11腿。」說完，大家笑說：「極妙。」賈母飲了一杯。鴛鴦又道：「有了一副。左邊是個『大長五』。」薛姨媽道：「梅花朵朵風前舞。」鴛鴦道：「右邊還是個『大五長』。」薛姨媽道：「十月梅花嶺上香。」鴛鴦道：「當中『二五』是雜七。」薛姨媽道：「織女牛郎會七夕。」鴛鴦道：「湊成『二郎遊五岳』。」薛姨媽道：「世人不及神仙樂。」說完，大家稱賞，飲了酒。鴛鴦又道：「有了一副。左邊『長么』兩點明。」湘雲道：「雙懸日月照乾坤。」鴛鴦道：「右邊『長么』兩點明。」湘雲道：「閑花落地聽無聲。」鴛鴦道：「中間還得『么四』來。」湘雲道：「日邊紅杏倚雲栽。」鴛鴦道：「湊成『櫻桃九熟』。」湘雲道：「御園卻被鳥銜出。」說完飲了一杯。鴛鴦道：「有了一副。左邊是『長三』。」寶釵道：「雙雙燕子語梁間。」鴛鴦道：「右邊是『三長』。」寶釵道：「水荇牽風翠帶長。」鴛鴦道：「當中『三六』九點在。」寶釵道：「三山半落青天外。」鴛鴦道：「湊成『鐵鎖練孤舟』。」寶釵道：「處處風波處處愁。」說完飲畢。

✣ 天津楊柳青木版古年畫：武判。表現鍾馗揮舞寶劍的威武姿態。鍾馗，中國民間傳說中驅鬼逐邪之神，又被民間稱之為「武判」。（fotoe提供）

鴛鴦又道：「左邊一個『天』。」黛玉道：「良辰美景奈何天。」寶釵聽了，回頭看著他。黛玉只顧怕罰，也不理論。鴛鴦道：「中間『錦屏』顏色俏。」黛玉道：「紗窗也沒有紅娘報。」鴛鴦道：「剩了『二六』八點齊。」黛玉道：「雙瞻玉座引朝儀。」鴛鴦道：「湊成『籃子』好採花。」黛玉道：「仙杖香挑芍藥花。」說完飲了一口。鴛鴦道：「左邊『四五』成花九。」迎春道：「桃花帶雨濃。」眾人道：「該罰！錯了韻，而且又不像。」迎春笑著飲了一口。原是鳳姐兒和鴛鴦都要聽劉姥姥的笑話，故意都令說錯，都罰了。至王夫人，鴛鴦代說了個，下便該劉姥姥。劉姥姥道：「我們莊家人閑了，也常會幾個人弄這個，但不如說的這麼好聽。少不得我也試一試。」眾人都笑道：「容易說的。不相干，只管說。」鴛鴦笑道：「左邊『四四』是個人。」劉姥姥聽了想了半日，說道：「是個莊家人罷。」眾人哄堂笑了。賈母笑道：「說的好，就是這樣說。」劉姥姥也笑道：「我們莊家人，不過是現成的本色，眾位別笑。」鴛鴦道：「中間『三四』綠配紅。」劉姥姥道：「大火燒了毛毛蟲。」眾人笑道：「這是有的，還說你的本色。」鴛鴦道：「右邊『么四』真好看。」劉姥姥道：「一個蘿蔔一頭蒜。」眾人又笑了。鴛鴦笑道：「湊成便是一枝花。」劉姥姥兩隻手比著，說道：「花兒落了結個大倭瓜。」眾人大笑起來。只聽外面亂嚷——◎7

註

※11：鍾馗：傳說是唐代開元間人。相傳唐玄宗久病，夢中見一大鬼吃一小鬼，玄宗醒後，久病因此痊癒了，便命畫工吳道子將夢中所見之形象畫成圖像貼於門上，後流行民間，家家遂畫其像來祛除邪魅。

評點

◎7.寫貧賤輩低首豪門，凌辱不計，誠可悲乎！此故作者以警貧窮。而富室貴豪，亦當於其間著意。（脂硯齋）

參考書目

一、 原典

1.《紅樓夢》，曹雪芹、高鶚著，北京：人民文學出版社，1982年新校本，中國藝術研究院紅樓夢研究所校注。其底本為：前八十回採用庚辰本，後四十回採用程甲本。

2.《革新版彩畫本紅樓夢校注》，臺灣：里仁書局，實為與人民文學版對應的繁體本。

▲備註：

本書以庚辰本、程甲本為底本，凡底本可通之處，一般沿用，個別地方從他本擇優採用；明顯的錯誤則參照他本訂正，不出校記。

二、 注釋

1.《紅樓夢》，曹雪芹、高鶚著，北京：人民文學出版社，1982年新校本，中國藝術研究院紅樓夢研究所校注。

2.《紅樓夢鑑賞辭典》，孫遜主編，北京：漢語大詞典出版社，2005年5月。

三、 評點

1.《脂硯齋重評石頭記》，曹雪芹著，瀋陽：瀋陽出版社，2006年1月。

2.《脂硯齋全評石頭記》，曹雪芹著，霍國玲、柴軍校勘，上海：東方出版社。

3.《紅樓夢脂評輯校》，鄭紅楓、鄭慶山輯校，北京：北京圖書館出版社。

4.《紅樓夢資料彙編》，朱一玄編，南京：南京大學出版社。

5.《紅樓夢批語偏全》，〔美〕蒲安迪編釋，北京：北京大學出版社。

6.《瓜飯樓重校評批紅樓夢》，馮其庸主編，瀋陽：遼寧人民出版社，2005年1月。

7.《紅樓夢：百家匯評本》，曹雪芹著，陳文新、王煒輯評，武漢：長江文藝出版社。

8.《紅樓男性》，任明華編著，北京：中華書局，2006年2月。

9.《紅樓女性》（上、下），何紅梅編著，北京：中華書局，2006年2月。

10.《紅樓夢奧秘解讀》，馬瑞芳、左振坤主編，吉林文史出版社，2004年5月。

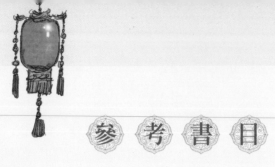

特別感謝本書內頁圖片授權人及單位（以首字筆劃排列順序）

1.王勘授權使用北京西山黃葉村曹雪芹紀念館內所拍攝共5張照片。

2.北方崑曲劇院（北京）授權使用《西廂記》、《琵琶記》、《牡丹亭》劇照共10張。

3.北京圖書館出版社授權使用杜春耕所編著《紅樓夢煙標精華》內頁圖片共128張。

⊙杜春耕，高級工程師。1964年南開大學物理系畢業。畢業後一直從事大型光學精密儀器的光學設計工作，設計成果獲得首屆科學大會獎及多次部委的獎勵。1994年起從事《紅樓夢》的成書過程及早期抄本及刻印本的版本研究，在報刊上發表有關論文五十餘篇。現任中國紅樓夢學會常務理事，農工民主黨紅樓夢研究小組組長等職。

⊙《紅樓夢煙標精華》，彙集民國年間流傳於上海等地的有關《紅樓夢》人物故事的煙標及香煙廣告共十餘套、三百餘幅，極富收藏及藝術鑑賞價值，更是研究民國時期社會經濟、商業文化、民俗時尚，特別是「紅樓文化」在當時發展情況的珍貴史料。

4.朱士芳授權使用內頁繪圖共130張。

⊙朱士芳，男，生於70年代，山東德州人，現居於北京。從事兒童繪本創作和中國傳統繪畫藝術的研究，曾與中華書局、上海少年兒童出版社、大雅文化、華東師範大學出版社、唐碼書業等多家出版機構合作。出版作品有：《道德經》、《論語》、《易經》、《中國古代四大名劇》等。

5.朱寶榮授權使用內頁繪圖共80張。

⊙朱寶榮，從小酷愛美術，因家庭情況無緣於高等學府深造，引為憾事，2004年與兩位志趣相投的好友組成心境插畫工作室至今，能夠從事自己喜愛的工作，覺得是一件很幸福的事！對《紅樓夢》一直有很多感觸，參與此書插畫創作，眞的是很幸運的事。

6.財團法人雲門舞集文教基金會授權使用「紅樓夢」之舞作照片共2張。

7.國立國光劇團授權使用，林榮錄攝影，《劉姥姥》、《王熙鳳大鬧寧國府》劇照共7張。

8.崔君沛授權使用《崔君沛紅樓夢人物冊》內頁圖片共20張。

⊙崔君沛，1950年生於上海，廣東番禺人。畢業於上海大學美術學院和交通大學文藝系油畫班。上海人民美術出版社專職畫家，中國美術家協會上海分會會員，上海老城廂書畫會副會長。出版過個人畫集。作品連環畫《李自成·清兵入塞》曾獲全國美展二等獎。曾在上海、香港、澳門、臺灣等處舉辦過個人畫展和聯展。個人傳略已編入《國際現代書畫篆刻家大辭典》並獲世界銅獎藝術家稱號。

9.張羽琳授權使用內頁繪圖共90張。

⊙張羽琳，女，27歲，北京人。插圖畫家，在繪畫過程中深知創新的重要性與艱難，所以堅持獨立思考和創新。曾經合作：北大出版社、福瑞來文化交流有限公司、博士達力文化公司、漫客動漫遊有限公司，參與創作：《懸疑小說》、《新世紀童話》、《曾國藩》、《封神演義》等，雪亮眼鏡T恤圖案設計大賽優秀獎、火神網青銅展廳。

10.趙塑授權使用北京大觀園內所拍攝共22張照片。

11.臺灣郵政股份有限公司授權使用「中國古典小說郵票－紅樓夢」樣票1套。

12.廣州集成圖像有限公司「FOTOE」授權使用部分內頁圖片。

國家圖書館出版品預行編目資料

紅樓夢(二)——兒女詩情／曹雪芹原著；
侯桂新編撰-
-初版.—臺中市:好讀,2007[民96]
面： 公分，——（圖說經典：02）
ISBN 978-986-178-034-4（平裝）

857.49 95025265

好讀出版

圖說經典 02

紅樓夢(二)
【兒女詩情】

原　　著／曹雪芹
編　　撰／侯桂新
總 編 輯／鄧茵茵
責任編輯／朱慧蒨
執行編輯／林碧瑩、陳詩恬、莊銘桓
美術編輯／陳麗蕙
封面設計／永真急制Workshop
行銷企畫／劉恩綺
發行所／好讀出版有限公司
台中市407西屯區工業30路1號
台中市407西屯區大有街13號（編輯部）
TEL:04-23157795 FAX:04-23144188 http://howdo.morningstar.com.tw
（如對本書編輯或內容有意見，請來電或上網告訴我們）
法律顧問　陳思成律師

填寫線上讀者回函
獲得更多好讀資訊

讀者服務專線／TEL：02-23672044 / 04-23595819#230
讀者傳真專線／FAX：02-23635741 / 04-23595493
讀者專用信箱／E-mail：service@morningstar.com.tw
網路書店／http : //www.morningstar.com.tw
郵政劃撥／15060393（知己圖書股份有限公司）
印刷／上好印刷股份有限公司
如有破損或裝訂錯誤，請寄回知己圖書更換

初　　版／西元2007年7月15日
初版六刷／西元2022年2月10日
定　　價／299元
如有破損或裝訂錯誤，請寄回知己圖書更換
Published by How Do Publishing Co., Ltd.
2022 Printed in Taiwan
ISBN 978-986-178-034-4

本書內頁部分圖片由廣州集成圖像有限公司「FOTOE」授權使用，
其他授權來源於參考書目之後詳列